칼국수 아줌마의 수육 한 접시

칼국수 아줌마의 수육 한 접시

이재태 지음

學而思│학이사

다시 이정표 없는 거리에서

"어! 출세는 성적순이 아니네!"

고등학교 시절 영어 선생님이 병원으로 나를 찾아와서 처음 하신 말씀이었다. 쟁쟁한 녀석들도 많았는데 그때는 존재감 없던 네가 여기에 있구나. 선생님이 나를 개인적으로는 알지 못하시지만, 제자를 30년 만에 만나며 순식간에 하신 진담이었다. 보직을 맡은 대학병원 교수가 큰 출세를 했다고 할 수는 없으나, 자질에 비해 너무 크게 쓰이고 있다는 지적이 틀린 것은 아니었다.

그랬다. 그러는 사이 인생의 첫 번째 사이클은 다 돌아, 정년퇴임이 바로 앞이다. 풀코스 마라톤 한 번은 완주한 셈이다. 사회생활 40년 동안 큰 뜻을 세우고, 목표 달성을 위해 앞만 보며 전속력 질주를 한 삶은 아니었다. 생각해 보면 모두가 나선 행렬에 슬그머니 끼어들었고, 도중에 뒤처져 동료들에게 민폐를 끼치지 않겠다는 생각으로 지냈다. 힘든 길에서는 서로 어깨동무하여 걸었고, 가끔은 나 홀로 조용히 여기를 이탈할 방법은 없을까 하며 고민했는데 어느 날 갑자기 종착점이 보였다. 그 뒤로 이정표가 없는 갈림길이 보인다. 사실 정해진 수순이었고, 새삼스레 놀랄 일도 아니다.

병원 교수로 진료와 교육, 연구를 병행하며 분주하게 보낸 시간을 그다지 길다고 생각해 본 적은 없다. 그러나 '한곳에서의 34년'이란 문구를 대하니 다른 사람들에겐 내가 참 징글징글했겠단 생각도 든다. 숙성이 잘된 식품은 깊은 맛을 주고 건강에도 좋은데, 공기가 차단된 상태로 너무 오래 묵혀져서 누구도 먼저 수저를 내밀지 않는 과발효 상태가 된 건 아닐까? 지난날의 미숙하고 인색했던 나의 모습이 떠올라 민망한 순간도 많다.

이런저런 생각으로 그루잠(깊이 잠들지 못하고 무엇에 쫓기듯 깨었다가 다시 드는 잠)을 반복한다. 공부할 것이 많아 시험 기간 내내 무거운 눈꺼풀과 싸우느라 힘들었던 학창 시절과 끝이 보이지 않던 업무와 호출 때문에 만성적 수면 부족 상태였던 전공의 시절의 순순했던 토막잠과는 질적으로 달랐다. 이번에는 수면 시간이 충분히 허락되었음에도 무엇인가가 이를 거부케 하여 도중에 한 번씩 뒤척이다가 새벽이 되어서야 다시 잠들었다.

나이 들어가며 새로 등장하는, 생각이 유연하고도 유능한 젊은이들을 많이 본다. 다음 세대들의 다양한 능력에 감탄하며, 괜히 의기소침해질 때도 많다. 김혜자 배우는 거기서 좀 더 나이가 들면 그런 생각은 엷어지고 새로운 감정이 생긴다고 했다. 그건 그냥 슬프다는 감정인데, 어떤 일이나 상황에 대한 구체적인 슬픔이 아니라 가랑비 내리는 겨울날 뿌연 창문 너머 저 멀리 풍경을 바라보면 왠지 마음이 가라앉는 기분이라 했다.

이젠 그녀의 말이 공감된다. 박완서 작가는 그녀를 보고 "이 정도로 감성적이고 연약한 그대의 어디에서 압도하는 에너지의 연기가 나올까? 혹시 혼신의 연기 후 매번 쓰러질 정도로 소진해 버리는 건 아닐까?"라 했다. 작가가 그렇게 생각한 단 하나의 이유는 "나도 그러니까!" 였다. 최고의 경지에 이른 분들은 나와는 다르다는 것을 알았다.

나도 한때는 공감하는 사람들의 박수를 받으며 무대에서 퇴장하는 모습을 꿈꾼 적도 있지만 그건 나에겐 불가능한 일이었다. 나에겐 이 긴 무대에서 통할 정도의 웅장한 카리스마가 없었고 나의 손짓이 다른 이에게 별 보탬이 되지도 못한 것 같다. 공연 후 혼절할 정도로 최선을 다한 적도 턱없이 적었다. 주어진 배역을 잊은 적은 없었으나 걸맞은 자질과 준비된 능력이 부족했고, 집중해야 할 때와 클라이맥스에서 오히려 밋밋하고 어중간하게 대처하기를 반복했다. 그러는 사이 무대의 막이 내려왔다.

그동안 많은 분을 만났고 부지불식간에 나의 기억에서 사라진 분들도 많다. 가끔 엉뚱한 상상을 해본다. 그들에게 나는 어떤 모습으로 남았을까? 기뻐하고 슬퍼한 각자와의 인연으로 새겨진 다양한 모습이 남았을 것이고 그게 어떠하든 후회할 일은 아니다. 오히려 이 다채로운 기억 또한 오래 가지 못함을 아쉬워해야 할 것이다.

지난 시간을 생각해 보니 나에게 가장 부족한 면은 세상을 너무 쉽게 생각한 것이었다. 내가 배우고 생각한 내용의 실천을 위해 공부하고 열심히 노력하면 모든 게 잘 될 것이라 단순히 생각했었다. 크게 나태하거나 남을 속이지는 않았고, 너무 거만하지는 않았다고 스스로 믿어본다. 그러나 현명하지도 않으면서 내가 속한 공동체의 이익을 위한다며 능력 이상으로 오지랖 넓게 나선 경우도 많았다. 리더십이 탁월하거나 다정다감한 동료도 아니었으면서 말이다.

지금까지 만났던 번쩍이는 재능으로 난제를 해결하는 천재와 난파

선도 구하는 영웅이나, 타협은 없다며 돌직구를 날리는 무소형 인간은 그저 존경의 대상일 뿐이었다. 이런 나의 모습들을 모아 하나의 인간으로 만든다면 잔 다르크와 돈키호테를 합성한 키메라가 된다. 공동체를 구하고 정의를 실현하자며 외치는 얼굴에 공허하게 마르고 나이 든 시골 무사의 신체를 가진 사람이 행렬 앞에 나서는 것이다. 그가 노쇠한 애마 로시난테를 타고 풍차를 향해 돌진하는 모습을 생각하니 피식 웃음이 나온다.

전체적으로는 이 모습으로 공부하고 일도 하였으며, 때로는 이쪽저쪽 싸움판도 기웃거리다가 한 경기를 마쳤다. 큰 부자가 되고 싶은 사람은 빨리 부자가 되겠다는 생각을 말라 했는데, 실속 없이 서두르기만 했었던 것 같다. 어쩌랴. 그게 한계였는데. 그래도 그간 행복했으니, 이런 모습을 묵묵히 지켜보며 격려해 주신 분들께 감사드린다.

지난 몇 개월 동안 진료 후 환자들에게 '다음에 오실 때는 저보다 더 유능하고 친절하며, 잘생기기까지 한 후배 의사가 님을 맞으실 겁니다'를 반복하고 있다. 많은 분이 '그간 감사했습니다. 앞으로 건강하십시오'라며 나의 건강을 빌어준다. 분명 그가 환자이고 내가 그들의 건강을 책임지는 의사임에도 주객이 바뀐다.

어느 분은 갑자기 엉엉 울다가 말없이 가셨고, 팔순의 여성은 "지난 30년간 여기 올 때마다 선생님이 늘 이 자리에 있어서 안심되었는데 이제 난 어떡해요?"라며 망연자실했다. 그 자리에 내가 있어 고마웠다는 따뜻한 마음과 주름진 얼굴에 맺힌 눈물에 나도 울컥했으나 마스크와 돋보기안경 아래로 내 표정을 감추었다. 엄청나게 선량한 분들을 만나 분에 넘치는 도움과 사랑을 받았던 나의 리즈 시절은 오늘도 계속되고 있음을 이제야 알겠다.

나와 비슷한 시기를 살아온 간호사분이 자신의 60년 삶을 부은 책을 내면서 '쉽게 쓴 글은 있어도 쉽게 산 인생은 없다' 라고 했다. 나도 용기를 내어 우리 세대들의 흔적을 조금이라도 남겨야겠다고 생각했다. 지금까지 나의 힘이 되어준 사랑하는 가족과 까다롭기만 한 나를 키워주고 믿어 준 스승님과 동료, 언제나 따뜻했던 친구와 이웃들에게 드리는 감사의 몸짓이기도 하다.

　두서없는 기억의 편린을 모아 멋진 한 장으로 다시 펼칠만한 능력은 없다. 우리 민족의 멋을 가장 잘 표현한 것 중 하나가 헤지고 흩어진 천 조각들을 다시 모아 만든 전통 조각보라 했다. 쓸모없는 작은 조각을 모아 새 쓰임새를 만드는 법을 알려주신 선배 박윤규 교수님의 조각보 그림을 표지로 모셔서 나의 부족함과 책의 엉성함을 가려보려 노력했다.

2023. 5.

이재태

2부 일상 속의 사랑

3부 어느 베이비부머의 기억

4부 소박하고 선량했던 그분들

5부 망원경으로 바라본 세상

1부
세월의 무게

가장 잊을 수 없는 환자

내과 전공의 1년 차 여름. 발열과 호흡곤란을 호소하는 환자가 응급실로 후송되었다. 심각한 상황임을 파악한 응급실 담당의는 바로 중환자실로 입원시켰다. 신환자가 입원하였다는 연락을 받고 달려가니, 숨이 차서 눕지 못하여 등을 세운 침대에 기댄, 작은 체구에 얼굴이 통통한 소녀가 도와달라는 간절한 눈빛을 보내고 있었다. 튜브를 통해 고농도 산소를 주었으나 쌕쌕거리며 식은땀을 흘렸다.

당시 대구에 많던 방직공장의 여공으로, 기숙사 여성 사감이 보호자로 그녀를 지키고 있었다. 그녀는 며칠 전 기침과 열을 동반한 증상으로 감기약을 먹었으나 호전이 없어 K 병원에 입원했고, 폐렴 치료에도 불구하고 점차 증상이 악화되자 후송되었다.

폐 X-선 사진상 양쪽 폐 대부분이 하얗게 보였고 누런 가래가 나오는 전형적인 세균성 폐렴 소견이었다. 가래 배양 검사상 황색 포도당구균이 배양되었는데, 이는 주로 피부에 존재하는 균으로서 면역계가 정상인 젊은이에게 심한 폐렴을 일으키는 경우는 드물다. 주로 고령자나 항암치료 등으로 면역 억제된 환자에게 발생하는 기회감염이라할 수 있다. 대단위 항생제를 쓰고 산소를 최대로 공급했으나, X-선 사진에는 심한 폐 파괴 소견인 고름이 찬 공동들이 양쪽 폐 전체에서 나타나기 시작했다. 점차 호흡곤란이 심해졌고, 저산소증에 의한 청색증이 나타나는 등 절망적인 방향으로 진행되었다.

원로 교수님도 평생 이렇게 빨리 진행된 세균성 폐렴은 처음인데 반드시 동반된 질환이 있을 거라 하셨다. 검사 결과 심방중격결손이 발견되었고, 피부나 기도의 세균이 혈류로 들어가 선천성 질환인 심장에 있던 작은 구멍을 통하여 전신으로 퍼졌을 것으로 추측했다. 사실 이 여공들의 작업 환경은 먼지가 많아 답답했고, 휴식 공간과 숙소도 지금과는 비교가 되지 않을 정도로 열악했다. 전공의 시절 신체검사를 위해 방문한 섬유 공단의 어느 공장 한 곳에만 해도 무려 3,000명의 여공이 있었다. 이들은 일과를 마친 후 기숙사에 부설된 산업체 학교에서 중등교육을 받는 강행군을 하고 있었다.

호흡기 질환 콘퍼런스에 이 환자의 사진과 소견을 소개하자 다른 과 교수들도 이런 경우는 처음 경험한다고 했다. 병리과 교수님은 이런 X-선 소견을 보이는 경우 실제 모습은 어떨지 궁금하다고 하였다. 당시 우리나라에 근대 의료가 시작된 지 100년이 지났으나, 시신을 경외하는 사회 분위기는 여전하여 법적으로 문제 되는 경우를 제외하고 고인의 사체를 부검하는 경우는 전무했다. 학창 시절 서양에 비해 부검이나 사체 기부가 적어 우리나라 의학발전이 늦다는 강의를 많이 들은 바 있다.

최신 항생제를 대량 투여하고 최선을 다했으나 O 양의 상태는 급격히 악화하였다. 입원 다음 날 전북 무주에서 농사짓던 초로의 아버지가 오셨다. O 양은 여러 남매의 막내였고, 그해 초 무주에서 중학교를 졸업하였으나 빈한한 가정 형편으로 고등학교 진학은 할 수 없었다. 이미 집을 떠나 방직공장에 다니며 주경야독하던 언니의 전철을 따라서 대구로 왔다. 산업체 고등학교에 적을 두고 일과 공부를 시작한 지 불과 몇 개월 만에 발병한 것이다. 언니와 함께 중환자실에 들어온 아버지는 숨이 차서 겨우 아버지를 알아보던 막내딸의 등을 쓰다듬어 주셨다. 검게 탄 피부의 전형적인 농부인 아버지는 나에게 '내가 능력이 없어 딸을 멀리 보내서 이렇게 되었다' 며 자책을 할 뿐 더 이상 아무 말씀을 하지 못하였다.

O 양의 병세는 빠르게 진행되었고, 얼마 후 나무가 쓰러지듯이 상체가 앞으로 꼬꾸라졌다. 바로 옆에 있던 주치의인 나도 어떻게 해 볼 수 없을 정도로 갑자기 모든 게 끝이 났다. 의식을 잃었고, 급격하게 혈압이 떨어지고 호흡수가 줄더니 이내 숨이 멎었다.

내과 전공의 1년 차를 시작한 지 서너 달에 불과한 내가 당시 왜 그런 행동을 했는지 모르겠다. 세월이 지나서 생각해 보니 나는 철이 없었고, 당돌하고 겁이 없었다. O 양의 아버님에게 사망이 임박했다는 걸 알리면서, 따님의 시신을 의학발전을 위해 부검하게 해 달라고 부탁드렸다. 부검 후에는 병리과에서 약속한 바와 같이 화장 후 학교 해부실습 교육에 바쳐진 유해들을 모시는 절차에 따라 정중하게 모셔진다고 자세히 말씀드렸다. 아버님은 별말씀을 않으셨다. 한참을 생각하더니 그렇게 하라 하시며 딸의 마지막을 함께하지 못하니 선생님이 잘 보내 달라고 하셨다. 소녀의 언니는 눈물만 흘렸다.

곁에서 이 모습을 지켜보던 40대 정도의 여성 사감이 나를 질책하였다. "아이고. 젊은 사람, 젊은 의사가 해도 해도 너무하네. 꽃도 못 피고 이렇게 떠나가는 그 애를 그냥 잘 가도록 해야지, 꼭 해부해야겠어요?" 이왕 이 세상을 떠날 바에는 공공의 이익, 의학발전에 이바지하는 게 더 값어치 있는 일이라는 생각에 사로잡혔던 내 생각은 변함이 없었다. 의과대학에서 주입된 생각이 굳건했던 병아리 의사가 열정에 찼던 시기인지라, 그분께 "저도 세상을 떠날 때면 의학발전을 위해 시신을 기증하고 싶습니다."라고 말했다. 상황이 그렇게 정리되었다.

본 병원 사망 환자의 첫 자발적 부검에는 나도 입회하였다. 병리과 의사들의 능숙한 메스질과 톱질에 O 양 신체 내부가 모습을 드러냈다. 폐의 공기주머니는 고름이 찬 크고 작은 꽈리들이 가득 찬 벌집으로 바뀌었고, 심장에는 심방중격결손의 작은 구멍도 확인되었다. 전신 장기에 패혈증에 의한 소견도 뚜렷하게 보였다. 부검 소견들은 슬라이드에 담겨 다음 콘퍼런스에서 X-선 소견과 직접 비교되며 발표되어 흥미를 끌었다.

몇 주 뒤 깨끗하게 쓴 손 편지가 배달되었다. O 양의 언니가 동생을 그리며 눈물로 쓴 편지였다. 어린 시절 시골서 서로 도우며 또 아웅다웅 싸우면서 정이 든 동생, 그리고 자기가 대구에 와서 돈도 벌고 학교도 다니라고 했던 동생을 잃은 언니의 애절하고 안타까운 마음이 담겼다.

그러나 사실 밤낮 구별 없이 비몽사몽간에 병원을 헤매고 다니던 1년 차 전공의인 나는 O 양을 잠시 잊고 있었고, 그녀의 언니에게 답장도 하지 못했다. 아버님이 마지막으로 부탁하셨던, O 양이 정중하게 모셔졌는지도 확인하지 못했다. 나중에 병리과의 동기들에게 문의하니, 시신은 보관되었다가 해부실습이 끝나면 가을에 다른 시신들과 함께 일괄적으로 학교 장례를 치른 후 매장된다고 하였다.

나의 의사 생활 41년에서 가장 잊지 못할 환자는 전공의 때 만난 무주의 16세 소녀다. 처음 마주했을 때 도움을 요청하던 간절한 눈빛,

자신의 무능을 자책하며 딸의 마지막을 부탁하시던 농부 아버지, 잊지 못할 동생을 편지에 담았던 언니, 그리고 몰인정한 의사라 질책하던 그 기숙사 사감 선생까지 어느 영화의 등장인물처럼 눈앞을 지나간다.

말만 번지레하게 하였을 뿐 그 가족의 간절한 부탁을 제대로 챙겨드리지 못하였다. 나의 수준으로는 불가능한 말을 남발한 것 같아 마음이 무거웠다. 그때 막내인 O 양이 10대였으니, 아직도 그 아버님은 생존해 계실지도 모르겠다. 언니는 계속 대구에 머물렀을까?

창공에 금가루를 뿌린 것처럼 흩어졌던 O 양. 결코 잊을 수 없다.

젊은 암 환자의 절망

가수 보아의 오빠인 권순욱 영상감독이 암과 투쟁 중이며 삶이 얼마 남지 않은 것 같다며 SNS에 올린 글이 큰 사회적 반향을 일으켰다. 복막에 전이된 암으로 항암치료와 응급 수술까지 받았으나 여전히 고통스러운 시간을 보내고 있어 남은 기간이 3~6개월 정도라는 진료기록을 올렸다.

사람들이 안타까운 마음으로 젊은 예술인을 응원하자 그는 이 성원을 간직하여 마지막까지 희망을 잃지 않고 최선을 다해 버텨보겠다고 했다. 그러면서 이대로 죽고 싶은 마음은 전혀 없고, 알아보니 복막암에서 회복된 환자도 있는데도 의사들은 '희망이 없다', '이 병은 낫지 않는다', '이번 항암제도 듣지 않는다면 주변 정리하세요', '슬슬 마음의 준비를 하라' 며 잔인한 선고를 하는 게 이해되지 않는다고 했다. 많은 의사가 가슴에 못을 박는 이런 이야기를 면전에서 너무 쉽고도 싸늘하게 해서 힘들다고 했다.

권 씨가 언급한 '의사의 싸늘함' 에 대해 네티즌들의 의견은 실로 다양했다. 의사 모두가 공감능력이 떨어지는 냉혈한일 수는 없겠으나 환자의 입장에서 진심으로 대화하고 공감할 수 있는 인성을 갖추도록 의대 교육을 강화하라는 요구가 많았다. 짧은 진료시간에 기계적으로 환자를 대하는 지금의 진료체제를 환자를 좀 더 배려한 환경으로 바꾸어 달라는 절실한 호소도 있었다. 어느 의사는 이렇게 싸늘하고 냉정한 경고를 하지 않으면 환자가 사망하는 경우 의사의 불성실한 설명으로 손해를 입었다며 소송을 당하고, 법적 책임까지 요구받는 살벌한 진료환경으로 인해 발생하는 문제라고 지적했다.

내가 진료하던 말기 갑상선암 환자가 생각난다. 효심 깊은 따님들이 고령의 어머니 진료를 수발했었다. 진료 전 항상 따님이 먼저 들어와서 어머니는 현 상태임을 모르니, 이번에도 관리를 잘해서 좋아졌다고 말해달라는 부탁을 했다. 그러고는 모녀가 서로 손을 잡고 들어왔는데, 그분은 그렇게 평온하게 가셨다.

그러나 언제나 평화롭고 자연스러운 임종만 있는 것은 아니다. 예정된 순간이 가까워지면 환자에게 어려운 통고를 해야 한다. 모두는 자신의 인생을 아름답게 마무리할 숭고한 권리도 있기 때문이다. 의사들도 이 과정이 매번 어렵고 힘들다. 그러나 혼잡한 외래나 병실이 아니라 분리된 공간에서 소통의 기술을 학습한 의사가 충분한 시간을 할애하여 환자가 납득할 수 있게 알려주어야 한다.

40년 차 의사인 나는 김 감독의 글과 댓글에서 국민이 우리 의료의 본질에 정확하게 접근하고 있음을 알았다. 의학적 임종이 가까운 환자에게 끝까지 희망을 주며 무의미한 치료나 연명치료를 하는 것을 거부하는 사람들이 증가하였다. 의사들에게 희망 고문을 받기보다는 정확한 소견을 듣고 거기에 따라 삶을 정리하며 사랑하는 사람과 마지막을 보내는 것을 원한다.

제한된 의료자원을 어떻게 배분하는가도 사회적 관심거리이다. 2012년 오도연 등의 연구는 진행된 암 환자의 1년 생명 연장을 위해 우리 사회가 기꺼이 부담할 수 있는 금액이 환자는 1억 5천만 원, 의사는 그것의 50%였고 보건 정책담당자는 17%에 불과한 금액이 적절하다고 했다. 제한된 의료재정 상황에서 첨예하게 대립하는 이해당사자의 다양한 욕구를 어느 정도 짐작할 수 있는 자료이다. 아직 암 환자가 사망 전까지 항암치료 받는 비율이 높은 우리나라에서 최신 항암제의 도입으로 치료성적은 좋아졌으나 의료비 증가 폭도 커졌으니, 이제 이를 감안한 적정 의료 범위에 대해 사회적으로 합의하여야 할 시점이다.

어느 운동선수는 은퇴 회견에서 안 되는 줄 알면서도 계속 노력해야 하던 현역 시절의 자신이 가끔 슬펐다고 했으나, 그 노력이 그를 발전시켰다. 우리도 이번에 공론화된 젊은 암 환자들의 슬픔을 공감하고, 그들의 눈물을 닦아줄 수 있도록 체계적인 노력을 계속하여야 한다.

(2020. 7.)

미숙한 의사와 젊은 보호자

한여름을 지나 아침저녁으로 가을바람이 조금씩 불던 어느 날, 30대 초반의 여성이 갑작스러운 피로감과 심한 간 기능 검사상 이상 소견으로 입원하였다. 처음 면담할 당시 몸을 움직이지 못할 정도로 피곤하다며 환자복으로 갈아입지도 못한 채 병실 침대 위에 쪼그리고 앉아있었다. 전날 속이 불편하더니 이후 힘이 하나도 없으며 가슴이 답답했다고 했다. 체온과 혈압은 정상이었고, 청진이나 촉진상 이상 소견은 없었다.

하루가 지나니 팔다리를 들 수 없을 정도로 힘이 없고 가슴이 답답하다 하여 중환자실로 이송하였다. 검사상 간 손상이 더 심해졌고 황달과 빈혈 소견이 나타나기 시작했다. 가슴 X-선 영상에도 폐 침윤 소견이 보였다.

당시는 출혈성 발열 증상을 나타내는 괴질이 집단으로 발생하여 언론에서 연일 대서특필되던 시기였다. 환자들은 밭일을 하거나 가을 추수하던 농촌 주민이었는데 열과 오한, 기침 증상이 있으며 간 비대, 호흡부전, 출혈성 증상, 신부전 등 심각한 상황으로 이어졌다. 결국 이미 알려진 한탄 바이러스에 의한 유행성 출혈열과는 다른 리켓차 감염으로 밝혀졌고 쯔쯔가무시병이 대표적이다.

그러나 이 환자는 발열이나 염증 소견이 없는 도시 거주민이었기에 감염병은 아닌 것 같았고 급성 간부전을 일으키는 바이러스도 검출되지 않았다. 젊은 여성이고 과거에 질병으로 치료받거나 특별한 약을 복용한 병력도 없었다. 이후 2~3일 사이에 상태가 더욱 악화되었고, 환자는 극심한 전신 고통을 호소하였다. 점차 황달로 전신이 노랗게 변하는 간 기능부전 증상과 함께 호흡이 어려워지고 사진상 폐 병변도 악화되었다.

병실에서 만난 환자의 남편은 또래의 사람이었는데, 부인을 잘 부탁한다고 무덤덤하게 말했고 표정도 그녀를 크게 걱정하는 것처럼 보이지는 않았다.

내과학 교과서에서 각종 희귀질환까지 찾아가며 감별해야 할 질환을 열거해 보았으나 어느 하나 이 환자의 소견에 일치하는 건 없었다. 병실 회진 시 담당 교수님도 고개를 갸우뚱할 뿐 무엇 때문에 이런 상태가 나타난 건지 도무지 적절한 진단명을 찾지 못하셨다. 4~5일 정도가 지나자 간성혼수가 오며 의식이 희미해지고, 저산소혈증 소견도 나타났다. 산소를 투여하며 보조 치료를 했으나 반응이 없었고, 다음 날 사망했다. 정확한 진단명도 없이 사망했으니 사망진단서에는 원인 불명의 간부전, 호흡부전에 의한 병사病死라 기록된 것 같다.

사실 내과 전공의 동안 병실, 응급실 환자 진료뿐만 아니라 지방 병원에 파견되어 주야로 다양한 응급 상황을 경험하였고 공부도 열심이었던 고년 차 전공의인 나에게도 소위 '필feel'이 있었다. 처음 이해되지 않던 다양한 소견들도 며칠 진행되는 경과를 보니 드물지 않게 접한 바 있는 어떤 상태와 유사하다는 감이 왔다. 그러나 전공의에게는 자신의 판단을 자신할 만큼 깊은 내공은 없었고, 환자 진료 시 담당 교수의 지시를 받아야 하는 수련의 신분인지라 심증만으로 성급

하게 말할 수는 없었다. 특히 개인의 명예나 법적인 문제가 될 만한
이슈는 더욱 그러했다. 그 고민도 잠시, 중환자실의 환자 상태는 급격
하게 악화되어 불과 며칠 만에 사망에 이르렀다.

그라목손(파라콰트)은 주변의 산소에 전자를 옮겨와 유독한 활성산
소를 생성하여 세포를 죽이는 기전을 지닌 값싸고 효과가 탁월한 제
초제다. 베트남 전쟁 시 살포되어 많은 고엽제 병 환자를 발생시킨 제
초제 agent orange보다는 독성이 낮으나, 살포 시 잡초가 2~3시간 만
에 죽을 정도로 약효가 빠르다. 주변의 산소가 결핍되거나 약이 땅에
닿으면 비활성화되므로 흙에 잔류하는 농약이 적다는 장점으로 1961
년 처음 상업화된 이후 우리 농촌에서 광범위하게 쓰였다.
　온 집안에 널린 게 이 약이니 80년대 응급실에는 실수나 울컥하는
마음으로 그라목손을 음독한 환자들로 넘쳐났다. 냄새가 없는 검녹색
액체 약이었으나 이후 사고나 음독을 방지하기 위해 역한 냄새나 다
른 색이 첨가되었다.
　그라목손은 위장에서 흡수되어 환원형 파라콰트가 되고, 산소와
결합하여 활성산소를 발생시켜 조직을 파괴시킨다. 배출되기 전까지
는 체내에 흔한 산소와 반응하여 반복적으로 유해산소를 만들기에 소
량 음독만으로도 사망할 수 있고, 폐에는 다른 조직보다 10배 이상 축
적되어 폐 섬유화를 일으킨다. 간과 신장도 파괴하므로 약의 배출도
거의 일어나지 않아서 점차 폐, 신장, 간, 췌장 심장에 독성이 나타난
다. 약의 독작용을 멈추려면 산소를 끊어야 하나 생체 내에서 이는 불
가능하다.
　결국 그라목손은 오남용 문제로 인해 1980년대 이후 세계적으로
사용이 규제되었고 우리나라는 2011년 이후 판매가 중단되었다. 금지

한 다음 해에 농약 음독 자살사고 사례가 급감할 만큼 자살 목적으로 이용된 농약이기도 하다. 해독제가 있고 역한 냄새가 나던 살충제 유기인산제보다 사망률이 매우 높다.

그라목손 음독자 다수는 눈앞에 약이 없었으면 마시지 않았다고 한 것도 사실인데, 중독 시 치료제가 없으니 순간의 실수도 되돌리기 어렵다. 한 티스푼(5cc) 정도를 마셔도 두 명 중 한 명은 사망하고, 피부로 흡수되어도 심하게 중독될 수 있다. 나는 콜라 유리병의 작은 쇠뚜껑에 이 용액을 부어 실수로 맛을 본 환자가 사망하는 것도 보았다. 한두 모금(20~40cc)을 마시면 7~80%가 7~10일 이내에 죽고 100cc를 마시면 대부분은 하루 이틀 내에 사망한다.

그라목손 중독 환자가 겪는 전신의 고통은 사망할 때까지 지속되므로 처절한 비극이 따로 없다. 음독자 대부분은 사망하게 되나, 빨리 죽지도 못한다. 결국 여러 장기 기능 마비로 사망하나 활성산소가 장기를 파괴하는 속도가 빠르지 않아 죽기까지 최소 1~2일에서 길게는 1주일 이상 엄청난 고통을 받는다.

이해할 수 없었던 이상한 증상들로 시작하여 서서히 고통스럽게 죽어가는 환자를 보며 나는 입원한 며칠 뒤 그녀의 경과가 그라목손 중독과 유사하다고 생각했다. 환자에게 혹시 독극물은 접촉한 적이 없느냐고 물었으나, 그런 건 아예 없다고 했다.

당시는 혈중 약물 농도 측정법이나 중독을 진단하는 특수 기법이 없었기에, 더 이상 증명해 볼 시간도 없는 가운데 환자는 사망했다. 환자는 다방 서비스직에 종사한 경력이 있었고, 남편은 고시 공부 중이라 했다. 두 사람 사이에 흐르는 조금 어색한 분위기를 느꼈고, 다른 가족은 만나보지 못했었다.

이어지는 장면은 보지 않았으면 좋았다. 남편에게 환자의 사망 소식을 알리자 그는 '어이어이' 소리 내며 중환자실로 들어섰다. 그건 입에서 나오는 슬픔의 표시였으나 눈물은 보이지 않았다. 얼굴 표정은 전혀 슬퍼 보이지 않았고 힐끔힐끔 주변을 보는 것처럼 느꼈다. 망자에게 다가간 그가 가장 먼저 한 행동은 주변이 다 들을 정도로 곡성을 계속 내며 금목걸이와 양쪽 금귀걸이를 천천히 분리하여 바지 주머니에 챙겨 넣는 것이었다. 작업이 완수되자 그녀에게는 흰 천이 씌워졌고 용원들에 의해 안치실로 옮겨졌다. 나는 그녀의 침상 옆에 서서 몇 시간 동안 그녀의 마지막과 이어진 보호자의 행동을 묵묵히 지켜보았다.

확실하게 밝혀진 건 아무것도 없었다. 나의 추측이 아니기를 빌 뿐이었다. 이 환자에 대한 기억은 곧 잊을 것 같았으나 오랫동안 잊을 수 없었다. 한 인간으로서 무언가 책임을 다하지 못한 비겁함과 무력감은 나의 마음에 큰 바위가 짓누르고 있는 무거운 아픔으로 남았다. 그건 시간이 지나도 결코 옅어지지 않는 묵직한 압통이다.

힐끔힐끔 나를 쳐다보던 그 보호자도 나를 잊지 않았을 것이고, 가끔은 지금도 그가 내 주위를 맴돌고 있다는 생각을 한다. 소량만으로도 충분히 치명적인 냄새 없는 그라목손을 콜라나 음식에 섞어 독살하려는 시도가 많았기 때문이기도 하다.

어떤 이별의 방식

　11월 들어서며 아침 출근길의 공기가 제법 쌀쌀해졌다. 지난밤 창가를 때리던 빗방울 소리에 잠시 잠을 깨었는데, 밤새 가을비로는 제법 많은 양이 내린 것 같다. 늦가을 비는 떨어지던 낙엽에 가속도를 붙였고, 이제 겨울이 다가왔음을 알려 주고 있다. 이 모든 것은 예정된 순서에 의하여 진행되던 일이었고, 봄에 파란 잎사귀가 올라올 때부터 이미 알고 있었던 일이다. 막상 이렇게 당연한 현실이 갑작스레 나에게 다가오면, 예정된 이별임에도 불구하고 그동안의 준비가 너무 부족했음을 알게 된다. 그러고는 그들의 부재에 마음 아파하는 것이다.

　오전 진료시간에 갑상선기능 저하증으로 진단된 후, 지난 25년 동안 나의 진료실로 내원하시는 어르신이 방문하셨다. 이 도시에서 멀지 않은 면 단위의 농촌에 사는 85세의 할머니이다. 오랫동안 반년이나 일 년마다 진료실을 방문하실 때는, 항상 키가 크고 마른 체형의 할아버지가 동행하셨다. 나에게는 노부부가 단정한 옷차림에 깨끗한 흰 운동화를 신고 들어오는 것이 인상적이었다.

　할아버지는 아침 일찍 식사를 마친 뒤 동네 어귀에서 출발하는 시외버스를 타고, 시내에서 다시 시내버스로 갈아타며 병원에 온다. 아침부터 서둘러 집을 나와도 두어 시간은 걸린다고 하였다. 할머니는 몸무게가 35kg에 불과한 유난히 왜소한 체격이고 얼굴에는 주름살이 쪼글쪼글하였으나, 언제나 표정은 해맑았다.

언제부터인지는 기억을 할 수 없으나, 진료실에 들어올 때는 할아버지가 손을 꼭 잡고 "임자. 어서 들어가자. 선생님 바쁘다." 하며 할머니를 이끌어 주었다. 진료를 마친 후에는 "고맙소. 선생님도 건강하시오. 그래야 우리 집 할매도 건강하게 지낼 수 있제…." 하고는 "할멈, 이제 볼일 다 봤으니, 또 집으로 가봐야제?" 하며 다시 손을 잡고 나가셨다. 할아버지는 지팡이도 짚지 않으셨고 무척 건강해 보였다.

최근 몇 년 동안에는 할머니의 행동이 조금씩 더디어졌다. 보청기를 착용하고 있음에도 불구하고, 인사를 하거나 무슨 말씀을 드려도 대꾸가 없었다. 항상 무덤덤하게 눈치만 살피는 것 같았다. 간호사나 내가 안부를 묻지 않으면, 할머니 스스로가 몸이 불편하거나 도움이 필요하다고 먼저 말씀하시는 경우는 없었다.

진료하면서, 할머니가 집중할 수 있도록 천천히 그리고 크게 반복해서 말씀을 드려도 내가 설명하는 내용을 대부분 알아듣지 못하는 것 같았다. 늘 조금은 긴장한 표정으로 주변을 살피거나 옆에 서 계시는 할아버지의 얼굴을 살폈다. 이때는 항상 할아버지가 나서서 대화를 마무리하였다.

"오늘도 할머니 상태가 정말 좋으시네요. 매일 약을 잘 드시는가 봅니다. 이렇게 약만 잘 드시기만 해도 백수는 거뜬하시겠는데요." 하면, 할아버지는 기분이 좋아서 "내가 매일 아침에 이 사람 약을 잘 챙겨 먹여요. 할멈은 내 말은 참 잘 들어요."라며 자랑을 하셨다. 갑상선 호르몬을 매일 아침에 복용하고, 한 시간이 지난 뒤에 아침 식사를 하라는 의사의 처방을 잘 지키는 환자는 많지 않다.

적지 않은 연세임에도 불구하고 이른 아침에 할머니를 모시고 시골에서 차를 갈아타며 병원에 오고, 진료와 다음 일정의 예약, 그리고 병원 근처의 약국에 가서 약을 타는 것까지 모든 것을 다 챙겨야 하는 할아버지의 임무가 정말 중요해 보였다. 한번은 할아버지에게 젊은 보호자 분은 계시지 않느냐고 물었더니, "괜찮아요. 이 사람이 나하고 이렇게 다니는 걸 얼마나 좋아하는데요."라고 말씀하셨다.

상황이 이러하니, 그동안 매번 할머니가 방문하실 때마다, 할머니를 위하여 할아버지가 계속 건강하셔야 하는데라는 생각을 했었다. 할아버지는 할머니보다 연세가 조금 더 많다는 것을 알기에 말씀은 드릴 수 없으나, 항상 이 평화로운 정경에 대한 막연한 불안감이 들었던 것이 사실이다.

어느 날 아침에는 그동안 한 번도 오신 적이 없었던 50대 여성이 할머니를 모시고 들어왔다. 할머니와 늘 함께하시던 할아버지가 곁에 보이지 않으니, 갑자기 나의 가슴 아래쪽에서 위쪽으로 묵직한 쇠뭉치가 치밀어 오르는 느낌이 들었다. 잠시 주저할 겨를도 없이, "어, 오늘은 할아버지가 못 오셨네요?" 하고 물었다. 할머니는 평상시와 다름없이 표정의 변화도 없었고, 아무런 말도 하지 않으셨다. 평소 같으면 할아버지의 얼굴을 쳐다보았을 것이나, 오늘은 마주한 나의 눈만 쳐다보셨다.

보호자로 동행한 여성이 침울한 목소리로 "아버님 석 달 전에 돌아가셨어요."라고 하였다. "네? 어떻게 얼마 전까지 그렇게도 꼿꼿하고 명석하시던 분이 이렇게 갑자기 돌아가실 수 있지요?" "소화가 잘 되지 않고 아랫배가 불편하다고 하여 병원에 갔었는데, 대장암이 이미 전신 장기와 복강에 전이된 상태였어요. 아무런 치료를 할 수 없는 형편이었어요. 그러고는 진단 후 불과 한 달 만에 갑작스럽게 가셨어요. 마지막에 배변이 어려워 속이 조금 거북하다고는 하였으나, 별 고통은 호소하지 않으셨어요. 아버님은 편안하게 가셨어요.”

할머니에게 “할아버지가 안 계셔서 어떡해요. 얼마나 섭섭하시겠어요?” 하며 애써 애도의 말씀을 드렸으나, 할머니는 여전히 아무 반응이 없었다. 오랜 세월 동안에 보호자로 만나 뵈었던 그 할아버지 생각이 나서 할머니의 두 손을 꼭 잡아보았다. 그러나 이미 어느 정도의 인지장애가 진행된 상태였던 할머니는 그냥 무덤덤한 표정으로 나를 쳐다보기만 하였다. 나에게 두 손을 맡긴 상태에서 “오늘따라 왜 이렇게 수선을 떠는지 모르겠네.” 하는 표정으로 시선을 좌우로 돌리며 상황을 파악하려고 노력하는 것만 같았다. 따님인 듯한 그 여성 보호자분의 눈덩이가 붉어지고, 굵은 눈물방울이 맺혔다.

언제나 갑상선 기능을 정상으로 유지하는 모범 환자였던 할머니의 상태에 대하여는 무어라 충고해 드릴 말이 없었다. “할머니, 밥 잘 잡수시고 건강하세요. 따뜻한 내년 봄에 또 뵈어요.”라고 소리 높여 말씀드렸더니, 그제야 고개를 끄떡끄떡하였다.

마음을 가다듬고는 오늘 처음 본 따님에게 “아버지 인상이 참 좋으셨어요. 지나간 오랜 시간 동안 두 분이 손을 꼭 잡고 진료실에 들어오시는 모습을 앞으로도 잊지 못할 것 같아요. 참으로 다정한 모습이셨어요.”라고 나의 솔직한 마음을 고백하였다. 따님은 다시 소리 없이 흐느꼈다. 가방을 뒤져 손수건을 꺼내고 눈물을 닦느라 고개를 들지 못하였다. 그러나 할머니는 이 어려운 상황을 도무지 이해할 수 없는 것 같았다. 몇 번이나 이쪽저쪽을 살펴보더니, 따님에게 “나는 귀가 잘 안 들려.”라고 하였다. 잠시 후 아무 일이 없었다는 듯이 자리에서 천천히 일어나서는 따님의 부축을 받으며 종종걸음으로 진료실을 떠났다.

　연구실로 돌아와서, 언제나 동행하시던 이분들이 진료실에 남겨두고 간 잔상을 다시 기억해 보았다. 이분들은 60년 이상을 부부의 인연으로 내가 모르는 수많은 사연을 함께하며 살아왔을 것이고, 이제 때가 되어 자연스럽게 왔던 길로 돌아가고 있다. 그러나 아무리 생각해도 할아버지가 더 행복한 분인지, 할머니가 더 행복한 분인지 분간을 할 수 없다.

　어느 시인은 남자로서 자기의 마지막 바람은 일개미처럼 자신만의 여왕개미를 위해 먹이 한 점이라도 더 쌓아두고 떠나는 것이라고 했다. 서로 말하지 않더라도 묵묵히 그리고 언제라도 그가 있어야 할 자리를 지켜주는 사람이 되기는 쉽지 않은 일이다. 할아버지는 비 오고 바람 부는 날이 되면, 할머니 걱정으로 저세상에서도 편히 잠들지도 못하실 것 같다는 생각이 든다.

　의학의 발전으로 출생 후 한 세기를 살 수 있는 시대가 되었다. 그러나 일반적인 노년의 삶은 이와 다르지 않을 것 같다. 내가 건강을 잘 유지하며 평균 수명까지 살 수 있다고 하여도, 장래 나의 모습은 여기에서 크게 예외가 되지는 않을 것이다.

　오늘은 차가워지는 겨울 날씨만큼이나 삶이 차갑게 다가온다.

그분의 변명

1

2000년대 초반 어느 해 봄이었다. 새 학기가 막 시작되었을 때였다. 은퇴를 앞둔 미국의 대선배 교수님이 학교를 방문하신다기에, 의과대학 2학년 강의 시간에 특강을 부탁드렸다. 다양한 분야에서 많은 업적을 이루신 중견 학자이고 인간적으로도 존경을 받는 명망 높은 분이었다.

나는 우리 의과대학 선배이시니 학생들에게 귀감이 될 성공담을 들려주실 것을 기대하였다. 세계적인 학자로서 이 분야의 발전 방향과 우리들의 대응도 담아줄 것으로 생각했다. 강단에 선 교수님은 우선 강의 제목으로 "나는 왜 성공하지 못하였는가?"라고 칠판에 썼다. 의학에 입문한 후 거의 50년 동안의 세월을 회고하시며 열심히는 살았으나 지금보다 더 나은 의학자, 의사가 되지 못한 점이 많이 후회된다며 강의를 시작하였다.

우리 두뇌에 100억 개 이상의 신경세포가 있는데, 이것들의 잠재능력을 활용하지도 못한 채 대부분 폐기처분하기에 이른 어리석음, 다양한 분야에서 식견을 갖추지 못하여 의학에 대한 시야가 넓지 못하였기에 창의적인 연구를 할 수 없었던 점, 한 분야를 선택했으나 거기에 집중하는 노력과 정열이 부족하여 깊이 파고 들어가지 못한 천박함, 그리고 미국에 오래 살았으나 영어가 출중하지 못하였고 문화적 다름에 의한 사고의 차이를 효율적으로 극복하지 못한 점이 그 원인이라고 생각된다고 하였다. 한 시간 내내 진솔하게 말씀하셨다.

임상 의사인 교수님을 롤 모델로 생각할 정도로 족탈불급인 나에게는 충격적인 제목과 내용이었다. 선생님의 현재 위치를 알고 있는 나는 반어법적인 강의구나 하고 생각할 수 있었으나, 이제 막 20세가 지나는 학생들은 하시는 말씀을 그대로 받아들였을 것이다. 그러나 나는 그 반대로 스스로의 역량에 대하여 끊임없이 분석하고 체계적으로 관리하며 살아왔구나 하며 생각했다. 한편으로는 만족스럽고 행복한 일생을 사셨다고 짐작했는데, 이분도 이렇게 과거에 대한 미련이 많이 남았구나 하는 진솔함과 인간적인 면모를 느꼈다.

알려진 선배 세대 한 분이 "주변이 어떻게 생각하든지 일단 내가 살아남아야 하고, 또 힘을 가져야 한다. 힘이 있는 일정한 직급에 올라가면 그때 가서 우리 회사나 사회를 '평소에 생각하던 이상적인 곳으로 바꿀 거야' 하고 미친 듯이 달려왔는데 그 언저리 나이가 되어서 보니 그 과정에서 내가 변하고, 또 지금 변화되었다는 것은 생각도 제대로 못 했다."라고 한 인터뷰 기사가 생각난다.

그 여웅연 교수님을 떠올린다. 여 교수님과 부인인 강반 교수님은 의대 두 해 선후배셨다. 두 분 모두 의과대학을 수석으로 졸업하신 영명한 분으로서 여 교수님은 생리학 교수로 재임하였고, 강 교수님은 내과 전공의 수련을 하다가 미국으로 떠나셨다.

두 분은 각각 시카고대학교 의대 교수로 계시다가 켄터키 의대 주임 교수로 옮겨 핵의학 및 알레르기내과의 과장으로 근무하였다. 은퇴 후에도 학회나 한국 방문 시, 그리고 두 분 모두 동창회 대상을 수상하실 때 등등 자주 뵈었다. 7~8년 전 한국으로 돌아오고 싶다며 은퇴 시설을 알아보려 귀국하셨을 때 마지막으로 뵌 것 같다.

부부의 고향 사랑도 남달라서 켄터키 렉싱턴의 자택에는 한반도 지도 모양의 연못을 만들고 미국에서 한국 골동품도 많이 수집하셨다. 선생님 부부께서 남아있는 자료와 수집하신 물품들을 병원 의료 박물관에 기증하겠다고 하여 지난번에는 병원 관계자들이 플로리다의 은퇴 시설에 계신 두 분을 찾아뵙고 귀국했다.

병원장이 선생님 댁에서 가져온 선물을 전해주었다. 이 두 개의 도자기 종이다. 미국인들에게 유명한 노만 록웰Norman Rockwell이 그린 미국의 풍속화를 그림으로 새긴 것과 선생님이 아일랜드를 방문 시 구입한 자기 종이다.

슬픈 소식이 같이 묻어왔다. 여 교수님과 강 교수님이 심해진 치매

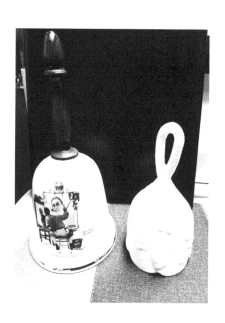

증상과 파킨슨병으로 투병 중이라 하였다. 워낙 대단하셨던 이분들에게 퇴행성 신경병변에 의한 이런 변화가 오리라고는 전혀 짐작도 할 수 없었기에 혼란스러웠다. 연세가 80세를 훌쩍 넘기셨으니 두 분도 자연의 법칙에서 예외가 될 수만은 없었다. 활동이 힘든 가운데에서도 챙겨주신 종을 보며 온종일 안타까운 마음을 금치 못하였다.

이희호 여사의 자서전에는 우리나라 최초의 여변호사이자 강렬한 민주투사였던 이태영 여사의 마지막 병문안 장면이 기록되어 있다. 그토록 똑똑했던 분에게 치매가 와서, 사람을 알아보지도 못하고 퇴행적인 모습을 보이는 모습에 가슴이 무겁고 눈물이 났다는 것을 적어두었다. 연구실에서 그분들이 소중하게 간직하시던 평화로운 미국 가정의 일상이 그려진 노만 록웰의 도자기 종을 흔들어 본다. 그동안의 과분한 도움에도 제대로 인사도 드리지 못했기에, 안타깝게 두 분 선배 교수님의 평안한 말년을 진심으로 기원하고 있다.

2

은퇴 후 플로리다에 은거하셨던 여웅연 교수님이 2020년 7월 25일 오후 86세를 일기로 서거하셨다. 젊은이들이 마스크를 벗어 던지며 나 잘났다는 식으로 코로나를 비웃으며 희희낙락하던 그곳에서 연로하신 분들이 유탄을 맞았고, 코로나19로 세상을 떠나셨다.

선생님은 1960년 경북의대 졸업 후 생리학 교실에서 재임하시다가 1960년대 말 미국으로 가셔서 시카고의대에 재직하셨고 켄터키의대의 핵의학 과장으로 옮긴 후 그곳에서 은퇴하셨다.

부인이신 알레르기 내과 강반 교수님과 학자로서도 많은 일을 하셨지만, 특히 한국과 후배 학도들에게 많이 베풀어주셨다. 나 또한 지난 30년간 여러 번 선생님을 뵈었고, 교수님 댁을 방문했고, 또 9·11 때는 며칠 같이 지냈다. 자동차 여행을 함께 하며 선생님을 가까이서 뵐 기회도 있었다. 22년 선배이시니 거의 아버님 연세이다. 항상 소탈하게 대해주셨고, 과분할 정도로 많은 사랑을 주셨다. 몇 개의 사연을 소개하며 선생님을 기억하고자 한다.

선생님은 60년대 중반 미국 대학에서 생리학 연구원으로 근무하였다. 미국서 1년 반 정도가 지나 제대로 된 연구 결과가 나오기 시작했는데, 모교에서 생리학을 가르칠 사람이 없다고 빨리 귀국하라 하여서 하는 수 없이 귀국하여 전임 강사-조교수로 재직했다. 당시 우리나라는 가난하였고 연구 기자재나 돈이 없었으니 제대로 된 연구를 계속할 수 없어 많이 답답했다고 했다.

그러던 어느 해 2월 학생들 진급을 사정하는 교수회의에서 1학년 낙제자 수가 수십 명으로 많았기에, 30대 초반의 선생님이 모처럼 발언을 했다. "학생이 조금 낙제하면 그 친구가 공부하지 않았거나 모자라서 낙제하는 것이지만, 이렇게 많은 학생이 낙제한다는 건 교수들이 잘못 가르친 게 아니냐?" 열심히 공부했음에도 교수들이 대충 설정한 기준으로 학생들을 마구잡이로 낙제시키는 게 옳지 않다는 의견을 말한 것이었다.

지금은 성적 낙제자가 많지 않으나, 역사상 의과대학 낙제는 악명이 높다. 나의 입학 동기도 120명이 입학하여 본과 1학년 때 54명이 낙제했다. 거의 50%가 낙제한 셈이다.

그러나 교수회의에서 원로교수의 반응은 '뭐 이런 놈이 있지?' 였던 것 같다. "조교수 이하는 모두 회의장에서 나가!"라는 학장의 불호령이 떨어졌고, 다른 몇 명의 젊은 교수들과 쫓겨났다. 선생님은 이런 말도 안 되는 일이 있나, 하며 틀림없이 학장이 사과할 것이라고 생각하였다고 했다. 사과는 없었다. 실망한 선생님은 사표를 제출하고 1969년 미국으로 떠나서 인턴, 전공의를 거쳐 시카고대학 교수가 되었다. 기초의학을 전공하며 닦은 실력을 유감없이 발휘하여 승승장구하셨다.

내가 선생님을 처음 뵌 것은 1984년 전공의 때였다. 서울에서 있었던 국제학회에서 발표한 후 대구로 오셔서 '의학의 현황과 미래' 에

관한 강의를 했다. 그냥 신기한 딴 세상의 이야기처럼 들렸지만, 워낙 명강의여서 귀를 쫑긋하며 들었다. 이후 나도 모교 병원의 핵의학 교수로 발령을 받은 후 자주 연락을 드렸다. 영상의학이나 핵의학은 장비가 가장 중요한데, 제대로 된 무기도 없이 첨단의학을 전공한다는 것이 항상 무거웠기에 가끔 선생님께 신세 한탄하는 편지를 드렸었고, 이후 자주 뵐 수 있었다.

선생님은 90년경 아산병원이 처음 개원할 때를 비롯하여 몇 차례 한국의 대형병원에서 초빙하려고 했으나 결국 50년 이상을 미국에서만 생활하셨다. 지금은 한국이 주요 세계 핵의학 학회 논문 발표 수가 4위에 해당될 만큼 많지만, 80~90년대 초까지는 세계학회 발표가 거의 없었다. 선생님은 미국 학회에 논문 발표를 하는 한국인 모두를 찾아내어 격려하시며 그들이 기억할 만한 기념품을 만들어 주셨다. 한국 논문 발표가 많아진 1998년에야 이 활동이 중지되었다.

모교 교실에도 엄청나게 많은 학술지와 도서, 그리고 장비를 보내

주셨다. 그 무거운 서적과 장비를 자비로 포장하여 보내주었고, 후배들을 위한 동창회 장학금도 많이 출연하였다. 단언컨대, 핵의학을 전공하는 후학 중 여 교수님을 존경하지 않는 분은 없으리라 믿는다.

선생님은 경북의대 졸업생 중 천재를 꼽으라면 들어갈 만큼 스마트한 분이기도 하셨지만, 참 재미있으신 분이었다. 어렵고 힘든 경험들도 아름다운 추억으로 풀어주시는 재능이 있으셨다.

어느 강의 중 미국에 와서 10년 이상이 지나 자리를 잡았고, 경제적으로도 나아지셨기에 부부가 뉴욕의 오래된 빌딩의 가장 유명한 레스토랑에 가셨을 때 얘기를 하였다. 전망 좋은 창가 자리를 잡으니 나이가 지극한 웨이터가 주문을 받으러 왔다. 그동안 쌓은 내공을 발휘하여 메뉴판에서 최고급 스테이크를 시켰고, 웨이터는 "Something to drink?" 하고 물었다. 선생님은 단숨에 "Budweiser, please."를 외쳤단다. 그러자 웨이터가 무표정으로 바라보더니 뒤돌아 가버렸다.

조금 후 아주 신참 젊은 웨이터가 다시 와서 주문을 요청했다. 얼떨결에 주문했으나, 그 황당함과 무안함을 잊을 수 없다고 했다. 그런 레스토랑은 무슨 와인 몇 년산 빈티지 한 잔 정도를 호기롭게 외치는 곳인데, 청년들처럼 "시원한 맥주 한 잔!"을 외쳤더니 '천박한 녀석들' 정도로 여겼으며, 그런 일이 생겼다는 것이다.

본인에게 미국 생활, 의학의 영역도 그와 같았다고 하셨다. 학문과 삶의 깊이와 폭이 얼마나 넓은지. 감히 다가갈 수 없던 곳도 너무 많으니 그저 젊을 때부터 최선의 노력을 다하며 열심히 살라는 말씀이었다.

최근 몇 년 선생님을 뵙지 못했는데 나의 영웅 중 한 분의 마지막을 멀리서 소식으로만 들었으니 참으로 애통하고 선생님이 그립다.

변호사님, 그녀를 도와주세요

병원 법무팀으로부터 전화 연락을 받았다. 전임 병원장과 나를 비롯한 여러 명의 의사가 민사소송을 당했는데 효율적으로 대응하기 위해서는 어느 정도 범위 내에서 병원 법무팀에 대응을 위임해 주는 게 필요하다고 했다. 보내온 서류의 내용을 모두 읽어보니 오래전부터 진행되던 일이었기에 일부는 알고 있던 송사였는데, 거의 십 년의 세월이 지난 이 내용이 아직도 진행 중이라니 놀랍기도 하지만 한편으로는 마음이 무거웠다.

처음은 10년 전쯤 내가 병원의 진료부원장 보직을 맡았을 때 시작된 일이다. 대학본부 보직을 하던 경영학부 소속의 고등학교 선배가 같은 시기에 대학을 다녔던 어느 50대 여성 동기분의 사연을 들어보고 크게 어려운 일이 아니면 좀 도와주라고 했다.

모 인문계열 대학에서 연구교수로 근무 중인 여성 박사로서 미혼으로 지내시던 분이었다. 그녀의 80대인 모친이 진행된 난소암과 복막 전이암으로 인하여 복수가 많이 차고 힘든 상황이라고 했다. 배가 불러져서 촬영한 CT와 PET 영상검사 소견으로 임상적 진단이 이루어진 것이다.

그러나 그녀를 면담해 보니 뜻밖의 주장을 하였다. 평소 그렇게 건강하던 그녀의 어머니가 몇 개월 사이에 급속하게 쇠약해졌는데, 여러 사정을 고려해 보니 이렇게 급격하게 나빠진 원인은 남동생의 부인(올케)이 독극물을 주입한 것 같다고 했다. 환자의 상태를 잘 살피어, 올케의 이 악독하고 교묘한 범죄를 밝히는 데 자기를 도와 달라 했다.

진료를 맡은 종양내과 의사와 상의하니 진행된 암에 의한 악성 복수에 의한 영양실조 소견이고, 독극물 투여 범죄에 의한 소견은 없다고 했다. 참 난감한 일이었다. 따님과 장시간 면담하며, 의학적 소견을 설명한 후, 범죄의 혐의가 있으면 경찰에 수사 의뢰해야 할 일이고 병원의 의료진이 감당할 수 없는 내용이라고 간곡하게 거부 의사를 밝혔다.

불과 1~2개월 후 할머니는 사망하셨고, 그 직후부터 그 여자분의 분노는 점차 심화하기 시작했고, 나를 몇 차례 더 찾아왔으나 도움을 드릴 만한 내용은 아니었다. 결국 그녀는 올케를 독극물 주입에 의한 모친 살인 혐의로 경찰에 고발했다. 어머니를 모시고 살았던 것으로 추측되는 오빠와 올케는 펄펄 뛰며 억울해했고, 경찰의 수사가 바로 시작되어 장례 준비를 위해 영안실에 안치된 할머니의 혈액과 조직을 채취하여 독극물 검사도 하였다. 그러나 결과에 따라 딸의 올케 고발 건은 무혐의 처리되었으나 그녀의 또 다른 고발, 고소가 이어졌다.

할머니가 사망한 원인이었던 조절되지 않는 다량의 복수 발생 원인은 난소암 전이에 의한 것이 아닌데 의료진이 오진하여 모친이 적절한 치료를 받을 기회를 박탈하였고, 결국은 사망에 이르게 되었다며 의료진을 형사고발 하였다. 고발대상자에는 이 엄청난 범죄를 조직적으로 은폐한 대학병원장, 진료를 맡았던 종양내과 교수와 주치의, 영상의학과 교수, 나를 포함하여 PET를 판독한 후배 핵의학과 교수도 포함되었다.

나는 실무책임자로서 그 중간 과정을 전체적으로 파악할 수 있었다. 업무상 과실치사에 대한 형사고발 건은 우여곡절 끝에 대법원까지 올라갔고, 최종 무죄 처리되었다. 그 재판에서 고발자인 딸의 집요한 주장에 의하여 사망한 지 거의 5년이 지나 백골화가 진행된 모친의 시신을 묘지에서 발굴하여 모 법의학센터에 부검하였다.

이번에 처음으로 부검 소견을 읽어보니 매장된 지 오래되어 살(연조직)은 대부분 부패 소실되고 뼈 정도만 남아있는 상태로 추측되고, 내부 장기나 연조직이 없었다. 그러니, 이 시신이 난소암으로 사망한지도 알 수 없다고 되어있었다. 딸은 거의 5년 된 시신이어서 연조직이 부패하여 암인지 알 수도 없는 상태라고 한 부검 소견을 암이 없다는 소견이라고 확신하고 소송을 10년째 진행하고 있었다. 이제는 60대 중반이 된 이분은 여기에서 포기하지 않고, 사건의 처리 과정이 불공정했다며 문제를 제기하며, 이와 관련된 판결과 소송과정에 대하여 헌법재판소에 위헌 제소까지 하였으나, 여기서도 최종 각하되었다.

이번에는 난소암이 없었음에도 경북대 병원에서 암이라고 진단을 잘못하여 할머니가 피해를 보고 사망하였고, 이에 따라 고소인은 엄청난 정신적 경제적 피해를 보았다며 형사고발 대상자 전원을 다시 민사 법원에 제소하였다. 수천만 원의 돈과 지연이자 어쩌고 하며 제법 많은 돈을 배상하라고 의료진과 병원을 대상으로 민사소송을 시작한 것이다.

소송 서류에는 독일 쾰른의대 핵의학과 교수와 전화 통화한 내용을 녹취했다면서 자료도 첨부해 두었다. 주변의 지인을 통해 독일 대학교수에게 연결하여 보냈던 복수가 가득 찬 어머니의 복부 CT 영상 소견이 난소암이 맞느냐고 물었더니, 독일 교수가 영상에서 보이는 복부 영상소견은 암에 해당하는 소견으로 생각되지만 정말 암인지 아닌지는 조직을 채취해야만 100% 확신할 수 있다고 대답했다는 답을 붙였다. 의학적인 관점에서 양측이 제대로 소통한 것 같지도 않았다.

기가 막혔다. 독일 의사에게 의학지식이 부족한 사람이 영어로서 추궁해서 얻어낸 답변이었기에, 약간의 임상 경험이 있는 의사에게 문의만 해도 알 수 있는 소견인데 그냥 자의적으로 해석하고 증거라며 첨부한 것이었다. 기대여명이 얼마 남지 않을 정도로 심하게 진행된 암은 영상 및 임상소견을 종합하여 판독하면 누구나 그 상태를 짐작할 수 있고, 이런 경우에는 침습적인 조직검사를 할 필요도 없다. 예를 들면 광범위한 전이까지 동반된 큰 위암이나 간암이라면 치료에 결정적으로 도움이 되지 않으면 조직검사를 하지 않는 경우도 많다.

올케와 오빠에 대한 반감으로 시작하여, 돌아가신 어머니의 유해를 다시 발굴하여 부검해 가면서까지 지난 10년 동안 진행되는 이 소송을 맡아서 대리하는 법무법인을 이해할 수 없다.

홀로 외롭고 어려운 이런 길을 고집하는 이 사람을 돕는 길은 송사를 대리하는 것보다는 적절한 진료를 받게 하는 게 아닐까 하는 생각이다. 이 무거운 현실에 마음이 무겁다.

결국 이번 민사소송에서도 원고가 패소하였다.

법조계에 계신 분들. 경제적으로도 넉넉해 보이지 않아 보이는 이 분에게 진정으로 도움이 될 수 있는 길을 인도해 주소서. 부탁입니다.

세월의 무게

1

우리의 영혼은 어디에 존재하고, 그 무게는 얼마일까?

1907년 미국 매사추세츠주의 의사 던컨 맥두걸은 죽음을 목전에 둔, 요양 시설에 입원 중이던 환자들을 대상으로 사망 전과 직후의 체중을 측정하였다. 동의를 한 6명의 환자는 4명이 결핵, 1명은 당뇨병, 1명은 원인 불명의 질환으로 임종 직전이었다.

사망 후 배출된 대소변은 침대 위에 그대로 두고 측정하였고, 온도의 차이에 따른 수분의 기화에 의한 변화를 줄이기 위하여 상황을 모두 비슷하게 조정하여 실험 오차를 최소화하였다. 측정한 결과는 한 사람에게서 21gm의 차이가 있었고, 5명의 대상자에서는 다양한 결과가 나왔다. 그러나 이들은 이 5명을 측정한 결과에는 오차가 있었다며 자료를 폐기하였다. 그 측정 결과를 산 사람과 죽은 사람의 무게 차이 21gm가 영혼의 무게라며 심리학 학술지에 발표하였다.

뉴욕타임스가 이 발표를 "의사들이 영혼은 무게가 있다고 생각한다.(Soul has weight, physicians think)"라는 기사로 인용함으로써, 당시 사회에 큰 반향을 일으켰다. 이 연구 내용은 이후 한참 동안 진리로 믿어졌고 특히 종교계가 이 이론에 많이 호응하였다. 맥두걸 팀은 더 나아가서 21마리의 개로 같은 실험을 반복하였더니 개는 사후 무게의 차이가 없었고, 특히 개 뇌의 무게는 더욱 일정하다는 결과를 발표했다.

이는 오랫동안 믿어온 성경에 기술된 내용 '인간에게는 영혼이 있으나, 동물에게는 영혼이 없다' 라는 사실의 증거라고 설명되었다. 당황한 동물 애호론자들이 나서서 이 결과에 대해 '동물에게도 영혼이 있으나, 그 무게가 너무 가벼워서 당시 실험에 사용된 저울의 최소 측정 범위를 벗어났기 때문에 측정하지 못하였다' 라고 설명을 할 정도였다.

아직도 영혼이 존재하는 우리 몸속의 특별한 장소를 증명하지 못했다고 해야겠다. 종교가 세상을 지배하던 중세까지의 서구는 유럽인들의 우수한 영혼론을 식민지 개척과 미개인을 지배하는 논리적 근거로 내세웠다. 남미를 정벌한 스페인과 포르투갈의 가톨릭교회는 '인디언 원주민은 영혼이 없으므로, 이들 야만인을 짐승처럼 복속시키거나 축출시켜야 한다' 며 그들이 원주민에 대해 행한 만행을 합리화시켰다.

오랫동안 이 논쟁이 계속되었고, 16세기 중반 스페인 바야돌리드에서 원주민들의 영혼 존재에 대한 종교적 대논쟁 끝에 그들의 영혼의 존재를 인정함으로써 마침내 이들을 노예로 삼는 것이 금지되었다. 가톨릭교회가 이들에게 기독교 복음을 전파하는 책임을 맡게 되면서 논쟁이 마무리되었다.

그러나 지금도 인간이 다른 동물보다 더 야만적이지 않다는 증거는 없고, 일상에서도 틈만 나면 약점을 잡으려고 노력하는 것이 본능이다. 루소의 자연주의보다는 로크의 계약론이 본능과 전쟁을 억제하는 데 힘을 발휘할 뿐이다.

2

지난 2주간의 힐링 여행을 다녀왔다. 카리브해 어느 섬으로 가서 휴식을 취한 뒤 정신적 재충전을 해서 돌아오고픈 게 우리들의 꿈이 겠으나, 이번 힐링 여행은 그와는 반대의 길을 다녀왔다. 육체적 힐링을 위한 여행이었다.

과거부터 몸의 내구연한이라 생각해 온 60갑자 한 사이클을 넘기고 얼마 지나지 않아서 심각하게 탈이 난 부품을 발견하였다. 선친의 병력을 생각하여 시행한 건강진단에서 이 녀석을 발견하고, 우선 폭발 가능성을 줄이기 위해 기폭장치를 제거하는 수술을 받았다.

입원 여행 전날, 병원 복도에서 동병상련하고 계신 선배 교수님을 우연히 만나 말씀드렸더니, '나도 그 녀석 만났을 때 내가 먼저 알아보고 피했어야 했는데, 갑자기 다가와서 미처 피할 겨를이 없었다' 라고 하였다. 10여 년 선배이신 그는 지금은 몸이 많이 나아졌다며, 자기에게 주어진 방식대로 이 녀석을 이기기 위해 최선을 다해 볼 수밖에 없다고 했다.

교과서에는 평생을 살며 1/3의 확률로 이 징글맞은 친구와 만날 가능성이 있다고 한다. 소풍이나 모임에서 경품 추첨은 죽으라고 당첨되지 않더니 이 반갑지 않은 녀석과의 데이트 경품은 신청도 하지 않았는데 무방비상태에서 조기에 당첨표가 주어졌다.

지난 30년간 진료실에서 수많은 분에게 때로는 무심하게 전해주던 말들이 부메랑처럼 나에게로 왔다. "암이네요." 나는 그렇구먼, 하고 아무 불평 없이 선고를 받아들였고, 정해진 수순에 따라 묵묵히 발길을 옮겼다. 월요일 이른 아침부터 4시간에 걸친 수술을 받았고, 마취에서 깬 후 얼마 지나지 않아 회복을 촉진하기 위해 병실 복도를 어슬렁거렸다.

다음 날 이른 아침 복도에서 평소 내가 갑상선 진료실에서 뵙던 남성 환자를 만났다. 그분은 몇 년 전 방광암으로 수술했고, 합병증인 소변 배출구 기능장애 처치를 위해 입원했다고 말했다. 어두컴컴한 복도에서 내 주위를 몇 번이나 두리번거리다가 확신하고, 물어왔다. "선생님께서 여기에는 웬일입니까?" 이런저런 이야기를 나누고, 서로 파이팅을 외치며 병실로 들어왔다. 간단한 처치가 끝났으므로 그날 오전에 퇴원한단다. 방광암이 그렇게 성가신 병임을 그분을 통해 처음 알았다.

입원 후 간병인을 구할 때였다. 비뇨의학과에 수술한다고 했더니 간병인이 가장 먼저 입원한 이유가 '방광'이냐고 물었다. 방광암은 시술이나 수술 후 방광 내부로 생리식염수를 보내 계속 씻어내야 한다. 그런데 방광 세척액은 크기가 1리터에 불과하므로 이걸 흘려보내고 받아내는데 걸리는 시간은 불과 20분에 불과하다.

온종일, 그리고 밤새도록 20분마다 이 세척액을 바꾸고 배출액을 처리해야 하니, 대부분이 50대 이상인 간병인 아주머니들이 견디기가 힘든 것이다. 불과 얼마 전에는 큰 용량의 세척액이 있었기에 교환 시간 간격이 조금 길었는데, 회사가 생산을 중지하여 그게 품절되었단다.

환자의 부인인 듯한 어느 보호자는 입원 기간 며칠 동안 한순간도 쉴 수 없으니 간병에 지쳐 자기가 죽을 지경이라고 절규하였다. 환자와 보호자, 간병인에게는 심각한 일들이어서 역지사지易地思之의 입장에서 숙연하게 경청했다. 내가 방광암이 아닌 것이 천만다행임을 알았다. 감사의 마음으로, 퇴원 후 이분들의 애로사항 해결에 직접적으로 도움을 줄 수 있는 길을 찾아 주어야겠다고 생각했다.

3일 뒤 점심 산책에서는 이비인후과 환자의 보호자였던 여성이 먼저 말을 걸어왔다. 내 진료실을 오래 왕래하시던 분이다. 농사짓는 남편이 논도랑에서 물꼬 정리를 하다가 미끄러지며 머리를 다쳤고 내이에 골절이 되었단다. 갑자기 어지럽고 난청이 왔기에 응급실을 통해 겨우 입원했는데 수술이나 특별한 치료가 없다며 퇴원하라는데, 어떡하면 좋겠냐며 또 다른 중환자인 나에게 대책을 상의해 왔다. 나름대로 최선을 다해 방법을 말씀드렸다.

수술 후 9일이 지나자, 몸에 주렁주렁 꽂혀있었던 도관들과 소변 줄이 뽑히고 상처의 실밥도 제거했다. 요도관 삽입 부위가 몹시 아프고 소변이 계속 흘러내렸으나, 이틀 후 퇴원하였다. 장시간 진통제를 투여한 영향으로 생긴 변비를 극복하는 것도 매우 힘들었다. 집에 돌아온 후, 소염진통제의 효과가 병합되었으므로 몹시 졸리고 눈 앞에 펼쳐진 풍경도 노랑 물감이 칠해져 보이는 며칠을 보냈다.

배도 아프고 일상생활을 위해서 극복해야 할 불편함도 많았다. 불과 2주의 시간이 지났을 뿐인데. 잠시 눈을 감았다가 다시 떴을 뿐인 것 같은데 주변의 익숙했던 풍경이 생경하게 다가왔다. 사소한 모든 것들이 새삼 소중하게 느껴졌다. 입원 기간 중 찾아온 친지들과 친구들의 걱정스러운 얼굴에서 내가 그동안 살며 뿌려온 업보로 죄송했던 사람들이 너무나 많음을 알았다.

3

이 사진은 메이지 시대의 일본에서 만든 무쇠종이다. 비쩍 마른 체형에, 무거운 청동종과 쇠판을 어깨짐으로 옮기느라 일그러진 표정은 매우 강렬하다. 그의 고통을 덜어주고 싶은 연민이 생길 정도이다. 나는 작년 어느 날 구한 이 무명의 종에 '세월의 무게'라는 작품 이름을 붙여주었다.

　작가 파울로 코엘류의 『연금술사』에서 산티아고를 만난 노인이 "어떤 식으로든 인생의 모든 일에는 치러야 할 대가가 있다는 것을 배우는 것은 좋은 것이다. 그건 바로 광명의 천사들이 가르치려고 노력하는 것이기도 하다."라고 했다. 내가 만난 현실에서는 아무리 좋다고 하더라도, 배우는 대가가 너무 비싼 것은 사양했으면 하는 소박한 분들이 대부분이었다. 나도 그렇다. 그래도 비싼 대가를 주고 배우라는 준엄한 명령이 내려진다면 이 사내처럼 이를 깨물며 묵묵히 받아들여야 한다.

　내 영혼의 무게는 물론 21gm이 아닐 것이다. 그것은 고귀하지도 성숙하지도 않고, 혹 하고 불면 그냥 흔적도 없이 사라질 초미세먼지 같은 것일지도 모르겠다.

　갑자기 내가 짊어지고 날라야 하는 축적된 나의 세월의 무게는 얼마인지가 궁금해졌다. 먼 길을 떠나는 여행자는 행랑을 단 1gm이라도 가볍게 싼다고 했다. 새 출발에서는 축적된 내 세월의 무게를 단 1gm이라도 가볍게 할 방법을 찾아보아야겠다.

(2019. 5.)

후회

사연 - 1

이리저리 정신없이 설치다 보니 세월이 나를 비켜 저만치 앞서 가 버리는 것을 요령껏 잡아채지는 못한 것 같다. 일찍 출근하고 시간 맞 추어 퇴근하며 작은 상자 속에서 쳇바퀴 돌리는 다람쥐 모양으로 지 내고 있다. 다람쥐가 바퀴를 더 돌릴 수 없는 상황이 되면 쳇바퀴에서 내려올 것이다.

고등학교 1년, 대학은 2년 후배 교수가 이번 학기를 마지막으로 명 예퇴직한단다. 내년에 내가 퇴임할 때 밥 사주고 술 사주며 환송해 주 어야 하는 그가 일찍 떠난다고 하니, 순식간에 선후배의 입장이 뒤바 뀌었다. 지금 이 양반보다 먼저 나가는 방법은 없으니, 기꺼이 내가 밥-술을 사며 환송하려 한다.

10여 년 전 병원 진료부원장의 보직을 수행하며 당연직인 특별인 사위원회 위원장을 맡았었다. 주요 안건은 징계하는 것이나, 1년에 두 번씩 명예퇴직(명퇴) 신청을 심의하여 승인해 주는 안건도 있다. 한 직장에서 20년 이상 근무하였고 정년퇴직까지 1년 이상의 기간이 남 은 직원이 명예퇴직 신청을 하면, 예산이 허락하는 범위 내에서 대부분은 승인한다.

　30년 가량 병원에서 근무한 50대 의료기사 한 분이 명퇴 신청을 했다. 20대 초반에 입사하였고, 정년까지는 4년 이상이 남아있었다. 이분은 1년 전쯤 췌장암 진단을 받아 수술하고 방사선 치료도 받았으나 재발과 전이로 인하여 본 병원에 입원 중인 분이었다. 병가 60일을 쓰고 더하여 공식적인 질병 휴직을 받아 투병 중이었으나 극심한 통증으로 한 번씩 의식도 혼미해졌고, 이제는 여명이 1개월 정도로 예측된 말기 암환자였다.

　명예퇴직하면 퇴직금에 더하여 정년퇴직까지 남은 기간의 임금 중 50%를 받는다. 퇴직 시 이 금액을 일시불로 받거나, 정년퇴임까지의 기간 동안 분할하여 매달 받게 된다. 오래 질병 휴직 중이고 입원 중 한 달 정도도 견디기 어려운 위중한 분인데, 명예퇴직을 승인하여 상당한 금액의 명퇴금을 일시불로 주는 게 맞느냐는 내용이었다. 다른 위원들은 별다른 의견을 내지 않고 서로의 눈치만 보는 듯했다.

　이게 명예퇴직을 승인할 상황인지 생각이 복잡했고, 위원장으로서 회의를 주재하며 최종 결심을 해야 했다. 마음이 복잡했고 하루에도 몇 번씩 흔들렸지만, 그때만 해도 젊은 건지, 철이 없었던 건지 국민 세금이 투여된 공공기관이 끼리끼리 싸고도는 이 모습은 아니라며 부결시켰다. 당시는 연금이 많다는 공무원과 공공기관 근무자의 복지 과잉이 사회적으로 시끄러울 때였기도 하다.

　그분은 한 달 뒤에 우리 병원에서 작고하였다. 직책은 다르나 나와 같은 직장에서 근무하며 거의 30년을 알고 지낸 분이니 내 마음에는 큰 구멍이 생겼다. 병원 내에 마련된 장례식장을 찾아가 조문하며, 친구들 조문 시보다 3배 정도의 조의금을 슬그머니 내었던 것 같다. 내가 할 수 있는 범위 내에서 내 마음속에 난 그 구멍을 조금이라도 메울 수 있는 방법은 그런 것 말고는 없었다. 그래도 그 감투를 쓴 자의 매정함과 잔인함이 뭉쳐서 만든 마음의 응어리는 조금도 메워지지 않았다.

오늘 교수 식당에서 후배의 명퇴에 관하여 얘기를 나누다가 잠시 그 시간으로 되돌아갔다. 나도 이제 정년까지 1년여 기간이 남았으니 현실적인 문제점들이 눈앞에 다가온 것이다. 오후에 나이가 있으신 어느 명망 있는 변호사 한 분에게 이 상황에 대한 견해를 문의했더니 명퇴는 직원의 복지에 해당하는 일이니, 그 양반의 삶이 1개월 남았고 퇴임 시까지는 10년이 남았더라도 신청이 들어온 명퇴를 승인해 주는 게 맞다고 했다. 오지랖 넓은 잔인함에 대한 너의 마음은 성당에 가서 고해성사하며 용서를 빌라고 일갈하는 것 같았다.

(2022. 6.)

사연 - 2

1973년, 50년 전 고등학교 1학년 때 지리 과목의 여름 방학 숙제는 집안 주위에 볼 수 있는 골동품이나 민속품, 전적 등을 수집해서 오는 것이었다. 시간이 지나서 살펴보니 당시 지리, 역사 선생님들이 골동품 수집에 눈을 뜨셔서 학생들에게 방학 숙제로 이런 임무를 부여했던 것 같다. 오래전에 작고하신 나의 장인어른도 중고교 지리교사였는데 처가에 가면 경상도 지방에 흔한 가야, 신라 토기들이 여러 점 남아있었고, 모두 이렇게 수집한 것으로 알고 있다.

마침 그 여름 방학 한 달 동안은 남동생, 고종사촌 남동생과 같이 경북 북부의 산골 마을에 혼자 살고 계시던 할머니 집에 가서 지내게 되었다. 여긴 군청 소재지에서 버스를 타고 한참을 가야 하는 마을이었기에 내가 소통할 수 있는 친구도 없었고, 세상과의 연결은 오직 라디오 뉴스뿐이었다.

나의 본관은 경상도 지방에는 드문 덕수德水 이가인데 13대조 할아버지가 영주 부사로 근무 후, 병자호란 등으로 혼미스러운 한양 경기 지역으로 돌아가지 않고 영주 인근의 물 좋고 산 높은 봉화에 정착하셨기 때문이다. 우리 집안은 종손이나 장손이 아니었고 면서기 일과 동네의 관혼상제 일을 맡아 하시던 할아버지는 오래전에 돌아가셨기에 그곳은 할머니가 홀로 사시던 빈한한 초가집이었다.

길 건너에는 이 동네 터줏대감인 창녕昌寧 성씨 종갓집의 큰 기와집이 위용을 자랑하고 있었다. 창녕 성씨인 할머니는 가끔 마실로 나가서서 친정의 일가친척들과 지내다 오시거나, 가끔은 그 집에서 주무시고 오기도 하였다. 당시 일흔의 연세였으니 창녕 성씨 일족에서 여성으로는 어른이셨다.

8월의 더운 여름 날씨가 이어지던 어느 날 저녁, 나와 동생들은 저녁 식사를 한 후 할머니를 따라 그 종갓집에 갔다. 어르신들께 인사드리고 이런저런 얘기도 듣다가, 오랜 한옥의 넓은 대청마루에서 잠자게 되었다. 아침에 눈을 뜨고 보니 대청 주위에 각종 제기와 민속품들이 쌓여있는 게 눈에 들어왔다.

방구석의 바구니에 물품 중 조선 시대 진사進士의 호패가 눈에 들어오기에 이걸 여름 방학 숙제로 제출하면 되겠다는 생각이 들었다. 호패는 기름이 칠해진 작은 나무판에 새겨진 것이고 손잡이는 몇 종류의 실을 꼰 후 묶어 두었다.

종가에 거주하는 후손들도 계시지 않았기에 아침에 집으로 돌아올 때 슬그머니 들고 왔다. 고종사촌 동생이 "형, 그거 가져가면 안 되는

거 아니야?" 했다. 순간 뜨끔했지만, 주변에 널려진 별것 아닌 거라 말하며 무시했고, 방학이 끝난 후 지리 시간에 선생님께 숙제물로 제출했다. 지리 선생님은 학생들에게 "야, 이것 봐라. 이게 양반의 호패다." 하며 보여주었고 이런 숙제물을 낸 학생에게는 다음 시험 점수에 5점을 추가한다고 하였다.

나는 집안에 돌아다니는 물품이라며 가볍게 생각하고 있었는데, 선생님이 역사적으로 중요한 것이라 하니 갑자기 속이 켕겼다. 창녕 성씨 종가의 중요한 유물을 훔쳐 나왔다는 생각도 들었다. "형, 그건 말이지"라던 사촌 동생의 말도 다시 기억되었으나 이미 엎어진 물이라며 태연한 척했다. 그러나 오랫동안 그 호패를 결코 잊지 못하였다.

그로부터 35년 이상이 지난 어느 날 그 지리 선생님이 병원으로 나를 찾아오셨다. 선생님은 수업 중 본인이 한국전쟁에 참전한 육군 대위 출신 국가 유공자라고 자주 말씀하셨는데, 전투에서 입은 다리 관통상으로 인하여 보행이 조금 불편하신 몸이었다. 연세가 들며 다리가 더 불편해져서 진료를 위해 옛 제자를 수소문하여 나를 찾으신 것이고 나는 고등학교 시절 이후 선생님을 처음 뵙게 되었다.

35년 만에 처음이었지만, 나는 너그러우셨던 인상의 선생님을 뵙자마자 '진사 호패'의 기억이 떠올랐다. 진료 후 모신 점심 식사 자리에서 용기를 내었다. 사실 이런 말씀을 드린다면 연로하신 선생님은 얼마나 당황하실까? 하는 생각으로 마음이 편치 않았으나, 병원 진료실에 동행하여 진료를 받도록 도움을 드린 후 말씀을 드리기로 했다. 오래전의 일이지만 이제라도 솔직히 고백하는 게 앞으로 선생님을 뵙기에 더 나을 것 같았다.

그동안 마음 깊은 곳에 담아둔 그 사연들을 자세히 설명해 드리고

"혹시 선생님께서 아직 그 호패를 가지고 계신다면 저에게 돌려주실 수 있으시겠습니까? 이제는 그 동네엔 제가 아는 친척들이 아무도 살고 있지 않지만, 할머니의 친정 종갓집을 찾아가서 호패를 돌려드리고 싶습니다."라고 말씀드렸다. 너무 긴 시간이 지났기에 호패를 다시 만날 수 있을 것으로 기대하기는 어려웠으나 부지불식간에 그 말이 나왔다.

선생님은 깜짝 놀라며, 호패를 숙제로 낸 녀석이 누구인지는 기억하지 못하나 그 호패는 명확하게 기억하고 계셨다. "아 그때 그게 너냐?"라고 하시며 선생님이 교류하는 지인 중 대구 H 대학 국문과 교수가 창녕 성씨인데 춘향전에도 등장하는 이 마을 출신이라 오래전에 드렸다고 했다. 선생님이 자랑하신 건지, 이걸 본 성 교수님이 자기에게 넘겨달라고 하셨다고 한 것 같다.

성 교수님은 집안의 유물인 진사 호패를 받아 창녕 성씨 종갓집으로 원위치시켰다고 하였다. 호패의 주인공은 그 종갓집의 자랑스러운 선대 어르신이었고 당시는 집안의 전래 유물이나 문화재에 대한 인식이 부족해서 이런 일이 생겼는데, 후손으로서 당연하게 할 일을 하신 것 같다. 그러나 나는 아직도 이 호패가 그 자리를 찾아갔는지 확인해보지는 못했다.

이젠 지리 선생님도 성 교수님도 작고하셨고, 나 이외엔 아무도 이를 기억하는 사람도 없으나 가까운 시기에 그 종갓집을 꼭 찾아가 볼 작정이다. 공소시효는 많이 지났으나 제 발이 저려서 찾아온 치기 어린 좀도둑이어서 염치는 없지만 제대로 된 용서를 빌고 싶다.

2020년 대구의 봄

　희망찬 한 해를 기약하던 연초에 우리를 기다린 건 불청객 코로나 19였다. 그건 결코 달콤한 추억이 될 수 없고, 그가 남긴 상처는 깊고도 진하다. 2020년 1월 20일 이후 우리나라에서 30명의 환자가 발생한 한 달 동안, 코로나는 먼 곳에서 발화된 큰불에서 튀는 작은 불티를 보는 정도로 생각했었다.

　그러나 2월 18일 대구 첫 환자가 등장하며 모두의 일상이 무너졌고, 순식간에 온 도시가 적막과 공포에 휩싸였다. 신천지 교인들을 중심으로 매일 수십에서 수백 명의 확진자가 나타났다. 2월 29일 하루에만 741명이 진단되는 등 불길은 걷잡을 수 없을 정도로 우리 삶의 공간으로 번져 들었다. 시민들은 매일 발표되는 확진자 수를 지켜보며 불안해했다. 확진된 환자는 순서대로 병원에 입원이 되었으나 곧 음압병실 용량을 넘어선 발생을 감당할 수 없었기에, 의료시스템도 붕괴에 직면하였다.

　대구의 상황을 걱정스럽게 지켜보던 의료계도 사태가 급격하게 나빠지자 극도로 긴장하였다. 전국의 의료인과 봉사자들이 대구로 달려왔고, 국민도 안타까워하며 애를 태웠다. 중앙 정부와 대구시에서 코로나 병상을 확충하여 치료에 나섰고 수용하지 못한 중환자들은 광주, 전주, 부산을 비롯한 전국의 병원에서 받아 주었다. 대구·경북과 인근 16곳에 생활치료센터가 설치되고, 대학은 학생기숙사를 제공하였다. 여기에 전국의 병원들도 의료진을 파견하여 동참하였고, 3000명 이상의 환자를 입소시켜 치료하였다.

의료진, 공무원, 군 장병, 관계 직원들 모두 방역복 속에서 땀을 흘렸다. 그 당시는 세상을 떠난 이웃에 마음 아파할 정신적인 여유도 없었다. 그러나 결국은 환자들을 치료하고 국민의 공포감을 해결해 주며, 지역사회를 감염으로부터 보호하는 임무를 완수했다. 시민들도 스스로를 봉쇄하며 자제하였고 그동안 참 성실하게 살았다. 모두 깜깜한 어둠 속의 진흙탕에서 생존을 위해 몸부림쳤다. 그러자 온통 먹구름만 가득한 하늘에서도 서서히 햇살이 보이기 시작했었다.

나는 3월 한 달 동안 코로나19의 현장에 있었다. 코로나의 공포는 두려웠고 때로는 섬뜩했다. 그러나 우리 이웃이 아프고 어려운 상황에서 아무런 도움도 줄 수 없다는 무력감이 더 힘들었다. 어디에서 어떤 일이 주어져도 하겠다고 자원했고, 생활치료센터로 배치되었다. 그곳에서 모두 애타는 마음으로 달려와 주신 전국의 의료진, 자원봉사자, 공무원, 군인들과 함께 열심히 일했다.

대구로 봉사 왔던 분들은 전장으로 향하는 비장함으로 가족과 눈물의 이별을 했다고 했다. 우리는 대구에 살며 매일 코로나 병원으로 무감각하게 뚜벅뚜벅 출퇴근했을 뿐이었는데, 이 도시에 들어오면 바로 무시무시한 코로나에 감염된다고 확신하는 듯했다. 우리는 다른 세상에 사는 이방인이었기에 실없는 웃음이 났다. 그런데 시간이 지나니, 도우러 온 사람과 여기서 살아야겠다고 몸부림치는 사람은 마음가짐이 다를 수도 있겠다는 생각이 들었다.

대구 의료인이라고 환자를 더 열심히 진료한 것은 아니겠으나, 아파하며 신음하던 가족을 더 안타까워한 것은 사실이었다. 이건 우리의 일이었고 그 누구에게 대신 시키지 못할 나의 임무라는 절박함이 있었기에 결사적이었을 것이다.

우리는 생사의 고비를 넘기고 무사히 가정으로 돌아가는 이웃들의 뒷모습을 바라보며 안도의 한숨을 쉬었다. 보람이 있었다. 퇴원하던 그들도 진심으로 고마워했다. 긴 사연을 담은 감사의 편지를 남겼고, 평생을 살면서 나의 뒤에는 위대한 대한민국과 국민이 버티고 있다는 것을 처음으로 느꼈다는 분도 있었다. 어느 주부는 치료센터에 입소한 자신보다 집에 남겨진 가족들을 보살펴 달라고 사정했다. 팬데믹을 겪는 우리 이웃들의 애환을 제대로 느꼈다.

대구에서 코로나19를 겪었더니 모두에게 감사할 일이 넘치고도 넘쳤다. 환자를 돌보며 도움을 준 것보다 내가 더 큰마음의 선물을 받았고 위로를 받았다. 의료진을 격려하고 환자들의 완쾌를 바라는 애절한 마음을 보내준 위대한 우리 국민에게 진심으로 감동했다. 모든 일상을 제쳐두고 대구로 달려와 준 전국의 의료인과 의료진, 공무원, 자원봉사자, 군인 그리고 성원해 준 국민의 따뜻함을 오래오래 기억할 것이다. 사회공동모금회와 적십자사, 의사회를 통해 기증된 엄청난 후원금과 의약품, 식료품과 함께 전해진 국민의 따뜻한 편지에 눈가가 촉촉해진 경우도 많았다.

학이사 신중현 님이 코로나19 대구 진료현장에서 있었던 의료인들의 기억을 우리 시대의 기록으로 남기자고 제안하였다. 엄청난 희생을 치른 대구의 코로나19 기록은 공식적인 백서로 남겨지겠지만, 땀과 눈물이 범벅이 된 일선 의료의 일상과 그 과정에서 느끼는 감정들은 또다시 망각의 과정을 밟을 것이기 때문이었다. 언론에 코로나 전사로 잘 알려진 김미래, 박지원, 이은주 간호사분들께 동참을 부탁드렸더니 흔쾌히 동의해 주셨다. 이에 더하여 많은 분이 기꺼이 경험을 공유해 주셨기에 마침내 『그곳에 희망을 심었네』라는 책이 나오게 되었다.

대구는 코로나의 공격을 온몸으로 막았다. 이 경험이 미래를 준비하는 데 도움이 되어야 한다. 기억의 절차에서 6시간 미만의 단기기억은 신경섬유 간의 접속에 의하여 이루어지나, 그 이상의 장기적인 기억은 이를 위한 특별한 단백질의 생성이 필요하다고 한다. 이 책이 대구 의료현장을 기억하는 한 가지 단백질이 되기를 기대하며 모두의 정성을 모았다.

스페인 세비야를 기반으로 하는 축구팀 레알 베티스의 팬들은 "지더라도 베티스 만세 Viva er Betis manque pierda!"를 외친다. 간절한 팬심이다. 우리는 지지 않았다. 그러나 "지더라도 끝까지 대구 만세! Viva er Daegu manque pierda!"다. 이 글집이 정치적으로 편향되어 고통을 받던 '대구'에게 혐오의 발언을 반복한 우리 사회의 리더들에게도 읽혔으면 좋겠다.

(2020. 5. 코로나19 대구의료진의 기록 『그곳에 희망을 심었네』-서문)

코로나19 무대의 '그때 그 사람'

장면 1. 2020. 2. 20. 택시기사

대구의 첫 코로나19 환자가 발생한 이후, 매일 확진자 수가 증가하고 있다. 모두가 패닉 상태다. 어제 퇴근길에 택시를 탔더니, 기사분이 뒤를 힐끔 쳐다보더니 "손님 마스크는 안 하십니까?" 병원에서 일하며 온종일 착용하다가 퇴근하며 연구실서 옷 갈아입고 나오면서는 깜박했네요, 기사 양반도 마스크를 쓰지 않은 상태였다. 그는 잠시 차를 정지시키더니 아래쪽에서 주섬주섬 자기 마스크를 찾아서는 얼른 착용한다.

차가운 날씨에 밀폐된 공간에서 온종일 운전하는 기사분의 불안감이 쉽게 이해된다. 내릴 때까지 마스크 없이 택시에 앉아있는 것도 곤욕이었다. 괜한 스트레스를 주고 있으니 가해자가 되며 큰 죄를 짓는 느낌이다. 마스크를 쓴 기사가 말을 보탰다. "병원에 근무하니 정년까지 근무할 수 있어 좋겠네요. 부러워요." 이 상황에서는 딱히 드릴 말도 없다.

이른 아침 출근 버스 타러 나오는 길은 한산하다. 등교하는 학생들도 출근하는 직장인도 거의 보기 어렵다. 버스 타고, 걸으며 병원으로 들어오는 길에서 세어보았더니 내가 만났던 수십 명 중 마스크 하지 않은 사람이 두 명 있었다. 마스크 끼고 건물 밖 흡연 장소로 나와 담배를 피우는 입원환자와 직원들, 커피숍 근무 아가씨들 모두가 희고 검은 마스크를 쓴 풍경을 보는 것이 짠하기는 마찬가지이다. 마스크 한 것을 모르고 커피를 들이켜다가 바로 뱉었는데, 당황스러운 것보다는 마스크 한 개를 버린 게 아까워 속이 쓰리더란 이야기도 들린다.

장면 2. 2020. 2. 26. 인도 학생 부부

　　환자가 폭발적으로 증가하며 대구가 'COVID-19 도시'라는 국제적 명성(?)을 얻기 시작하자 많은 나라가 대구와 인근 청도 출신에 대한 입국 금지를 발표했다. 일본에서 교수로 근무하는 친구가 아버님 상을 당했다. 코로나19 때문은 아니었다. 그런데 일본에서 대구로 오는 항공편이 모두 취소되어 귀국도 쉽지 않았다. 더욱 기가 막힌 것은 대구를 다녀오면 일본으로 재입국이 불허된다고 했다. 봉쇄 기한도 정해지지 않은 상태이다. 시기가 신학기 개강 직전이라 친구 교수는 아버님 마지막을 모시는 것도 못 하게 되었단다.

　　병원 연구실의 인도 출신 연구원과 학생들이 동요하기 시작했다. 우리 국민은 모두 마스크 구하기 전쟁에 참여하고 있었고, 부족하나마 여러 방향에서 공용 마스크가 공급되고 있었다. 이 와중에서 한국말이 유창하지 않은 외국인 학생들은 마스크를 사기도 어려웠거니와, 공용 마스크 배급에서도 제외되었다. 모두 실험실용 마스크 한 개로 오랫동안 버티고 있었다. 중소기업 외국인 노동자도 같은 형편이었을 것이다. 아마도 이들의 스트레스도 극에 달했을 것 같다.

동료 교수의 인도 학생은 본국으로 돌아가는 비행기 표를 알아보고 있었다. 코로나19 본산지 중국을 거쳐 귀국하는 항로가 막히니 가격이 싸고도 편리한 표를 구하기가 쉽지 않은 것 같았다. 오후에 이들이 찾아와 인도에 가서 지내다가 대구의 코로나19 사태가 안정된 후 돌아오겠다고 해 그러라고 했단다. 그런데 얼마 지나지 않아, 인도에 가지 않겠단다. 기껏 인도에 도착한다 해도 대한민국 대구에서 귀국한 사람은 2주간 격리시설에 수용된다는 것이었다. 집에 가려다 대신 수용되어야 하는 인도의 감염병 격리시설은 깨끗하지도 않다니 격리 생활은 고행이 될 수 있다.

병원 진료진에 배급된 치과용 마스크와 여러 분들이 대구 의료진에게 마련해 준 마스크 일부를 이들에게 전했다. 내가 인도인 연구원 프라카시 부부에게 해 줄 수 있는 유일한 배려였다.

장면 3. 2020. 3. 5. 코로나19 부녀

코로나19에 확진된 후 집에서 자가격리 중인 코로나 환자 100명이 3월 2일 대구1 생활치료센터에 입소하였다. 센터의 입소기준은 코로나로 진단되었으나 증상이 없거나 경중인 환자, 기저질환이 없는 65세 이하의 환자들이었다. 그러나 확진자 수가 급증하여서 집에 머무르고 있던 이들의 상태를 제대로 평가하기가 어려웠다.

입원한 환자들을 살펴보니 87세의 고령자를 포함한 어르신도 많았고, 어린이 환자도 있었다. 어린이들은 대부분 부모와 동반하여 입소했고, 확진된 어린 두 아이와 함께 들어온 어머니도 있었다. 여자 초등학생 어린이는 부모가 병원에 입원한 뒤 실시한 검사에서 확진되어 홀로 들어온 경우였다. 독방에 혼자 남겨진 아이는 극도로 불안해했고, 결국 며칠 뒤 아버지가 입원 중이던 병원으로 이송되었다.

　가장 어려웠던 상황은 49세 아버지가 데리고 온 8세 여아였다. 이 꼬마는 입소 환자 명단에도 없었는데, 확진자인 아버지를 따라 들어왔다. 5일 전에 아버지와 함께 실시한 바이러스 검사는 음성이었다고 했다. 119 앰뷸런스가 아버지를 데리러 갔을 때 합승했다. 바이러스가 득실거리는 생활치료센터에 들어온 미감염자 어린이였다.

　질병관리본부와 상의한 후 입소 이틀 뒤에 다시 바이러스 검사를 시행했다. 이번에도 음성이었다. 아이들은 평소에 감기를 자주 앓고 바이러스 수용체도 많이 없어 코로나 감염이나 증상 발현이 적다는 보고를 본 적이 있는데, 확진된 아버지와 원룸에서 1주나 같이 지냈음에도 멀쩡했다.

　아빠에게 아이를 집으로 보내자고 했으나 마땅히 보낼 곳이 없단다. 엄마가 부재 상태였다. 대구시가 운영하는 아동지원센터도 알아보았으나 입소가 불가능했다. 밤새 고민하던 아빠는 외갓집에 보내겠다고 하더니 몇 시간 후 생각해 보니 그것도 안 되겠다며 전화를 해왔다. 이 아이는 아빠의 모든 것처럼 느껴졌다.

　아빠는 확진된 후 딸과 지내면서 철저하게 마스크를 착용했고, 손발을 깨끗하게 씻겼으며 식사는 시간을 두고 따로따로 했다. 그렇다고 아빠가 언제 퇴원할지도 모르는데 환자 수용시설에 아이를 계속 둘 수는 없었다. 방역 당국과 상의하여 아이를 아빠와 함께 귀가시키기로 했다. 지금처럼 아이에 대한 감염 관리를 철저히 할 수 있다면 부녀의 역정은 해피엔딩으로 마무리될 수 있겠다고 확신했다. 무력감에 마음이 아리다. 집으로 돌아간 이 부녀는 빨리 쾌유하였으리라 믿는다. 우리가 모두 간절하게 빌었으니까.

장면 4. 2020. 3. 8. 50대 여성

코로나19로 진단받았으나 아무 증상도 없는 자신이 코로나 감염이란 사실을 도저히 받아들이지 못했다. 병원에는 입원할 병실이 없다고 하여 집에서 자가격리 중인데, 모두가 자신만 쳐다보는 것 같아 불안해서 견딜 수 없다고 했다. 방송에서는 마스크 구하려고 온 국민이 길거리를 헤매는 모습을 보여준다. 마침 대형마트에서 마스크를 독점적으로 싼값에 공급한다고 하니 인근 마트 앞에 늘어선 줄로 나섰다. 빗속에서 우산을 들고 이제나 순서가 오나 하고 기다리는 중 전화가 왔다. 자가격리 환자를 감시하는 방역 당국의 전화였다. 자가격리 중 무단이탈했다고 야단이 났고, 그 여성은 그 자리에서 잡혀 119 앰뷸런스에 태워졌다.

이 여성은 바로 며칠 전 개소했던 대구1 생활치료센터로 이송되었다. 입소한 다음 날 아침에 만난 아주머니는 분을 삭이지 못하고 있었다. 모든 게 다 불만이었다. 집으로 보내 달라고 했고, 앞으로 여기서 하게 될 검사도 믿지 못하겠단다. 며칠 동안 설득하였더니, 결국은 스스로의 처지를 받아들였다. 이후 식사도 잘하고, 자신이 감정을 억누르고 지내시다가 바이러스 검사에서 음성이 되어 퇴소하였다.

2020년 4월 5일부터 감염병 관리 법령이 개정되어 감염병 환자가 격리나 입원 명령을 거부하거나 감염병 전파의 위험을 증가시키는 행위는 검찰에 고발하고, 재판에서 1000만 원 이내의 벌금이나 1년 이내의 징역형이 가능해졌다. 이전까지는 최대 300만 원의 벌금형이 최대 징벌이었고 신체적 구속이나 구금은 불가능했다. 방역 당국은 이후 자가격리 조치를 위반한 사람들을 여럿 고발할 수 있었다.

장면 5. 2020. 3. 19. 50대 남성

코로나19 진단 후 집에서 대기 중이던 가벼운 증상의 환자와 이미 병원에 입원해 있던 환자 중에서 증상이 약하고 젊은 사람들이 생활치료센터로 옮겨왔다. 생활치료센터로 이송된 환자들이 비워준 음압병실은 고령이나 질병 등으로 위험도가 높은 환자들에게 제공되었다. 그러나 센터에 입소한 환자들을 다시 평가해 보면 실제로는 경중이 아닌 환자들도 제법 있었다.

3월 8일 밤에 입원한 51세의 남성은 발열이 있고, 호흡도 가빴다. 나이는 젊은 편이었으나 힘이 없어 보였고, 혈중 산소분압도 조금씩 떨어지고 있어서 계속 두면 생명이 위험할 수 있었다. 밤이 되며 점차 상태가 악화하였기에 자정이 지나 경북대병원 응급실로 후송하였다. 그는 과거에 간암으로 수술을 받은 병력이 있었으나, 자가격리 중 보건소의 전화 평가에서는 이런 과거력을 말하지 않았기에 센터 입소대상자로 구분된 경우이다. 다음 날 병원 음압병실로 이송된 후 며칠 동안에 증상 호전이 없었고 여전히 동맥혈 산소분압이 낮아 중환자실로 옮겨야 할 상태라는 소식을 들었다. 이후 이분의 상태를 더 이상 추적하지는 못하였다.

오늘 일간지에 완치되어 퇴원한 어느 코로나19 환자의 사연을 읽었다. 응급 후송을 갔던 바로 그 환자가 완치되어 언론과 인터뷰한 내용이었다. 이분은 집에서 며칠만 더 지체되었다면 생명이 위태로웠을 가능성이 컸으므로, 생활치료센터가 구세주가 된 경우였다. 그런데 이분이 음압병실, 중환자실을 오가며 투병하는 동안, 비교적 건강하셨던 부친이 코로나19 감염의 악화로 갑자기 사망하셨다고 한다. 환자의 남동생은 중환자실에 있던 형의 건강을 염려하여 이 소식을 알리지 않았고, 부친은 작고한 날 당일에 바로 화장되었다. 사지에서 살아나온 아들은 뒤늦게 아버지의 유고를 알 수 있었기에 그의 사부곡은 가슴을 찌른다. 힘을 키우고 정신을 차리면 부친의 유골을 따로 모시겠다고 했다. 이 작은 놈 코로나 바이러스 녀석이 여럿을 불효자로 만들고 있다.

장면 6. 2020. 3. 21. 60세 의사회장

코로나19의 아수라장 대구에서 대구시의사회장의 활약이 큰 주목을 받았다. 언론에도 대서특필되었다. 확진자 수가 급증하여 모두가 극도의 공포감으로 숨죽이던 2월 하순 그의 진가가 빛났다. 적지 않은 나이임에도 스스로 코로나 병원의 입원환자 진료와 선별진료소의 검체채취 업무에 자원했다. 온몸으로 솔선수범했을 뿐만 아니라, 대구시 의사들에게 '우리 모두 내 고장 대구를 구하자' 라는 격문을 돌려 순식간에 엄청난 호응을 이끌어냈다.

대구시 개원 의사들은 조를 짜서 2000명 이상의 코로나 확진 환자를 분담하여 전화 상담을 하며 어려운 점들을 해결해 주었다. 생활치료센터에 들어온 환자들은 매일 두 번씩 전화해 준 의사들 덕분에 마음의 안정을 얻었고 희망을 볼 수 있었다고 했다.

오늘 검체채취 자원봉사 나온 의사회장의 목소리가 평소와는 다르게 실실 새는 것 같고, 어딘지 모르게 불편해 보였다. 마스크를 쓴 상태였는데 보기에 큰 문제는 없었다. 그의 사연인즉 며칠 전 바깥에서 넘어지며 얼굴을 땅에 부딪쳤단다. 입 주위 얼굴에 상처를 입었고, 치아가 부러졌다는 것이다. 그러고 보니 얼굴도 조금 부었다. 이 와중에

할 일이 너무나도 많아서 아직 치과를 방문할 시간을 만들지 못했다고 했다.

모 소주 회사에서 술을 만드는 에탄올 원액을 병원에서 코로나 소독액을 만들어 쓰라며 대구시 의사회에 기증하였다. 모두 외출을 삼가고, 식당들은 문을 닫으니 소주 소비가 없었을 것이다. 큰 생수통 같은 에탄올 원액 플라스틱 통은 개수도 많았지만, 무게도 무거웠다.

의사회는 회원들에게 한적한 대구 월드컵경기장 주차장에 에탄올을 적재하고 필요한 회원들은 각자의 차로 분배받으라고 연락했다. 회원들이 모여드는 사이에 의사회장은 회원들에게 배급이 쉽도록 무거운 에탄올 통을 길가로 옮기고 있었다. 큰 플라스틱 에탄올 통을 가슴에 안고 옮기던 중 아스팔트 길에서 발이 꼬이며 통을 든 채로 앞으로 고꾸라진 것이다.

그는 마스크를 쓰니 멍든 곳이 가려질 수 있어 좋다며 씩 웃으면서 바이러스 검사장으로 나갔다. 현장에서 멋진 리더십을 보였던 존경스러운 한 인류를 만났다. 그는 나의 대학 후배이자 친구의 동생이기도 하다.

장면 7. 2020. 3. 25. 코로나가 무서운 30대 의사

3월 2일 오전 처음 오픈한 생활치료센터에 갔더니 오기로 되어있던 3명의 공중보건의(공보의)가 도저히 가지 못하겠다고 밤에 연락을 해왔단다. 3월 1일 아침 근무지에서 호출되어 대구의 코로나 전장으로 보내진 전남 어느 군의 보건지소 근무 의사들이었다. 당일 센터 개소 예정지로 와서 내일부터 입소할 코로나19 환자 진료에 관한 업무

파악과 방역 교육을 마무리했으나, 저녁이 되자 모두 포기한다며 줄행랑을 놓은 것 같았다. 당시 코로나 도시 대구에 대한 공포가 상상을 초월했으니 이들의 행동은 충분히 이해할 수 있었다.

중국 우한에서 코로나19를 처음 알렸던 우한 중앙병원 안과의사 리웬량의 사망 소식에 가장 민감한 사람들도 의사들이었다. 방역 당국은 부랴부랴 인천 옹진군의 외딴섬에서 근무 중이던 공보의 3명을 새로 차출하였다. 이들은 이른 새벽 배를 타고 인천으로 나와서 부지런히 이동한 후 대구시청을 거쳐 센터에 도착하였다. 인적이 드문 적막한 섬에서 빠져나와 파견을 간다니 기뻐하며 새롭게 주어질 일을 기대하고 있었다. 그러나 집결 후 대구에서 코로나 환자 진료에 투입된다니 모두가 긴장하는 모습이 역력했다.

저녁부터 입원환자 돌보는 당직 일정과 내일 할 일을 상의하자고 했더니 근무 시간이 지났고, 자기들끼리 상의할 일이 있다며 모두 사라졌다. 당장 밤부터 입원환자를 돌볼 인력이 없으니, 이날 아침부터 온종일 일했던 경북대병원 내과 전문의는 당직을 자임하며 밤에 집에 가서 세면도구를 챙겨왔다.

공보의들은 다음 날 아침 9시가 되어서야 떨떠름한 표정으로 다시 등장하였다. 우여곡절 끝에 자원봉사 나온 선배 의사들과 의사회장 등도 설득에 나서며 대화를 통해 업무를 조정하고 진료를 시작할 수 있었다. 며칠을 같이 지내자 이들도 이번 과업의 막중함을 이해하고 파견 기간 동안 열심히 일했다.

3월 8일, 늦은 오후 어둠이 깔리던 시간 K 대학교 기숙사의 생활치료센터에는 300명의 자가격리 중이던 환자들이 들이닥쳤다. 마치 보따리 짐을 든 한국전쟁 1.4 후퇴 시의 피난민 행렬처럼 보였다. 상황본부와 의료진의 준비도 끝나지 않은 상태였고, 몇 명의 환자가 어디에서 왔는지도 모르는 혼란스러운 장면이었다.

자원봉사 나온 군인, 간호 인력에 대한 방역 교육과 입소하는 환자들 파악에 동분서주하던 중 저녁 8시경 젊은 친구가 나를 찾았다. 그날 오후 4시에서 11시까지 이곳에 근무하라며 배치된 공중보건의 8명의 대표라고 소개한다. 추운 날씨에 입소를 기다리는 분 중 현기증 오한으로 졸도할 지경이라 호소하는 분들이 있으니, 우선 방역복으로 갈아입고 입구에서 처치가 필요한 의학적 상태를 보이는 분은 없는지 문진이라도 해 보라고 했다.

잠시 후 대표를 통해 그건 할 수 없다고 했다. 감염병은 비접촉 진료가 원칙이고, 오기 전에 근무했던 국군통합병원에서도 그렇게 했단다. 그러면서 입소자가 모두 배정된 방에 들어간 후에 전화로 한 분 한 분 파악하겠다고 한다.

입소자 명단도 파악되지 않고 특히 병실에 모두 입소한 후 이들에게 전화 걸 수 있을 정도로 상황이 정리되려면 이튿날 온종일 걸릴 것 같았다. '그렇다면 오늘 밤 11시 귀하들이 원대 복귀할 때까지는 할 일은 없다'라며 재차 부탁했으나 거부했다. 한 친구는 "병실에 들어간 뒤에 차차 연락하여 상태를 파악하는 것보다 입구에서 보는 게 결정적으로 도움이 된다는 증거가 어디 있는가?"라며 근거를 부탁했다.

'아니 이런 자식들이? 이 친구들이 진짜 의사 맞나?' 하는 생각으로 순간 화가 났다. 그러나 자식들 나이의 젊은 의사들과 더 이상 말다툼할 시간도 없이 닥치는 대로 일하다 보니 시간은 저만치 가 있었다. 밤 11시가 넘어 모든 에너지가 소진되어 나도 퇴근을 해야겠다며 주변을 살펴보니 이들은 흔적조차 보이지 않았다.

다음 날 입대 소집을 앞둔 공중보건의인 전문의 10명이 배치되며 모든 상황이 해결되었다. 많이 혼란스럽고 씁쓸한 하루였다. 하긴 자기 목숨이 아깝지 않은 사람이 어디 있겠는가? 모든 게 불확실한 상황에서 섣불리 모든 일에 자신하는 것도 꼭 옳은 일 같지는 않다. 그러나 아쉬웠음을 부인할 수 없다.

장면 8. 2020. 3. 26. 50대 한국 여성

50대 여성과 아들 둘. 한 가족 중 세 명이 코로나19로 진단되어 대학교 기숙사 생활치료센터에 입소했다. 입소 후 며칠 지나지 않아 여성이 친정어머니가 갑자기 돌아가셔서 장례를 치러야 한다며 퇴원할 수 있느냐고 물어왔다. 진단 후 며칠 지나지 않았으나 혹시나 하고 어머니와 아들 둘에 대하여 급하게 바이러스 검사를 실시했다.

이곳의 퇴원 기준은 하루 간격으로 시행한 바이러스 검사에서 두 번 연속 음성이 나오면 격리해제가 된다. 아침에 검사하고 가장 빠른 시간에 결과는 확인하니 세 사람 모두 여전히 양성이었다. 또 1주는 지나야 검사를 다시 시행할 수 있다. 여성은 자기 집에 모친을 모시고 살았는데, 딸과 외손자들이 코로나로 입소한 뒤 비교적 건강하시던 모친이 갑자기 돌아가셨다고 오열을 했다. 오빠도 있으나 자기가 어머니를 모셔왔으므로 잘 보내드려야 한다고 하였다. 그러나 바이러스가 지배하는 이 냉혹한 현실은 따님의 마지막 효도를 허용하지 않았다.

20대, 10대의 두 아들은 가슴 아파하며 잠 못 이루는 어머니를 위로하느라 분주했다. 그다음 주에 실시한 검사에서 큰아들은 음성 전환이 되어 집으로 갈 수 있었으나, 식사도 하지 않고 눈물만 흘리는 어머니 걱정에 집에 갈 수가 없단다. 두 아들은 2주나 더 퇴원하지 않고 번갈아 가며 어머니 곁을 지켰다. 경북대센터가 문을 닫을 무렵 바이러스 검사에 양성이던 어머니는 다른 센터로 이송되었고 아들들은 집으로 갔다. 어머니는 떠나며 그동안 감사했다는 문자를 보내왔다. 극심한 스트레스가 면역력을 키우지 못하게 한 게 아닐까?

60세 정도인 여성이 퇴소하며 남긴 사연도 오래 마음에 남는다. 평생 가정주부로서 시어머니, 남편, 아이들을 돌봐 오다가 코로나19로 입소한 분이었다. 환자가 발생하면 1차 접촉자인 전 가족은 자가격리 대상자가 된다. 이 상황에서는 바깥 외출이 불가하고, 방역상의 문제와 함께 스스로 위축이 되어서 외부 음식점에 배달 음식을 주문하지도 못한다. 가족을 먹여 살리던 주부가 입소하게 되자 남은 가족은 좁은 공간에 머물며 오롯이 라면과 햇반, 그리고 인스턴트 반찬이나 김치만으로 세 끼를 때워야 한다.

코로나19로 입소한 주부는 따뜻한 도시락을 먹으면서도 가족이 눈에 들어와 마음이 편치 않았다. 감염은 되지 않았으나 자가격리자로 남겨진 가족들이 이렇게 지내야 하니 주부는 마음이 불편해졌다. 제발 시와 국가에서 남은 가족들 끼니를 좀 챙겨달라는 부탁이었다.

그러면서 또 속마음을 털어놓았다. 이제 집에 돌아가서 겪을 일인데, 코로나를 집에 묻혀 들어온 자기 때문에 가정이 큰 분란이 날 것 같아 몹시 두렵다고 했다. 아마 다른 가족 구성원은 모르게 신천지 종교집단에 나갔다가 코로나에 감염되었고, 이 사태에 이르렀는데 퇴원에 즈음하여 그 뒷감당을 생각만 해도 머리가 아픈 듯 보였다.

완쾌되었다고 했음에도 고개를 푹 숙이며 퇴소 버스에 오르던 그분의 모습은 우리나라 보통의 주부 모습일 것이다. 그분의 뒷모습은 오랫동안 잔영으로 남는다. 환자와 의사만의 관계로만 보았던 코로나19 연극의 무대 뒤에는 생각보다 어렵고 침울한 또 한 부류 엑스트라 연기자의 삶이 있었다.

장면 9. K 대학교 학생회 임원들

위험성에 대해 잘 알지 못하는 미지의 바이러스 병 환자들을 수용하기 위해 기숙사를 제공한다는 것은 대학으로서는 큰 결단이었다. 코로나19가 창궐하던 3월 첫 주에 K 대학교는 학생기숙사를 대구시환자들의 생활치료센터로 제공하기로 결정하였다. 총장은 시장에게 최대한 협조하겠다고 약속을 하고 K 대학교 학생회와 기숙사 자치위원회 대표들에게 양해를 구했다.

학생회 대의원회는 다가올 개학 일정에 준비해야 할 일도 있고 혹시 바이러스에 오염되면 건물 사용이 어려워진다며 투표로 이 제안을 부결했다. 그러나 워낙 위급한 상황이었기에, 우여곡절 끝에 총장은 시민들을 위해 기숙사를 제공하기로 결정하였다. 3월 8일 일요일 저녁부터 코로나19 환자들의 입소가 시작되었다. 기숙사는 겨울방학 동안 3개월간은 사용되지 않았으므로 실내에는 찬 공기가 맴돌았고 가끔은 미처 청소하지 못한 먼지 덩어리와 거미줄도 보였다.

다음 날 대학 총장, 대구시장을 비롯한 보직자와 학생회 간부들 간의 간담회가 마련되었다. 시장은 학생들과 대학의 결단에 감사하였고, 대구시민이 없으면 대학도 없다며 같이 동행하자며 양해를 구했다. 학생들로부터 동의하지는 않았으나 하는 수 없지 않나 하는 분위기가 느껴졌다. 그러나 3월 신학기를 막 시작해야 할 시기에 캠퍼스에 들어오지 못하게 된 학생들의 반감도 만만찮았다. 학생들의 대의에 반하는 학생회라는 것이 존재할 수 없는 것 아니겠는가?

학생대표들은 학생들의 의견에 반한 결정에 대한 감정적 항의와 3주 후 원상 복귀 시 내부 집기를 교체해 달라는 등의 피해보상을 요구하였다. 어느 여학생 대표는 시장과 총장이 학생과 캠퍼스를 정치적으로 이용하고자 노력해서, 결국은 성공했는데 그래서 기쁘냐?는 극단적인 발언까지 하게 되었다. 학생들이 이 정도인가? 참 섭섭하기도 했다. 서먹서먹하고 팽팽했던 모임이 끝나면서 학생들은 내부 방역을 잘하고 있는지를 봐야겠다고 센터를 방문하였다.

방역복을 입고 자원봉사 나온 또래의 군부대 사병들을 따라 환자들에게 도시락 배달 봉사도 같이하고 나니, 학생대표들의 태도도 달라져 보였다. 그날 밤 학생들도 봉사활동에 참여하고 싶다는 요청이 왔으나 바이러스 감염의 위험도를 최소화하기 위해 투입 인력도 엄격하게 제한하여야 하는 센터의 사정상 허용할 수는 없었다. 현장의 사정을 제대로 알지 못하는 학생과 동창들의 비난에 공식적으로 대응해야 하는 학생대표이자, 한편으로는 모두가 우리 지역에 살아가는 아들딸이자 대구시민이기도 한 학생대표단의 양면적인 감정을 느낄 수 있었다.

K 대학 기숙사 생활관은 3주의 임무를 무사히 완수하고 학생들에게 반납되었다. 기숙사 생활치료센터가 공식적으로 문을 닫던 날, 학생회장을 비롯한 대표들은 해단 모임에 참석하여 의료진과 봉사자들에게 그들의 속마음을 담은 감사의 손편지를 전해주었다.

장면 10. 에필로그. 40대 공무원 남성

최대 383명의 환자가 입소해 있었던 대구2 센터에는 의료진 외에도 대구시, 행정안전부, 보건복지부, 환경부, 경찰, 국방부 군인, 방역업체, 경북대병원 직원 등 많을 때는 165명의 인원이 같이 일했다. 2020년 2월에서 4월까지 코로나19의 현장 대구에서 가장 고생을 많이 한 사람도, 가장 욕을 많이 얻어먹은 사람도 대구시장을 비롯한 대구시 공무원들이었다.

나는 대통령부터 말단 지방 공무원까지 재난 상황만 생기면 왜 노란 점퍼 근무복을 입는가 하는 의문이 있다. 전제적인 모습이고 좀 촌스럽다. 그러나 노란 점퍼를 입고 현장을 누빈 대구시 공무원을 비롯한 각지에서 파견 나온 공무원들의 노고는 박수를 받아야 하고 그들의 헌신은 잘 기억되어야 한다.

이들 중 특별히 보건복지부 김 주무관을 기억하고자 한다. 3월 2일 우리나라 최초의 생활치료센터 개소 장소에서 그를 만났다. 조금은 시커먼 피부에 역시나 촌티 나는 노란 점퍼 차림이 여느 공무원과 다르지 않았다.

그는 초창기의 혼란스러운 일터에서 의료진들과 협조하며 진료 체계를 잡고, 여러 가지의 갈등을 해결하는 데 능력을 멋지게 발휘했다. 집단 수용시설을 운영하는 데 필요한 물자의 규모와 운영 방안에도 나름의 혜안이 있어 보였다. 2월에 중국 우한에서 귀국한 교민들을 수용한 충남 서산과 충북 진천의 수용시설에서 근무한 경험이 빛을 발휘한 것이다.

첫날 총리가 방문한 가운데 갑자기 100대의 앰뷸런스에 탄 코로나19 환자들이 밀어닥치자 근무자 모두는 이들을 어떻게 해야 할지 안절부절못하였다. 이때 앞으로 나서서 환자들을 119 차량에서 하차시키고 동선에 따라 시설 내부로 안내했던 사람도 그였다. 그날 그의 솔선수범과 전반적인 제안은 초기의 혼란을 줄이고 센터의 정착에 큰 도움이 되었다.

한 주를 같이 근무한 뒤 이번엔 대구2 센터의 개소를 위해 같이 이동하였다. 여기는 규모가 작은 1 센터에 비해 시설은 열악하나 수용

인원은 많고 본부를 설치할 공간은 학생식당밖에 없었으므로 장내 정리가 정말 복잡했다. 처음 응급의료의 현장에 나왔을 대구시 공무원들도 정신을 차리기 어려웠을 것이다.

갑자기 그 어디서 쩡쩡거리는 투박한 경상도 사투리로 꾸중하는 소리가 들렸다. 이 복지부의 6급 공무원이 감히 높으신 대구시의 국장, 서기관님들을 포함한 다른 공무원들을 압도하며 이들의 비능률적인 업무처리를 질책하고 있는 게 아닌가? 엄연히 직급이 있고 나이도 있는데 말이다. 잠시 놀랐다.

다음 날 같이 앉아 이야기하며 그가 경북 봉화군 골짜기 출신이고 어려서부터 국가 공무원이 되어 벌써 공무원 짬밥이 20년이 넘은 베테랑이란 사실을 알았다. 이번에 코로나 현장으로 출장 간다고 하니 혹시 영원한 이별이 되지는 않을지 걱정하며 부인이 눈물을 찔끔 흘리더라고 했다.

아무리 업무를 조금 더 안다고 해도 연배가 높은 국장, 과장님들에게 그렇게 불손하게 대하면 되느냐고 물었다. 괜찮단다. 이렇게 혼란스러울 때는 미친 척하는 촌놈 같은 한 녀석이 나타나 돈키호테처럼 좌충우돌하며 길을 열어야 한다고 천연덕스럽게 말했다. 그러고 보니 생활치료센터의 본부장을 비롯한 과장들도 별다르게 불쾌한 반응을 보이지는 않았다. 하여간 그 김 주무관은 씩씩했고 멋졌다.

코로나 의사의 유감, 有感, not 遺憾

야누스가 아닌 평범한 한 인간에게도 선량함과 악마의 표징이 같이 있고, 대부분의 일에는 빛과 그림자가 동시에 있다. 정도의 차이가 있을 뿐이다.

45년 전에 처음 만났던 대학 서클 동기 네 명이 서울과 김천 등지에서 전시회 공간으로 찾아왔다. 개원 의사인 친구가 방문 직전에 "감기 기운이 조금 있는데, 괜찮을까?" 하기에 "오전까지 진료하던 의사에게 무슨 일이 있겠느냐? 봄철 감기와 알러지도 많으니 설마?"라고 했었다. 오랜만에 과거와 현재를 오가며 세 시간 정도 즐겁게 보냈다고, 배웅까지 마무리했다.

그게 패착이었다. 모임이 있고 난 뒤 3일째 되던 날 저녁에 가족이 코로나 신속 항원 검사를 해 본다기에, 나도 꼽사리끼었다. 한 개 포장에 두 개의 검사 키트가 있어 하나가 남아도는 듯하여 재미 삼아 참가한 것이다. 놀랍게도 감기 증상이 있던 집사람은 음성인데 나의 키트는 붉은 두 줄이 보였다. 졸지에 코로나 진료 의사에서, 환자로 신분이 바뀌었고 즉시 징역 7일 형을 받고 골방으로 유배되었다. 코로나 백신은 AZ 두 번, 화이자 한 번, 모두 3번을 맞았고 나름 방어에 최선을 다해왔으나 불의의 카운터펀치를 맞았다.

늦은 밤이지만 다음 날에도 예약된 진료가 있기에 동료와 외래 간호사에게 알리고 대처를 부탁했다. 잠자리에 일찍 들었으나, 밤에는 작열감, 약한 한기와 근육통이 느껴졌다.

아침에 병원 감염관리실에 전화했더니 병원에 출근하여 PCR 검사 후 세 시간 지나 결과 확인되면, 의료진은 5일간 자가격리하고 출근하란다. 이미 자가 검사상 양성이 나온 감염자가 확진을 받기 위해 면역저하자가 많은 대형병원에 출근하고 그곳에서 반나절 이상을 기다리는 게 보통 민폐가 아니다. 등록된 코로나 개인병원에서 전문가용 검사를 받고, 기저질환을 고려하여 항바이러스제 폭소로비드 처방을 받아 즉시 먹는 게 가장 효율적인 방법일 것 같았다.

집 근처 내과병원을 찾아 출근길의 원장을 막아서서 바로 검사하고, 약 처방을 받았다. 폭소로비드 공급량이 부족하기도 하지만, 개인병원 원장들이 이 약을 잘 알지 못하니 처방을 주저하였다. 원장에게 복용 중인 약제와의 상호작용을 고려한 약제 조정과 기타 주의사항을 알고 있으니 걱정하지 말고 처방해 달라고 했다.

약이 비치된 약국을 찾는 것도 쉬운 일이 아니었다. 우리 구에서 지정한 약국 이름을 알아내어 전화 문의하여 승낙을 받았다. 아침 9시 직전에 방역수칙 지키며 집을 나가서 한 시간 이내에 모든 것을 다 해결했다. 집에 들어오자마자 종합감기약, 소염진통제와 폭소로비드를 같이 먹고는 종일 비몽사몽 간에 지냈다.

폭소로비드는 증상 발생 2~5일 사이 바이러스 증식이 활발할 때 투여해야 효과가 있고 3일 정도면 반 이상에서 증상 호전을 경험한다고 했다. 약 복용을 두 번 했음에도 그날 밤에는 아무 증상이 없이 수면을 취할 수 있었다. 나는 바이러스 활성도가 크지 않은 조기에 진단된 탓인지 놀랍게도 단 하루의 복용으로 증상이 사라짐을 느꼈다.

감기 증상이 있던 친구가 확진되었고, 그 자리의 4명 중 3명이 더 감염되었다. 결국 3명은 배우자와 아들까지 감염되어 무려 1타 7피 싹쓸이를 당했다. 젖은 낙엽족인 친구들에게 연락하니, 모두는 집에서 정말 면목 없게 되었다고 했고 모두 숨소리도 못 낼 정도로 기가 많이 죽어있었다. 평소 가족 간 거리 두기를 잘 지킨 나만 가족 내 전파가 없었다. 이후 가장 먼 방에 부부가 짱박혀 지냈고 한 번도 TV를 켜지도 않았다. 전해주는 식판을 받을 때를 제외하곤 두문불출하며 독서만 했다. 금년 독서 목표가 20권의 책인데, 바이러스 덕분에 3월 말까지 벌써 50% 목표를 달성했다.

4일째 자가 검사상 음성이 확인되었고, 5일이 지나서 병원에 출근하였다. 평소에도 경험하던 조금 피곤한 느낌 외엔 특별한 불편함은 없었다. 확진 7일째부터는 94급 마스크를 두 장 겹쳐 착용하고 예약된 외래 환자 진료를 시작했다.

진료 환자가 많지는 않으나, 지난주 갑작스럽게 진료가 취소되어 이번에 오신 분들이 제법 됐다. 여러 분들이 나의 안부를 물었다. 코로나 감염으로 진료가 갑자기 취소되었다고 간호사로 전화 양해를 드린 것 같았다.

대부분 진료실에 들어오며 '괜찮으냐?'는 안부의 말씀이었고, 연로한 여성 한 분은 "아이고, 의사가 어떻게 그 병에 걸렸느냐?"며 놀란 표정을 지었다. '의사도 칠칠찮게 코로나에 걸렸다니 내가 이 병에 걸린 건 큰 잘못도 아니었네'라며 큰 위로를 받으신 듯했다. 또래의 한 여성은 3주 전 아들로부터 감염되어 증상이 심해 고생했고 완치판정을 받았으나 아직도 호흡곤란과 가래, 기침 등의 후유증이 제법 남았다며 도움을 호소했다. 그러나 감기약 처방 외엔 큰 도움을 드리지 못하였다.

확진 당일 오후엔 그날 진료가 예약되었던 한 분이 나의 손전화로 연락하여 걱정해 주시기도 했다. 이분은 나의 친척 아주머니 남편이라 전화번호를 알고 있었다.

평소 진료하는 의사라고 근엄하게 충고하는 입장에서 잔소리하고 지내다가, 이 한 주는 갑을관계가 역전되었다. 진료받으러 온 연세 드신 분들로부터 '힘내라, 아프지 마라' 란 응원을 많이 들었고, 결국은 어제 집에서 만든 직접 만든 거라며 작은 통에 약밥을 전해주신 분도 계셨다. 뭐라 드릴 말씀도 없었다. 어디 쥐구멍이라도 찾아 잠시 들어가고픈, 미안하고 쑥스러운 순간들이 좀 있었다.

걱정해 주신 모든 분께 이 자리를 통해 감사드립니다.

적응증에 해당하는 분들은 진단 직후 포소로비드 처방을 받아 바로 드시기 바랍니다. 저도 경거망동하지 않고, 조신하게 지나겠습니다.

(2022. 3.)

꽃이 지기로서니 바람을 탓하랴?

경북대학교 의과대학에서의 마지막 학기 강의가 시작되기 전에 지도 학생과 교수가 함께하는 멘터mentor 멘티mentee 조組 멤버 모임을 가졌다. 2월 말에 졸업하는 4학년 학생은 서울 빅4 대학병원의 인턴으로 취업하게 되어 참석하지 못하였고, 예과 1학년에서 본과 3학년까지 5명과 공동 지도 교수인 후배 교수가 함께했다.

점심을 먹으며 이 친구들의 진한 이야기를 듣고 싶었는데 나이가 가장 많은 내가 제일 많이 떠들었다. 울릉도에서 온 의예과 1학년 조군은 나의 46년 후배인데 생각해 보면 주책없는 지도 교수이고 선배였다. 두 시간 자리를 같이하는 동안 잠시 감정조절에 실패하며 우왕좌왕 참견하다가 귀가하여 상황을 되돌아보니 '후배나 제자와 만날 때는 입은 닫고 지갑은 열어라'에서 잠시 '입은 닫고' 부분을 망각했음을 알았다.

이젠 같이 자리한 동료 교수도 나의 딸 연배이고, 멘티 학생은 거의 손자뻘에 가까워지니 아마 내가 무슨 말을 해도 재미있다는 척, 알겠다는 척하며 다 들어준 게 분명하다. 그래서 나 홀로 즐거워하며 말이 많았는지 모르겠으나, 이 젊은이들에게 조심스럽게 다가가고자 노력했으니 한계가 분명한 나의 허술한 소통 기술을 이해해 주었으면 좋겠다.

　멘티 학생들에게 그들이 계획하는 미래에 관하여 물었더니 미래에 무엇이 되어서 어떤 일을 하고 싶다며 구체적으로 자기 의사를 표현하는 친구는 아무도 없었다. 공부를 열심히 하겠다는 답변 외에 다양한 꿈과 생각을 말해주길 기대했으나 모두 하나같이 아직 정한 바가 없다고 했다. 한때 병원의 인턴 채용 면접을 하면 특정과 전문의가 된 후 동남아시아나 아프리카에 기독교 선교사가 되기 위해 전공의가 되겠다는 친구들이 많았기에, 그 정도의 의료기술이 필요한 일을 도모하기 위해 3차 종합병원에서 청춘을 바쳐 수련을 쌓고 공부하는 건 아깝다고 생각한 적이 있었다. 그러나 이젠 그런 정도의 종교적이고 봉사하는 삶을 살겠다는 대답도 거의 없다.

　우리 세대가 추구한 방식인 '다른 사람들이 보기에도 좋은 목표를 설정하고 저돌적으로 돌진하는 태도'와는 거리가 멀고 조금 쑥스러워하면서 모교 병원 교수가 되어 후배를 가르치겠다며 당차게 얘기하는 친구도 없다. 최근 몇 년 동안은 워라벨 풍조가 만연하며 임상 교수가 되어 밤새도록 수술하고 훌륭한 논문을 써서 유능하고 환자로부터 인정받는 의사로 일생을 살겠다는 예비 의사는 네안데르탈인처럼 멸종되어 간다. 모두 육체적으로 힘들지 않고 정신적으로도 평온한 전공의 수련 과정을 선택하여 전문가로서의 기본 자격은 갖추고, 이후에는 여유롭고 평안한 저녁이 있는 삶을 쟁취하는 것이 목표가 된 듯하다.

　의대 교수로 생활하며 동료 선배들과 대화해 보면, 모두 한때는 후배를 잘 발굴하고 키워 자신이 소속된 과의 교수로 발탁하는 게 가장 중요한 임무라 믿었다. 대학병원의 전공의 과정 동안 학구적이고 도전적인 자세를 보이는 친구를 발굴하여 교수 요원으로 키우고, 나머지 전공의는 대부분 개원의나 종합병원 과장 요원에 진출할 것으로 생각하는 경향이었다.

내가 만났던 1970~80년대에 교수가 된 선배와 동료들은 고등학교 졸업 후 대학 진학하는 일반계와 졸업 후 바로 취업하는 실업계에 빗대어, '일반계'와 '실업계' 전공의라 농담도 했다. 사실 경제 부흥기의 우리나라에서 대학 진학률이 높지 않았다. 실업계 교육을 비하하는 것은 아니다. 직업 교육을 받고 일찍 사회에 진출했던 실업계 고등학생들은 생활력이 있으며 사리판단에도 더 정확했으나 가정 형편이나 개인이 추구하는 삶의 방식 차이로 인하여 단기적인 목표가 달랐다. 대학 졸업자에 비해 일찍 직업전선에 투입되어 힘든 업종의 일들도 마다하지 않았고 열심히 살았다고 생각한다. 필수 진료과 전문의가 되어 힘든 진료현장에 들어가서 의료 노동도 즐거워하던 실업계형이 대부분이라는 의미다.

1990년대 이후 경제가 발달하며 사회가 윤택해지자 젊은 의사들의 인생 디자인도 달라졌다. 전공의 수련 자체가 의사가 되면 반드시 해야 할 의무라 생각하고 환자를 살리는 필수 의료과에 지원하여 육체적 경제적 희생도 당연하다는 헝그리 정신이 점점 희미해졌다. 일 부담은 적고 휴일은 칼같이 확보되며 수입도 좋은 성형 미용 재활 영상의학 분야로 관심이 쏠렸다.

전공의 수련 기간 중 공부나 일에 집중하기보다는 휴식 및 유흥의 즐거움을 추구하는 듯한 웰빙형 전공의들을 '예능계 전공의'라 불렀는데, 그사이 예능계가 인문계 실업계를 물리치고 우리 사회의 대세가 되었다. 세상이 변해도 의료계만은 그렇게 되지 않으리라 생각했으나, 어느새 '일을 잘하기 위해 잠시 쉰다'라는 개념에서 '즐겁게 쉬며 재밌게 놀기 위해 일한다'로 바뀌어 갔다.

우리가 말하던 의대 교수 요원인 인문계 전공의들은 그 목표를 달성해 봤자 평생 봉급이 적고 근무 시간이 긴 직장 생활을 묵묵히 해야 하니, 이들을 닦달하기도 어려워졌다. 그나마 간신히 교수가 되었다고 해도 사회나 동료가 특별하게 존중해 주는 분위기도 아니다. 그러니 내가 최고로 잘났다는 자부심도 자존감도 모두 사라졌고, 그냥 각자가 한 사람의 직장인에 불과했다. 이는 최근 우리나라에서 점차 깊어지고 있는 필수의료와 응급의료 요원 부족 사태에서 보듯이 큰 사회적 손실이다.

학생들 각자의 생각이 확고한 것 같고, 멘터랍시고 학생들을 불러내어 자기의 고루한 생각을 주입할 수 있는 자리도 더 이상은 없을 것 같다. 의과대학 임상 교수 생활을 마무리하며 든 생각은 '세상의 흐름을 거스를 수 있는 특단의 방책은 없다'이다. 모두 현명한 친구들이니 각자의 생각대로 추구하고, 그러다가 만나는 일을 열심히 하고 또 거기에 만족하기를 바랄 뿐이다. 인생이 그렇게 길지는 않으니, 너무 산만하지는 않았으면 한다.

대화 중 의예과 학과장을 맡고 있는 후배 교수가 의예과에서 의대 본과로 진급하는 학생 중 5명이나 휴학하고 사병으로 입대한다고 알려주었다. 한 학년 학생 110명 중에서 몇 명은 낙제하고, 30% 정도는 여학생이니 남학생은 70여 명 정도일 것이다. 5명은 이들의 7%에 해당되는 예상을 넘는 많은 인원이고 앞으로 더욱 증가할 것 같다. 이 중 두 명은 카투사KATUSA 시험에 합격하여 입대한다고 했다. 의예과 재학생은 상대적으로 시간적 여유가 있고 학업과 영어 성적은 좋은 편이니 카투사 시험에도 강하다고 한다.

우리나라 군의관과 무의촌이나 공공의료기관에 근무하는 공중보건의는 병역의무를 수행하여야 하는 남성 의사 풀에서 공급받는다. 의사가 된 후 또는 전문의 취득 후 병역의무를 위해 입대하면 군의관 자리를 우선 채우고 나머지 인원 중에서 선별하여 무의촌이나 공공병원에 공중보건의로 배치된다.

대부분 전문의 과정을 수료한 후 입대한다. 나이 30세가 넘고 결혼 후 입대하여 임관되는 군의관은 38개월 동안 전후방에서 의무 복무하고 평균 300만 원 대의 월급을 받는다고 알려져 있다. 우리 세대는 훈련 기간 포함 거의 40개월을 복무했고 봉급도 적었다. 그나마 단기 복무 장교로서 퇴직금도 미미했는데 그동안 나아진 게 이 상황이다. 지금은 군의관으로 복무하면 38개월, 위생병으로 가는 사병은 18개월이니 복무기간이 두 배 이상이다.

정치권이 경쟁적으로 노력한 결과, 선거 때마다 사병 복무 여건이 향상되어 이젠 핸드폰도 쓸 수 있고 일과 시간 이후의 활동도 많이 자유로워졌다. 몇 년 이내에 사병 봉급은 200만 원으로 인상한다고 하니, 장교인 군의관과 큰 차이가 나지 않고 의사가 된 후 사병으로 입대하여도 근무 여건이 나쁘지는 않을 것 같다. 실제 의사 자격을 가진 공익요원이 병원에서 허드렛일을 하는 경우도 어렵지 않게 볼 수 있다.

복무기간 차이가 20개월이고 근무 여건이 불량하지 않으면 어떤 선택을 할지 확연해진다. 군 복무하며 숨을 고르고 제대 후 다시 공부에 열중하면 선택의 영역이 더 넓어지는데, 군 미필 상태에서는 제한되는 여러 가지가 군복무 후 근무하면 모두 해결되기 때문이다.

나는 교수 발령을 받고 3년 반이 지나서 휴직하고 미국 NIH의 연구원으로 2년 근무했다. 나에게 실험실 일을 인계해 주고 떠난 전임 연구원은 일본 의사였는데, 나의 4년 연하였다. 전문의 취득 후 3년 이상 군 복무하며 경력 단절을 경험하고 어느 정도 그 부족함을 복구하기 위하여 또 3년 이상을 준비하고 외국 연수를 나갔기 때문이었다. 그러나 병역의무가 없는 일본 의사는 임상 및 연구 경력이 계속 이어질 수 있었고, 교수가 되기 전에 경력을 쌓기 위해 선진국 연구 연수를 받은 인원들이 즐비했기에 일본 사회는 이 정도의 내공을 다진 인원들 중 선별하여 교수 요원으로 선발하였다. 우리 젊은이들과 호흡하는 전방과 야전 부대에서의 군 복무는 나름의 의미는 있으나 교수나 연구원을 지망하는 의사는 5년 정도의 경력 차이가 난다.

나는 나이도 제법 들고 연구의 기초가 튼튼하지 않았음에도 세계 최고의 연구기관에 연수를 가서 적응하느라 한동안 힘들었다. 우리나라의 의료와 의학 연구 수준 업그레이드를 위해 총체적으로 고민해야 할 문제인데, 국방부, 복지부는 종합적인 의료 대책을 준비하여야 한다. 당장 남성 의사 자원의 감소로 인하여 군의관, 무의촌과 공공의료 기관의 전문의가 더 부족해질 것이다.

이젠 고급 인력을 국민의 의무라며 묶어두고 희생과 봉사를 요구하거나, 국가에서 고위험 장소에 저임금으로 부리는 것은 점차 어려워질 것이다. 최근 여성의 민방위 복무, 나아가서는 병력 자원 감소 때문에 여성의 군 복무는 아니더라도 공공 부문 봉사 의견도 제시되고 있다. 이건 아직은 현실적이지 않고 곧 시행될 수도 없으나, 의료 인력 양성을 위해서 고민은 해 보아야 한다. 그러나 의과대학생들에 대한 학비 지원이나 전공의 수련을 위한 병원 지원도 없이 의사는 공공재라 국가가 관리해야 한다거나, 공공 의대를 만들어 장래가 불확실한 의료 인력만 늘리면 모두 해결된다는 식의 관념적, 탁상공론적 접근은 갈등만 야기하고 반복적으로 원점을 되돌이 할 수밖에 없다.

(2023. 2.)

2부

일상 속의 사랑

칼국수 아줌마의 수육 한 접시

2014년 9월 2일

오늘 저녁에는 더위를 씻어주는 비가 내렸습니다. 연구과제 발표 모임을 마치고 조금 늦은 저녁 식사를 위해 참석자들과 병원 옆에 있는 칼국수 식당으로 이동하였습니다. 소주를 한잔 겸한 식사를 마치고 나오다가 계산대에 나와 있던 칼국숫집 아줌마를 만났습니다. 오랜만에 만났기에, 반가운 마음으로 갑자기 사진 한 컷을 같이 찍자고 부탁을 드렸습니다.

이 식당은 지난 20여 년간 감칠맛 나는 칼국수 맛으로 알음알음 소문이 나서, 지금 아줌마는 시내에 몇 개의 분점을 둔 우리 동네 준-준-준재벌급인 칼국수 체인의 사장님이 되었습니다. 요즘은 어떤 작은 음식점에 가도 주인을 사장님이라 부르는데, 옛날부터 이분은 칼국수 아줌마라고 불러왔기에 아직도 아줌마란 호칭이 입에서 저절로 나옵니다.

저는 대학교를 졸업한 이후 30년 이상의 세월 동안, 군 복무, 외국 유학 생활을 제외하고는 전공의 과정부터 지금까지 이 동네에서만 직장생활을 하였습니다. 그동안 저의 주거지는 몇 군데를 옮겨 다녔으나, 직장은 대구시 중구 삼덕동 한곳에 머물러 있습니다. 전공의 시절에는 병원 내에서 먹고 자며 생활하였으나, 교수로 직장생활을 하였던 1989년 이후에는 한 끼 식사를 해결하기 위하여 병원 근처의 식당을 열심히 기웃거린 것 같습니다.

이 칼국숫집은 콩가루를 묻힌 고소한 칼국수와 파전, 돼지 수육을 주로 취급하며, 보리밥, 된장국에 야채를 비벼 먹는 야채 밥도 일미입니다. 오랜 세월 동안 잊어버리고 있던, 어린 시절 집에서 먹던 경상도 안동식 칼국수와 된장에 비벼 먹는 보리밥 맛을 그리워하는 단골들이 많아지며 이 집은 대구의 대표 맛집이 되었습니다. 20년 전 뒷골목의 조그만 하꼬방에서 국숫집을 시작하였던 이분은, 그 덕분에 대로변에 위치한 괜찮은 건물을 구입한 성공한 식당 주인이 되었습니다.

그러나 이분에게도 인생이 그렇게 만만치만은 않아 보입니다. 이제 고생은 다 했다 싶으니, 어려운 시절을 같이하며 구멍가게 칼국수 식당을 일으킨 남편께서 폐암으로 고생하시다가 몇 년 전 우리 병원에서 작고하셨습니다. 그때 아줌마의 망연자실해하던 표정을 기억하고 있습니다.

아줌마도 젊어서부터 고생을 많이 해서인지 잔병치레를 자주 했었는데, 마침내는 남편 보내고 조금 지나지 않은 재작년인가에 큰 병이 생겼습니다. 최근 우리나라 비수도권에 사는 대부분의 사람처럼 이분도 서울의 큰 병원에 가서서 수술을 받고 돌아왔습니다. 아니, 남편이 세상을 떠난 우리 병원에 입원하고 싶지 않았는지도 모르겠습니다. 서울에서 완전히 치료를 하고 왔다는 아줌마의 말씀에 축하를 해드렸습니다.

그러고 나서 1~2년 지났을까요? 주변으로부터 최근 아줌마의 암이 재발했다는 이야기를 듣게 되었습니다. 동료 교수는 제법 심하게 재발하여 수술이나 치료가 불가능하다고 이야기를 한 것 같습니다. 그 뒤에도 이 칼국숫집에 가끔 갔으나, 아줌마의 얼굴을 볼 수가 없었습니다. 가끔 주말이나, 저녁 시간에 병원으로 나오는 길에 이 집 앞을 지날 때 칼국숫집의 문이 잠겨있으면, 갑자기 가슴이 쿵 내려앉는 것 같은 생각이 들 때가 있었습니다.

오늘 저녁에 마침내 아줌마를 다시 만난 것입니다. 오랜만에 식당에 나왔답니다. 그런데 얼굴이 조금 푸석푸석하기는 하나 병색이 완연한 환자의 얼굴이 아니고 인상도 넉넉해 보였습니다. "아줌마 괜찮으세요?" 하고 용기를 내어 물었습니다. 아주 괜찮은 것은 아니나, 견딜만하다고 하시더군요.

그렇지 않아도 안부를 묻는 사람들이 가끔 있고, 특히 식당이 정기적으로 쉬는 날임에도 불구하고 아줌마의 병이나 유고 때문에 문을 닫은 게 아니냐는 전화를 자주 받는다고 쓴웃음을 지었습니다. 오랜만에 아줌마를 보니 가슴이 뭉클하여 아줌마와 같이 사진을 찍자고

2014년 9월 2일 칼국숫집 아줌마와 함께

부탁한 것입니다. 저는 지금보다 더 나아졌을 때와 비교하려면, 지금이라도 사진 한 장을 찍어 두어야 한다고 에둘러 이야기하였습니다. 아줌마는 처음 찍은 사진에서는 잘 웃지를 못했다며, 웃는 얼굴을 하며 다시 사진을 찍어달라고 부탁하였습니다.

사실 저는 이분에게 진 마음의 빚이 있습니다.

몇 년 전에 병원장 공모에 나가서, 낙방한 적이 있었습니다. 닭 벼슬보다 더 나을 게 없다는 교수의 보직에 크게 집착을 한 것은 아니었습니다만, 불합리하게 진행되던 선임 과정이 실망스럽더군요. 물론 애써 태연하려 노력했습니다만, 며칠이 지나니 처음 예상보다는 더 깊은 마음의 상처가 남더군요.

그즈음의 어느 휴일에 병원에 나와서 일을 하다가 점심을 먹기 위해 혼자서 이 집에 갔습니다. 칼국수를 시켜놓고, 멀뚱멀뚱 앉아있으니, 아줌마가 돼지고기 수육을 접시에 담아 와서 맛있게 먹고 힘내라고 하였습니다. 자기는 제가 병원장이 되었으면 좋겠다고 응원했는데, 아쉽다면서 칼국수 가격보다 비싼 것이 틀림없는 맛있는 부위의 수육을 챙겨 주었습니다. 그러고는, 한마디를 더 보태더군요. "선생님은 착해 빠져서, 그런 경쟁에서는 이길 수 없어요. 그런 싸움장은 모진 사람이 나가는 곳이에요."

저는 아무리 생각해도 분명히 착하지도 않고, 다른 동료 교수들보다는 더 약아 빠진 중년의 남성입니다. 갑자기 머리통을 무엇에 심하게 한 방 맞은 기분이었습니다. 다른 손님들도 근처에 있었지만, 순간적으로 당황스러웠습니다. 말없이, 그리고 정신없이 돼지고기 수육과 칼국수를 먹고는 황망하게 자리를 떴습니다.

나는 그 오랜 시간 동안 이 식당을 출입하면서도 이분을 건성으로 대하고 농담이나 하고 지냈습니다. 이 주인장 아줌마에게 의례적으로만 대하였고, 작고한 남편이나 이분을 한 번도 진심 어린 마음으로 걱정을 해 준 바가 없었습니다. 항상 저보다도 덜 배우고, 저보다도 생각도 짧으리라 생각했던 이 칼국수 아줌마가 대학병원 교수인 저를 진정으로 위로하며 걱정을 해 주고 있다는 것을 느꼈습니다. 연구실에 돌아와서 생각해 보니, 이런 이야기라도 해 주는 분이 나의 근처에 계신다는 사실이 갑자기 고마워졌습니다. 부끄럽지만, 아줌마의 따뜻한 한마디는 저 스스로를 추스르는 데 큰 힘이 되었습니다.

오늘 저녁에는, 처음으로 이 아줌마가 마음속 깊이 걱정스러웠던 것 같습니다. 여러 명의 손님, 그리고 동료, 제자들이 칼국숫집에 같이 있었지만 두 사람이 같이 사진을 찍자고 하였습니다. 그리고 아줌마의 병세가 호전되어 지금보다 더 건강하고 사진처럼 웃는 모습의

Good Luck Bell, 1970년경 영국

아줌마를 오래오래 더 뵐 수 있기를 진심으로 기도했습니다.

저는, 그다음 날 저녁에 아줌마를 다시 찾아가서 '행운의 종(Good Luck Bell)'을 드렸습니다. 영국에서 만든 이 종에는 소원을 들어주는 아기 요정이 받는 분의 행운을 기원하는 그림이 그려져 있습니다. 이 작은 요정이 아줌마를 지켜주기를 바랐기 때문입니다.

2015년 1월 3일

새해 첫날을 시작하던 어제 칼국수 아줌마의 부고를 받았습니다. 지난 동짓날에 식당에 간 동료들에게, 동지 팥죽을 쑤어서 나누어주었다는 소식을 들었는데, 불과 열흘 만에 애통한 소식이 전해졌습니다.

제가 아줌마를 마지막으로 본 것은 3주 전이었습니다. 점심시간에 칼국숫집에서 어느 분을 만났었는데, 그분이 어느 죽집 포장 박스에 분말 음식을 담아 주었습니다. 제가 들고 있던 죽집 종이 박스를 본 아줌마는 "선생님 속이 불편하셔요? 죽은 제가 맛있게 쑤어 드릴까요?"라고 하였습니다. "아니에요. 그냥 죽집의 종이 박스에 무엇을 넣은 것뿐이에요." 하고 나왔던 것이 마지막 만남이었습니다.

오늘 오후에 아줌마의 장례식장에 조문을 하였습니다. 사실, 조문을 가기 직전 조의금을 어떻게 하여야 할까 하고 조금 고민하였습니다. 우리의 관혼상제는 서로 도와가며 주고받는 것이기에, 조의금 액수를 조금 생각해 본 것입니다. 그러나, 상주인 아들은 아줌마의 뜻이라며 조의금을 받지 않았습니다. 평생을 병원 식구 덕분에 잘 지냈는데, 절대 폐가 되지 않도록 하라는 말씀을 남겼답니다. 잠시 동안 한심한 생각을 한 저 자신이 부끄러웠습니다.

김성호 선생의 회고도 공유합니다.

제가 전공의를 마치고, 전방의 군의관으로 있던 20년 전의 이야기입니다. 휴가차 대구로 와서 병원의 교수님들과 후배들에게 인사를 드리고는 저녁을 대접하겠다며 칼국숫집을 찾았습니다. 박봉의 군의관이 감당할 수 있는 범위가 칼국수 정도밖에 되지 않았기 때문입니다. 식사를 마치고 교수님들이랑 후배 전공의들을 배웅한 후, 계산을 하려는데 지갑이 없었습니다. 낭패도 이런 낭패가 없었습니다. 제가 밥을 사겠다고 해놓고 교수님께 다시 계산을 요청할 수도 없었습니다. 그렇게 난감한 표정으로 어쩔 줄 몰라 하고 있는 저를 보고 아주머니께서 먼저 말씀하시더군요. "선생님! 저 선생님 알아요. 내과 레지던트로 계셨잖아요. 지갑 두고 오신 모양인데 다음에 근처에 올 일 있으면 그때 주셔도 돼요."그래서 몇 개월이 지나 그다음 휴가를 받았을 때에 제가 가장 먼저 한 일은 그 집을 찾아가서 외상 밥값을 갚은 일이었습니다.

　　언제나 넉넉하고 따뜻하셨던, 칼국수 아줌마 故 김재향 님의 명복을 빕니다.

살며 사랑하며

김재향(대백칼국수)

　　올해로 내 나이 쉰 하나. 경북대병원 옆에서 대백칼국수란 이름을 걸고 장사를 시작한 지 어언 18년의 세월이 흘렀다. 이 글은 내 인생의 희로애락이 고스란히 담긴 소중한 일기장과도 같다. 18년 동안 꼭꼭 간직해 온 내 일기장을 공개한다는 것이 어색하기도 하고 부끄럽기도 하지만 고마운 이들에게 감사의 마음을 표현하고 인생에서 어려움을 경험하고 있는 분들에게 조금이나마 위로가 되었으면 해서 지금부터 나의 일기장을 조용히 열어보겠다.

서른셋의 나이. 고작 식탁 5개로 시작한 나의 작은 공간은 보는 이들로 하여금 안타까움을 자아내기에 충분했다. 당시에는 지독한 가난이 나와 내 가족들을 혹독하게 채찍질했었다. 내가 밥을 먹기 위해 밥을 팔아야 했고 하루하루 조금이라도 돈을 쓸 형편을 마련하기 위해 돈을 벌어야만 했던 시절이었다. 거의 20년의 세월이 흐른 지금, 나는 그때 그 시절 또한 행복한 경험이었음을 알고 있다. 내게 그때 그 혹독한 시절이 없었더라면 나는 사람들을 행복하게 해 주는 방법을 몰랐을 것이고, 내가 행복해지는 방법도 몰랐을 것이다.

지금 나의 칼국수 식당은 나를 찾아주는 사람들로 인하여 늘어난 식탁의 수만큼 행복이 가득찬 공간으로 변했다. 보잘것없던 작은 방에서 시작했지만, 사람이 사람에게 사랑을 받고 인정을 받는다는 것은 그 어떤 비타민이나 보약보다 삶에 더 큰 활력을 불어넣어 준다는 것을 알게 해 주었다. 지난 시간 동안 나는 점차 내 일과 내 공간을, 나를 찾아주는 사람들을 더욱 사랑했었다. 이러한 나의 사랑 방식을 알아준 사람들은 나의 칼국수 식당을 찾아주기 시작했고 그분들 덕분에 지금의 내가 있게 되었다. 특히 나를 아껴주신 경북대병원 식구들의 따뜻한 마음에 더욱 고마워하는 이유이다. 그분들과 함께하였기에 내 인생에서 두 번 다시 마주하기 싫은 어려운 고비들도 무사히 넘길 수 있었음을 고백한다.

2003년 10월. 나에게 불어닥친 불행은 나의 모든 것을 일순간에 무너뜨렸다. 나의 든든한 버팀목이자 아들의 아버지를 잃어버렸다. 이제 숨 쉴 만하다고 생각하던 시기에 내게 닥친 이 일은 내가 받아들이기 어려웠던 엄청나게 큰 충격이었다. 남편은 세상을 떠나기 몇 달 전에 폐암으로 진단되었고, 수술이 불가능한 단계라는 판정을 받았다. 그날 이후 내 몸, 내 손발은 무기력해져 갔다. 내 발은 땅을 밟고 있는지 하늘에 걸쳐있는지 알 수 없었고 나는 그저 허공을 헤매고 있는 것으로 느껴졌다. 내 손은 아무것도 만지지 못하였고 매일 하던 일들 모두에 자신이 없어져서 그냥 바보가 되었다. 그동안 생존을 위해 정신없이 살기에만 바빴던 나의 눈에서 눈물이 그렇게 많이 만들어질 수 있다는 사실이 믿어지지 않았다.

살아가야 했으니 정신을 차리려고 노력했다, 그러나 그 충격에서 깨어나기도 전에 그이는 이미 저세상으로 떠난 사람이 되었고, 나는 오랫동안 정신적 공황상태에서 벗어나지를 못했다.

그때 나는 생각했다, 사람이 육체적 질병뿐만 아니라 정신적 고통으로도 생명을 잃을 수도 있겠다는 것을.

방황하던 그 순간 나를 다시 일으켜 준 것은 바로 나를 사랑해 주는 사람들의 위로와 따뜻한 관심이었다. 나의 안부를 살피기 위해 한 번 더 우리 식당을 찾아주던 분들, 나가시며 내게 힘내라고 희망의 말씀을 전해주시던 그분들은 나에게는 가족과도 같다. 그분들을 단지 한 사람의 손님으로만 생각했던 나 자신이 너무나 부끄러웠다. 내게 가장 큰 힘이 되어주셨던 경북대병원 식구들은 정말 나의 또 다른 가족이었다.

햇수로 3년이 지난 지금, 나는 제2의 가족들을 마주하며 몹시 곤궁했던 과거, 불행했던 사연들을 모두 잊고 행복한 새 삶을 꾸려나가려고 열심히 노력하고 있다. '시련이란 진리로 통하는 으뜸가는 길이다'란 말이 생각난다. 나는 수많은 시련을 통하여 인생의 가치를 알게 되었고, 일상적인 삶의 작은 순간들이 지극히 소중함을 더욱 깨닫고 있다.

지금의 나는 '대백칼국수'라는 공간을 통하여 사랑을 실천하며 살아가고 있다. 건강을 생각하는 사람들에게 어떻게 하면 더 건강한 음식을 제공할 수 있을까? 먹는 즐거움을 찾는 사람들에게 맛

있는 칼국수를 제공하여 인생의 어려움을 잠시나마 잊게 할 수 있을까? 일과 인간관계에 지친 분들에게 편안한 음식을 제공하여 가족처럼 편하게 대접받았다는 생각이 들 수 있게 할 수 있을까? 어떻게 하면 그분들이 나의 사랑과 존경을 받고 있다는 것을 느끼게 할 수 있을까? 온갖 행복한 고민을 하며 하루하루를 보내고 있는 이 순간들을 사랑한다.

나의 트레이드마크인 배꼽에 두 손을 올려 공손하게 드리는 '배꼽 인사'. 더 나은 나의 미래를 위해 드리는 나의 소중한 인사이다. 늘 초심을 잃지 않기 위함이고, 지금까지 나를 여기까지 이끌어 주신 모든 분께 진심으로 감사의 마음을 담아 드리는 나의 인사법이다. 내 머리끝이 닿는 곳까지 최선을 다해 인사를 드린다. 진심으로 감사하다고.

(2006년 1월 경북대병원보에 투고한 내용. 김재향 님의 모습이 잘 나와 있어 옮긴다. 8년 뒤인 2014년 12월 마지막 날 59세에 암 투병 끝에 먼저 간 남편을 따르셨다.)

오징어의 추억

- 이까, 수루메, 피데기, 그리고 구글

주말에 동해안 강구 바닷가 카페에서 여유롭게 차 한잔하는데 갑자기 비가 내렸다. 조금 떨어진 곳에 주차한 차에 우산을 두었기에 발걸음을 재촉하던 중, 갑자기 눈에 익은 풍경이 펼쳐졌다. 어촌집 앞마당에 오징어 건조를 하고 있었는데, 입구에서 오징어나 말린 가자미를 팔고 있던 주인 영감님은 비를 피해 오징어를 덮거나 옮길 생각이 없어 보였다. 순간 어릴 적 기억들이 스멀스멀 올라왔고, 몸이 자연스럽게 그쪽으로 향하였다. 오랜 시간이 지났음에도 옛 어촌 모습은 별로 변하지 않았다. 영감님과 말을 섞으며 반건조 오징어를 구입했다. 반건조 오징어인 '피데기'가 표준말이 아니고, 경상도 사투리라는 것은 이번에 처음 알았다.

60년대에 아버지는 동해안 경상북도 울진 어촌의 고등학교에 5년 동안 근무하셨고, 나는 기억력이 가장 또렷한 초등학교 2학년에서 5학년까지 그곳에 살았다. 그 시절 농촌학교는 농번기 방학이 있었고, 어촌에는 봄에 어번기漁繁期 방학을 했다. 꽁치나 오징어가 많이 잡혀 온 가족이 동원되어야 하는 기간에는 중고등학생들은 집안일을 도우라고 한 주 이상의 방학을 했던 것 같다. 초등학교는 방학하지 않았음에도 집안일 때문에 결석하는 아이도 있었으니, 중등학교는 학교를 열어봐야 개점휴업이 될 공산이 컸을 것이다.

냉장시설이 없었던 그 시절, 엄청나게 잡힌 오징어를 처치할 수 있는 거의 유일한 방법은 건조하여 판매하는 것이었다. 오징어 대부분은 말린 후 수거되어 일본으로 수출했다. 학교가 휴교하자, 아버지는 이 기간 동안 리어카를 빌려서 항구에 정박한 배에서 오징어를 사 오셨고, 무주공산인 바닷가 백사장에 대나무 건조대를 세우고 내장을 빼낸 오징어 몸에 작은 막대기를 끼워 말리는 데 동참했다.

옆집에 같이 살았던 선친의 대학 동기였던 이 선생님 가족도 백사장에 건조대를 세우고 오징어를 말렸다. 이것이 어촌인 이 시골 학교 선생님들의 작은 부업이기도 했다. 천지에 오징어 풍년이라 감시가 없어도 건조하는 오징어를 탐내는 사람은 없었고 바닷바람이 자연건조 오징어를 만들어 주었다. 오징어 건조 중 비가 오는 것은 큰 낭패였다. 바람 불고 비 내리는 날은 바닷가에서 건조 중이던 오징어를 모두 옮겨야 했다.

부모님과 삼 형제가 단칸방에 살던 때인데, 비가 오면 선친은 미처 건조되지 않은 많은 양의 오징어를 넓지 않던 우리의 단칸방으로 옮겼다. 우리도 백사장에 나가서 오징어를 리어카로 날랐다. 비가 그친 후 오징어는 백사장 건조대로 다시 옮겨졌으나 그전까지는 며칠간 냄새나고 축축한 오징어 사이에서 겨우 잠자리를 찾아야 했던 기억은 지금도 강렬하였다. 사방에 오징어가 엄청나게 많았으나, 어렸을 때 오징어를 많이 먹었던 기억은 없다. 길거리 개들이 꽁치나 오징어를 물고 다니던 시절이었고, 이를 별미나 고급 반찬이라 생각하지는 않았던 것이다.

그 시절 이웃집 단칸방에서 살았던 이 선생님도 선친과 비슷한 시기에 모두 고인이 되셨다. 이런저런 사연들을 생각해 보면 부모님 세

강구 바닷가 집의 오징어 건조

대에서 이 정도로 악착같이 사셨기에 우리가 이만큼 살 수 있다는 생각이 들어 마음이 숙연해진다.

　그 시절엔 오징어를 '이까(いか, 烏賊)' 라고 불렀다. 극장이나 야구장에서 즐겨 찾던 '오징어와 땅콩' 의 주인공인 마른오징어는 '수루메' 라고 했다. 고등학교 친구의 부친은 2대 독자셨는데, 그 집엔 절대 지존인 부친이 즐기시던 별미식이 항상 준비되어 있었다. '땅콩을 수루메로 싼 후, 실로 묶은 뒤 고추장 독에 막아둔' 겨울밤의 별식이었다. 친구 덕분에 고추장 독에서 건져 올린 아버지의 땅콩을 싼 수루메를 얻어먹은 적이 있다. 이까, 수루메는 경상도 어촌의 사투리가 아니라 일본말이다. 해방 후 20년이 지난 당시에도 여전히 일본말이 많이 쓰이고 있었다. 일제강점기에 동해로 밀려든 일본인들은 어업권을 장악하며 부를 축적하였고 우리나라 어부들은 대부분 그들의 영향 아래 들어갔다. 원래 우리말에 물고기나 어업에 관한 용어가 많지도 않고 통일되지도 못한 상태에서 고기 이름도 '삼마' '이까' 등의 일본어로 대치되었다고 한다. 그러니까 '이까' 는 건조 전 물오징어를 통

칭해서 불렀고, 수루메는 마른오징어쯤으로 불렀다. 동해안 어부들은 상품 오징어는 건조하여 판매하였고, 물오징어는 가족들의 식탁에 올렸다. 그중 어중간한 품질의 오징어를 정말 어중간하게 말려 먹던 게 반건조 오징어, 즉, 피데기라 했단다.

내가 어린 몸으로 오징어 건조 산업에 일조하던 때 오징어의 단위는 '축'이었다. 말린 오징어 한 축은 20마리였고 오징어의 긴 다리를 돌려 20마리의 다리를 묶어 한 축씩 분리했었다. 그런데 집에 와서 동해안 강구에서 구입한 피데기를 열어보니, 20마리 한 축 포장이 아니라 10마리 포장이었다. 그러니 피데기 마리당 가격은 내가 생각하던 것의 두 배나 비쌌다. 쿠팡 등 온라인 마켓에서 가격을 검색해 보니 고기 크기를 직접 비교할 수는 없으나 가격이 더 저렴했다.

그 집 대문 옆 좌판의 피데기 영감님께서 요청하지도 않았음에도 가격을 깎아주시기에 고맙다고 인사를 드렸는데, 속으로 '짜식^^' 하며 웃고 있었을지 모르겠다. 그 이후 인터넷 신문을 읽거나 검색을 하면 어느 틈에 오징어와 피데기 추천 상품이 옆에 떠 있다. 하여튼 구글, 네이버 창업자들이 이 기회를 놓치지 않는다. 나의 작은 날갯짓으로 강구의 영감님과 IT 부자들에게도 작은 도움을 주었으니, 우리 헌법에 명시된 홍익인간 이념을 제대로 구현했다.

에어 프라이어에 버터를 녹이고 피데기를 구웠더니, 향긋한 냄새가 집 안에 가득해졌다. 우리 집 방년 18세 고양이가 환장한다. 맥주 한 잔을 곁들이니, 맛이 기막히다. 그땐 몰랐던 고등학교 친구의 선친이 즐기셨던 고추장에 박아 묵힌 땅콩-오징어 맛이 이런 것 아니었을까?

경부선 하행 열차

10월 첫날. 영도 바닷가 작은 아파트를 세컨드 하우스로 장만한 친구의 초청으로 부산을 다녀왔다. 영도에서 제일 높은 야산인 봉래산으로 향하는 오솔길 산행은 맑은 하늘에 약간 더운 날씨로 땀이 났으나, 눈이 시원해지는 오션(바다) 뷰가 좋았다. 대구서 자란 사람이 부산에서 직장을 잡게 되면 이 바다 뷰 때문에 '뽕' 가서 다시 대구로 돌아올 생각을 접는다는 얘기들을 한다.

대구-부산 왕복은 보통 승용차를 운전해서 가나, 오늘은 아침 등산이 예정되어 있어 고속열차 하행을 타기로 작정했다. 그러나 연휴라 좌석이 만원이었고 마지막 순간에 겨우 표를 구했다. 어젯밤이 되어서야 집사람과 앞뒤 떨어진 자리를 구했다. 열차를 타고 자리를 찾아갔더니 그 자리에는 어느 형님뻘 한 분이 앉아있었다. 마침 옆자리가 비었기에 내 자리가 맞는지 확인하지도 않고 옆의 빈자리에 앉았다. 자기도 아무 일 없다는 듯 우리를 쳐다봤다. 부산은 50분도 채 걸리지 않으니 크게 불편하지도 않고, 종점에 가까운 하행선 열차에 더 이상 탈 사람도 없을 것 같았다.

기차가 출발하려고 할 때 이 형님에게 전화가 왔다.

"당신. 어딨노?"

"당신, 와 카노?"

"보소. 당신 내렸으면 어디 가 있는교?"

"응? 여기 어딘데?"

이 형님은 그제야 정신을 차리고 차창 밖을 내다봤으나 이미 기차는 출발한 뒤였다. 이분은 잠시 복도로 나갔다가 다시 좌석으로 돌아왔고, 다음 정차 역인 울산에서 내렸다. 아마 연세 든 부부가 아침 7시에 서울서 출발하는 하행 열차 탄다고 새벽 일찍 나오시느라 정신이 없었고, 남편분은 하차 지점에서도 딴생각하며 내릴 생각을 못 했으리라. 이 부부도 연휴 기간에 열차표를 겨우 구할 수 있었지만 두 분의 좌석이 떨어진 열차 칸이었던 것 같다. 똑똑한 부인이 대구서 내린 후 남편을 찾았으나 보이지 않기에 상당히 당황했던 것 같다.

고속열차가 생기기 전 새마을 열차를 타고 다닐 때, 서울서 저녁 회의하고 밤 열차를 타고 대구로 오갈 때는 이런 일이 비일비재했다. 서울-대구가 3시간 반 이상 걸리는데, 술 한잔했을 때 마지막 열차에서 잠이 들면 가끔 동대구서 내리지 못해 다음 정차역인 밀양에서야 내릴 수 있었다.

이른 새벽 밀양역 광장의 포장마차에는 이런 양반들을 대구로 실어 나르던 나라시택시(총알택시)가 대기했다. 밀양역에서 내리면 포장마차로 직행하여 오뎅탕에 소주 한잔하며 기다리다 차량 정원인 4명이 차면 택시가 동대구로 출발했다. 1인당 요금은 정찰제여서 기사나 손님끼리 왈가왈부할 일도 없었다. 가끔은 밀양역 포장마차에서 동료를 만나기도 했었다.

지금은 고인이 되신 이비인후과 C 교수님은 대포 한잔 거나하게 즐기시던 선배셨는데 대구교대 앞에 사셨다. 어느 날은 서울 회의 후 식사 반주에 너무 취하였고, 새마을호를 탔으나 의식불명이 되며 하차점 대구는 물론 패스했고, 종착역 부산에서도 역무원이 깨워줘서 겨우 내렸다. 비틀거리며 택시를 잡아타고 평소처럼 '교대'라고 말했고, 무사히 '부산교대' 정문 앞에 내리셨다. 문제는 주변을 살펴보니 평소 보던 집 근처 경치가 아니었다. 그제야 조금 정신이 들었고, 다시 부산역으로 택시를 타고 가서 대구로 가는 열차를 탔다. 해가 중천에 뜬 후에야 대구교대 앞의 가족이 기다리는 집으로 돌아왔다는 전설도 있다.

의도치 않게 하행 열차의 그 형님께 폐를 끼쳤다. 동대구역에서 승차한 후, 그 자리가 맞는지 확인만 했어도 그 형님은 바로 내릴 수 있었다. 마침 그 양반의 옆자리가 비었고 우리는 불편하게 자리 옮기지 말고 편히 부산까지 계속 가시라고 호의를 베풀었다. 나의 호의 덕분에 대구 형님은 울산역사까지 돌아보시고 귀가할 기회를 얻으셨다.

세월이 갈수록 조금이라도 이상하면 혼자 생각하지 말고 물어봐야 하는데, 나이가 들어가니 모두들 그 당연한 진리도 잠시 깜박한다.

추일 잡정秋日雜情

　오래전에 대구시 달성군 옥포 용연사를 간 기억이 있다. 대학 동아리 친구였던 배 군과 송 군을 만나 당시 대구 서부정류장에서 버스를 갈아타고 종점에서 내린 후 용연사까지 한참을 걸었다. 당시 일생에서 육체적으로 가장 고달팠던 대학병원 인턴이었는데 예기치 않은 병이 생겨 한 달간의 병가를 받았다.

　52~3kg 정도의 허약한 체질이었는데 그해 봄 흉부외과와 신경외과에서 인턴 로테이션을 각각 3주씩 돌고 나니 미열이 나고 몸살기와 잔기침이 났다. 흉부외과는 난치성 결핵 환자들이 입원한 격리병동에서 결핵 농흉과 수술받은 환자 관리와 상처 치료하는 일이 대부분이었고 틈틈이 수술 어시스트를 들어갔다. 지역에서 유일하게 결핵병동을 유지하던 우리 병원에는 중증결핵환자가 많았다.

　신경외과 인턴생활은 중환자실 환자들의 수술상처 관리와 응급실 환자들의 진료보조에 밤잠을 잘 시간이 거의 없었다. 6주간 집에 거의 가지 못하고 매일 두세 시간 정도의 수면에 식사도 제대로 못 하는 날들이 반복되었다.

　당시는 병원에 직원 식당이 없었기에 아침은 항상 건너뛰고 점심과 저녁은 외부 식당에 배달시켜 먹었는데, 겨우 주문했던 식사도 시

비슬산 용연사

간을 못 맞추었기에 짜장면은 불어터지고 된장찌개와 밥은 건조단계
에 들어갔다. 당시에는 인턴을 '삼신三神(three God)'이라 했다. 물어보
면 아는 것은 등신, 먹는 것을 보면 걸신, 몰골은 저승사자 모습의 귀
신이라 했다.

흉부 X-선 촬영을 하니 우측 폐 중부에 폐렴성 침윤이 발견되었다.
객담 도말과 배양검사는 음성이었지만 선배 방사선과 선생님들이 보
통의 폐결핵과는 위치가 다르기는 하나 우리나라 젊은 사람에선 결핵
을 생각해야 한다고 했다. 방사선과 판독실에 선배를 찾아갔을 때, 마
침 미국 대학병원에서 활동한다는 미국 전문의 선배 한 분이 방문하
시어 이건 한국에선 결핵으로 생각하고 치료해야 한다고 했다. 특히
직전 약제 내성 결핵이 많은 격리병동 환자들을 진료하며 마스크도
제대로 없이 3주간을 생활했으니 이건 틀림없이 폐결핵일 것이라며
부연 설명했다.

호흡기 내과 진료를 받아야 함이 정석이나, 순간 뭐에 씐 듯이 이 말을 심각하게 받아들였다. 당장 인턴인 나의 판정과 처방으로 그날부터 스트렙토마이신 주사와 결핵약 복용을 시작했고, 이는 1년 동안 계속되었다. 지금은 치료 기간과 먹어야 하는 약의 용량이 줄었으나, 당시의 표준화된 치료약인 아이나INH, 리팜핀, 에탐부톨이라는 결핵약은 매일 먹어야 했다. 큰 알약의 수도 많았지만 약을 먹고 나면 속이 많이 역했기에, 아침밥도 못 먹는 형편에서 그걸 매일 아침 먹는데 곤욕을 치루었다.

다음 해 여름 내과 전공의 1년 차 중간까지 결핵약 때문에 위장도 불편하고, 약의 부작용으로 인한 간 기능 검사에서 이상 소견도 나타나, 치료하는 1년 동안 엄청 고생을 했다. 내과 전공의 시절에는 환자 회진 중 속이 뒤틀려 교수님께 양해를 구하고 간호사실로 뛰어가 따뜻한 물을 얻어 마셔 속을 다스린 후 회진을 계속한 적도 있었다.

당시는 병원에서 업무 중 감염된 종사자들을 관리하고 보호해 주는 제도나 기구가 없었다. 밤샘을 반복하느라 고되고 힘든 전공의 생활 중에서 자기 부담으로 약을 사 먹고 동료들에게 부탁하여 엉덩이 주사를 맞느라 매우 힘들었다. 결핵이라 하면 사회적으로 백안시하니 어디서 환자라고 말할 수도 없어서 그냥 끙끙거리며 그 기간을 건너갔다. 교과서에는 결핵약 치료 시작 후 2주까지는 감염력이 있다고 되어 있었으므로. 흉부 X-선 사진 촬영 후 병원에는 한 달간의 병가를 요청했다.

한 달을 쉬던 중, 그해 1982년 늦여름쯤 병원으로 복귀하기 직전 두 친구를 만나서 용연사를 찾아간 것이다. 당시엔 비슬산 깊은 골에 위치한 퇴락한 작은 사찰이었고 그곳엔 드문드문 고시 공부하는 우리 또래들만 오가는 곳이었다. 배 군의 본가가 근처에 있기도 했다. 이제 달성군은 대구시에 편입되었고 용연사 입구의 옥연지는 멋지게 단장되어 처가가 이곳인 송해 선생에게 헌정한 '송해공원'이 되었고, 얼마 전 작고하신 송 선생님 부부 묘지가 들어서 있다.

주변이 잘 단장되어 명실상부한 도시민의 휴식공간이 되었다기에 이번에 마음먹고 용연지를 다시 찾아보았다. 아름다운 호수의 풍광을 즐기며 일주하는 산책로를 따라 걸었고 기억에 남은 용연사도 돌아보았다. 40년 전 이맘때 고뇌에 찬 머리를 식혀주었던 이곳의 맑은 하늘과 아름다운 계곡에서 그때 격려해 주던 고마운 그 친구들 얼굴을 떠올렸다.

배 군은 사법고시를 통과하여 서울에서 변호사로 활동하고 있고 송 군은 학교에서 은퇴 후 김천에 전원주택을 마련하여 유유자적하고 있다. 용연사 앞마당의 고려탑에는 수능 대박과 가족의 안녕을 기원하는 작은 종들이 달렸고, 때마침 불어오는 바람에 종소리가 잔잔한 물결처럼 퍼지고 있었다.

요즈음은 의료인의 감염관리가 엄격하다. 환자들을 대하니 공기감염 혈액감염 접촉감염 등에 노출될 기회가 많아 진료 시에 항상 긴장해야 하고 병원에서도 직원들의 감염에 신경을 많이 쓴다. 감염된 무증상 의료인은 면역이 결핍된 환자에게 심각한 결과를 낳을 수 있기에 의료진의 감염병은 조기 진단과 즉시 격리, 치료가 필수적이다. 그래서 접종 후 사망자가 많다는 논란이 항상 있으나 매년 독감백신을 가장 먼저 맞는다. 이게 가장 합리적인 결정이다.

결핵은 환자를 발견하면 신고하여야 하는 법정전염병이어서 병원 종사자의 결핵 진단은 언제나 최고의 관심영역이다. 우리 세대들은 어릴 때 결핵 예방접종(BCG)을 받아 결핵에 대한 면역이 있으나 면역이 없는 젊은 직원들은 면역검사로써 면역여부를 검사한다. 면역이

용연사 본전 앞마당의 고려탑. 울타리에 매달린 작은 종들이 안녕과
소원성취를 염원하는 종소리를 방출하고 있다.

없으면 바로 BCG 접종을 받아 면역을 만들어야 하고, 혹시 감염되었
으면 즉시 격리 후 치료를 시작하여야 한다.

　나는 거의 40년 전에 1년간 결핵 치료를 했으니 감마인터페론 반응
치로 측정하는 면역력이 양성이어야 한다. 그래서 2년 전 결핵 면역
검사를 받았더니 음성이었다. 호흡기내과 교수들에게 이걸 어떻게 설
명해야 하느냐고 물어보았다. 옛날 가슴 X-선 사진 소견도 위치와 병
변 특징을 종합해 보면 결핵이 아니고 과로 후 지나가던 바이러스나
마이코플라즈마 폐렴인 것 같단다. 마이코플라즈마나 바이러스성 폐
렴이니 잠시 치료하면 바로 회복되었을 것 같다고 했다. 하여튼 당시
결핵약을 먹기 시작하고 한 달 뒤 사진 찍어보니 폐의 병변은 깨끗하
게 없어졌었기에, 결핵약이 효과가 있어서 결과가 좋았다고 생각했
다.

일 년간 많은 용량의 독한 결핵약을 먹고, 매주 엉덩이 주사를 맞다 귀에 이명이 생기는 부작용도 잠시 겪었는데, 이건 어떻게 받아들여야 하나? 그럼 그때 아파했고 고생했던, 리즈 시대가 되어야 했으나 고통으로 점철되었던 내 청춘은? 당시 삼신三神 인턴은 무척 바빴고 또 하늘 같았던 내과 교수님께 진료를 받는 건 상상도 못 하고 주먹구구식 진단으로 스스로 치료를 했다. 특히 균 검출이 되지 않았으나, 모교를 잠시 방문했던 미국 전문의 선배 한 분의 확신에 찬 구술 진단을 100% 신뢰했었다. 수용소 동굴 같았던 인턴실의 동료들에게 부탁하여 엉덩이 주사를 맞았었다.

송해공원 한 바퀴 돌고, 캐리아웃한 커피를 마시느라 버스정류소에 잠시 앉았더니 발밑에 은색과 핑크색 그 무엇이 보였다. 어느 분이 버스를 기다리다 흘리고 간 틀니였다. 이곳에 앉아 버스를 기다리며 잠시 꺼내어 옆에 두었던 틀니를 기억력이 떨어져서, 아니면 급하게 승차하며 두고 가신 것 같았다. 나도 소지품을 가끔 잃어버려 당황하는 경우가 많은데 한 사람의 삶을 영위하는데 필수품인 틀니 분실품을 발견한 건 처음이라 가슴이 찡했다.

엄청난 부자 이건희 회장도 가진 돈 만 분의 일도 못 쓰고 가셨고 송해 영감님 부부도 저세상 사람이 되어 이 호숫가에 모셔졌다. 모두 정해진 코스로 정해진 일정에 맞추어 전진하고 있을 뿐이다. 누군가는 "인생이 교수대로 가는 길에 계단으로 가거나 엘리베이터로 오르는 차이일 뿐인데 살면서 뭐 때문에 그렇게 서두르세요?"라 했다. 그 교수대로 향하는 길을 빨리 가고 조금 더 편하게 가려고 그렇게 아웅다웅하는 것이다. 젊은 시절은 그대로 또 다른 의미가 있는 것일까?

Money Talks! Everything

가끔 아이스바(하드)와 아이스크림을 사서 냉장고에 쌓아두고 꺼내 먹는다. 내 주변의 동년배들은 살찐다며, 아이스크림을 구입하는 사람은 좀처럼 보기 힘들다. 모두 와인을 사면 샀지 아이스크림을 사지는 않는 것 같은데, 나는 이 나이에 아이스크림이나 하드를 빨아먹는 촌사람이다. 그래서 집 앞 슈퍼마켓에 갈 일이 있으면 슬그머니 아이스크림을 사 온다.

서울에 사는 외손자 녀석은 자기 집에서 이런 걸 못 먹다가 외가에 와서는 하드를 한 개씩 맛보고 간다. 녀석의 부모가 알면 집에서는 철저히 금지한 식품을 먹어서 살찌고 충치 생긴다며 입을 삐죽거릴지도 모르겠다만 같이 하드를 쪽쪽 빨며 즐거워한다.

아이스크림이나 하드를 먹을 때면 언제나 방년 18세인 고양이 개동이가 쫄래쫄래 다가와서 자기만 빼고 먹느냐며 앙앙거린다. 그러면 하드의 상당 부분은 남겨서 이 녀석이 마무리할 수 있도록 끝까지 막대기를 잡아 준다. 단맛에 우유 맛이 가미된 아이스크림에 대한 경험은 아마도 육식종인 고양이 족속의 DNA에 들어있지는 않을 것이나, 본능적으로 맛있는 것을 찾아내는 특기가 있는 것인지, 녀석은 멀리서도 하드나 아이스크림 냄새가 나면 환장하며 달려든다.

최근에는 하드보다는 좀 더 부드러운 아이스크림을 좋아하고, 특히 하겐다즈Haagen-Dazs 아이스크림의 맛은 나에게 행복을 주기에 이 제품을 선호한다. 이건 보통 국산 통 아이스크림값보다 제법 더 비싸나, 집 앞 슈퍼마켓에는 비치되지 않는 경우도 많다. 많이 팔리지 않아서 진열해 두지 않는 건지, 다른 주민들도 이 제품을 선호해서 조기에 매진되는 것인지 그건 모르겠다.

하겐다즈가 없는 경우 나뚜르Natuur 아이스크림을 산다. 하겐다즈는 한 통에 12000원 정도 하고 우리나라 L 제과에서 위탁 생산하는 나뚜르는 반 정도의 가격인 6000원 정도이다. 원 메이커의 나라인 미국에서의 가격은 모르겠으나, 우리 동네 슈퍼에서는 하겐다즈가 나뚜르의 두 배인데도 언제나 먼저 매진된다면, 하겐다즈의 어깨에 힘이 들어갈 만하다.

어제도 하겐다즈 제품은 없었기에 나뚜르를 골랐고, 같은 딸기 아이스크림임에도 크기는 1.5배 이상 큰 우리나라 H 사의 체리 딸기 아이스크림도 처음으로 사보았다. 가격은 하겐다즈의 1/4인 4000원 정도였기에 설마 제품 품질이 그 정도로 낮을 리는 없을 텐데 하는 호기심이 생겨 한 통을 구입했다. 지금은 명성이 많이 쇠퇴했으나 프로야구 한국시리즈를 9번 우승한 H 제과 기업의 명예도 믿었다.

잠시 후, '공짜는 없다(No free lunch!)'라는 진리를 바로 확인할 수 있었다. H 사의 아이스크림은 용기는 컸으나 내부 밀도가 턱없이 낮았으며, 특히 맛이 확실히 비교할 수 없을 정도로 달랐다. 우유는 적게 넣고 물을 붓고는 아마도 설탕을 듬뿍 탄 듯하다. 모양을 그럴듯하게 보이기 위해 딸기색 식용색소를 첨가한 후 급속 냉동으로 얼린 어중간한 아이스크림이라는 생각이다.

놀랍게도 아이스크림에 환장하는 고양이 녀석도 처음에는 몇 번

빨아보더니, 그다음부터는 발길을 돌렸다. 이 녀석이 아이스크림을 마다하는 건 처음 봤다. 고양이도 먹지 않는 아이스크림이라면 세상이 변했음을 알고 H 사가 진지하게 고민해야 하겠다.

하겐다즈는 1961년 루벤 매투스가 미국 뉴욕에서 시작한 아이스크림, 낙농 제품 체인이다. 폴란드 유대인 출신 창업주는 2차 세계대전 중 나치의 홀로코스트로 아버지를 잃고 어머니와 미국으로 와서 삼촌의 도움으로 식당에 취업했다. 이후 뉴욕에서 아이스크림 가게를 열어 창조적인 제품들을 잇달아 내어놓으며 시장을 장악했고 전 세계로 사업을 확충해 나갔다. 하겐다즈는 한 단계 건너, 결국 스위스의 식품 회사인 네슬레에 팔렸다.

창업자는 엄청난 재산을 남겼고 이를 상속받은 유족이 갑자기 사망하자 하겐다즈 매각대금 전 자산은 상속자의 뜻에 따라 이스라엘 국방기금(Israel Defense Fund)에 기부되었다. 이 금액은 20세기 후반 25년 동안 전 세계에서 이스라엘에 기부된 돈 중에 가장 컸다고 한다.

하겐다즈가 유대인 기업이고 그 회사가 벌어들였던 엄청난 수입의 대부분 이스라엘로 간다는 게 알려지게 되며 모슬렘들의 반발이 예상되었으나, 그게 알려진 때에 하겐다즈는 이미 스위스 기반의 네슬레 회사로 넘어간 뒤였으니 이 브랜드 제품의 인기에는 아무 영향도 미치지 못했다.

오늘 저녁은 돈값을 제대로 경험했다. 세상에 공짜는 없음을 다시 한번 실감한다.

(2021. 8.)

동해안의 기억

3월 3일 동해안 바닷가. 아직도 매서운 겨울바람과 백사장으로 가까이 올수록 빨라져서 도무지 접근을 불허하는 차가운 파도를 바라본다. 동해 바다를 올 때마다 어린 시절의 냄새를 맡는다. 60년대 중반 4년간을 울진군 후포리, 이 바닷가의 국민학교에서 보냈었다.

보리 피던 언덕 고갯길을 넘어 학교를 향하였고, 하굣길에는 집으로 가기보다는 바로 바닷가 모래사장으로 향하여 바닷물에 풍덩거리며 온종일 놀았다. 준비해 간 간식이 있을 수 없으니, 얕은 바다에 자맥질하여 건진 조개 몇 마리를 버려진 통조림 깡통에 담아 삶은 짜디짠 조개 몇 마리가 온종일 섭취한 점심이자 최소한의 영양소였다.

매일의 일과가 다르지 않았으나, 그게 지겹거나 싫지 않았다. 그시절에도 학교에서 열심히 수업을 받았으나 그 내용이 무엇이었는지는 기억이 나지 않는다. 그러나 선생님의 풍금 소리에 맞추어 노래를 부르던 흥겨웠던 순간들은 또렷하게 남았다.

모두 모여서 같이 등교하던 금음리 고아원의 아이들이 한 학년의 두 반에 각각 몇몇씩 있었다. 점심을 굶던 아이들도 많이 있었고, 도시락을 싸 올 수 있었던 아이들의 양철 도시락에는 보리밥이 조금 담겨있을 뿐이었다. 반찬은 바닷가에서는 너무 흔하여 개들도 물고 다니던 구운 꽁치 반 마리가 전부였다.

나는 5학년을 마치기 전 대구의 국민학교로 전학을 갔기에 도시 아이들 사이에서 어리바리하게 눈치를 살피는 촌놈이 되었다. 세월이 흘러 그 이후 40년을 건너뛰어 마을을 다시 찾았을 때 콜타르를 칠한 나무판자로 덮였던 나지막한 학교 건물은 사라졌고, 반듯하게 들어선 콘크리트 구조물이 그 자리를 대신하고 있었다.

전쟁놀이, 쥐불놀이하던 기억 속의 그 신작로는 어느새 비좁은 골목길로 바뀌어 있었다. 나이가 들어서 다시 그 도시로 귀향한 친구에게 나의 오랜 기억들을 토해내어 흔적들을 꿰맞추어 보았다. 그러나 조금은 약았다고 느껴지기도 했던 그 바닷가 친구들은 모두 도시로 나갔으며, 그 골목길에는 단 한 명도 남아있지 않았다.

우리 학교 어린이 회장 하던 그 고아원의 반장 아이는 포항에 나가서 택시를 운전한다고 하며, 그때 나와 나이가 같았다고 생각했던 그 친구는 나보다도 네 살이나 연상이었음을 이제서야 알게 되었다. 전쟁 후 고아원을 전전해야 했던 그 아이들의 사연은 어린 내가 알 바가 아니었다.

그 뒤에도 한 번씩 찾아가 보는 동해안의 그 바닷가. 축항길 돌 바위에 올라서서 주변을 돌아보면 옛날은 흔적이 없고, 눈 앞에 펼쳐지는 바닷가 풍경에 50년 전의 풍경이 오버랩되어 지나간다. 어릴 적 그 시절에는 안개가 심하게 낀 날에는 동네 사람들 모두가 축항에 나가서 횃불을 돌리며 큰 소리를 질렀다.

"여기로 돌아오세요." "어이, 어이." 먼바다로 고기잡이를 떠난 아버지, 형, 오빠가 바다에서 길을 잃지 않고 무사 귀향하도록 모두 온 힘을 다해 외쳤다. 고등학교 선생의 아이였던 나와 동생들도 모두 축항에 나가 소리를 질렀다. 먼 바닷가 풍경은 변함이 없으나, 먼 곳을 향하던 시선을 조금만 내리면 내 머릿속 깊이 있는 뇌 조직의 파편들을 나의 눈알이 현미경이 되어 살펴보는 느낌이다.

실없는 옛 기록

1986년 하반기에 강원도 화천군 산양리 사방거리라는 곳에서 군복무할 때 찍은 사진을 우연히 보았다. 그때 80cc 대림 혼다 오토바이(딸딸이 급)를 타고 다녔다.

그해 봄에 전방 사단 철책연대 군의관이자 의무중대장으로 발령을 받아 이 골짜기로 왔다. 계급이 대위이고 직할 중대장이니 작은 간부 아파트 한 채가 주어져서 이곳에서 1년간 홀로 지냈다. 이 아파트에서 비무장지대 쪽으로 몇 km 북쪽의 연대 본부까지는 좁은 흙길을 가야 한다. 산속의 부대는 해가 일찍 지고 무척 춥다. 내가 처음 배치된 4월 말의 백암산에는 아직도 눈이 쌓여있어서 위압감을 좀 느꼈다.

이른 아침 간부 회의에 참가하려면 연대 참모들인 소령들을 나르는 지프가 오나, 여기에 한 자리 얻기가 어려웠다. 더한 것은 86년 아시안게임을 전후하여 전방부대에 남침 땅굴 발견 공사, 그리고 철책 경계와 훈련도 많았기에 연대 참모들은 매일 늦은 밤에 퇴근했고 철야 근무도 밥 먹듯이 했다. 그러니 혼자 움직이는 수단이 필요했고, 연대장이 퇴근한 후 겨우 밤늦게 숙소를 돌아오는데 어둡고 추운 산길을 걸어서 숙소로 퇴근하는 것은 위험하고 거의 불가능했다. 스스로 이동할 수 있는 수단을 마련해 두어야 하는 이유였다.

내가 배치될 당시 나의 의대 입학 동기였으나 대학 졸업은 한 해 늦은 친구가 그곳에서 군의관으로 있었다. 인턴을 마치고 입대한 군의관은 2년을 철책 부대에서 고생하면 강원도 내에 위치한 군사령부 직할부대로 이동시켜 준다. 이때쯤에는 2년간 산길과 황톳길을 뛰었는데, 이제 군의관 마지막 1년은 아스팔트만을 밟으며 워커에 먼지 하나 묻히지 않고 지내다가 제대할 거라며 큰소리를 치곤 한다.

이 친구는 그때 원주에 위치한 1군사령부 산하의 군수지원사령부 군의관으로 발령을 받아 후방으로 내려갈 예정이었다. 그가 근무한 대대가 위치한 곳은 연대본부보다 훨씬 더 외진 곳이고, 2년 근무 기간 중 6개월간은 철책선 경계 대대로 들어가서 외부로 나오지 못한다. 친구는 입대 후 바로 결혼을 한 것으로 기억하는데, 철책선 근무할 때는 와이프를 부산의 처가로 보냈고 이후 소주를 한잔할 때마다 마누라가 보고 싶다며 눈물을 짰다고 주위 사람들이 놀려댔었다.

배치된 후 주변 군의관들을 만나 얘기해 보니, 부대에 출퇴근을 위해 그리고 주위에 조금이라도 다니려면 오토바이가 있어야 한다고 했다. 150cc 큰 오토바이를 타고 다니던 친구가 이젠 원주로 가서는 아스팔트길에서 버스만 타고 다닌다기에 오토바이를 팔라고 매달렸다. 그는 조금 망설였으나, 철책선에서 고생할 친구가 마음에 쓰였는지 애지중지하던 애마를 나에게 팔았다. 군의관의 한 달 봉급 반을 주었는데, 그나마 그가 많이 배려해 준 금액이었다.

고등학교 때 자전거 등교는 했으나, 오토바이는 처음이어서 운전이 쉽지 않았다. 큰 오토바이는 내 마음대로 조정되지 않았고, 초짜 운전자에게는 움푹 파인 비포장도로 산길을 운전하여 오가는 게 너무나 위험했다. 몇 번 넘어진 후, 80cc의 자그마한 딸딸이 오토바이를 타고 다니던 선임하사에게 나의 큰 오토바이와 바꾸자고 했더니, 그 친구는 좋다고 하여 바로 교환했다. 이후 오랫동안 이 오토바이를 타고 북한강 유역과 백암산 자락을 유람하며 국토방위에 전념하며 오늘의 대한민국을 만드는데 일조했다.

　나에게 오토바이를 넘겨주었던 그 친구는 만면에 웃음을 띠고 원주의 새 부대로 떠나고 한 달 뒤에 이사휴가를 받아서 다시 그곳 사방거리에 나타났다. 그땐 전화도 없었기에, 그 친구가 간 곳을 짐작할수도 없었다. 그가 이사휴가를 위해 다시 나타날 때는 광나는 워커에 정복차림으로 씩 웃으며 나타날 줄 알았는데 웬걸, 먼지가 묻은 군복차림 그대로 나타난 게 아닌가? 그러고는 나에게 자기가 넘긴 오토바이를 다시 줄 수 있느냐고 했다. 그러나 이미 너무 늦었다. 나는 그 오토바이를 작은 오토바이와 바꾸었고, 그 한 달 사이에 그걸 넘겨받은 선임하사는 그걸 벌써 팔아먹었기 때문이다. 전역 예정이던 선임하사는 짐을 정리하고 있던 시기이기도 했다.

　친구는 낙망했으나 나도 어찌할 수 없는 일이었다. 그는 아스팔트 길 원주의 군수지원사령부에 발령되었으나, 사령부 본부에 남지 못하고 전방 군단을 지원하는 지소에 배치가 되었기에 화천보다 더 오지인 인제군 현리에 배치되었다. 거기 비포장 산길도 만만찮기에 다시 오토바이가 필요했고 염치 불고하고 오토바이 반환을 요청한 것이다. 결국 현리에 가서 다시 중고 오토바이를 산 것으로 알고 있다.

　예로부터 우리나라에서 가장 힘든 오지 군부대가 강원도 인제와 양구여서 거기 배치되는 신병들 가족과 애인은 눈물을 흘린다고 했는데, 그들에게 유일한 위로는 그래도 "인제는 원통하지 않다. 현리가 있기 때문이다."라는 말이었다.

　끝날 때까지 끝난 게 아니다. 뉴욕 양키스의 명포수 요기베라가 말했던가. 골프도 장갑 벗어 봐야 안다. 박세리가 말했다.

경제적 독성

매주 일요 아침 산행은 산길이나, 계곡을 따라 난 길로 약 만 5천 보를 걷는다. 크게 무리 되지 않는 적당한 운동 수준이나, 일주일에 한 번으로 그치는 게 아쉽다.

등산의 출발점은 욱수골 보리밥집 주차장인데 그 집 앞마당에 6살 인 '복실이'라는 Dung Dog이 목줄에 묶여있다. 이 수컷 개는 우리가 오면 데리고 가 달라고 안절부절못하기에 등산길에 자주 동행한다. 등산길에 마주하는 많은 사람이 복실아! 하고 인사한다.

은퇴한 물리 선생인 손 형이 개 줄을 잡고 나와 둘이서 계곡길을 올랐다. 이 개의 양 눈에는 흰 막이 덮여있다. 몇 년 전부터 시작되어 이젠 양 눈을 완전히 덮었다. 수정체 혼탁이 와서 시각장애가 발생하는 전형적인 백내장(cataract)인데, 보통 나이가 많아서 발생하나 복실이는 3~4세부터 시작되었으니 그야말로 조기 백내장이다. 아마도 유전적 체질적인 이상이 있을 듯하다.

개를 끌고 개울을 건너거나 오르막 돌길을 오를 때면 이 녀석은 앞을 볼 수 없으니 종종걸음으로 발길을 확보하느라 쩔쩔맨다. 지난번 비가 온 뒤 개울가로 난 길을 걸을 때 이 녀석이 멘붕이 온 것 같았다. 바닥에 붙어서 도무지 발을 움직이지 않아서 목줄을 당겨 끌다가 나중에는 안고 압송하며 수백 m를 걸었다.

그때를 다시 생각해 보니 이 녀석의 행동을 이해할 수 있었고, 많이 미안했다. 그땐 이 개는 특이하게 물을 싫어하는 것으로 생각했는데, 이번엔 개울물에 쏙 들어가서 온몸을 담그면서 몸을 식히는 게 아닌가? 물을 싫어하는 게 아니라, 큰 비로 바로 옆에 물이 콸콸 흐르는 소리가 들리는데, 걷는 길은 한 치 앞을 볼 수 없으니 얼마나 불안했겠는가? 실족할 것 같았을 것이고, 그 장소에서 도망가고 싶었는데, 그걸 몰라준 것 같다.

복실이는 백내장 외엔 아주 건강하고, 줄을 풀어주었을 때 주변 식당을 돌아다니며 씨를 많이 뿌려두어 주변에 이 녀석을 닮은 녀석들도 많은 카사노바급 개다. 주변 식당 주인들이 보리밥집 정 사장에게 제발 이 녀석 좀 풀어놓지 말라고 사정을 했다는 얘기도 들었다. 묶여 있는 암컷 개들이 반복해서 출산하는데 처리가 어렵단다. 그러니 복실이는 양 눈의 백내장만 수술하면 스트레스받지 않고 제 수명을 살 수 있을 것 같다. 사람의 백내장은 초음파로 흰 물체가 찬 수정체를 잘라내고 인공 렌즈를 끼우는 수술을 하면 치료된다. 우리나라 보험 제도에서는 수술비가 DRG(건당 진료비 총액제)로 묶여있고 총액이 100만 원 정도에 환자 본인의 부담금은 4~50만 원 정도이다. 최근에는 수술 후 끼우는 렌즈를 다초점렌즈로 넣으면 멀리는 잘 보이나 가까이가 잘 보이지 않던 기존 수술의 단점을 극복할 수 있는데, 이건 보험 혜택이 되지 않아 300~500만 원까지 한다.

백내장은 환자들에게도 큰 부담은 없고, 안과의사에게 크게 어렵지 않은 수술로 완치되나, 개에게는 이게 치명적이다. 개 백내장을 수술해 줄 수의사는 거의 없고, 있다고 하더라도 수술비 부담을 기꺼이 수용할 수 있는 사람은 경제적으로 윤택하거나 개를 정말 사랑하는 일부 사람일 것이다.

구글링 해보니 서울의 동물병원은 개 백내장을 수술하는 곳이 있긴 하다. 가격은 한 눈 기준으로 300만 원 정도이니 양안은 500만 원 정도는 하는데, 이 가격은 렌즈를 끼우지 않거나,(고급인 다초점렌즈도 물론 아니고) 기본 절제만 하여 희미하게 보이게 하는 게 아닌지 모르겠다.

오래전 외곽지에 주택을 처음 마련한 어느 분이 Dung Dog을 사서 키웠는데, 녀석이 앞길에서 자전거에 치여 다리가 부러졌다. 동물병원장은 X-선 사진 찍고 정복술 후 깁스 치료를 하면 되겠다고 하며 '개 값은 10만 원 정도도 안 될 것 같은데 이 치료비는 50만 원인데 하시겠느냐'고 떠보았다. 고민을 좀 했는데 개의 눈망울과 마주치자 차마 처음 말하고자 한 말은 쑥 들어가 버렸고, 50만 원 주고 치료를 했다고 했다.

신약이나 새로운 치료술이 개발되면 효능과 안전성을 검증하는 임상시험 과정을 거치게 된다. 거기에서 다른 약제나 치료보다 효능이 탁월하고 부작용이 적으면 마침내 시장이라는 링에 등장하게 된다. 시장에서는 독보적인 치료제가 아닌 이상은 가격경쟁력이 있어야 함은 물론이다. 사회가 부담할 수 있는 수준이 넘는 약제나 치료법은 많은 사람에겐 그림 속의 떡일 뿐이다. 신약의 또 다른 독성 기준을 통과해야 하는 것이다. 이걸 경제적인 독성(Financial Toxicity, 재정적 독성)이라 부르기도 한다. 그 독성 검사의 통과 기준치는 그 사회가 부담할 수 있는 금액, 즉 사회 경제적인 상황에 따라 큰 차이가 난다. 그러니 똥개로 대표되는 이런 비인간 생물들에겐 경제적 독성 검사의 통과는 가혹할 수밖에 없다.

하긴 우리나라에서 이런 고민을 좀 덜 하게 된 것도 얼마 되지 않았다. 의료보험제도의 시행과 국민 소득 수준이 향상되었고 또 실손보험이란 사보험 제도까지 확장되면서 비로소 거기에서 어느 정도 자유로워질 수 있었다.

경북의 농촌에서 농사를 짓던 가정에서 자랐던 손 형이 말을 보탰다. 어릴 때 동네 아이들과 놀다가 다리뼈가 부러졌는데, 면 소재지의 유일한 의원에 갔더니 X-선 사진을 찍는데 1000원이었단다. 당시 아버지가 농사짓던 경산 복숭아밭에서의 성인 하루 품삯이 70원인데, 그건 엄청난 금액이었다. 그래서 자기는 병원에서 온종일 누워 아버지를 기다렸고, 저녁답이 되어서야 아버지가 겨우 구해온 돈을 주고 사진을 찍고 골절 부위를 확인했다. 그런데 골절된 부위를 정복하고 깁스를 하는데 2000원이었다. 그건 시골 농가에서 마련하기 어려운 큰돈이었다 한다. 온종일 1000원을 구하기 위해 동분서주했던 아버지가 더 이상 어찌해 볼 수도 금액이라 아들은 아버지가 끄는 리어카에 실려 집으로 왔고 계란 흰자를 모아 다리를 싸고 기저귀로 감싼 후 꽁꽁 묶어두는 민간 치료로 겨우 나았다고 했다. 정말 다행이었단다.

요즘 농촌 노동자들 하루 일당으로 15만 원은 줘야 한다. 그때 X-선 사진 촬영비가 요즘 돈으로 환산하면 220만 원(15만x15배=225)이니 너무나 강한 경제적 독성으로 의료는 서민들의 일상의 삶에 젖어 들지 못했다. 모두 외국서 수입하고, 또 엄청나게 많은 중간 과정을 지나 시골 의원까지 내려온 의료기기와 재료는 보석값에 해당되었다. 귀하였던 시골 의사들의 진료비도 너무 비쌌던 것 같다. 그러니 아프면 패가망신한다는 생각이 들었을 것이다. 욱수골 사랑채식당 정 사장에게 복실이 양 눈의 백내장 수술비가 500만 원이라고 전해주는 건 아무리 생각해도 오지랖이고 코로나로 고생하는 야채 비빔밥집 주인에게 인간적인 스트레스를 주는 것 같았다. 그래서 그냥 패스했다.

의도치 않은 세계일주

- 2001년 9월의 경험

프롤로그

2001년 9월의 미국 여행 계획은 의과대학 재미동창회에 참석 후 귀국하던 병원장을 현지에서 만나서, 미국 켄터키 대학 핵의학과의 여웅연 교수님을 방문하여 그 대학의 PET(양전자방출단층촬영)센터 운영을 살펴보는 것이었다. 또한 우리 병원에 도입하는 방사성동위원소를 만드는 가속기(사이클로트론)를 생산하는 CTI 회사를 방문하여 그들과의 공동 운영 사업을 마무리하는 것이었다. PET는 우리 몸에서 일어나는 대사 과정을 눈으로 볼 수 있는 첨단 영상기기로서 암의 진단과 평가, 뇌의 대사 이상이나 신경전달 물질 분포를 영상화하는 장비다.

짧은 미국 여행 중 하나로 기억될 뻔한 이 비즈니스 여행이 나의 인생에서 가장 강렬하게 각인되어 남게 되었다. 지구를 완전히 한 바퀴 돌고 겨우 고국으로 향하는 긴 비행기 속에서 지난 한 주 동안의 기억을 추슬러 때늦은 여행기를 기록한다.

2001년 9월 8일 (토)

아침 8시 30분, 대구 출발 김포행 비행기를 타기 위해 새벽에 일어났다. 며칠 피곤한 일이 많았고 잠을 설쳐서인지 몸이 뻐근하였지만 가벼운 마음으로 공항으로 향했다. 대구공항에서 김포공항, 그리고 인천공항으로 이동하여 시카고행 비행기 연결까지의 수속을 밟았다.

핸드캐리 짐만 가지고 있기에, 김포 도착 후 인천공항에서 출국까지는 100분이 조금 더 남았으므로 시간이 충분하다고 생각했으나 KAL 창구는 시간상 수속이 곤란하다는 말만 반복한다. 아침 비행기로 가지 않으면 전날 밤 서울에서 1박을 해야 하므로 여러 가지를 고려하여 여행 일정을 정했고, 여기서 수속만 끝내주면 100분은 충분한 시간이니 도와달라 했으나 자꾸 안 된다는 말만 반복했다. 다른 방법이 없다고 몇 차례 사정한 후에야 겨우 난처한 표정을 지으며 수속해 주었다. 이날 아침의 수속은 유난히 늦었다.

11시 10분, 시카고행 대한항공 비행기를 탔다. 옆에 앉은 친구는 베트남에서 태어났고 1987년 미국으로 이주하여 신시내티에서 산다고 했다. 노출된 양팔은 장미꽃 문신으로 얼룩져 있어 문신에 선입견이 많은 나의 눈에 거무튀튀한 얼굴과 더불어 유순한 모습으로 보이지는 않았다. 결혼했으나 호찌민시에 있는 아내는 아직 미국에 데려오지 못하여 이번 여행에서도 홀로 미국으로 돌아가는 길이라고 하였다. 신시내티 - 베트남 왕복 항공표는 서울을 경유해서 미국으로 가는 대한항공 편이 가장 싸다고도 하였다.

점심으로 나온 비빔밥을 잘 먹고는, 가지고 있던 세계사 책을 들었다. 나이가 들며 세상을 보는 눈이 달라진 후에 다시 읽고 배우는 세계사는 흥미롭다. 고등학교 때 세계사를 배웠지만 제대로 공부해 본 적이 없었다. 1975년 11월의 예비고사 때도 준비 없이 시험에 임하였더니 16 문제의 국사 - 세계사 출제 중 3개만 맞혔던 아픈 기억이 있다. 같은 번호만 적었어도 4개의 정답을 맞혔을 것이다.

'인간 만사의 일정량 법칙'이 있다. 모든 인간에게 주어진 시간이

나 기회와 재화는 항상 일정하여, 이생에서 그것이 모자라면 전생의 그것과 합하면 결국은 같아지는 것이다. 이 세상에서 겪는 어려움도 전생에서의 노력이 부족하여 일어났다는 개념으로 불교 가르침의 기본이다. 역사책들을 즐겨 읽는 것도 그때 안 한 공부의 보충일지도 모르겠다.

비행기에서 한 다섯 시간이 지났을까? 피곤함은 계속되었고, 차가운 기내에서 잠시 눈을 붙이다 깨어났더니 몸이 영 개운치 않고 배가 불편했다. 설사를 만났다. 한기가 들고 다리도 아프고, 온 몸의 힘이 다 빠지는 것 같았다. 화장실을 몇 번 왕복하였다. 이번에는 전날 밤까지 밀린 일을 하느라 설사약과 비상약도 챙기지 않았는데 꼭 이럴 때 문제가 생긴다. 창가 쪽 자리여서 왔다 갔다 하기가 불편해서 복도 쪽의 베트남 친구가 불편하지 않게 화장실 앞 공간에 서 있었다.

화장실 앞에서 어슬렁거리다가 승무원이 지나가기에 설사약이 있으면 좀 얻으려고 했다. 면세품 판매에 바쁜 승무원에게 설사약이나 진경제가 있느냐고 물었다. 그는 비행기에 그러한 약은 없고 소화제가 있는데 원하면 주겠다고 했다. 소화제는 설사를 오히려 촉진하니 곤란하다고 하였더니, 비행기는 종합병원이나 약국이 아니므로 모든 약을 갖춘다는 것이 불가능하다고 상세하게 설명해 주었다.

외국 항공사도 제법 이용해 본 나의 경험상 그들은 다양한 약을 갖춘 구급상자를 마련해 둔 것을 안다. 스위스로 가는 비행기에서는 공황장애가 온 환자를 처치해 주고 3개월 후 집으로 배달되어 온 감사편지와 큰 샴페인을 받은 기억이 있고, 미국 국적 항공기를 탔을 때는 약통에 비치된 약품 목록에서 항히스타민제 주사약을 골라 음식물 알레르기가 생긴 승객에게 내가 직접 주사해 준 적도 있었다.

그런데 우리 국적기 승무원에게서 입에 발린 사기꾼 같은 이야기만 들으니 기분이 상했다. 그 승무원은 비행기는 종합병원이 아니라는 이야기만 덜렁 하고는 더 이상 눈길도 주지 않고, 면세품 판매에만 열중하며 수입으로 들어온 돈을 세는 데 바빴다.

속이 편치 않아 계속 복도에 서 있었더니, 조금 나이가 있는 시니어 승무원이 와서 화장실을 기다리느냐고 물었다. 설명을 하고 부스코판 약이 있느냐고 물었더니, 서 있으면 위험하니 일단 좌석에 가서 기다리면 알아보겠다고 했다. 의사임을 밝히고 도움을 청하였다.

조금 후 부스코판이 있는데 몇 알을 원하느냐고 해서 두 알을 달라고 했더니 승무원은 부스코판은 자기가 가지고 있는 첨부된 설명서상에는 한 알만 먹도록 되어있어 두 알은 곤란하다고 했다. 의사인 내가 서명하고 책임질 테니 두 알을 달라고 다시 부탁했다. 그럼 상의하고 오겠다고 한 뒤 한참이 지난 후 설사약 한 알과 진경제 부스코판 2알을 주었다. 아마 약에 의한 사고를 걱정하고 있음일 것이다. 도대체 누구와 상의했는지도 궁금했다. 하여튼 응급처치에 대한 국적기 항공사의 시스템은 개선될 부분이 많아 보였다.

13시간 비행 후 도착한 시카고 공항에서 화장실을 오가며 2시간을 기다린 후, 디트로이트행 NWA 항공기를 탔다. 디트로이트에서는 미국에 이민 간 후 헨리포드병원 치료방사선과 교수로 있는 친구 류 군의 집에서 1박을 하기로 하였다. 공항에서 웃으면서 나를 기다리고 있을 거라 생각하며 그를 찾아보았으나 없었다. 모두 청사를 떠나고 혼자 남게 되어서, 혹시나 하고 화물을 찾는 곳에서 항공사 접수 데스크까지를 몇 차례 왕복하였으나 그는 보이지 않았다.

한 시간이 지났다. 그의 집에 전화를 하니 부인이 조금 늦는 것 같다고만 했다. 엄청난 배탈로 인하여 아무것도 먹지 못하여 탈수 상태이고 열도 있어 온몸이 아파서 지쳤기에 그냥 그 자리에 눕고 싶었다.

그의 집에 가는 것은 포기하고 근처 호텔에서 1박한 후, 다음 날 바로 병원장과 만나기로 예정된 켄터키 렉싱턴으로 이동해야겠다는 생각이 간절했다. 그러나 류 군이 병원을 출발했다 하여 그 자리에서 그냥 기다렸다.

한 시간 반 이상이 지나서야 그가 나타났다. 국내선인지 모르고 국제선 터미널로 갔었다고 했다. 거의 10년 만에 만난 친구는 세월의 흔적을 그대로 보여주었다. 빠져버린 앞 머리카락 때문에 뒷머리까지 모두 짧게 깎은 모습은 배우 율 브리너를 연상시켰다. 쉽지 않은 미국 생활에 즐거움 못지않게 어려움도 많았으리라. 그래도 미국은 자기가 노력한 만큼 거둘 수 있는 예측 가능한 사회이니 이 친구의 적성에는 맞았으리라 생각한다.

췌장암을 앓고 계신다는 류 군 아버님은 내가 도착하기 전날, 뉴욕의 집으로 돌아갔다고 했다. 학창 시절 그의 어머니가 해주시던 밥도 많이 먹었기에, 오랜만에 그의 부모님께 큰절이라도 드리려 했는데 먼저 가셨다니 아쉬웠다. 연로하신 두 분을 다시 뵐 수 없을 것 같았다.

류 군은 11세, 9세, 7세의 아이 셋을 두었다. 집안에 들어서니 발발이 개가 반갑게 안긴다. 거세한 암놈인데 아이들의 친구이다. 이곳 아이들의 세계에서는 애완동물이 없으면 열등감을 느끼게 된다고 한다. 수업시간에 애완동물을 그리거나 학교에서 애완동물 경연대회도 열리므로 이때는 자기 집 개나 고양이를 데리고 가서 같이 행진하며 뽐내기도 한다고 한다. 이런저런 이야기를 하다가, 일찍 잠자리에 들었다.

이른 저녁부터 계속 비가 내렸다. 저녁 식사 중에도 계속 비바람이 몰아치더니 앞집의 커다란 나무가 쓰러졌다. 주택회사 사람들이 와서 나무를 잘랐다. 친구는 자기 집 앞의 커다란 나무가 집 쪽으로 쓰러지지 말아야 할 텐데, 집 앞의 조그만 개울을 막아 만든 연못이 불어난 물로 쓸려 가지 말아야 할 텐데 하며 걱정했다. 미국에서는 모두 자기 손이 닿아야 하거나, 비싼 사용료를 지불하여야 해결되니 근심이 없을 수 없다. 뒷도랑에 흙탕물이 흐르는데, 나무 밑에 숨어있는 토끼의 굵은 눈망울과 마주쳤다. 녀석들은 사람을 무서워하지 않고, 도망갈 생각도 않는다.

2001년 9월 9일 (일)

새벽에 창가를 보니 여전히 비가 내린다. 밤새 한기와 설사로 뒤척였는데 창밖이 밝아왔다. 몸이 많이 무겁다. 간단한 식사를 하고 친구 아이들과 놀았다. 친구는 아침 일찍 교회로 향하였고. 얼마 후 친구의 아내와 아이들도 교회로 향한다. 막내는 "I'll never want to go church."라고 하며 저항하다가 결국은 엄마에게 잡혀 집을 나간다. 아이들은 교회에 나가서 한글 교육도 받는다. 미국에서의 생활은 부모들의 희생 정도에 따라 아이들의 장래를 상당하게 보장하게 만든다. 우리 민족의 교육열은 어디 가도 빛이 난다.

바깥의 굵어지는 빗방울에 시간이 되면 친구와 근처에서 하기로 했던 골프는 자연스레 취소되었고, 친구와 그동안 밀렸던 이야기를 나누었다. 가족들이 교회에서 돌아온 후 점심을 위해 피자집으로 갔다. 미국 스타일은 모든 게 커서 조그만 피자 한 조각에 배가 빵빵해진다. 나는 젊을 때도 맥도널드에서 어린이용 해피밀 먹는 걸 좋아했다. 덕분에 집에 아이들과 해피밀을 먹고 받은 디즈니 캐릭터 장난감이 많이 남아있다.

집으로 돌아온 후 짐을 싸서 친구의 차로 디트로이트 공항으로 향하였다. 소낙비가 엄청 내려 고속도로에 차는 많지 않았다. 켄터키 렉싱턴으로 가는 항공기는 4시 55분 출발 예정인데 3시 20분에 공항에 도착하였다. 입구 항공사 접수하는 곳에서 한 시간 이상을 기다렸는데, 창구가 열리지 않는다. 창밖에 뿌리는 소나기가 그칠 생각을 않고 틈틈이 번개도 친다. 번개와 천둥이 잦아지더니 갑자기 항공사 직원이 나와서 대기자가 너무 많으니 출발 게이트로 바로 가라고 권하였다. 무언지 찜찜하였다. 출발 게이트의 전광판에는 출발 편의 안내가 나타나지 않았다.

출발 게이트에서 다시 1시간가량 기다리니 직원이 나와서 천둥-폭풍으로 비행기가 취소되었다고 한 후 사라졌다. 5시 30분이 넘어서야 다른 직원이 다시 나타나서는 남쪽 테네시주 멤피스로 내려갔다가 다시 갈아타고 렉싱턴으로 올라가는 비행기를 타라고 한다. 7시 30분까지 기다려 멤피스 비행기를 타고 다시 렉싱턴으로 가는 항공기를 탔다.

여전히 배가 불편하고 힘이 빠져 피곤함이 극심하고 잠만 왔다. 종일 낮에 피자 작은 것 한 조각 먹은 것 외엔 공복을 유지했다. 짧은 비행 2편 동안에 코카콜라 한 잔씩만 줬다. 멤피스행 비행기도 출발이 계속 지연되었기에, 멤피스 도착 후에는 공항 내에서 전속력으로 뛰어야 했다. 간신히 출발 5분 전에야 렉싱턴 비행기에 탑승할 수 있었다. 모든 게 두서가 없었고 약간의 에러라도 나면 또 다시 미아가 된다.

하여튼 작은 프로펠러 비행기에 몸을 실었고 새벽 12시 50분에 소낙비가 내리는 렉싱턴 공항에 도착하였다. 승객이 많지 않은 항공기였는데, 렉싱턴 공항에 내린 미국인 승객들은 가족들이 나와서 포옹을 하고는 각자의 차로 데리고 갔다. 나만 덩그렇게 남겨진 불 꺼진 공항. 모든 게 암울하였다.

새벽 1시가 넘은 공항에서 거의 30분을 기다렸으나 영업용 택시는 없었다. 우리나라와는 완전 딴판인 풍경이다. 나만 남겨지니 왠지 두

렵기도 했다. 예약된 호텔로 전화를 했더니 다행히 카운터에서 호텔 택시를 보내준다고 하였다. 공항 내에는 청소하는 사람 두 명과 권총 찬 보안 요원만 남아서 나를 힐끔힐끔 쳐다봤다. 이 양반들은 나를 두려워하는 게 분명해 보였다. 나는 그들이 두렵고.

15분 내에 온다던 차량은 30분가량이 경과하여 도착하였으나, 호텔 운전기사에게 그저 감사하다를 반복하였다. 밤늦은 시간에 고마워서 봉사료를 더 주었더니 택시비와 비교해도 정말 얼마 안 되는 소액인데 진심으로 감사하다는 말을 반복했다. 내가 더 무안해졌다.

호텔 수속 후 객실에 들어가니 새벽 2시 반이 넘었다. 배도 꼬르륵거리고 불편함이 여전했다. 냉수를 한 잔 마시고 잠을 청했다. 정말로 긴 하루였다. 이틀 연속 진행되는 상황이 범상치 않았다.

하루 종일 불편한 속으로 빗방울이 창을 치는 공항에서 쪼그리고 앉아서 비행기를 기다렸고, 조바심 속에 새 항공편을 확인하고는 바로 연결되는 항공기를 타려고 긴 미국공항의 빌딩 간 복도를 전속력으로 뛰어다녔다. 생존을 위한 색다른 경험이었으나 평생 다시 반복하고 싶지는 않은 하루였다. 그러나 이는 또 다른 전투의 전초전에 불과하였다.

2001년 9월 10일 (월)

아침에 켄터키의대 여웅연 교수님 댁에 식사 초대를 받아 갔다. 선생님 저택에는 한국지도 모양의 잔디밭이 있고, 한국에서 옮겨 심었다는 단풍나무도 보였다. 집안에 수많은 그림과 우리나라 골동품, 장식품들이 벽과 구석구석을 차지하고 있어서 여 교수님의 조국에 대한 마음을 볼 수 있었다. 된장국과 해장국에 간단한 식사를 하고 커피를 마셨다.

식사 후 사모님께서 "Dr. Lee는 식사 후 그릇도 싱크대로 옮기고 식탁 치우는 일을 좀 도우세요."라고 이야기하셨다. 사모님은 알레르기 전공하는 선배 내과 교수님이시다. 마땅히 도와드려야 하나, 남의 집에 가서 부엌과 식탁 치우는 일을 돕는 게 익숙하지 않은 한국 남성은 이러지도 못하고 저러지도 못하고 어정쩡하게, 쭈뼛쭈뼛 어색하게 움직였다.

동행한 병원장과 여 교수님이 각각 17년, 22년 선배시라 그것도 어려운데, 20년 선배인 사모님이 부엌에 와서 설거지를 도우라 하시니 그릇류를 부엌으로 옮겨드리고 식탁을 닦았다. 그다음은 앉지도 못하고 서지도 못하고 대책이 없었다. 대선배 부부 의사 교수님 댁에서 가장 나이가 적은 내가 해야 할 역할이기는 했으나 생각과 관습의 차이로 인해 헤매는 어설픈 40대 한국 남성의 아침식사였다.

식사 후 켄터키대학병원을 돌아보고 이 병원의 PET 센터로 이동하였다. 렉싱턴은 작은 도시라 사이클로트론은 설치되어 있지 않고 방사성 의약품은 신시내티에서 수송되어 온다. 방사성 의약품은 환자 1인용이 500불 지불되며, 하루 4명 정도 검사를 시행한다. 검사료는 종양영상은 건당 1800불, 뇌 영상은 1500불이며, 의사 판독료는 건당 220불이다. 평균적으로 종양 영상에는 2000여 불, 우리 돈으로 260만 원 정도이니, 한국과 비교하여 검사료에 큰 차이가 있다. 기기 가격은 오히려 미국이 더 싸게 공급된다. 이젠 PET 시대이니 우리도 잘 준비하여야 한다.

월요일은 한 주를 시작하는 날이나, 조용한 전원도시 렉싱턴 길거리에서는 사람을 보기 어렵다. 주변 인구까지 합하여 거주민이 30만인 시골 도시이나 대학병원은 규모가 크다. 켄터키에는 켄터키 더비로 알려진 경마가 유명하고, 주변에는 도요타 자동차 공장이 있어 동양인, 특히 일본인에 대하여 우호적이라 하였다.

켄터키 프라이드 치킨 본점 근처를 지나갔으나, 원조 켄터키 치킨은 먹어보지 못하였다. 이동 중에는 넓은 초원에서 풀을 뜯는 소와 말들을 볼 수 있었다. 이 동네에서는 앵거스Angus라는 검은색 소가 가장 고급육이어서 목장에서 앵거스 고기를 파는 시기에는 많은 사람들이 입구에 줄을 선다고 했다.

호텔로 돌아와서 저녁 식사 후 피곤하여 바로 곯아떨어졌으나, 새벽에 잠이 깨었다. 이곳저곳 TV 채널을 돌려보았으나 구미에 맞는 것은 없었다.

2001년 9월 11일 (화)

아침에 호텔에서 주는 머핀, 오렌지주스, 커피로 가볍게 식사를 한 후, 길을 나섰다. 여 교수님이 운전하는 차로 테네시 녹스빌로 향하였다. 연로하신 두 선배님이 앞에 타고 나는 안락한 뒷자석에 앉아 두 분들의 대화를 들었다. 수많은 공원이 산재한 켄터키주를 지나 테네시주로 가는 고속도로에는 차도 사람도 한산했다.

여 교수님 차는 멋진 캐딜락이었다. 한때 미국에서 성공적으로 정착한 한국인 선배 의사들은 큰 저택과 캐딜락을 먼저 구입한다고 했었다. 이제는 큰 차도 부럽지 않게 되었지만, 불과 이십 년 전만 하더라도 한국인에게 캐딜락은 영화에서나 보던 '그림 속의 떡(畵中之餠)'이었다. 요즘은 큰 차는 비효율적이고 고장도 많이 나서 골치가 아픈 경우가 많다고는 하나, 넓은 실내의 큰 차를 타보고 싶은 욕망은 누구나 항상 조금씩은 지녔었던 것 같다.

나도 1990년대 초반 미국에서 가난한 연구원으로 지낼 때 선배가 귀국하며 물려준 뷰익 르 세이브Buick Le Sabre라는 배기량 5000cc급의 차를 타고 다녔다. 기어가 핸들 우측에 달린 클래식한 큰 승용차인데, 차령이 10년이 넘은 차였으나 승차감은 아주 좋았다.

한국에서 포니급 1500cc 전후의 작은 차를 밀리는 시내에서 타고 다니다가 이런 종류의 차를 타고 뻥 뚫린 길에 나가면 가속이 엄청 빨리 되므로 조금 방심하면 시내에서도 시속 100km 이상을 쉽게 넘어갔다. 그러나 차량 가격이 1000불인데 1년에 한 번 정기검사를 받을 때면 배기가스 검사를 위해 1000불 이상의 수리비가 필요한 단점이 있었다. 그 차는 2년 타다가 귀국 전에 이스라엘서 온 연구원에게 500불에 넘겼다.

미국 백인들이 흑인들을 차별하며 비하할 때 그들이 집중하는 것은 '3 C' 라고 비아냥거렸다. 캐딜락(Cadillac), 치킨(Chicken) 그리고 기독교(Christianity). 타이거 우즈가 마스터 골프대회에서 우승하며 다음 해 우승자 식사를 낼때, 한 백인 선수가 "우린 치킨 먹게 되겠네."라고 한 말이 인종차별 논란에 휩싸일 정도로 3C는 상징적이다. 하여튼 캐딜락은 기독교와 함께 미국 교포들이 건너야 할 마음속의 강이라는 생각을 한 적이 있었다.

렉싱턴에서 녹스빌까지는 세 시간 거리다. 지루한 고속도로를 계속 운전하여 11시 30분경 숙소인 호텔에 도착하였다. 수속 중 로비 TV에서 "미국은 공격을 받는 중(America on Attack)"이라는 문구와 함께 심각한 특집방송 모습이 계속 방영되었다. 운전해 오는 동안에는 라디오를 켜지 않았기에 영문을 몰랐으나, 미국 땅 녹스빌에서 어렵고 험난한 경험이 시작되는 순간이었다.

방에 짐을 풀고 한참 동안 TV를 시청하였다. 뉴욕의 세계무역센터 (WTC) 쌍둥이 건물과 충돌하는 비행기가 보이고, 화염에 싸인 고층 건물, 울부짖는 주위 사람들의 공포와 슬픔에 찬 모습이 보였다. 100층 이상의 건물로부터 하나의 점이 되어 낙하하는 사람 모습도 잡히고, 순간 텔레비전에서 보이는 풍경은 영화에서나 볼 법한 지옥 그 자체였다.

다른 화면으로는 워싱턴의 국방부 건물(Pentagon)에 추돌한 비행기의 잔해와 피해 현장의 화염에 휩싸인 풍경이 잡혔고, 펜실베이니아 주에서는 비행기가 한 대 떨어져 화염에 휩쓸려 폭파된 잔해를 보여주었다. 보스턴의 로간 공항을 출발한 2대의 비행기가 몇 분의 시차를 두고 WTC의 1, 2 타워를 정확하게 추돌하였다. 워싱턴의 덜레스 공항에서 출발한 유나이티드 항공기는 이륙 후 불과 몇 분 만에 인접한 국방부 건물을 쳤다. 뉴저지 공항에서 출발하여 샌프란시스코로 향하던 비행기는 피츠버그 외곽에 떨어졌으며 생존자는 단 한 명도 없었다. 모든 게 아주 정교하게 짜인 각본에 따라 수없는 연습을 한 결과였을 것이라는 보도였다.

WTC에는 5만 5천 명이 일하고 있고 하루 20만 명이 드나든다고 한다. 아침 시간이라 조금은 인명피해가 적었겠지만 피해자가 얼마나 될까? 자살 공격을 감행한 테러리스트는 도대체 어떤 사람들일까? 궁금증이 더해갔다.

미국 상공을 날던 모든 비행기는 착륙 유도되었고, 향후 하늘에 떠 있는 모든 비행기는 격추시킨다는 방송이 나왔다. 이쪽의 대응도 아주 짜임새가 있어 보였다. 모든 공중파 방송은 선전을 일체 중단하고 응급 방송체계로 차분하게 보도하고 있었다.

현실적인 걱정이 앞섰다. 내일은 애틀랜타에서 한국으로 돌아가는 비행기를 타야 하는데.

우리는 CTI 사이클로트론 회사를 방문하기 위해 녹스빌에 왔다. 우리를 회사 내로 안내해 줄 재미교포이자 한국법인의 대표인 이사장을 만난 후, 마음을 추스른 후에 우선 오후에 예정된 일정에 따라 회사를 방문하기로 하였다. 회사 입구의 모든 깃발과 국기는 조기로 게양되었고, "God Bless America!"라는 문구가 회사 전광판에 나타나기 시작하였다.

여 교수님은 이번 사태에 아주 분노하셨고, 테러리스트를 지원하는 모든 단체와 국가는 바로 철저하게 보복 공격을 해야 한다고 흥분하였다. 미국회사의 의료 분야 책임자인 부사장도 동감하였다. 미국 해군사관학교를 졸업했다는 이 양반은 무골형의 운동선수처럼 보였다. 해사 미식축구팀 쿼터백을 맡았었고, 운동경기 중 수많은 부상을 입어 몇 차례나 수술도 받았다며 정형외과 의사인 우리 병원장께 상처 난 팔을 보여 주었다.

전체적으로 분위기가 가라앉아 마음이 무겁고 가끔씩 주고받는 농담도 즐겁지 않았다. CTI의 제품 및 회사 설명을 듣고 공장견학을 했다. 단순 작업공에서 물리학 박사까지 근로자가 500명 일하고 있었다. 이 캠퍼스에는 기초물리학자는 물론이고 영상을 얻는 결정체(crystal)를 제작하는 부문부터 기기의 마지막 조립 부문에 이르기까지 이 분야에 관련된 산업의 알파에서 오메가까지 완벽하게 갖추고 있었다. 마음이 뒤숭숭하고 미국 회사 임직원들도 마음이 안정적이지 않은 것 같아, 일정을 조금 단축하고 숙소로 돌아왔다.

짧은 외출 후 또 다시 TV를 켰다. 눈앞에 펼쳐진 화면들이 또 다른 아픈 감정으로 남았다. 아랍계 테러리스트에 의한 계획적 공격임이 밝혀졌고 이와 관련되어 새로이 밝혀진 여러 소식이 전해졌다. 만 명 이상 죽었을 수 있다고 했다. 아프가니스탄에 숨어있는 사우디아라비아 출신 기업가 테러리스트 오사마 빈 라덴이 배후라는 이야기가 나오기 시작했다.

한국 사람들끼리 모여 TV를 보면서 한편으로는 남의 나라를 우리 나라에 대입하는 원초적인 이야기를 했다. 일본의 군인이자 정치가를 폭사시킨 윤봉길 의사의 행동이 일본 사람들에게는 이렇게 보였을까 하는 이야기도 했다. 그러나 안중근, 윤봉길 의사는 불특정 다수의 선량한 국민을 대상으로 하지 않았다는 데 의견일치를 보았다.

TV에 나타난 모습이 가슴을 아프게 했다. 부시 미국 대통령이 나타나 유감과 복수를 표명했다. 곳곳에 조기가 걸리고, God Bless America!가 잔잔한 배경음악과 함께 TV에 계속됐다.

원래 일정대로라면 12일 아침에는 CTI를 견학하고 시간이 나면 넓은 테네시 도심을 돌아보고, 저녁에 애틀랜타로 이동한 후 바로 다음 날 귀국하려고 하였다. 그러나 뜻하지 않은 사건으로 인하여 CTI 공장방문 일정을 조기에 끝냈다. CTI 회사 직원이나 그 가족들도 출장, 가족과의 만남 등을 위하여 집으로 떠난 사람들이 비행기가 막혀 돌아오지 못하고 있다고 설명했다.

남의 나라 미국 땅에서 '정말 어떻게 하여야 할지 모를 사람'은 분명 우리인 것 같은데, 여기서 이 나라 사람들을 걱정하고 있는 우리 일행을 보고 있었다. 병원장께서도 미국과, CTI 회사의 분위기가 좋지 않으므로 조문하는 기분으로 지내자며, 다음 날 오전 떠나기 전에 예정하였던 시내 관광부터 취소하였다. CTI의 미국 사람들도 그런 결정을 통고해 주자, 내심 반가워하고 우리를 정신이 제대로 박힌 사람이라 평가하는 분위기였다.

호텔에 있다가 저녁 식사를 위하여 일식집으로 갔다. 여 교수님은 콜레스테롤이 높지 않고, 칼로리가 낮은 음식을 골라 드셨고 특히 초밥을 많이 드셨다. 그러나 미국 식당에서 끊임없이 날라주는 큰 스시는 몇 개만 먹어도 배가 불렀다. 초밥의 굵은 밥알이 목구멍 아래까지 차올랐고, 겨우 하루 정도 설사가 멈추었는데 다시 배탈이 나지 않을까 불안하였다. 그러나 마지막 남은 한 개의 스시는 한국 사람 중 나이가 가장 적은 나의 몫이라고 주어졌다.

하긴 40대 중반인 나도 이 모임에서는 가장 나이가 적은 참석자였다. 재미동창회에 참석하면 나도 내가 본과 1학년 학생을 생각하는 정도의 대접을 받는다. 과거 재미동창인 어느 선배를 만났더니, 나에게 슬그머니 물으셨다. "Dr. Lee는 내가 미국에 올 때쯤에는 이 세상에 태어났던가요?" 곰곰이 생각해 보니, 뉴욕에 있는 이분은 나의 16년 선배고 이분이 미국으로 건너갈 때는 내가 중학교 입학 무렵이었다. 하여튼 위의 연배는 엄청 가까이 보이고, 후배는 엄청 더 아래로 보는 경우가 많다. 그러니 "너 참 많이 컸다."라고 하는 것이다.

식사 중 여 교수님의 영양학 강의가 시작되었다. 하나하나가 확실한 논리에 근거를 둔 생화학, 생리학적 지식으로 무장한 영양학 강좌였다. 미국인들은 모든 것을 과학적인 근거 위에 철저하게 생각하고 행하는 분위기이니, 모두 귀를 기울인다. 나의 경험으로도 이 사람들은 이런 이야기만 나오면 나름대로 할 말이 있어 자기 의견도 말하곤 하므로, 이런 대화가 끊기는 것은 거의 본 적이 없었다. 인정미는 없을 수 있으나, 이러한 합리적인 사고를 추구하는 능력이 이 사회를 지탱해 온 힘일 것이다. 그런데 일반적으로 우리나라 사람들 사고에는 밥 먹는데, 밥의 영양가를 논하고 덜 먹어야 하는 음식 이야기를 하는 사람은 밥맛을 떨어뜨리는 방정맞은 녀석처럼 치부되므로 그저 주는 대로 감사하게 생각하며 먹어야 한다.

오후에 자동판매기에서 생수를 빼내기 위해 1.5불 지폐를 넣었으나 물은 나오지 않고 돈만 삼켰다. 프런트에 설명을 하였더니, 기계 쪽으로 가보지도 않고 그냥 미안하다며 돈을 돌려주었다. 사람을 신용하는 사회여서인지, 소비자의 천국이어서 제도적으로 어쩔 수 없는지는 몰라도 묻지 마 현금 반환에 조금 감동했다.

그건 그렇고… 미국에서 바깥으로 나가는 모든 항공 일정이 취소되었다. 공항은 폐쇄되었고. 언제쯤 모든 것이 다시 움직이고 우리가 출국할 수 있을 것인지는 오리무중이었다.

2001년 9월 12일 (수)

TV를 시청해 가며 선잠을 자던 중 해가 밝았다. 커피와 함께 간단한 아침 식사 후 여 교수님께 작별인사를 드리고 동행한 이사장님의 차를 얻어 타고 애틀랜타로 향했다. 고속도로에서 운전 중에 경찰에게 속도위반으로 단속되었다. 남부 사투리를 쓰는 경찰의 억센 억양이 옆자리에 타고 있는 나의 기분도 눌렀다. 나 같으면 위반 티켓을 받으면서 불쾌한 욕이라도 할 것 같았으나, 이사장께서는 전혀 내색하지 않고 씩 웃고 사인을 했다.

지나오며 넓은 고속도로에 산재한 경찰을 보았었다. 고속도로 중간중간에 있던 경찰이 다리 위에서 레이저로 당신 차를 쏘아보니 속도가 시속 84마일이었다고 연락했기에 당신을 기다리고 있었다고 했다. 끔찍하게 완벽한 시나리오에 저항할 수 있는 길은 없었다. 그렇게 빨리 운전하지 않았다고 하니, 할 말 있으면 법정에 가서 항의해라. 그런 경우 경찰이 가진 자료를 제출하겠다고 하며, 지금은 그런 자료를 보여줄 수 없다고 한다.

미국의 공권력 집행은 대단하다. 개인의 자유를 최대선最大善으로 여기는 곳이지만, 정당하게 집행하려는 공권력에 대한 불복이란 거의 불가능하다. 고속도로 갓길에 차를 세우고, 2~3분 만에 모든 게 사무적으로 종료되었다.

미국에서 지낼 때 같이 지내던 한국분에게서 들은 이야기가 생각이 났다. 고속도로를 달리다가 속도위반으로 단속되자, 경찰에게 "나는 그저 앞차만 따랐을 뿐인데 앞차는 괜찮고 왜 나만 잡느냐?"라고 했단다. 경찰은 "당신 말은 일리가 있다. 그런데 내가 당신 차를 스피드건으로 찍어보니 당신 차는 분명히 속도가 지나쳤으니, 나는 내 일을 한다." 하며 티켓을 주었다. 그러면서 당신 이야기는 정상 참작이 될 수도 있으니, 무슨 날 언제 시간에 거기서 120마일 떨어진 주 수도의 심리법원에 가서 항의하란다. 콩글리시를 구사하는 한국인들은 차라리 벌금을 내고 만다고 포기하며 깨끗이 당했다고 했다.

거기에 같이 겹쳐지는 풍경도 있다. 지금은 사라졌지만, 단속하는 경찰관에게 면허증을 제시하면서 그 뒤에 만 원 지폐를 챙겨 넣던 일은 씁쓸한 추억으로 남아있다. 어느 만화에서는 교통위반으로 단속된 사람이 경찰에게 "왜 나만 가지고 그러느냐?"고 항의를 하니, 그 경찰은 이렇게 말하였다. "당신, 낚시 해 봤소? 낚시할 때 연못에 있는 모든 고기를 잡소? 아니면 당신 낚싯대에 걸리는 놈만 잡소?" 그러고는 티켓을 주고 가버린다. 낚시당하는 놈만 억울하다는 것이겠지. 우리나라에서는 제도를 원망하는 것보다는 모든 게 팔자소관이라 생각하고 속으로 삭이는 게 건강에도 좋고 마음도 편하다는 게 오래된 진리이다.

차가 많아지고, 애틀랜타 경계가 다가왔다. 한국인 동네의 순두부 집에서 고 선배를 만났다. 1965년 졸업생인 병원장의 동기로서 순박하게 보이는 분이었다. 1969년에 미국에 왔는데, 금년에 신경이 많이 쓰이는 마취과 일에서 완전 은퇴하였다고 하셨다. 거무튀튀한 외모와 강원도 사투리가 섞인 느린 말씨에 인상이 인자한 촌부처럼 느껴진다.

강원도 정선에서 태어나 경북의대에 진학하고 미국에 와서 평생을 사셨으니, 본인의 인생은 매번 전진하고 출세하는 삶이었고, 그러고 보니 촌놈 출세했다며 허허 웃으셨다. 맛있는 식사를 한 후에 선배의 집으로 가서 또 다시 저녁식사 상을 받았다. 사모님께서 정말 정성스럽게 차리신 맛있는 음식으로 위장이 견딜 수 있을지 걱정이 될 정도로 과식을 했다.

식사 후에는 TV를 보았다. 아직은 이 사태가 해결될 기미가 보이지 않았다. 한국으로 돌아가는 비행기를 백방으로 알아보아도 뾰족한 소식이 없었다. 원래 예약되었던 수요일 비행기는 취소되었기에, 수소문 끝에 금요일 밤 뉴욕으로 이동하여 밤늦게 알래스카를 경유해서 서울로 가는 비행 편을 예약하였다. 다음 주에 있을 국회 국정감사 일정 등등으로 병원장은 마음이 좌불안석이셨다. 그러나 바쁠수록 돌아가야 한다는 말씀을 계속 하셨다.

생각 끝에 렌트카를 내어 캐나다로 이동하고 거기서 비행기를 갈아타고 가면 어떨까 하는 데까지 생각이 미쳤으나, 알아보니 렌트카도 미국 전역에 동이 났다. 하늘이 막히니 모두 땅으로 기어다닌다. 차를 빌린다 해도 여기서 24시간 이상 계속 북쪽으로 운전해야만 캐나다 국경에 겨우 도달할 수 있으니 그것도 거의 불가능한 일이다.

저녁 식사 후 60대에 접어든 두 선배님들의 회고담과 주변 이야기를 들었다. 나만이 가장 불행하다는 사람, 나는 복 받았다는 사람 등 각자가 느끼기엔 천차만별의 삶을 산다. 하지만 제삼자가 그들을 보기엔 그래봤자 별거 없고, 서로 크게 다르지 않더라는 내용이 주였다. 고 선배는 아쉬움과 망설임은 있었으나 현역 은퇴 후 마음이 정말 가볍다고 하였다.

TV에는 계속하여 비행기가 WTC로 돌진하는 모습, 그 큰 건물이 폭삭 주저앉는 모습, 조용한 가운데 슬픔을 삭이고 복수를 준비하는 미국과 미국인을 보여준다. 10여 년 전, 미국에서 몇 년을 살 때 나는 비교적 자주 여행을 했었다. 그동안 내가 본 미국이란 나라는 수많은 이민자와 외국인이 모여 사는 정체성이 불분명한 나라로 느껴지는 경우가 많았다. 수많은 모래알이 모여서 이룩한 사막 같다고나 할까, 바람에 날려가지 않도록 아주 튼튼한 커버를 씌우고 덧씌운 모래산같이 보였다.

그러나 오늘 미국은 모래가 뭉쳐져서 굳어진 얇은 모래 밑에 숨겨진 화강암으로 다시 나타나는 것이 아닌가? 어려움이 닥쳤을 때 서로 감싸는 인간적인 모습으로 나타나고, 역설적으로는 인간 본연의 모습으로 더욱 분노하고 복수를 다짐하는 원시 본능에서 존재와 강인함이 동시에 다가온다. 이런저런 생각을 하다가, 밤이 늦어서야 잠이 들었다.

2001년 9월 13일 (목)

아침에 샌프란시스코를 거쳐, 싱가포르 항공으로 서울로 가는 편을 예약하였으나 이 항공기도 곧 취소되었다. 한국 여행사는 아예 전화도 받지 않았다. 뉴스를 보니 외국 항공기는 미국에 전혀 들어오지 못한다고 하며, 미국의 모든 공항은 아직도 폐쇄 상태였다.

자살특공대로 참가한 사람들의 얼굴이 화면에 비치기 시작하는 가운데, WTO에서 비명에 간 사람들의 얼굴과 마지막 통화 내용들이 TV에 소개되기 시작하고, 구조팀의 분주한 모습, 현장을 통제하는 경찰의 모습이 보였다. 소방관들이 무너진 WTO에서 찾아내어 바로 세우는 성조기가 TV에서 전쟁을 맞은 미국인의 애국심을 자극했다. 2차 대전 시 일본을 격파하고 지마에서 성조기를 세운 미해병대의 모습이 연상된다.

화요일 아침 106층에서 회의에 참석하다가 불의의 사고를 당한 여성이 집에 전화를 걸어 남긴 음성 메시지는 마음을 아프게 했다. 남편에게 남긴 메시지는 "여보, 나는 비행기가 건물을 들이받고 폭파가 일어난 이곳에 갇혔어. 못 나갈 것 같아. 언제나 당신을 사랑한다는 것을 알아주기 바라. 안녕." 울음이 가득 찬 젊은 신부의 절망적인 목소리였다.

결혼 1주년을 1주일 앞둔 날, 샌프란시스코에서 이곳으로 출장 와 당한 사고였고, 새벽 6시였을 샌프란시스코의 남편이 전화를 받지 않아서 음성사서함에 남긴 이 말…. 마지막 순간에 남길 수 있는 수많은 말이 있을 것이나, 생애 마지막 순간에 남긴 사랑 고백, 절제된 자기 표현, 인간이 쓸 수 있는 최고의 언어가 아닐까?

남편이 TV에 나타났다. 눈에는 눈물이 계속 흘러내리나 담담하게 부인에 관하여 이야기하는 모습이 안타까웠다…. 삼풍백화점 사고 때 헝클어진 얼굴로 가족을 찾던 우리 국민들의 깊은 슬픔을 다시 보는 것 같았다. 슬픔에 찬 미국인들, 희생자 가족들 모습이 계속하여 방송되고 있었다. 부시 미국 대통령이 눈물을 보이는 모습도 나타났다.

사모님이 정성스럽게 차려주신 아침 식사를 즐겼다. 고 선배도 식성이 좋으셨는데, 사모님은 당뇨병이 있는데 무식하게 밥을 많이 드신다고 밥 드시는 중에도 계속 잔소리를 하셨다. 그래도 고 선배는 허-허 하고 사모님이 끌어당긴 밥그릇을 다시 가져와서는 허탈하게 웃으시면서 상 위의 식사를 모두 드셨다. 이젠 두 분만 남은 큰 집에서 벌어지는 정겨운 모습이었다.

식사 후 병원장, 고 선배와 근처 동네 골프장에 갔다. 이런 상황이라면 한국에서는 음주가무를 금하고 골프장 출입을 금해야 하거늘, 여기서 골프는 그냥 한 가지 운동일 뿐이어서 이야깃거리도 되지 않는다. 골프장엔 미국 할배들이 많이 나와 있었고, 서로 "헬로우"를 외쳤다.

골프장에 가는 길에 운전대를 잡은 고 선배께서 우리가 아침식사를 제대로 하지 못했으니, 골프 치는 데 배고플 수 있으니 좀 더 먹고 가자고 하였다. 상당히 많은 양의 아침식사 후 불과 1시간 만에 다시 뷔페식당에 가서 더 먹자고 한 것이다. 사모님의 눈치 속에서도 꿋꿋하게 아침을 거뜬하게 드시고도, 또 다시 식당에 들어가시는 모습이 생뚱맞고도 재밌었다.

사모님은 오늘 아침에는 과식하지 않고 거기에 더하여 운동하러 나가는 당뇨병 남편이 대견스러웠을 것인데, 집 밖에서 일어나는 이 상황은 모르시는 게 나을 것 같았다. 그러나 위대胃大하지 못한 나는 15불을 준 뷔페식당에서 5불어치도 먹지 못하였다. 하긴 4시간가량 따가운 햇볕에서 골프 치는 도중에 배가 고팠고, 중간에는 물로 허기진 배를 채웠으니 고 선배의 말씀이 일리있었다.

미국 골프장의 잔디는 우리나라보다는 확실하게 억셌으므로 적응하지 못하여 이리저리 헤맸다. 페어웨이와 러프의 구별이 너무나도 뚜렷하여 러프에 들어가면 무조건 손해를 보아야 하며 세게 치면 넘어가고, 약하게 치면 근처에 머무니 중용지도中庸之道가 정말로 어려웠다.

고 선배 댁으로 돌아와서 또 다시 상다리가 부러질 정도로 잘 차려진 저녁 식사 상을 받았다. 그러나 몸과 마음이 초라해져서 이 진수성찬이 입에 들어가지 않았다. 하늘길이 뚫리지 않고 있고 이 상황이 오래 지속될 것 같은데, 처음 뵙는 고 선배 사모님께 계속해서 신세를 지는 게 마음이 편치 않았다. 이곳에서 노심초사하며 우리의 귀국길을 챙겨주고 계시던 이사장께 공항에서 멀지 않은 곳에 나의 숙소를 예약해 달라고 부탁하였다.

저녁에 겨우 예약되었던 싱가포르항공 귀국 편 예약이 다시 취소되었다는 연락을 받았다. 조금 후 다음 계획으로 잡아둔 15일 출발하는 다른 항공편도 취소되었다는 전화가 왔다. 외국 국적의 항공기는 아직도 미국에 들어오지 못하는 상태에서 바로 문을 열었던 뉴욕공항에서 조종사 복장을 한 가짜 조종사가 생포되었다는 뉴스가 나왔고, 이에 따라 뉴욕 근처의 3개 공항은 계속 폐쇄된 상태고 다른 도시 공항 상황도 해결되지 않고 있었다. 이날 저녁의 애틀랜타 하트필드 공항은 아주 극소수의 비행만 이루어지고 있다니, 답답하지만 우리가 어떻게 해 볼 방도가 없었다.

늦은 밤에 홀로 여관에 도착하여 짐을 푸니 작은 공간이지만 마음이 한결 편했다. 고 선배님 부부는 귀국 전까지 부담 없이 지내라고 하셨으나, 내 마음이 편치 않았다. 사회성 결핍인가? 이게 내가 살아가는 방식이고 적게 먹고 적게 배설하는 소시민적 행동이 편한 걸 어떡하겠나.

TV에서 보니, 피츠버그 근처에서 추락한 비행기에서는 승객들과 납치범의 격투가 있었던 것 같았다. 조종사는 납치범들에게 살해당했고 승객들이 어차피 죽을지 모를 바에는 힘을 합하여 싸우자고 합의가 된 것 같았다. 덕분에 워싱턴으로 향하던 비행기는 그 승객 전원이 희생되는 것으로 끝났다고 한다.

납치범들은 문구용 칼만으로 모든 비행기를 납치했단다. 납치범들 상당수는 플로리다에 있는 사설 항공기 조정학교에서 비행 교육을 받았다고 한다. 문구용 칼 몇 자루로 보안을 뚫고 온 세계를 발칵 뒤집어 놓다니 21세기 대명천지에 이런 일이 가능한 게 이상했다. 도무지 알 수 없는 세상이다.

미국 방송들은 혼연일치가 되어 절망스런 소식은 삼가고, 국민들 용기를 북돋웠다. 어떤 보도지침이 있는지는 모르겠으나, 모든 방송이 단합을 해치는 이야기는 입 밖에 내지 않는 것 같았다. CNN 뉴스에 한국 주식이 하루 만에 8.5%가 떨어졌다고 했다. KBS 방송은 911 사태로 우리나라의 간접피해가 얼마니 하며 호들갑을 떨고 있었다.

미국은 무엇인가 나름의 맥을 잡고 일련의 사건에 대한 정밀 진단 과정으로 들어가는데 한국의 언론은 미성숙한 아메바처럼 허둥지둥 하고 있었다. 언론이 진실을 밝히는 사도라고 알려져 있으나, 사회가 필요한 것보다도 기자가 취재하고 싶은 것에 대한 흥미 위주의 보도를 하고 있으니, 공동사회의 안녕과 발전에 대한 인식을 얼마나 가지고 있는지 모르겠다. 알권리니 하며 오히려 사회불안을 조장한다는 생각이 들었다.

미국은 앞으로 1주일간 주식시장을 열지 않는다고 했다. 설사 주식 시장이 열린 후 시세가 떨어진다 해도 이 시기에는 크게 보도도 하지 않을 기세였다. 이 사람들의 위기관리 능력의 탁월성이 보였다. 우리도 위기의 순간에 호기심을 자극하는 경박한 태도나 선정적인 보도로 편가르기만 할 것이 아니라 이를 타산지석으로 삼고 배워야 한다.

현재 이곳에서는 혼란을 틈타 물건 값을 올려 받는 야비한 인간을 신고하는 핫-라인이 운영되고 있다. 어렵고 혼란한 시기에 조금이라도 사기 치는 인간이 있으면 신고하라는 전화선을 만들고 방송에 알리는 건 절묘한 아이디어이다. 그러나 온갖 인종이 모여 사는 미국에서 며칠 동안, 사회 혼란을 줄 수 있는 매점매석이나 물건값 올리기는 신고된 것이 없고, 플로리다에서 국기값을 1~2불 올린 것 하나만 신고되었다 한다. 이들의 성숙한 시민의식에 경의를 표한다.

어려운 시기를 더 복잡하고 힘들게 만드는 보도는 없는 것 같고, 큰 나라가 위기극복 시스템 가동하에 일사분란하게 운영되는 것을 보고 있으면 이 나라에서 정말 배울 점이 많구나 하고 느낀다. TV에는 전국 각지에서 헌혈하려는 행렬이 끝이 없었다. 헌혈을 하려면 7시간을 대기해야 하는데 자원자들은 책을 가지고 와서 읽으면서 7시간을 앉아 기다리고 헌혈하고 자리를 떠났다. 사실 얼마나 많은 피가 필요할지는 모르겠으나, 자기 자신이 조금이라도 주고 싶어서, 아님 무엇이라도 하고 싶어서 줄을 서는 게 아니겠나….

곳곳에서는 성금을 모금하고 있었다. 방송을 보니 한적하고 조그만 시골 마을에서 30분 만에 30만 불을 모금했다는 소식, IT회사가 거액을 기부했다는 소식과 함께 정부가 인가하지 않은 성금 모금은 철저하게 단속하겠다는 경고가 방송으로 나왔다. 국민이 모아둔 성금도 옳게 못 쓰는 공무원들도 있다는 뉴스를 보아온 나의 눈에는 세상의 다른 면을 보는 듯했다. 상원에서 재난기금으로 40억 불을 전원 찬성으로 통과시키고 상하원의 여당-야당 대표가 모두 우리가 부시 대통령이 위기를 극복하는 데 뒷받침하겠다고 말하는 모습이 보였다.

방송에서의 특집방송 제목은 함축적으로 3대 메이저 방송이 "애도하는 미국(America Mourns)" "울고 있는 미국(America Weeps)" "단결한 미국(America United)"으로 정하고 잔잔하면서도, 단호하게 미국민의 단결을 촉구했다. 이런 모습을 보면 방송 기자들은 자기의 활동을 정치가가 되기 위한 발판으로 생각하지 말아야 한다는 생각이 들었다. 메이저 방송의 유명한 앵커들의 모습이 하루 종일 보이고 있고 그들의 차분한 위기극복 방송은 정말 장엄하게 보였다.

몇 년 전, 대구 상인동 지하철 공사장의 가스폭발로 100명 이상의 어린 학생이 희생되었다. 엄청나게 큰 폭발음은 시내에 위치한 병원 연구실에서도 들렸고, 상처를 입은 어린 학생들이 병원으로 후송되기 시작했다. 당시 영남고등학교 교사이던 나의 고등 동기생도 학교 앞에서 희생되었다.

속보 뉴스를 봐야겠다고 TV를 켰더니, 공중파 방송은 오전은 물론이고 그날 오후에도 서울에서 열린 중고등학교 야구대회 중계를 계속했었다. 중고등학교 학생들이 희생된 대구의 폭발사건에 대한 속보는 전혀 없었다. 혼자 열받아서 방송사와 신문사에 전화하고 분노의 메일도 보내던 생각이 난다. 물론 언론사는 전혀 대꾸도 없었다. 그러니 정부나 위정자의 입맛에 맞지 않거나, 싫어할 만한 것은 방송하지 않는 게 우리 방송의 지침인가 하고 생각했었다.

그런 방송사나 언론사가 자기들끼리 선배 기자들에게는 아무 독자도 동의하지 않은 '大記者'라는 타이틀을 주고 방송이나 신문에 떳떳하게 쓰곤 한다. 멀리서 바라보는 듯하지만, 결정적인 순간은 놓치지 않는 바바라 월터스, 탐 브로커, 피터 제닝스 등등의 전설적인 앵커들은 방송사에서 '대앵커'라고 불러주지 않아도 시청자 모두가 그들을 '대앵커'라고 인정한다.

얼마 전에 보니 우리나라에서는 이젠 TV 드라마 연출자들도 똑같은 방식으로 나이 든 사람에게 '大-PD'라고 써 붙이고 있었다. 그야말로 겸손이란 찾아볼 수 없는 행태가 아닌가 한다. 호칭은 독자와 후세의 몫으로 남기고 자기 일이나 열심히 하면 되는 것이다.

그나저나 한밤에 옮겨온 이 여관은 도대체 어디쯤에 위치하고 있는지를 알지 못하겠다. 창밖을 내다보니 한적한 교외인 것 같았다. 차량 운행도 거의 없는 길거리의 희미한 가로등만이 졸고 있었다. 작은 여관방의 작은 TV에서 보여주는 뉴스와 사연에서 느끼는 답답하고 슬픈 감정을 추스르며 잠을 청하나 정신은 오히려 더 말똥말똥해졌다. 그날 밤 '바람과 사라지다'의 무대인 미국 땅 남부 애틀랜타에서 바람과 함께 사라진 나의 귀국 편 항공기를 추적하는 꿈을 꾸었다.

2001년 9월 14일 (금)

아침에 한국의 집에 전화를 하니 가족들이 나의 안부를 물었다. 별 문제 없을 것 같다는 대답밖에 할 수 없었다. 미국에 사는 중고등 동창 오 군에게서 집으로 전화가 왔단다. 오 군은 그 와중에 내가 애틀랜타에 있다니 놀라는 눈치였다. 글쎄 말이다. 나도 여기 있게 될지를 꿈에도 몰랐었다. 살다 보면 별일이 다 생기는구나. 회사에서 뉴욕지사로 파견 와서 바로 거기서 사는 친구 권 군의 안부가 걱정되었는데, 친구도 별 일 없단다.

아침에 한국 여행사에 귀국 편을 알아보았으나, 여행사에서도 도무지 한 치 앞을 예측할 수 없어서 속수무책이라 했다. 여관에서 주는 공짜 아침 식사를 했다. 베이글 한 개, 주스 한 잔, 커피 한 잔과 바나나 한 개이다. 이 소박한 식사가 맘에 편했다.

다시 객실로 들어와 책을 읽으면서 TV를 봤다. 작은 여관의 허름한 방에서는 옆방의 작은 샤워 물소리까지도 들렸다. TV에는 가족을 찾는 애끓는 사연들이 가득했다. WTC 21층에 있었던 건설회사 직원들의 재회 모임 화면도 흥미로웠다.

살아남은 자들끼리 모여서 서로를 위로하고 부둥켜안고 울어가며 그간의 이야기를 나눴다. 그들 중 건물에 들어가지 못하였던 몇몇은 무너지는 건물의 바깥에서 가슴을 졸였으나 우여곡절 끝에 건물서 살아나오는 동료들을 봤다는 이야기도 나오고. 나이가 많은 회사 사장이 서로의 행운에 대해 이야기를 나누고는 비록 회사가 사라졌지만 이번 달 봉급을 바로 주겠다고 했다.

모두 눈물겨운 모습들이다. 정오에는 국가적으로 희생자를 추모하는 'National Prayer And Remembrance' 행사가 있다고 했다. 행사장에는 악대와 꽃을 든 추모객들이 아침 일찍부터 모여들고 있었다.

이사장께서 온갖 곳을 다 수배하여서 마침내 오후 5시 55분에 출발하는 영국 가는 비행기를 예약해 주었다. 항공사 본사에 전화하여 예약하였단다. 오랜 가뭄으로 먹이가 귀한 형편에서, 둥지에 남아 모이를 물어오는 어미 새의 주둥이를 바라보고 있는 새끼 새들의 심정이 이럴까? 무조건 미국을 뜨자는 게 병원장의 생각이었다.

이 항공기는 영국에서 5시간 이상 기다린 후 영국 브리티시항공으로 갈아타고 스위스 취리히로 이동하고, 거기에서 다시 6시간을 기다린 후, KAL비행기로 인천으로 향하는 일정이다. 이코노미석 비행깃값은 왕복 일정이 아님에도 불구하고 무려 4350불(540만 원)이었다. 나의 여행 중, 가장 비싸고 어쩌면 기구하던 여행을 빨리 끝내야 하니 돈이 중요하지 않았다.

결국 9월 8일 새벽 대한민국 대구에서 출발하여 동쪽으로 향한 여행이었는데 미국에서의 귀향길도 계속 동쪽으로 날고, 마침내는 대서양을 거쳐 중국 상공을 지나 귀국하는 세계일주가 완성되었다. 북반구 일주 여행에 소요되는 비행시간은 합계 38시간 정도인데, 이리저리 헤매고 기다리다가 다시 날아가는 일정으로 단 하루 사무적인 일을 위해 9일이 걸렸다.

델타항공 영국행 비행기가 예약되었고, 고 선배 댁에 머물던 병원장과 다시 만나기로 했다. 애틀랜타는 델타항공의 본부가 위치한 곳이어서 그래도 항공편을 얻을 수 있나 보다. 정오에 여관을 나서서 다시 한인타운의 순두부 식당에서 두 선배님을 만났다.

이별을 앞두고, 두 분의 이야기는 911 테러 현장에서 1968년 말 고 선배가 한국을 떠나기 직전 3공화국으로 돌아갔다. 월남전으로 미국 의사의 수요가 늘어나자 월남전 참전국을 중심으로 의사 이민의 문호를 열어준 셈인데, 엉터리 영어로 일단은 미국에 왔던 그분들의 그때를 어찌 잊을 수 있겠는가?

미국으로 떠나기 전의 마지막 기억을 말씀하셨다. 미국병원에 취업이 되어 여권과 비자를 얻는 데 필요한 호적등본을 받기 위해 고향인 강원도 정선군 어느 면사무소로 가셨단다. 굽이굽이 동강을 따라 버스를 타고 걷고 하여 점심시간 전에 고향 면사무소에 도착하였다.

등본 신청을 하고 기다리는데, 근무하는 직원은 도대체 무엇을 하는지는 모르겠는데 사무실 출입을 반복하며 도무지 서류를 발급해 줄 생각을 않더란다. 내 서류? 하고 물으면 "아따, 젊은 양반이 성질은 급하네."만 반복하였다. 점심도 못 먹고 기다렸으나 등본 발급은 해주지 않으면서, 초겨울인 그날 오후 해가 질 때가 다가오자 직원들이 주섬주섬 퇴근할 준비를 하더란다.

"아이고 이것 조졌다." 그제야 정신이 번쩍 들어 주머니에 있는 모든 것을 다 꺼내어 돌아갈 버스비만 남기고 그 면서기 주머니에 찔러 주었단다. "허허, 이러면 안 되는데." 하며 펜으로 호적등본을 바로 발급해 주었음은 물론이다. 그래서 마지막 버스를 타고 서울로 왔고, 미국으로 올 수 있었단다. "어이 자네. 이제는 공무원들 그러지는 않제?"고 선배가 물었다.

공항은 표를 발권하고 탑승을 기다리는 인원으로 건물 바깥까지 줄을 서있었다. 검색도 매우 강화되어 새로 생긴 검색대를 세 군데 통과하여야만, 자동소총에 방탄조끼 차림의 보안요원들의 매서운 눈초리를 뚫고 공항 내부로 걸어 들어갈 수 있었다. 완전 살벌한 분위기였다.

짐은 작은 지갑 정도만 휴대할 수 있게 허락이 되었고, 그 외 모든 짐은 가방에 넣어 화물칸으로 들어갔다. 특히 면도기, 손톱깎이 등도 전혀 허락이 되지 않았다. 간단한 책만 들고 탑승을 하니 비행기 안에는 예상외로 빈 좌석이 많았다. 워낙 마음이 촉급하여 생각이 미치지 못하였으나, 항공사로 예약하고 여행사에서 표를 발권하는 게 좋았을 것 같았다.

공항으로 향하는 자동차에서 들은 한국방송에는 대한항공 비행기의 엉뚱한 사고 소식이 나왔다. 서울에서 뉴욕으로 향하던 KAL기가 미국 관제소와의 소통 문제가 발생하여 납치된 것으로 판정되어 미국 공군기가 출발하여 격추될 뻔했다고 한다. 조종사가 비행기 조종석의 응급벨을 눌렀다니, 미국에 오면서 상비약 달라는 나에게 엉뚱한 설교를 하던 KAL 승무원의 모습도 떠올랐다.

런던행 비행기에 탑승을 하니, 이제 조금 마음의 여유가 생겼다. 출발은 또 다시 4시간이 지연되어 밤늦은 시간에 이륙했다. 만세! 이제 미국 땅을 떠난다! 하고 마음속으로 쾌재를 불렀다, 런던으로 가는 6시간 동안 신문도 보고, 그동안의 여행기도 다시 읽어보았다.

비행기에서 나누어준 미국 신문에 두 개의 전면광고가 눈에 띄었다. "Kuwait thanks US citizen!!"과 "Oklahoma city thanks New York citizen. We remember!"라는 문구였다. 쿠웨이트는 1991년 이라크로부터 전면침공 당했을 때 미국이 국토를 수복해 준 것에 대한 감사의 마음을 이 시기에 주요 신문에 광고를 내어 표현한 것이고, 오클라호마시는 1995년 시청사에 대한 백인 우월주의자의 테러로 수많은 사상자가 발생하였을 때 뉴욕 시민의 지원과 자원봉사에 큰 도움을 받았던 감사의 뜻으로 뉴욕 시민을 위로하는 광고를 낸 것이었다. 이 어려운 시기에 그 광고를 보는 것만으로도 뉴욕 시민들의 가슴은 뭉클하였을 것 같다.

우리나라도 이때에 해방 후 어려웠을 때와 한국전쟁 시 미국의 도움으로 우리가 이렇게 일어날 수 있었음을 감사하는 광고를 게재하면 큰 효과가 있을 것 같았다. 미국에는 6.25전쟁에 참전한 수많은 참전

용사와 가족들이 있는 만큼, 이것만으로도 의리 있는 따뜻한 나라의 인상을 심어줄 수 있다.

영국 신문도 읽을 수 있었다. 뉴욕에서 희생된 영국민이 몇 명이라는 추측 보도가 있었고, 미국의 대책, 피해 상황 상보 등을 주요 기사로 실었고 영국 여왕의 위로의 글, 여왕이 웨스트민스터사원에서 열린 희생당한 미국인과 영국인을 추도하기 위한 미사에 참가한 기사, 여왕 근위대가 미국 성조기를 흔들며 백파이프 연주를 하며 애도하는 모습들이 나와 있었다. 확실히 영국과 미국과의 선린관계는 우리가 생각한 것 이상이었고, 이러한 유대관계가 세계적으로 어떤 문제가 발생하면 미국과 영국이 항상 보조를 맞추는 주된 원동력이 되는 것 같았다.

미국은 사실 이스라엘 때문에 너무나 많은 것을 희생했다. 독일과 이스라엘도 아닌 미국의 수도 워싱턴에 유대인 학살박물관(Holocaust Museum)을 건설하여 유대인의 핍박을 기억게 하는 일을 추진할 정도로 유대인의 힘은 대단하다.

미국에서 만났던 몇몇 사람들은 이번 일도 이스라엘의 팔레스타인 지배를 못마땅하게 생각하여 이스라엘을 팔레스타인 지방에서 추방하려는 자살 테러 등 힘겨운 투쟁에 대한 이스라엘의 무지막지한 무력 대응에 저항하는 것이고, 배후에서 지원하는 미국에 대한 아랍의 응징이었다는 의견이다. 미국 경제계, 정치계와 언론계를 장악하고 있는 유대인들의 무시할 수 없는 영향력에 이 나라는 앞으로도 친이스라엘 정책으로 나아갈 것이다.

1991년 당시 아버지 부시 대통령은 걸프전쟁의 성공적인 수행에도 불구하고 경제정책 실패를 평계로 삼은 유대인의 지원 철회가 낙선의 주된 원인이었다고 미국의 어느 분으로부터 들었던 기억이 있다. 앞으로 이 일들은 어떻게 진행될 것인가? 21세기 지구평화의 정착에 중요한 이슈가 될 것인 인종문제와 종교문제가 어떻게 봉합되는가에 따라 인류가 전쟁 없이 존속할 수 있을 것인가, 아니면 멸망의 길로 갈 것인가가 결정될 것이다.

세계에서 유일하게 분단국으로 남은 한반도에 살고 있는 우리의 미래는 어떨 것인가? 항상 불안정한 주위 환경에서 자기방어가 최선일 수밖에 없는 이스라엘에서 온 의사가 한 이야기가 생각난다. "우리에겐 내일은 안전한 날이란 생각은 없다. 단지 그냥 '오늘도 별다른 사고 없이 지나갔다' 라는 생각으로 살아간다."고 했다.

미국 땅을 벗어나 영국으로 접어드니, 귀국 후 해결하여야 할 일들이 갑자기 떠올랐다. 다음 주도 조용하게 보내기는 틀린 것 같다. 항상 손이 부족하고, 바쁘다. 그런다고 일에 전념하여 결실을 보는 것은 아니고, 바쁘다고 하면서 매일 빈둥거린다는 게 더 옳을지도 모르겠다. 내 자신에게 던지는 착잡한 이야기이다.

런던 히드로공항은 유럽풍의 분위기와 냄새가 느껴지리라 생각할 것이나 여기는 더 복잡하고 더 무엇에 쫓기는 듯한 분위기였다. 비행기에서 밤을 넘겼더니, 토요일 휴일이 되었다. 공항은 앉을 자리도 없을 정도로 혼잡하였다. 짐을 찾는 데 한참 걸렸다.

스위스로 가는 항공 수속에 한 시간 반을 기다렸고, 수화물 검사도 더욱 까다로워서 미국에서도 들고 온 작은 세면용 손가방조차도 모두 짐칸에 넣으라 했다. 여기엔 양치용 물품, 작은 가글과 손수건밖에 없음에도 이것도 허용하지 않았다.

싸움에서 맞는 놈보다도 옆에서 구경하는 놈이 더 놀란다고 영국의 보안수속은 아예 신경질적이었다. 탑승 전에 한 번 더 보안검사를 하는데, 비행기를 타며 아무것도 들지 않고 탔음에도 고무장갑 낀 손으로 머리에서 발끝까지 온몸을 마사지하듯이 주물렀다.

그런데 스위스 취리히 공항에서 다시 짐을 찾을 때 보니, 수하물로 들고 다녔던 그 손가방이 찌그러졌고, 내부의 조그만 가글과 치약은 박살이 나서 손가방이 쓸 수 없을 정도가 되어있었다. 접수구의 여자들이 30cm가 넘는 모든 가방을 짐칸으로 던져 넣었으니 짐 옮기는 포터들도 갑자기 늘어난 수화물로 꽤나 신경질이 났을 것이다.

스위스 취리히 공항에서 다시 6시간을 기다려 인천행 KAL 비행기에 탑승하였다. 그토록 한심하게 보이던 국적기가 구세주처럼 느껴졌다. 한국민들에 의한 한국민의 비행기를 타니, 이제야 집으로 가는구나 싶고, 오랜만에 마음에 여유가 생겼다. 긴장이 풀어지니 그때부터는 계속 졸리기만 했다.

결국 9월 16일 일요일 오후가 되어서야 인천공항에 도착했다. 한국 공기가 더 텁텁하였지만 우리나라 공기를 마시니 둔탁한 무언가에 맞은 듯했던 머리와 폐가 비로소 터지는 느낌이 들었다. 역시 이 맛이야!!! 이 익숙한, 조금은 지저분함과 불편함이 마음에는 편한 것이다. 인천에 내려 아직도 따스한 대한민국의 9월 햇볕을 얼굴에 쪼여봤다. 대한민국은 아직도 덥고 습했다.

나의 북반구 세계일주 여행은 이렇게 하여 끝맺음을 하였다. 앞으로 살아가는 동안 또 어떤 일을 경험할지는 알 수 없으나, 이번 여행은 정말 가슴 조이는 한 편의 드라마로 기억될 것이다. 이젠 모든 게 기억의 한 모퉁이에만 남게 되겠지만, 이 기억이 소멸되기 전 하나의 기록으로 남기는 것도 나 자신에게 부여된 숙제일 것 같아 미국의 작은 여관에서 그리고 귀국길 비행기에서 쉬지 않고 이 여행기를 기록하였다.

2001년 9월 17일 (월)

아침에 출근하여 KAL 홈페이지에 고객의 글을 남겼더니 다음 날 비행기에서 헛소리한 승무원 이름을 묻는 전화가 왔다. 우리를 지배하는 시스템의 문제이지, 승무원 한 사람의 문제는 아니라고 답했다. 제도 개선보다는 당사자를 색출하여 살풀이하는 방식을 지양하자는 생각이라고 전했다.

미국 911 후원 홈페이지를 방문하여 뉴욕의 소방관과 경찰을 위하여 소정의 금액을 기부했다. 나의 무사 귀환을 자축하고 미국의 빠른 회복을 기원하였다.

에필로그

21년 전의 9.11 미국 여행기를 2023년에 다시 본다. 그때 내가 모셨던 병원장은 17년, 여 교수님은 22년 선배시니 이젠 내가 그때의 병원장보다는 더 연로해졌다. 내가 그때 그분들보다 나이가 더 많아졌다는 이 사실을 어떻게 받아들여야 하나. 당시 지금 내 나이셨던 여 교수님은 작고하셨고, 사모님도 노환으로 투병 중이다. 시간이 그렇게 흘러갔다. 시간은 누구에게나 공평하고, 사람을 차별하지 않는다. 삶이 그런 것이다.

3부

어느 베이비부머의 기억

어느 베이비부머의 행장行狀·1

- 성장기成長記

　지금 우리나라는 저출산 고령화로 몸살을 앓고 있지만, 한국전쟁 후 출산율이 급속하게 증가하여 인구가 늘어나는 만큼 먹고 살 식량 걱정도 컸다. 특히 1955~63년 사이 출생한 베이비부머 첫 세대는 700만 명 정도인데, 1955년 70만 2천 명, 56년 71만 1500명, 57년 72만 4천 명, 58년 75만 8천 명, 59년 78만 4천 명, 60년 79만 2천 명 등 해가 갈수록 증가했다. 70년생 100만 명이 피크였고, 이후 감소하기 시작하여 80년 86만여 명, 90년 65만 명, 2000년 64만 명, 2010년 47만 명이 되더니, 마침내는 2020년 27만 2천 명으로 우리나라의 가임여성 1인 출산율이 0.84로 OCED 국가 중 최하위가 되었다.

1

　나는 1964년에 초등(국민)학교 정규 교육을 시작하였고, 사회생활 후 이제 정년을 지나고 있기에 '성장기成長記'로 우리 시대의 기억 일부라도 남긴다. 나의 동기들은 대구의 중학교 평준화 정책에 의한 무시험 첫 세대였고, 고등학교 입시는 한 해 후배가 마지막이었다. 유신시대인 76년에 대학에 입학하여 대학생 병영 입영 훈련도 처음 경험했고, 졸업 시기에는 박정희 대통령의 암살과 5공화국 등장을 목격했다. 우리는 산업화의 혜택을 많이 받았으면서도 산업화의 꽃을 피우는 데 일조한 세대라는 평가를 받는다. 그러나 40대로 들어서던 1997년에는 IMF 외환위기를 겪는 등 나름 급격한 변화와 우여곡절도 많이 겪었다.

국립대 의대 교수로 34년 이상을 보낸 후 은퇴하는데, 한때 우리 대학교에 고교 동기생 교수가 16명이나 같이 있었다. 치대 교수 두 명이 중간에 나가 개원했고, 이후 총장 역임 후 퇴직 또는 명예퇴직한 친구가 있었으나 대부분 금년이면 퇴장한다.

우리 세대의 교육 정도는 고졸(45%)이 가장 많다는데, 나는 의사인 대학교수로 잘 지낼 수 있었으니 운수도 좋았지만, 세상으로부터 많은 혜택을 받았다. 그래서 위인이나 정치가의 전기가 아니라, 내가 성장하며 경험했던 일들을 극히 개인적인 관점에서 간략하게나마 기록으로 남긴다. 갈수록 기억이 희미해지고 명확한 사실에도 시시때때로 기억이 달라지는 해리解離의 시간이 시작되었기 때문이기도 하다.

1958년 개띠로 태어났으나 한 해 일찍 초등학교에 입학하여 57년생 닭띠들과 성장기를 보낸 전형적인 베이비부머 세대다. 사범대학 졸업 후 교사로 사셨던 선친은 5~60년대를 경북의 시골 중등학교에 근무했는데, 두 살 아래 동생이 태어나자 나는 대구에 있던 외갓집으로 보내져서 초등학교 1학년까지 지냈다.

대부분의 동네 친구들처럼 고아원은 익숙하나 유치원이란 교육기관은 들어보지 못했다. 초등학교 입학 전에 외할아버지에게서 천자문과 초보 한문을 배웠는데, 영문학과 대학생인 외삼촌의 학과 방송실에 가서 천자문을 암송 녹음하여 친구분들의 칭찬을 받은 기억도 있다. 당시에는 초등학생부터 차비를 받았는데, 외할머니를 따라 버스에 탑승할 때에 차비를 내지 않았음에도 버스에서 길거리의 한글과 한자 간판을 계속 읽는 바람에 차장이 차비를 내라고 한 적도 있다. 내가 다닌 국민학교는 영화 〈저 하늘에도 슬픔이〉가 된 일기 주인공 이윤복 선배로 인해 유명세를 탔는데, 1학년 때 학교로 영화 촬영을 왔기에 아이들과 구경 다니던 기억도 난다.

1학년 수료 후 가족이 있던 경북 동해안 북단 울진의 H 국민학교로 전학하여 3년 반을 다녔다. 60년대 어촌은 풍요하지 않았고 모두 가난을 벗어나기 위해 열심히 살았다. 아이들은 학교에서 공부하겠다는 생각보다는 친구들과 놀기 위해 등교했다. 시험에 대비하여 열심히 공부하거나 특별히 예능 과외 활동을 한 기억은 없다. 국어 교사인 선친의 훈육 방침에 따라 매일 저녁 그날 일기를 써서 검사받는 일이 하루 중 제일 어렵고 귀찮은 일이었다.

학년에 두 개 반이 있던 학교에는 고아원 아이들이 제법 있었고, 매일 아침 고아원 학생들이 일렬로 줄을 맞추어 등교하던 모습이 기억난다. 대구의 초등학교에서 1년 수학한 덕분인지 나는 우리 학급에서 가장 공부를 잘하는 편이었고, 전교 1등을 다퉜던 옆 반의 고아원 아이는 나중에 알고 보니 나보다 네 살이나 위였다.

당시 한국전쟁으로 많은 고아가 발생했고 고아원은 어디서나 볼 수 있었다. 3학년 때 같은 반의 고아원 친구가 하드커버의 좋은 사전을 보여주며 헐값에 사라고 했다. 사전이 탐이 났기에 학교 앞에서 문방구를 열고 있던 어머니를 졸라 아이가 요구한 50원을 받아 다음 날 가져갔다. 집에서도 읽을 만한 책이 없던 시절이라, 그날 하루는 사전으로 인해 잠시 행복했다.

다음 날 학교에 가니 고아원 아줌마가 담임선생님을 찾아와서 아이가 사전을 판 돈으로 시외버스를 타고 탈출했다고 했다. 나는 하루

만에 집에 둔 장물인 사전을 들고 와서 그 아주머니에게 돌려주어야 했다. 사전은 고아원의 공용 원조 물품이었는데 아이가 훔쳐서는 가장 만만해 보이던 나에게 접근했던 것이다. 항상 모여 다니던 그 아이들은 외롭고 불쌍했던 친구들이었으나 당시 어리숙한 나보다는 성숙했었고, 그래서 우리에게 조금 무서운 대상이기도 했다. 하여튼 어린 시절의 기억은 동해안에서 보냈던 이 시기의 일이 가장 많고, 그냥 한 명의 어촌 마을 교사의 아이로 지냈다.

5학년 1학기를 마치고 대구의 M 초등학교로 다시 전학 왔다. 부모님은 자녀 교육을 위해 도시로 가야겠다고 생각하셨고, 선친도 오랜 시골 근무 후 대구로 전근 올 예정이었다. 도시가 팽창하던 때여서 도시에는 전학하는 학생이 많았으므로 나의 반 번호는 88번이었고, 5학년 마지막 달에는 그 번호가 108번에 달했다. 도시 학교에는 아이들이 엄청 많았다. 초등학교 졸업 앨범에는 1400명의 아이 사진이 빽빽하게 수록되어 있다. 내가 대구에 전학 와서 가장 놀란 일은 공부 잘하는 아이들이 너무나 많다는 것이었으며 나팔과 북, 실로폰을 연주하던 악대부와 미술과 웅변에 능한 아이들의 활약을 보는 것도 경이로웠다. 동해안의 투박한 사투리를 쓰던 나는 한동안 기가 죽어지냈다.

영화 〈저 하늘에도 슬픔이〉 주인공의 친동생 윤식이는 5학년 때 같은 반이었는데, 그 영화 상영 이후 빈곤 가족의 대명사로 인정되었다. 며칠에 한 번씩 점심시간에는 미국 원조 농산물로 만든 옥수수빵과 삼각형 비닐 팩 우유 급식을 주었는데, 윤식이가 학년 내내 양철 양동이에 급식을 배급받아 오는 고정 당번이었다. 겨울에 교실의 조개탄 난로 위에 옥수수빵을 올려두면 고소한 냄새가 교실에 가득했고, 모든 아이 배에서는 꼬르륵 소리가 났다. 학생 수에 비해 턱없이 적은 수의 빵이 배급되었는데 그중 반은 순서에 따라 하나씩 나눠주고 나머지는 윤식이가 집으로 가져갔다. 급식에서 제외되었던 대부분 아이는 양동이로 그 많은 빵을 가져가는 윤식이를 부러워했다. 사실 어느 아이 하나도 넉넉히 먹고 다니지는 못했고, 군것질도 없던 시절이었기 때문이다.

그 이후 수십 년이 지나 윤식이를 다시 만나 그 시절 네가 정말 부러웠지만, 모두에게 그 말은 금기였다고 했다. 윤식이는 담임선생님이 챙겨주던 옥수수빵을 가져갈 때마다 자신의 뒤통수에 쏟아지던 아이들의 따가운 눈빛들을 한 번도 잊은 적이 없다고 했다. 그래서인지 생활에 여유가 생긴 후엔 전체 반 친구들 경조사를 빠짐없이 챙기고, 또 어떤 모임이라도 앞장서서 식사비를 부담하곤 했다. 힘들었던 시절의 그 불편한 기억은 윤식이의 가슴에도 깊이 새겨져 있었다. 참 진지하고 좋은 친구다.

서울보다는 1년 늦었으나 우리는 중학교 평준화 정책에 의한 무시험 혜택을 본 첫 학령이다. 6학년 때 담임선생님은 첫 수업 시간에 긴 나무 작대기를 돌리면서 "작년에는 회초리를 많이 들었는데 입시가 없어져서 이젠 필요 없겠다."라고 하시면서 뒤쪽으로 던졌다. 덕분에 우리는 공부의 압박감이 없었고, 친구들과 모여 축구를 하며 지냈다.

여름 방학에는 주산반에 다니며 아버지에게 바둑을 배웠다. 그 시절 나의 성적으로 미루어 보아, 중학 입학시험이 있었다면 어중간한 정도의 중학교에 진학했을 것이다. 그래서 가끔 그랬다면 지금은 어디서 무얼 하고 있을까? 라는 생각을 하기도 한다.

초등학교 졸업 직전 중학교 배정을 위한 주산알 추첨을 했고, 당시 3류 따라지 학교라 불리던 사립 중학교에 배정되었다. 초등학교 때는 한 번도 이름을 들어보지 못한 중학교였다. 집에서도 상당히 먼 곳이어서 많이 실망했고, 초등학교 졸업식장에서 명문 중학교에 배정된 친구들의 희희낙락하던 모습을 보며 속이 제법 불편했었다. 그러나 전통의 명문 중학교들에 눌려 지냈던 신흥 사립 중학교들은 평준화로 배정된 우수 학생을 집중 교육하여 좋은 고등학교에 많이 진학시킴으로써 신흥 명문으로 다시 태어나겠다는 생각을 했다.

나는 입학 전 치러진 배치고사 후 학교가 정책적으로 운영한 특설반에 배치되었고, 3년 내내 유지했다. 중학교 동기들과는 3년을 거의 한 반으로 지냈기에 지금도 만나면 서로 각별하다. 그러나 일반반에 배치된 학생들은 성적 석차로 두 반을 분리하여 교육 차별하던 학교 당국에 불만이 많았다. 그 영향인지 지난 50년 동안 전체 중학교 동창 모임은 한 번도 없었다.

옆 동네의 O 사립중학교는 시험 성적에 따라 1등은 1학년 1반 1번, 꼴등은 10반 60번의 번호를 매기며 전체 학생을 성적순으로 배치하는 야만적인 행위를 행했다는데, 그땐 그게 잘못된 제도란 생각도 하지 않았다. 선생님들은 열정적으로 가르치셨고 특설반 두 반을 치열하게 경쟁시켰다.

성적이 떨어지면 체벌도 하는 스파르타식 교육이었으나 선생님들의 관심 속에 일탈하지 않고 공부하였기에 성적 향상에 많은 도움이 되었다. 덕분에 나는 입학 시 반에서 중간 정도로 출발하였으나 3학년에는 성적이 제법 향상되었다. 고교 입시 준비 중인 3학년 10월에는 갑자기 '10월 유신'이 공표되어 새 헌법을 외우는 데 시간을 썼으나 입시에는 새 헌법에 관한 문제 출제는 없었다고 기억한다.

입학시험에 관련된 사연도 있다. 고등학교 입학시험은 200점 만점이고 그중 체력장 점수가 20점을 차지했다. 동기들보다 어려 입학했고 민첩성과는 관계가 먼 신체 구조인지 대다수가 20점, 18점을 맞는 체력장에서 나는 턱걸이, 수류탄 던지기 등에서 골고루 낮은 점수를 받아 입시에 치명적인 체력장 2급 16점을 받았다.

고교 입시 다음 날 지역신문에 지망했던 고등학교의 커트라인이 197점으로 발표되었다. 4점을 까먹은 체력장 점수로도 이미 낙방이 확정된지라 역시 체력장 2급을 맞은 다른 친구를 만나 낙망하며 다음 선택지를 같이 고민했다.

다행히 신문 기사 내용이 틀렸다. 지망한 고등학교에 재직 중이던 선친의 대학 동기가 커트라인을 말씀해 주셨는데, 나는 음악 등에서 부주의에 의한 실수도 몇 개 더하여 거의 꼴찌에 가까운 석차로 합격된 것 같았다. 우리 학교에는 전국을 제패한 야구부와 수영부, 육상부 등 특기생이 있었기에, 이들을 제외하고 입학 성적상 내 아래에 몇이나 있었는지 늘 궁금했었다. 올림픽에서 동메달 획득이 은메달보다 더 기쁘다는 걸 알게 되었고, 내 인생에서 가장 기뻤던 기억이다.

2

K 고등학교에는 대구 경북에서 총명하거나 공부만 집중하는 친구들이 많이 모였기에 특출한 친구도 많았다. 가정 형편이 좋아 과목별로 독獨선생을 두고 과외공부를 받는 친구도 눈에 띄었다. 나는 수학이나 물리보다는 어학과 역사에 마음이 더 갔기에 독어반 문과를 선택했다. 독어를 선택한 학생이 거의 3/4이었고 어영부영하다가 지원서를 제출하지 않은 녀석들은 지원자가 적은 불어반에 강제로 배치되었다. 불어반은 창조적인 친구도 있지만 '일진'에 속하는 협객들도 많았다.

모교인 대구 K 고등학교는 12개 반 중 문과와 이과의 비율이 각각 반반이었는데, 세월이 지나 광주일고 동기들을 만나보니 그들은 문과가 5, 이과가 7반이었다. 경상도-대구 사회가 호남-광주보다 더 판검사나 관직 지향적이었던 것 같다는 생각도 든다.

나는 중학교 말부터 고등학교 초까지는 자주 미열이 나고 비실비실했었는데, 가끔 외조부를 따라 한의원에 가서 쓴 탕제약을 사 와서 먹었다. 일제강점기에 강인하게 성장하였던 선친은 모든 건 정신적으로 극복할 수 있다고 믿으셨기에, 매일 새벽 냉수마찰하고 이것저것 몸에 좋은 음식을 가리지 않고 먹으면 허약한 것은 극복된다고 하셨다. 그 와중에 가끔은 몸이 약한 장남을 위해 비단개구리 말린 것과 개고기 등을 구해서 권하기도 하셨는데, 나는 이런 건 죽어도 먹기 싫어서 난처했다. 미끌미끌한 식감 때문에 딱 질색이었던 대파와 함께 선친이 권하시던 보양 특별식 때문에 마음고생을 했던 추억은 아직도 진하다.

특별히 공부한 것도 아니고 열심히 논 것도 아닌 1, 2학년을 보낸 후, 3학년을 앞둔 겨울에 선친은 '너는 몸이 약하니 문과생의 최종 목표인 고시 공부를 계속하기는 어렵겠다'라며 이과로 옮겨 의사가 되라고 하였다. 주위에 영향을 준 의사 친척도 없었고 동네 의사를 만나면서도 그분을 존경한다는 생각을 한 번도 해본 적이 없었다. 그냥 틀린 말씀은 아닌 것 같아 선친의 뜻에 따라 3학년 진급하며 이과로 옮겼다.

이과에서 전교 1등을 다투던 두 친구는 의대나 공대에 가기에는 학교 성적이 너무 좋다는 평가를 받고 판검사가 되기 위해 나와는 반대로 문과에 왔다. 담임선생님의 소개로 그중 한 친구와 긴 복도의 중간에서 만나 각자의 문과와 이과 책 모두를 서로 교환했다. 이과 1등이던 이 친구의 교과서와 참고서 모두에는 읽고 공부한 표시가 났는데, 공부하지 않아 깨끗한 책을 준 내가 좀 손해를 본 기분이었다. 하여튼 두 사람 모두 주위가 원하는 의사와 검사가 되어 지금껏 같은 동네에서 살고 있으니 결과적으로는 성공적인 트레이드였던 것 같다.

이과에 옮긴 뒤에도 공부에 집중한 바 없었으나, 이과에는 문과보다 성적 우수 학생 수가 상대적으로 적었던 것 같다. 이과용 수학 II는 대충 공부했으나 컴퓨터 입문 등 몇몇 부분은 아예 학습하지 않았음에도 매달 치렀던 모의고사 성적은 상위권이었고, 지역 국립대학 의대 입시에 대한 스트레스는 없었다.

예비고사 후 대학 입시 준비하는 기간이 2개월 정도 되었는데, 작정하고 공부에 집중해 보니 그동안 관심조차 두기 싫어했던 화학, 물리, 수학 II가 별것 아니란 생각을 처음으로 했었다. 생애 처음으로 공부 같은 공부를 한 달 하였고, 대학입시도 우수한 성적으로 통과했다. 당시 나의 짝은 예비고사 이과 전국 수석을 해서 친구들의 헹가래를 받으며 서울대 물리학과에 진학했고, 문과 1등 친구는 서울대 문과 전체 수석을 했다.

3

1976년 3월에 대학생이 되었다. 입학 후 대학 오리엔테이션에 갔더니 의예과 120명 중 반은 고등학교 동기였고, 재수생 선배까지 합하면 거의 2/3가 고교 동문이었다. 예술계 학과가 없던 대학이어서 국문과 교수님이 피아노를 치며 교가를 가르치던 장면 외엔 오리엔테이션에서 특별히 기억되는 것은 없다. 유신 시대에 박 대통령 사범학교 동기가 총장인 대학인지라 교복과 학교 베레모를 쓰고 다녔으니, 두발이 조금 더 긴 것 외엔 고등학교 4학년이란 느낌이었다. 미팅 몇 번 하고 막걸리 마시며 고고 춤을 추며, 운동장이 떠나가라 청춘을 노래하던 장면은 또렷하나 낭만 자유 민주를 외친 기억은 없다.

의예과 1학년 때는 앞으로 무얼 하며 어떻게 살아가야 할지를 생애 처음으로 고민했던 시기였다. 선배들은 의대 본과에 진입하면 여유 시간이 없으니 예과 때 후회 없이 놀라는 파와 그래도 진지하게 준비하고 종교를 가지거나 음악과 문학에 몰입하란 파로 구분할 수 있었다.

　나는 도산 안창호 선생의 무실 - 역행 - 충의 - 용감, 그리고 애기애타 愛己愛他 정신이 좋아 홍사단 대학생 모임에 나갔다. 그곳에서 좋은 선배와 동료들을 만나 막걸리 몇 잔에 취해 밤새도록 토하면서 사회생활을 배웠고 정신적으로도 조금 성장했다.

　의학도로서 어떤 길을 밟아야 할지는 깜깜했으나, 그해 봄 의학 영어 강의를 맡으신 교수님의 길을 따라가고 싶다는 결심을 했다. 혈액학을 전공하신 교수님은 백혈병 여아의 아버지에 관한 이야기와 안락사에 관한 이야기를 한 시간 내내 하셨는데 무척 감동이었다. 별다른 치료법이 없어 진단이 사망으로 바로 연결되던 급성 백혈병 딸을 포기하지 않으려는 어느 군인 아빠의 눈물 어린 분투기를 듣고 나도 열심히 공부하여 혈액종양학 교수로서 그 장엄한 자리에 서겠다고 내심 다짐했다. 후일 오래전 그 교수님의 강의를 듣고 나와 같은 결심을 했다는 20년 대선배의 고백을 들을 기회가 있었기에 놀랐었다.

　의예과 2년은 이것저것 고민했으나 무엇 하나 딱 부러지게 집중하지 않고 이쪽저쪽 쳐다보다가 지나갔고, 1978년 의대 본과에 진입했다.

어느 베이비부머의 행장行狀 · 2
- 성장기成長記

도제식 교육 정신이 바탕이 된 의과대학은 선후배 기강이 세다. 이제는 이런 분위기도 천연기념물이 되었으나, 학창 시절엔 선배들이 별 내용도 없이 후배들을 모아 겁을 주었고 우리도 후배들에게 그랬다. 나이 한두 살 차이를 무기로 꾸중하고 가끔은 때려가며 수직 관계를 확인시켰다. 선배가 많이 가는 다방에서 미팅했던 녀석들 나와, 의과대학 복도를 지나며 마주치는 선배에게 인사하지 않은 예과생 나와! 추억에 남은 각종 신기한 이유로 앞으로 호출되어 엉덩이를 맞기도 했었다.

이런 분위기는 몇몇 학과목 수업 시간에도 적용되었고, 해부학 교실의 J 교수님이 1학년들 군기 잡는 데 가장 큰 역할을 맡으셨다. 의대는 전체 평균 학점이 낮은 경우뿐만 아니라 학년 학점제여서 교련 포함 전 과목에서 한 학점이라도 F를 받으면 낙제되었다. 해부학 과목 중 본과 1학년에서 처음 마주하는 골학骨學의 구두시험은 낙제가 많았기에 마치 염라대왕과 면담을 하는 것과 같았다.

매사에 집중하고 조금의 실수도 용납하지 않는 완벽함으로 환자를 진료하는 의사를 키운다는 거룩한 이유를 대나, 3월의 강의실을 야만적이고 공포 분위기로 채우는데 1등 역할을 했다. 구술시험에서는 충분하게 공부하지 못한 문제를 마주할 수도 있으나, 출제된 신체 뼈를 들고 쫄아서 머뭇거리다가 한마디도 못 하고 퇴장당해 낙제할 수도 있었다.

현미경 실습 시험에서는 지독한 근시로 검체에 초점을 맞추지 못해 망연자실하거나 시험 도중 잠시 고개를 들었다가 커닝을 했다며 지적받아 낙제한 학우도 있었다. 살벌한 분위기 때문에 절대 아니라는 개인의 해명은 단칼에 무시된 경우도 많다. 오죽했으면 나이 50줄인 의대 졸업 25주년 홈커밍 행사에, 그때 자기를 낙제시킨 해부학 교수를 만나 30년 전 절대로 부정행위를 하지 않았으나 억울하게 낙제당했다는 점을 호소하겠다며 나타난 선배가 있었겠는가. 그 교수님의 진정한 사과를 받은 후 이 세상을 뜨는 꿈을 꾸었겠으나, 교수님도 참석한 자리에서는 친구들의 만류로 결국 꿈을 이루지 못했다.

세월이 지나 생각해 보니 공부할 분량이 많으나, 한 과목이라도 실패하면 낙제하는 제도에서 버틸 수 있는 필수 에너지는 집중력과 체력이다. 정신없이 공부하며 술과 예술에도 몰입한다는 전지전능한 낭만 의대생은 소설 속의 이야기일 뿐이다. 거의 밤을 새우는 2주간의 시험 기간 마지막까지 페이스를 잃지 않아야 한다. 치열하게 공부하고 그것이 부족하더라도 포기하지 않고 재시험치며 전진하여 마침내 교문을 나오게 된다.

강자가 생존하는 것이 아니고 끝까지 생존하는 자가 강자이며 이는 세상이 변한 지금도 마찬가지라 생각한다. 고시 준비와 같은 꾸준한 악바리 공부가 아니고 순간 전력 질주하고 또 여유를 가질 수 있던 의대 공부는 나의 적성과도 어느 정도 맞았기에 매년 무난하게 진급해서 6년 만에 졸업했다.

스트레스가 가장 많았던 시절 특별한 도움을 준 친구들이 있다. 계속되는 시험으로 정신이 없는 본과 1학년에서는 시험 범위와 기출 문제를 검토하는 것이 아킬레스건이었다. 엄청난 분량의 영어 교과서를 모두 읽고 암기하는 건 도저히 불가능하기에 선배들로부터 전수되던 기출제 문제 목록〔'야마'(山의 일본말)라 했다.〕을 얻어 보는 게 정말 중요했다.

어느 월요일 아침 등교하니 학우들이 해부학시험 공부에 열중하고 있었다. 나는 월요일 1교시에 시험 친다는 소식을 듣지 못했었고 야마 책도 없었기에 순간 이렇게 낙제할 수 있겠구나! 하는 본능적인 공포감에 휩싸였다. 시험까지 한 시간 정도 남았기에 우선 친구의 야마 책만 대충 보고 시험을 쳤는데, 다행스럽게도 사전에 공부한 내용이 출제되어 겨우 넘겼다.

당황하던 나의 모습을 안쓰럽게 지켜보던 두 친구가 "너 혼자 두어서는 안 되겠구나. 우리 둘이 공부하는 데서 같이 공부하자."라고 했다. 두 친구 덕분에 어리바리하던 나는 큰 후원자를 얻었고, 이후 별탈 없이 혼돈에서 탈출할 수 있었다. 45년이 지난 지금도 잊지 못한다. 그때 따뜻한 구원의 손길을 내밀어 준 인규와 억수에게는 아직도 갚아야 할 빚이 남아있다.

나의 대학 재학 기간은 우리 현대사의 격동기였다. 본과 1학년 2학기 경북대학 학생 데모에 의한 위수령을 시작으로 2학년 때의 박정희 대통령 저격, 3학년 때의 5.18 민주화 운동 등에 의한 계엄령으로 매년 몇 개월씩 휴교했다. 당시 두꺼운 교과서가 많았기에 개인 사물함을 받아 그곳에 넣어두었는데, 언젠가 갑작스러운 계엄령으로 착검한 군인들이 교문을 막아서서 몇 주 동안 학교에 둔 책을 가져오지 못한 경우도 있었다.

1980년 봄은 임상 과목을 집중적으로 공부하는 3학년이었으나 수업을 거의 받지 못했다. 처음에는 휴교하니 쉴 수 있다며 기뻐했으나 잠시 후 이렇게 교육받고도 의사가 될 수 있겠느냐는 원초적 고민이 생겼다. 2학기는 크리스마스 전날에도 수업을 했고, 이는 전국 의대가 같은 상황이었다.

나의 입학 동기생 중 본과 1학년에서 거의 절반이 낙제했으나, 그 이후 학년은 무사히 진급하여 110명 정도가 같이 의사가 되었다. 졸업생 분포는 다양하여 재일동포 5명과 재한중국인(華僑)도 있고, 나이가 9년 위인 사람도 있었다. 이제 나이 만 65세, 졸업 40주년에 동기생들의 출석을 불러보니 10명이 이미 세상을 떠났다. 어려운 형편을 극복하며 열심히 살던 친구들이 더 일찍 세상을 떠난 듯한데, 마지막이 언제인지도 모르면서 전력질주만 하다가 호시절은 한 번도 향유하지 못한 그들을 떠올리면 가슴이 먹먹해진다. 인생을 색깔로 나타낸다면 짙은 보라색이 적격이다.

1982년 의사가 되어 모교 부속병원에서 저임금 1일 24시간 근무하는 비정규직 병원 노동자인 인턴을 시작했다. 만성적인 수면 부족과 배고픔으로 정말 비몽사몽 간에 살던 기간이었고 1년 뒤 열망하던 내과 전공의로 선발되었다.

전공의들은 석사학위 과정에 필수적인 논문 준비를 위해 전공 분과를 결정했다. 우리 대학병원 내과의 전통적인 양대 축은 순환기-호흡기와 소화기 분과였고, 역대 수석졸업자를 비롯한 공부의 화신이란 선배들이 이 두 분과를 선택했다. 그러나 나는 의예과 1학년 때부터 목표로 했던 혈액종양내과 의사가 되겠다며 마음 깊이 존경하던 황교수님께 찾아가 포부를 말씀드렸다.

학장, 병원장을 역임하신 33년 대선배 교수님께 지극히 개인적인 신상에 관한 말씀을 드리는 게 쉬운 일은 아니다. 몇 차례 망설이다가 연구실을 노크하여, 교수님께 "교수님이 전공하신 혈액종양내과 공부를 해보고 싶습니다."라고 조심스럽게 말씀드렸다. 그러나 교수님은 안경알을 위로 접어 올리시며 한번 쳐다보시더니, "그런 거는 Dr. Lee를 찾아가세요."라고 단칼에 자르셨다.

오랫동안 내 마음의 우상이었던 선생님의 싸늘한 말씀에 무안해졌기에, 허둥지둥 연구실을 물러났다. 의과대학 입학 후 7년간 소중히 간직했던 속마음을 고백했건만, 우상과의 면담은 씁쓸했다. 며칠 후 Dr. Lee라 불리신 이 교수님을 찾아뵈었더니 다행스럽게도 따뜻하게 대해주셨고, 앞으로 잘해보자고 손을 잡아주셨다.

마침 내과 전공의 수련 기간이 4년에서 3년으로 단축되어 압축한 일정에 주어진 증례의 환자를 경험해야 하기에 좌충우돌하며 새로운 지식과 경험을 쌓기 위해 노력했다. 가을은 학회에 발표할 초록과 전문의 시험 응시 자격 요건인 임상 논문 발표에도 노심초사하는 등 가장 바쁜 계절이었고, 병실 주치의로서 눈앞에서 꺼져가는 생명을 구하기 위해 밤을 새우던 가장 아름다운 시절이기도 했다.

1986년 1월 내과 전문의 시험을 치고 바로 다음 주에 군의관 훈련을 위해 입대하였다. 3사관학교와 국군군의학교 교육 후 강원도 화천의 철책 연대에서 의무중대장으로 1년, 그리고 군의학교로 이동하여 2년, 훈련기간 포함 거의 40개월을 복무했다. 휴전선 전방 근무 동안에는 86년 아시안게임을 맞춰 밤낮을 바꾸어 근무하거나 팽팽한 분위기의 철책 소초를 방문하는 등 기억할 만한 추억도 많았다. 그러나 후방 부대에서의 복무는 주어진 강의 시간 외엔 테니스나 바둑, 카드 등으로 소일하였을 뿐 그다지 발전적인 일은 하지 못했다.

군 제대를 앞두고 슬슬 미래가 걱정되었기에 모교 병원 소화기내과 교수께 부탁드려 위장관 내시경을 참관하는 등 취업을 위한 준비를 시작했다. 모교의 교수가 되고 싶었으나 내가 원한다고 되는 일은 아니었고, 제대를 앞둔 군의관은 대부분 나와 비슷한 마음이었다. 그러던 중 이 교수님이 모교의 교수 임용에 대비하여 우선 여름에 원자력 기초교육을 받아두라고 하셨다. 부랴부랴 제대 전 남은 휴가 기간을 모두 모으고 교육부장인 대령에게 부탁드려 연수 허락을 받아 서울 원자력병원의 4주 교육에 참가했다.

그러나 제대 전 반드시 합격하겠다고 마음먹었던 방사선 취급 특수면허 취득에는 실패했다. 전공의 시절 접해보지 못한 영역인 핵물리학이나 방사선 방어 과목은 잘 준비했으나 정작 쉽다고 생각했던 의학 분야에서 과락을 당했다. 시험을 치기 전에 전년도에 출제된 문제집을 구해 공부해야 했으나 그런 게 존재한다는 사실도 몰랐다. 제대 후 재수하여 면허를 취득했다.

1989년 5월 군 복무를 마치고 모교 핵의학 교실의 전임 강사로 임용되었다. 서울의 몇몇 병원은 전임의제도를 시행하고 있었으나 지방은 아직 이 제도가 없었기에 제대와 동시에 교수 발령을 받았다. 사실나는 암을 전공하는 내과 교수가 되고 싶었으나, 혈액종양내과를 개척하신 스승님은 동시에 핵의학 교실도 창설하고 주임 교수를 맡고 계셨기 때문에 핵의학 교실로 발령받았다.

내과에는 30대에 취임하신 심장내과 박 교수님이 평생 과장-주임 교수를 맡으셨는데, 연배가 단지 1년 차이인 황 교수님은 평생 내과 과장이 될 수 없었다. 그러니 교수님이 새로운 학문을 도입하며 교실을 창설하여 핵의학 교실 주임 교수를 하셨으나, 실제로는 혈액종양내과 진료를 주로 하셨다.

내가 임용되던 해 8월에 황 교수님은 은퇴하셨으니 교수님의 자리를 내가 채운 셈이다. 그러나 황 교수님 시절에는 가능했던 이러한 구조가 세월이 흐른 만큼 도전을 받았다. 핵의학과에 임용된 내과 의사라 할지라도 황 교수님처럼 내과 교수를 겸임할 수는 없게 되었고, 나는 졸지에 우리 대학에서 핵의학만을 전공하는 첫 번째 전임 교수가 되었다. 문과 출신으로 수학 물리에 관심이 덜했던 내가 의학 분야 중이 분야 지식이 가장 많이 필요한 핵의학 교수가 된 것이다. 중고 시절부터 제대로 공부하지 않았던 물리, 화학 분야를 늦게라도 다시 공부하라는 운명이라 생각하고 큰 거부감 없이 시작하였다.

하여튼 전공의 수련 체제에 익숙한 임상의로서 핵의학 분야는 매우 낯선 일이었으나, 전공자가 많지 않아 동료들과 서로 격려하고 따뜻하게 지낼 수 있었던 점은 좋았다. 그러나 1996년 핵의학 전문의 제도가 시작되기 전까지는 학문적 동료가 없어 외톨이가 되기 쉬운 환경이고, 다른 과의 교수들을 찾아다니며 공동 연구를 하자며 적극적으로 나서야 했다. 실습 학생은 있으나, 같이 공부할 동료나 전공의 후배가 없어서 과내 세미나도 하지 못할 정도였으니 솔직히 외로웠다.

그래서 학회와 대학의 선배 동료 연구자들이 살아가는 법을 엿보았고, 미국에서 활약 중인 핵의학 전공 선배들에게 편지를 보내어 살아가는 데 필요한 정보를 물었다. 또한 미국에서 제대로 배울 수 있는 길을 안내해 달라며 응석을 부렸다. 힘든 상황에서도 부족한 후배의 외침에도 싫어하지 않고 항상 따뜻하셨던 우리 대학 선배이신 고 여웅연 교수님, 허재경 선배님과 미국 NIH의 연수 기회를 주신 또 다른 스승님인 백창흠 박사님께 다시 한번 존경과 감사의 말씀을 드린다.

어느 베이비부머의 행장行狀 · 3
- 활동기活動記

1990년대 초 미국 NIH 연수 중 세미나에서 과장이 '내가 어느 대학으로 옮긴다는 소식을 들었을 텐데, 이는 사실이 아니다. 나는 이 훌륭한 동료들과 계속 근무할 것이다' 라는 말을 했다. 금시초문 뉴스였다. 그가 이동하고 새 과장이 온다면 과 운영에 변화가 있을 것이니, 나 같은 방문 연구원들의 입장에서는 여러 면에서 혼란스러운 일이었기에 다행이라고 생각했다.

그러나 오래 근무하던 선배나 미국인 동료는 연구자가 어느 수준에 오르거나 책임자가 되면 한 번씩은 권위를 높이기 위해 이같이 다른 사람은 관심도 없고 확인하기도 불가능한 중대 발표를 하며 스스로 추켜올린다며 무덤덤했다. 평생 한 직장에서 근무하고 정년퇴직하는 것을 최고의 명예로 알던 나에게는 무척 낯선 장면이었다. 그러나 한 곳에서 열심히 일해 좋은 업적을 내어 이를 바탕으로 더 나은 직장으로 옮길 가능성이 항상 열려있는 사회는 개인의 발전에 큰 동기부여가 될 것 같았다.

어느 책에서 미국인들은 일생에 평균 7번 정도 직장을 옮긴다고 했는데, 나는 대학 졸업 후 파견 근무를 제외하고는 40년 이상을 한 곳에만 적을 두었다. 특히 교수로 지낸 34년 동안 더 좋은 직장을 찾아

옮기겠다는 생각은 한 번도 하지 못했고, 단 한 번 있었던 수도권 대학병원의 초빙도 '지금 안정적인 자리에서 잘 지내고 있는데 뭘?' 하며 거절했었다.

우리 세대 의대 졸업생의 대표적 로망은 각자가 원하는 전공 분야에 입문하고 그곳에서 인정받아 모교 병원의 교수로 발탁된 후 평생 진료와 연구에 몰두하는 것이었다. 그러면서 감당해야 할 제자들을 교육하고 또 후원하다가 정해진 시간이 오면 물러나는 것이다. 나도 당연히 그렇게 생각했었다.

그러나 워라벨과 경제적인 관점이 가장 중요한 덕목이 되어가는 최근 세태를 보니 이건 한낮에 꾼 꿈과 같은 것이었고, 나의 희망 사항도 처음부터 정답은 아니었던 것 같다. 우리가 젊은 시절에 꿈꾼 성공적인 삶의 기준도 21세기에서는 인정받기 어려운 고루한 것으로 되어가고 있고, 나의 도전도 그다지 역동적이지 못한 내용이었다. 유연성도 없으면서 좌충우돌하다 보니, 머릿속에 새긴 목표마저도 곳곳에서 긁히고 닳아 지금은 이미 너덜너덜해져 버렸다.

나의 전공 분야인 핵의학은 방사성핵종을 이용한 검사와 치료를 담당하는 임상의학의 한 분야고, 의학 분야 중 가장 다학제多學制가 참여하여 만들어 가는 분야이다. 화학자나 약학자, 물리 및 컴퓨터과학자, 생물학자가 의사와 한 팀이 되어 의료용 가속기와 전산화된 핵의학 기기를 개발하고 혁신적인 방사성 추적자를 도입하여 난치병을 극복하며 생명을 구하는 노력을 한다. 질병 발생에서 우리가 인지하게 되는 단계보다 선행하는 병변의 생화학적 및 유전자 수준의 변화를 영상화하고 방사성핵종 치료로 난치성 질환 표적 치료법을 개발할 수 있는 선도적인 의학 분야이다.

2차 대전 후에 본격적으로 발전한 이 매력적인 첨단 분야에는 진취적인 천재들이 많이 모여들었고, 그 결과 핵의학 연구와 발명 업적으로 많은 노벨상 수상자들이 배출되었다. 그러나, 각각의 참여 과학 분야가 골고루 발달하여 어느 정도 이상의 연구 역량뿐만 아니라 대규모 초기 설비가 갖추어져야 하는 만큼, 국가 경제력이 뒷받침되지 않으면 핵의학 진료가 활성화되기는 어렵다.

우리나라에서는 1960년대 초 핵의학 진료가 시작되었으나 임상에서 제대로 응용되기 시작한 것은 1980년 이후다. 진료에 필요한 첨단 의학 분야이나 방사선 검출기기 및 치료 장비 구비에 투자가 필요하고 안전관리 시설도 완벽하게 갖추어야 하므로 개발도상국에서 일찍부터 핵의학을 시작하는 것은 쉽지 않았기 때문이다. 그러나 우리나라 핵의학은 일단 기본을 갖춘 1980년대 이후에는 국력 신장과 함께 종사자들의 열정적인 노력 덕분에 빠른 시간 내에 학문적 선진국 반열에 올랐다.

학회 선배님들의 희생과 노력이 결실을 맺기 시작하여 본격적으로 핵의학이 도약하던 기간에 이 분야에서 일할 수 있었던 경험은 나의 일생에서 가장 소중하다. 한편으로는 개개인 의사로 개업이 가능한 분야가 아니고, 전문의제도 출발이 늦어 전공하는 의사 수가 적어 오랫동안 낯선 분야라 큰 수익을 남기는 과도 아니니, 대학 및 대형 병원 핵의학 의사는 병원 내 입지가 불안하고 학문적 동반자도 적어 외로움을 많이 느낀다.

나에게도 핵의학과에서 내과로 옮기지 않겠느냐는 제의가 있었었다. 미국 연수 중이던 어느 날 병원장이 전화하셔서 국립대병원이 공사公社가 되어 이제 독자적으로 필요한 분야의 교수 확충이 쉬워졌다며, 귀국 후에는 우선 필수과인 혈액종양내과 분야를 맡으라고 권유하였다.

귀국 후 전공의와 동료도 없이 또다시 외롭게 지내야 할 형편이기에 우선 고마웠고 마음이 동하였으나 나마저 이탈하면 우리 대학병원 핵의학과는 한동안은 힘을 발휘하기 어려울 것 같았다. 결국 의사들의 로망이기도 한 인기과 혈액종양학은 유능한 후배를 선발하여 맡기는 게 좋겠다고 말씀드렸다. 대학 입학 후 꿈꾸었던 암 전공하는 모교 병원의 교수가 될 기회가 주어졌음에도 담담하게 포기했다.

모든 만남은 예정되어 있다고 하나, 평범한 사람들이 이 인연이라는 묘한 사슬을 미리 짐작하기도 어렵다. 미국 연수에서 귀국 후 홀로 연구실에서 번민하던 그해 겨울에 후배 내과 의사 한 명이 나를 찾아왔다. 4년 차 전공의 시절 대장내시경 검사 시술 중 발생한 합병증에 대해 환자 가족이 의료사고라며 보상을 요구하는 한편 그를 경찰에 업무상 치상죄로 고발했었다.

A 선생은 피의자가 되었으나 별것 아니라며 가볍게 생각하여 전문의 시험 후 군의관으로 입대하려다, 군의학교의 신원조회에서 탈락하여 귀가 조처되었다. 대장 천공은 대장내시경을 받는 환자에서 가끔 발생할 수 있으나, 보호자는 병원에 많은 보상을 요구하며 민사소송을 시작하고 압박을 극대화하기 위하여 주치의를 형사 고발까지 했다. 형사 소송에 계류된 상태에서 장교가 되기 위해 입대했다가 쫓겨난 것이다.

이 소송의 주심 판사가 나의 고등학교 친구임을 안 내과의 선배 교수가 A 선생을 나에게 보내어 재판장에게 불가피한 합병증임을 잘 설명해 달라고 한 것 같았다. 결국 민사 사건은 조정이 되었고 상해치상죄는 선고유예로 마무리되었으나 머리를 깎고 입대했던 그는 갑자기 갈 곳이 정해지지 않았다. 재판 판결 후 인사차 찾아온 그에게 핵의학 전임의를 제안했는데, 학구적이고 진취적이었던 그는 조금의 망설임도 없이 수락했기에 반갑기도 했지만 놀랐다. 이런 인연으로 우리는 이후 30년 가까이 함께한 동지가 되었다.

나보다 더 명석하고 부지런한 A 교수는 내가 이리저리 한눈을 파는 사이에도 교실 업무를 잘 맡아 준 고마운 동료였고, 연구에서도 발군의 업적을 내어 학회에서도 리더가 되었다. 한편으로는 같이 나이가 들어가니, 나와 살아가는 방식에서 차이가 있고 직장 동료와 후배들을 대하는 방식이 많이 다름을 알게 되어, 서로 마음을 탁 터놓고 지내는 선후배 관계가 되지는 못했다. 코로나19 상황으로 몇 년은 온라인으로 만나는 상황이 반복되었고, 가장 가까워야 할 직장 동료와 이렇게 데면데면 지내다 정년을 맞게 되어 아쉬움이 크다.

1996년 핵의학 전문의 제도가 시행되며 과에도 전공의가 들어왔다. 모두 인성 좋고 자질도 뛰어난 친구들이었기에, 지나서 생각해 보니 이들과 함께한 시간이 병원 생활에서 가장 행복한 시절이었다. 사실 전문의 취득 후 나아갈 진로가 제한적이고 전공자도 많지 않은 이 분야에서 생활하며 가장 어려운 고민거리가 학문적 후배, 즉 전공의들을 발굴하는 것이다. 현실에서는 매년 전공의가 들어온 것이 아니었고 막상 전공의를 시작하여도 얼마 후 여러 이유를 대며 포기하는 친구도 많았다.

2015년을 전후로 의료보험 체계의 강한 압박으로 전국의 핵의학과가 전문의 채용을 줄이고 PET 기기 운영을 중지하는 수준으로까지 상황이 악화되었다. 전문의 취득 후 다른 과목으로 2차 전공의를 시작하며 힘든 길을 찾아간 친구도 여럿 있을 정도였으니, 내가 잘못해서 발생한 일은 아니었으나 항상 죄인 된 마음이었다.

지난 시절, 전공의를 하겠다고 먼저 나를 찾아왔으나 막상 시험 전날 밤에 나의 연구실 문 아래로 약속을 지키지 못하겠다며 사과의 편지를 넣고 시험장에 나타나지 않은 친구도 있었고, 전공의 시작 후 불과 2주 만에 답답하다며 사직한 친구도 있었다.

미래가 불안하고 매력적이지 않다고 말하고 싶었을 것이나 속마음을 보이고 싶지 않았을 게다. '의예과 때 가장 친한 친구가 백혈병으로 사망했는데, 그 친구 영정 사진 앞에서 암 전공 의사가 되어 앞으로 암으로 죽는 사람이 없도록 하겠다고 맹세했기에 지금이라도 정신을 차려 종양내과를 전공하여야 한다' '동생이 정신병이 있기에, 일찍 개원하여 그를 경제적으로 도와주어야 하므로 개원하기 어려운 이 분야는 전공할 수 없다' '몸이 약해 수련 과정이 수월한 분야인 것 같아 선택했는데, 여기가 예상과 다르게 일도 많고 공부하고 발표를 많이 해야 하니 힘들어서 못 하겠다' 등이 전공의 사임의 변이었다.

그들은 편지 내용처럼 종양학을 전공하거나 개원하지는 않았으니 핵의학을 전공하지 않기 위한 고육지책이었을 뿐이었다. 물론 나도 강요할 생각은 없었고, 각자가 더 행복해질 수 있다고 떠나니 모든 것을 이해할 수 있었다.

1989년 교수직에 발령된 후 10여 년간은 병원과 학교, 교실 그리고 나 자신을 위해 정말 바쁘게 지냈다. 잠시 서울대학교병원 단기 연수를 가서 그 교수님들이 열심히 사는 모습을 보고 나도 아침 8시까지 출근, 저녁 8시는 넘어 퇴근이라는 내 마음속의 통금 시간을 정해두었다. 정상 근무하는 토요일 오전은 물론이고, 토요일 오후와 가끔은 일요일에도 병원 연구실에 머물렀다. 그러면서 연구비를 수주하고 학술지에 좋은 논문을 발표하여 나와 우리 교실의 존재감을 과시하기 위해 노력했고, 무리수도 많이 뒀다.

정상인에게서 약물에 대한 심혈관계 변화를 보기 위하여 학생들과 내과 전공의들을 힘든 검사에 참여시키기도 했고, 환자 검사가 없는 일요일에도 직원들을 나오게 하여 각종 임상 연구를 수행하기도 했다. 재료와 장비의 부족함을 열정으로 메우려 했으니, 지금 생각해 보면 쓸데없이 많은 사람을 괴롭혔다. 어떤 명백한 목표를 두고 집중한 것보다는 이것저것 열심히 하다 보면 훌륭한 작품이 나온다는 극히 한국적인 관점이 가미된 유치한 모습이 틀림없으나, 전력을 다했던 아름다웠던 청춘 시절이었기에 후회는 없다.

그러나 IMF에도 꺾이지 않던 도전 정신과 헝그리 정신이 큰 난관을 만나서 금이 갔다. 지금까지의 생활에 회의가 생기고 의대 교수의 삶에 대한 판단기준이 흐트러진 멘붕의 순간은 2000년대 초반의 의약 분업 관련 장기 파업이었다. 전공의들이 파업을 선언하며 나가서 병원 진료가 마비되어 모두 교수들이 반복되는 응급실 당직 외에는 각자의 연구실에 박혀서 무력감과 싸워야 했다.

지금까지 바락바락 시계의 톱니가 맞추어 돌아가는 듯했던 이 삶이 너무나 허약하게 보이니, 모든 생활이 허무해졌다. 각자의 일에만 열중하면 될 줄 알았는데, 나의 의사와 무관하게 한순간에 무너질 수 있는 일상의 질서를 경험하며 나머지 인생을 이렇게 대책 없이 사는 게 맞나? 하는 근본적인 불안감이 생겼다.

그동안 우리를 지탱해 온 '우리는 사회의 혜택을 받은 그룹이니 앞뒤 가리지 않고 그냥 열심히 공동의 삶을 위해 살아 세상에 조금이라도 도움을 주어야 한다'는 의무감과 일에 대한 강박감이 순식간에 사라지니, 직장과 사회에 대한 애정과 충성심도 많이 사라졌다. 마침 교수로 진급하여 종신계약(테뉴어) 상태가 되니 나뿐만 아니라, 또래의 동료들 마음가짐도 많이 해이해졌다고 생각한다.

그로부터 20년이 지난 지금은 의대 교수 사회에서도 훌륭한 업적을 내어 인정받는 만큼 압박감도 많은 그룹과 어차피 교수로서 크게 빛 볼 일도 없으니 워라벨을 추구하며 주어진 혜택이나 챙기면서 지내다가 조용히 떠나겠다는 그룹으로 더욱 분화되었다. 어쩌면 후자가 우세종이 되었다는 생각도 든다. 하긴 타 단과대학에는 퇴직 후 무한의 휴식이 보장됨에도 마지막 해까지 안식년을 챙기며 유유자적하다가 퇴임하는 모습도 볼 수 있으니 의대 교수가 더 심한 것은 아니다.

한편으로는 우리나라의 국력 신장과 함께 유능한 후배 교수, 참신한 전공의와 전임의 그리고 이학박사 과정 학생들과 생명과학전공 연구교수들이 들어와서 과거 꿈에서 그리던 선진국의 이상적인 학과 모델을 갖추어 갔다. PET와 사이클로트론, 연구용 영상장비인 광학영상장비와 소동물용 PET/CT 등의 최첨단 장비를 갖추고 대형 연구과제를 수주하고, 다른 연구자들과 협동 연구를 수행하는 등 성과도 있었으니 정말 보람된 시절이었다.

나는 고등학교 때 문과에서 충분한 준비도 없이 이과로 넘어와서 뭔가 부족한 것 같았다. 다만 군 복무 후 연구에 대한 깊은 고민도 없이 그냥 열심히 하면 된다는 마음으로 교수로 임용되었다. 그런 내가 제대로 체계를 갖춘 교육을 받았고 수련 환경도 좋았던 후배, 제자들을 만나 이런저런 일을 만들어내며 행복할 수 있었던 것은 모두 유능하고 품성이 좋은 그들 덕분이다. 선생이라지만 가르친 것보다는 후배 제자들에게 배운 게 더 많다.

은퇴의 시점에서 생각해 보니 나도 선생님으로부터 연구에 관하여 무엇을 배웠는지는 기억이 나지 않는다. 2500년 전 공자는 "태어나 스스로 깨우치는 사람이 최상이고, 배워서 아는 사람은 그다음이다. 막힘이 있으면서도 애써 배우는 사람이 그다음이지만 모르면서도 배우지 않는 사람이 가장 아래다."라고 했다(子曰, "生而知之者上也, 學而知之者

次也, 困而學之, 又其次也, 困而不學, 民斯爲下矣.").

　　우리나라에서 핵의학을 전공으로 선택한 의사들은 모두 특별하고, 스스로 깨우치고자 노력하는 사람들이라 할 수 있다. 그러니 이 훌륭한 후배 교수들이 창의적이고 의미 있는 연구를 하며, 교육도 잘하여 만족스러운 교수 생활을 영위할 것으로 믿는다. 그러나 최소의 직업 안정성이 보장되지 않는 임상 환경을 해결하지 못하고 나만 홀로 의무복무 군대에서 제대하는 느낌도 든다.

어느 베이비부머의 행장行狀 · 4
- 이판사판吏判事判

1

　병원에서 소속 교수가 2~3명에 불과했던 작은 과에 근무한 나는 교수직에 입문한 지 불과 10년 만에 과장과 교실 주임 교수가 되었다. 병원의 과장이 회진에 나서면 조교수, 그리고 전공의와 학생들이 줄지어 뒤따르던 영화 속의 행렬에 익숙한 분들은 과장이 의대 교수의 정상이라 생각할지 모르겠다.

　그러나 이젠 과장은 임기제 보직이 되어 나이 순서대로 임명되고 젊은 과장이 연배가 높은 선배 교수를 오히려 모시는 풍경이 드물지 않고 민주화 사회인만큼 아랫사람에게도 과거와 같은 영향력을 행사할 수는 없다. 과장이 대부분의 교수가 거치는 보직이 되었으니 큰 과인 내과의 과장이 된다 해도 병원의 주요 보직에 임명되었다고 하지 않는다. 부분적으로는 과거 의국장이라 하던 과의 전공의 교육과 행정 업무를 총괄하던 '총무 교수'와 같은 의미가 되었다.

　나는 교수 16년 차(47세)에 병원 기획조정실장에 갑자기 보임되며 소위 '병원 주요 보직 교수' 대열에 진입했고, 연이어 의학연구소장, 그리고 진료부원장까지 5년 동안 핵심 보직을 경험했다. 신임 병원장이 병원 집행부를 꾸미며 기획조정실장을 맡으라 하였는데, 별다른 행정 경험이 없는 상태에서 갑자기 직원 2000명 이상, 연 예산이 3000억 원인 대기업의 기획실장에 보임되니 우선은 걱정이 앞섰다.

내가 속한 조직에 애정은 있었으나 진료, 연구, 교육 외엔 문외한이나 다름이 없었는데 갑자기 경영, 조직, 미래 기획 그리고 제2 병원 건설과 같은 화두가 다가온 것이다. 병원 경영에 대하여 제대로 아는 게 없으니 보직을 맡더라도 차분하게 배우는 기분으로 일을 처리하겠다고 생각했고, 우선 공통의 언어부터 익혀야 했다.

병원 경영에 관한 책을 몇 권 사서 허둥지둥 읽으며 규정집을 꼼꼼히 살폈고, 또 민간 경영연구소가 운영하는 관리자교육 프로그램에도 등록했었다. 그러나 내공을 기본으로 한 통솔형 리더십이 하루아침에 생길 수는 없는 것이고, 경영학 관련 책의 내용을 이해하기도 쉽지 않았다.

사립의료원은 확실한 운영 주체가 있어 굳건한 경영 기조는 계속 유지하고, 또 핵심 보직을 맡을 의료진은 꾸준하게 발굴하여 육성한다. 그러나, 임기에 따라 리더가 계속 바뀌는 국공립병원은 병원장을 하겠다는 사람은 많으나, 잔잔한 보직을 맡으면 자기 시간만 소비하고 진료나 연구 업무에서 멀어져 보직 후 원위치로 복귀하지 못하여 결국은 나이가 들어가는 고등 바보가 된다고 생각하여 많은 교수가 보직을 사양한다. 체계적으로 보직 교수가 양성되지 못한다.

업무 부담이 많고 책임이 막중한 보직을 맡으면 의사와 교수로서의 기본과는 멀어지고, 임상의와 연구자로서의 성장도 포기하여야 한다. 나도 다르지 않았다. 일상적 진료, 연구에 더하여 온갖 행정 업무와 노동조합과의 임금 단체협상 참여, 그리고 일과 후엔 음주를 겸한 저녁 식사 모임 등 많은 대내외 활동으로 정신없었다. 노동조합 주장에 태클을 걸다가 노조 탄압으로 고발되어 노동청에서 조사를 받기도 했다. 당시 새로 도입된 PET 판독 실력을 업그레이드하고 중견 교수로서 학문적으로 업그레이드했어야 함에도 우선순위는 대부분의 경우 병원에 두고 닥치는 일에 몰두하다가 임기를 마쳤다.

보직 교수 업무 상당 부분은 인원, 장비 배분과 교수 직원 대우와 관련된 일이었으므로 평소 잘 지내던 동료 선배 교수와의 관계에도 찬 기류가 형성되어 완장 차더니 사람 달라졌다는 뒷얘기를 들었다. 진료하고 연구하던 이판吏判 교수에서 때로는 이웃에게 따지고 가끔은 정책적으로는 아군 적군으로 구분하여야 하는 사판事判 교수로 분류되는 신분 전환이 일어난 것이다. 나는 그 이후 대학의 학생처장과 공공기관의 기관장 등 또 다른 보직들도 경험한 의대 교수로서는 드물고 조금은 이상한 사판승事判僧 교수였다고 생각한다.

이제와 이게 잘 산 것인지를 따지며 '그 선택의 시간으로 다시 돌아간다면' 하는 원초적인 질문을 하고 싶지는 않다. 부족한 나를 믿고 발탁해 준 분들께는 감사한 마음을 가지고 있다. 돌이켜 보면 학회 회장이나 병원장직에 나서며 지지를 부탁한 적은 있으나, 임명권자에게 스스로 나서서 자신을 소개하며 보직 임명을 요청한 경우는 한 번도 없다. 그러나 지금도 공동체를 위하여 앞장서야 할 상황이 되면 누가 뭐라고 해도 기꺼이 맡아야 한다고 생각한다. 그게 화려하고 아름답건 아니면 험하고 힘든 일이건 따지지 말고.

병원의 중요 보직 경력을 두루 거치면 다음 차례로 병원장직에 도전하는 게 루틴이다. 병원장을 하면 병원을 좀 발전시킬 수 있을 것 같은 자만심도 생겨나 있다. 나도 진료부원장을 마친 후 다음 해와 3년 뒤, 두 차례에 걸쳐 병원장직에 지원하였으나 모두 선임되지 못하였다.

당시는 국립대병원 이사장인 대학교 총장이 병원장 선임에 중요한 영향력을 미쳤는데, 내가 원장직에 지원했을 때는 마침 의과대학 선배 교수가 총장 재임 중이었다. 이 총장의 임기 4년 임기 중 첫 6개월 후와 마지막 6개월째에 두 번 병원장 선임 공모가 있었고, 내 나름의 준비는 했으나 이사회에서 선택받지 못하였다. 사실 매사를 좀 따지는 편인 나는 총장의 실속 없이 큰소리치는 스타일의 리더십이 마음에 들지 않았고, 총장도 별것도 없는 녀석이 고분고분하지 않기만 한 나를 달갑게 여기지 않았으니 당연한 결과였을 것이다.

그런데 첫 번째 공모에서 낙방한 후 2년 반이 지난 시점이자 총장 임기 마지막 해에 가장 바쁜 보직인 대학 본부의 학생처장 보임을 받았다. 학회 회장, 국가의 위원회 위원, 연구단 단장, 고등학교 동기회장 등등 나의 능력 이상으로 여러 감투를 쓰고 출장도 많았을 때라 보직을 제안받고는 마음이 내키지도 않았고 잘할 자신도 많지 않았음에도 덜컥 승낙을 했다.

평소 딱 잘라 거절하지 못하는 우유부단한 성격 덕분이기도 하다만 잡생각이 좀 있었다. 사실 다음 병원장 선임에 다시 응모할 생각이었으나 같은 총장 재임 중이라서 이번에도 승산이 없는 상황이었는데, 가까이 모시던 선배가 대학 보직을 하며 총장실 근처에 있어야 다음 병원장 선임에 유리하다고 권유해 마음이 흔들렸다.

그러나 내 몸은 병원 진료와 연구단장도 유지하며 한 단계 더 분주해지고 거의 매일 못하는 술자리에도 참석해야 하는 이 생활을 이기지 못했다. 불과 4개월이 지난 뒤 복부 대동맥 주변 장간동맥이 찢어져 터지기 직전인 동맥류로 진단되어 응급 스텐트 삽입술을 받았다. 나의 육체적 능력을 초과하는 연속적인 과음이 원인이었다고 생각한다. 조금만 늦었으면 동맥 파열에 의한 큰 출혈로 저세상으로 갈 뻔했는데 원인 불명의 복부 통증 증상을 허리 디스크 증상으로 의심하여 시행한 CT 검사에서 동맥류를 발견하여 운 좋게 살았다.

그러나 복부 혈관 스텐트 삽입으로 인접한 작은 가지혈관도 같이 막히게 되니, 혈류 장애에 의한 위장관 운동 마비와 복부 팽만 등의 증상 등으로 앉아 있기 어려울 정도의 불편함이 발생하였다. 미련하게 며칠을 참았으나 결국 항복하고 총장에게 찾아가서 보직 사임 의사를 밝혔다.

그땐 '이렇게 죽겠구나!' 하는 공포감을 느낄 정도로 마음이 착잡했는데, 총장은 물끄러미 듣더니 보직 사임은 하되 다음 병원장 공모에 다시 나오지 말라고 빈정거리며 말했다. 그리고 처장실로 돌아온 뒤 약간의 시간이 지나자 후임 학생처장을 맡으라는 연락을 받았다며 후배 교수가 나를 찾아왔다. 내가 사임 의사를 밝히자 총장이 마치 기다렸다는 듯이 전화 연락을 한 것 같았다.

정도正道를 걷지 않고 의도가 순수하지 않으면 결국 어디엔가 문제가 발생한다는 걸 절실하게 깨달았다. 나는 총장에게 잘 보여 병원장이 되는 데 도움을 받겠다는 얕은 생각으로 학생처장을 맡았고, 총장은 처음부터 다음 병원장에 자기가 지원하는 교수를 임명하기 위해 나를 대학 본부의 보직에 묶어둔 동상이몽이었는데 이렇게 내가 무너지며 허무하게 막을 내렸다.

병원 연구실에 돌아온 후 복부 마비 증상들은 조금씩 가라앉았으나 체중이 많이 빠졌다. 어느 날 거울을 보니 얼굴에 병색이 가득했고 친구들도 걱정을 해주었다. 그러나 나는 두 달 뒤에 있었던 병원장 공모에 지원했고 총장은 이사회 발표장에서 나에게 개인적인 막말을 하며 무안을 주었고 결과는 예상대로 또 낙방했다. 사실 병원장이 된다고 기대하지 않았고 설사 된다 해도 행복할 것 같지 않았으나 지금까지의 나의 삶에 작은 마침표는 하나 찍고 싶었다.

나는 그때 병원장에 선임되지 못함을 아쉬워하지 않았다. 이때 원장에 선임된 C 교수는 내가 평소에 도움을 많이 받았던 후배인데 나의 총장에 대한 반발감에 기인한 미련한 결정 때문에 내가 그를 싫어한다는 오해를 준 것 같아 아직도 미안하다. 그는 1년 후배임에도 이번에 명예퇴직을 신청하여 나와 같이 나가는데, C 교수의 평온하고 건강한 두 번째 라운드를 기원한다.

2

2015년부터는 의료산업 지원 국가 인프라인 대구경북첨단의료복합단지 재단이사장으로 3년간 근무했다. 보건복지부, 과학기술부, 산업자원부가 공동 지원하는 총리실 산하의 다부처 국책사업인데 건물 완공 후 입주를 막 시작했으나 1년 간 이사장은 부재 상태였다. 부족한 행정적인 부분은 배워가며 열심히 일해 학교나 병원 근무에서 접할 수 없는 다양한 세상을 경험하면서 일에 보람도 느꼈다.

여기서는 교수 사회에선 결코 만날 수 없는 다양한 인간 군상을 만났고 세상에 사기꾼들이 많다는 것도 체험했다. 그러나 젊고 활력 넘치는 직원들과 함께 재단 자립화를 포함한 미래 설계와 내부 행정 및 연구 체계를 갖추어 산학연 연구 지원을 할 수 있는 의료 인프라를 확충하며 직원 복지를 위해 같이 노력했던 행복한 시간이었다.

나의 세상을 보는 안목도 많이 넓어졌다. 재단이 국민 관심에서 사라지지 않도록 모든 기관이 꺼리는 국정감사를 해달라고 청원한 일이나, 부처마다 다른 연구 지원 체계와 센터의 문화를 하나로 통합하기 위한 직원들의 갈등 조정 활동과 조회나 세미나를 자주 하도록 제도를 만든 것이 특히 기억에 남는다.

3년의 공공기관 파견 기간이 지났기에 후임이 결정되지 않았으나 신학기에 맞추어 미련 없이 학교로 복귀하였다. 나이 들며 '복학' 하는 데는 재입학 수준의 노력이 필요했다. 학창 시절에도 3년 군 복무를 마친 복학생의 학업 성취도가 낮다는 건 들어서 알고 있었으나, 의대생인 나는 그런 건 세월의 문제가 아니라 각자의 태도에 따른 차이라고 생각했었다. 그러나 60줄에 접어들며 맞은 3년 공백을 체험한 복학생의 고민은 다른 세상에 살다가 만들어진 상처를 치료하고 부족함을 극복하기 위한 총력전으로 영혼의 소진됨에 따라 생기는 빈틈에 의함임을 알았다.

이판사판 교수 생활을 모두 체험한 뒤, 다시 젊은 열정의 시절로 돌아가기에는 역부족이었다. 이젠 심기일전하며 지금까지 세상에서 받은 혜택을 조금이라도 갚으며 나의 경험을 바탕으로 세상이나 다음 세대에게 도움이 된다면 앞장서겠다는 생각이 처음으로 발동했다. 그건 세상이 원하건 원치 않건 상관없는 일이고, 욕을 먹더라도 내가 속한 사회를 위해 할 말은 해야겠다는 완고함과 밥값은 하며 살아야겠다는 자존심의 발현이었다.

유사 이래 처음인 대통령 탄핵에 이어 국민이 탄생시킨 새 정부가 세상을 바람직한 방향으로 이끌어 줄 것으로 생각하고 마음으로 응원했다. 정치를 잘 알지는 못한다. 그러나 시간이 지나며 새 정부가 국민을 갈라치기하고 미래를 너무 낭만적으로 생각하며 국력을 소진하는 건 왠지 마음이 불편했다.

자원이 부족한 우리나라의 '탈원전 정책' 추진은 젊은이의 미래를 갉아먹는 자충수고, 의료보험 보장성을 확대하는 문케어의 기본 정신은 찬성하나 우리 현실을 심도 있게 검토하지 못한 결정이 많아서 찬성할 수 없는 내용도 많았다. 적폐 청산 과정이라며 KAIST 총장을 범죄인처럼 몰아치는 모습도 꼴불견이었다. 그래서 의료산업에 관한 생각을 포함하여 SNS에 이런저런 글을 쓰고, 언론에도 투고했고, 탈원전반대운동 홍보에도 힘을 보탰다.

학교로 복귀한 뒤 1년 이상이 지난 시점에 병원 연구실에 경찰, 연구재단 감사실 직원까지 차출했다는 6명의 총리실 고위공직자 감찰반이 왔다. 연구비 집행 부정에 대한 제보에 대한 암행 감찰이라 했다. 과의 교수들이 수주한 연구비를 공동 관리해 주던 행정보조원이 학생과 연구원들에게 지불한 인건비 중에서 추후 계산이 잘못되었다며 일부를 돌려받아 개인적으로 착복한 사항이었다.

1주일의 엄중한 총리실 감찰 후에는 교육부의 후속 감사가 계속되었다. 감사팀은 교수 개개인이 도모한 일은 아니고 사적인 전용도 없다며 '잘 살았네요' 하는 입 발린 얘기를 하고 갔으나, 후속 조치로 과의 모든 교수가 연구실 공동경비 조성과 부정 집행 그리고 행정원과 공모한 게 아닌가 하며 사기 및 배임 혐의로 검찰에 고발하였다. 복지부와 과학기술부의 연구비 집행기관은 관리 책임이 막중하다며 임의로 계산한 금액의 연구비를 개인에게 환수하고 장기간의 연구 참여금지 조치를 통고하였다.

기나긴 검찰 수사와 징계, 그리고 이어진 소송은 3년이 지나야 마무리가 되었다. 검찰 수사는 일찍 무혐의 처리되었으나 부처의 연구 참여 금지와 연구비 환수 조치는 2년 이상의 행정소송 끝에 최종 대법원에서 승소하였다. 우리의 상황을 잘 이해해 준 변호사님의 열정적인 봉사 덕분에 이제 그 굴레를 벗고 떠나게 되었다.

그러나 법정에서의 승리는 상처뿐인 영광이다. 아직도 공공기관 이사장에서 이임한 지 거의 1년 반이 지난 나를 포함한 3명의 의대 교수를 대상으로 서슬이 퍼런 총리실의 서기관 반장 이하 고위공직자 감찰반 6명이 출두하여 이 잡듯이 뒤지고, 검찰 고발과 부처에 징계를 강요한 이유를 납득할 수 없다. 내 주위에 이 정도의 고위 감찰 대상이 되는 사람은 총장과 병원장뿐이기 때문이다. 순식간에 당한 감찰에서 이전 10년간의 개인 통장에 있는 적은 금액에 대해 소명하라는 지적에 어영부영하다가 그냥 범법자가 될 뻔했다.

하여간 나보다 어려운 학생이나 외국인 연구원들을 대상으로 갑질하지 않으려 노력했고, 경제적으로 나쁜 일을 하지 않은 덕분에 그럭저럭 조용하게 퇴장할 수 있었다. 허나, 나를 표적으로 고위 감찰반이 왔다는 의심은 버릴 수 없고 치사하다는 생각을 금할 수 없다. 누가 지시한 건 아닌지?

코로나19까지 겹쳤던 교수 생활 마지막 3년은 학과 전체를 범법자로 보는 주위의 차가운 눈초리를 견디며 침잠하며 지냈다. 이제 상처뿐인 명예회복은 했으나 후배와 제자 교수들 사이에 흐르는 냉랭한 분위기도 해결하지 못한 상태에서 정든 교실 구성원들과 헤어지게 되니 마음이 아프다.

쿠오바디스 도미네

1930년생 전하수는 1949년 명문 경북여고를 졸업한 후 본가로 돌아와 부친이 운영하던 조선일보와 동아일보 영주지국 일을 도우면서 신부 수업에도 열중하였다. 어릴 때부터 똑똑하여 가족의 사랑을 받던 그녀는 집안의 자랑이었다. 1903년생 부친은 옥천 전씨 집성촌의 종손이었고 한학을 배운 후 일본을 드나들며 공부하였다. 식민지의 많은 지식인이 그러했듯이 그도 민족의식을 바탕으로 한 사회주의에 매료되었고 해방 후 격동의 시대에는 일시적으로 경기도 시흥시 당위원장을 맡기까지 했다. 그러나 정부 수립 후 활동을 포기하고 고향으로 돌아와 신문사 지국을 운영하고 인쇄소 사업도 하였다. 해방 후 시행된 토지개혁은 대지주의 삶에 큰 영향을 주었으나, 풍족한 생활을 영위하는 데 불편함은 없었다. 3녀 1남 중 큰딸은 서울의 대학을 졸업한 엘리트였으나 결혼 후 남편의 외도에 절망하여 스스로 삶을 마감하였고, 하수가 언니를 대신하여 두 동생을 챙겨주었다.

1950년 한국전쟁 발발 1개월도 지나지 않아 국군은 낙동강 남동쪽 전선까지 밀렸고, 경북 북부 영주 주민 대부분은 피난하지 못하여 인민군 점령하에 놓였다. 동네 재원이었던 하수는 주위의 추천으로 인민위원회에 불려 갔고, 그녀에게 맡겨진 행정 일을 처리한 것으로 추측된다. 부친은 그녀의 열성적인 활동을 제지하지는 않은 것 같다. 교착 상태에 빠졌던 전선에서 유엔군의 참전과 이어진 인천상륙작전이 성공하자 인민군은 북으로 후퇴했고, 그들에게 협조했던 사람들도 데리고 갔다. 그즈음 사람들은 전황이 기울고 있음을 짐작했기에 어수선한 분위기 속에서도 한밤중에 고향을 등지고 남으로 향했다.

하수의 부친도 가족과 피난하기로 결정하고 그녀에게 어느 어두워지는 저녁에 남으로 향하는 피난길로 오라고 전했다. 가족들이 약속한 산길에서 기다렸으나, 그 밤이 지새도록 그녀는 나타나지 않았다. 다음 날 동네 주민이 북으로 향하는 행렬 끄트머리에 그녀가 끼어있더라고 전했기에 부모는 딸을 찾기 위해 산길로 강원도 정선까지 올라갔으나 그녀의 흔적을 찾지는 못하였다. 며칠을 더 기다렸으나 딸은 돌아오지 않았고, 가족도 남쪽으로 향하여 경남 밀양까지 내려갔다. 가족은 밀양에서 6년을 살다가 1956년 대구로 옮겼으나 이후 다시 영주로 돌아가지는 못하였다. 젊은 시절의 사회주의 활동, 딸의 인민위원회 활동도 가족의 귀향을 불가능하게 한 이유일지도 모르겠다. 한학에 조예가 깊었던 부친은 역학원을 열어 생활했고, 부모는 어수룩하게 이별한 20세의 딸에 대하여서는 한마디도 언급 없이 21년, 40년을 더 사셨다.

북으로 간 하수는 평양에 정착했고 빈틈없는 일 처리로 주위의 인정을 받았던 것 같다. 그러나 폐병이 발병하여 몇 개월간 요양소에서 생활하였다. 1955년 그녀는 역시 전쟁 중 서울에서 월북한 10년 연상의 남자를 만나 가정을 이루었다. 남편은 일찍이 가문에서 정해준 규수와 결혼하여 남에 2녀를 남겨 둔 유부남이었으나, 월북 후 폐병 요양원에서 만난 그녀와 다시 결혼했다. 그는 사회주의에 매료되었던 식민지 조선의 지식인이었고, 전쟁 중 북을 선택하였다. 남쪽 출신인

이들의 일가친척이 한 명도 없었으나, 평양의 두 사람은 서로 위로하며 단란한 가정을 이루어 아들과 딸을 낳았다. 그러나 그 행복은 오래 지속되지 못하여, 남편은 당에 소환되어 교육받은 후 1958년 남파되었다. 하수는 잠시 출장을 다녀오겠다던 남편을 이후 다시 만나지 못했다.

2006년 10월 분단의 격랑을 헤쳐간 선비 노촌老村 이구영 선생이 서거하였다. 한국전쟁 중 월북한 그는 남한에 당이 일할 공간을 만들러 내려왔다가 군산 앞바다에서 공작선 접선에 실패하고 부산에서 경찰에 체포되었다. 이때 그를 체포한 경찰은 일제 때 그를 심하게 고문했던 경찰관이었기에 바로 알아보았다고 한다. 1920년 충북 제천에서 명문가 연안 이씨 월사 이정구 집안 종손으로 태어난 그는 부친에게서 한학을 배웠고, 18세에 서울 영창학교에 입학하며 접한 사회주의에 매료되어 조선이 가난에서 벗어나는 길은 사회주의라 믿었다. 의병에 투신한 부친과 숙부, 고향 친척 아저씨인 벽초 홍명희의 영향으로 민족의식이 강했고, 1943년에는 독서회 사건에 연루되어 1년의 옥고를 치렀다.

그는 남쪽에서 제대로 공작도 못 해보고 잡혀 무기징역형을 선고받았고, 사상범이 수용된 대전교도소에서 22년을 복역하였다. 0.75평 독방에 갇혀 고문받은 결과 40kg도 되지 않았던 몸을 면회 온 노모 앞에 보인 불효를 참지 못하고 결국 전향서에 서명하였고 80년 석방되었다. 1975년 통혁당 사건으로 구속된 신영복은 4년간 그와 한방을 쓰며 한학과 서예를 배웠는데 인품에 깊이 감화받았다고 한다. 침술에도 능하여 그의 이름과도 같은 국어사전 290쪽에 감춰둔 침으로 재소자뿐만 아니라 간수까지도 치료해 주던 모습은 신영복의 글로 전해졌다. 그는 출소 후 서울 인사동에 이문학회라는 공부방을 만들어 후학을 양성하고, 번역과 집필에도 열중하여 많은 저서와 역서를 남겼다.

1990년대 후반 이후 사회 분위기가 변하여 좌익활동을 한 독립운동가, 북으로 간 애국지사와 예술인에 대한 해금이 되어 이들의 생애를 역사적인 관점에서 평가하는 시도도 생겼다. 2004년 KBS 프로그램 '인물 한국사'에 동양철학자 이구영 선생의 학문적 성취와 기구한 삶이 소개되었는데, 그 마지막 부분에 북에 남겨진 그의 아내와 자녀의 사진이 등장하였다. 조선족 브로커를 통하여 어렵게 접촉하여 구한 오래된 흑백사진에 '전하수'라는 이름이 선명하게 등장하였다.

방송에서 54년 전에 헤어진 그녀를 단번에 알아본 하수의 친척들이 가족에게 연락을 해왔다. 방송에 소개된 74세의 그녀는 늙고 왜소한 시골 할머니의 모습이었고 결핵 후유증으로 인하여 병원에 자주

전하수의 아들과 딸, 2006. 7. KBS 인물한국사 방송 캡처

입원을 반복하고 있었다. 아들은 로켓연구원, 딸은 가정주부로 평양에서 살고 있었다. 한편 방송에는 사상범으로 형무소 생활을 한 부친 때문에 사회생활도 제대로 할 수 없었던 이구영의 남쪽 가족의 애절한 슬픔도 담겼기에 연락을 망설였으나 하수의 가족은 방송국을 통해 서울에서 형부가 되었던 그를 만났다. 그는 북에 남긴 부인의 남쪽 형제를 50년도 넘어 만날 수 있어 감격스럽다며 눈물을 글썽였다.

당시 위암을 앓던 그는 북쪽 부인의 부모 묘소에 죽기 전에 용서를 빌겠다고 하였고, 영주 선영을 찾았다. 북의 가족을 생각해 오랫동안 전향을 거부했었는데 결국은 이렇게 되었다며 사죄를 하고 눈물로 참배하였다. 그때 처제와 처남에게 줄 큰 금반지 두 개를 가져오셨고, 다음 해에 작고하셨다.

전하수는 나의 이모姨母다. 그녀의 남쪽 가족들에게 남겨졌던 이별의 상처는 아물지 못한 채로 세월에 씻겨 나갔다. 당시 14세였던 동생은 남으로 향한 피난길에 나타나지 않았던 언니를 오랫동안 이해하지 못했다. 그러나 나는 이구영의 회고록 『역사는 남북을 묻지 않는다』와 대전 감방을 같이 썼던 심지연의 책에서 또 다른 증언을 발견하였다. 그녀는 북으로 같이 가자는 제안에 동의하고는 약속된 장소에 나타나지 않은 가족들을 이해할 수 없다고 말했다고 기록되어 있었다. 남에서 온 그녀는 당성黨性도 강해서 임무를 받고 떠나던 자신을 묵묵히 울면서 보냈다고도 했다. 20세에 가족과 떨어져 홀로 남겨진 이모의 '쿠오바디스 도미네(주여, 어디로 가시나이까?)'는 "아버지 어머니, 어디로 가셨나이까?"였을 것 같다.

전쟁 중에 헤어진 외조부모와 이모는 이제 저세상에서 다시 만났을 것이고, 또 다른 기억으로 이별의 장면을 기억하던 남의 형제들도 이제는 모두 망구순望九旬이 되며 망각의 강을 건너는 중이다.

의예과의 추억

(의학전문대학원으로 변하면서 사라졌던 의예과가 다시 부활했다. 의예과가 없어진다면서 자연과학 대학에서 창립 60주년을 맞아 의예과에 대한 기억을 부탁받았는데, 10년 정도 지나서 다시 의예과 포함 6년제 의과대학으로 돌아갔다. 다이내믹 코리아의 한 면을 본다.)

나는 1976년 125명의 동기와 경북대학교 문리과대학 의예과에 입학하였다. 특히 입학생의 과반수가 고등학교 동기였던 관계로, 입학 후 주변의 면모를 보면서 의예과로 이름이 바뀐 고등학교가 아닌가 하는 착각이 들 정도였다. 외국인 및 해외 교포들에 대한 특례 입학제도로 재일동포와 화교가 정원 외로 같이 입학하였다.

1982년에 의대를 졸업한 114명 중, 2/3인 82명이 입학 동기였고 나머지는 길게는 9년 전에 입학한 선배들이었다. 5명의 외국인과 해외동포들은 우리말에 서툴러서인지 6년의 과정을 같이하지 못한 경우가 많았고, 그중 3명은 반복된 유급으로 재학기간 제한 규정이 적용되어 의과대학을 떠났다.

우리가 의예과 시절을 보냈던 시절의 사회 상황은 의식주를 자급자족하는 단계의 새로운 국가를 건설하던 국가 분위기에 맞추어 경제개발 계획, 월남파병, 새마을 운동, 박정희 대통령으로 대표되는 역동적인 시대였으나, 대학 생활을 시작한 젊은이에게는 내면의 에너지를 발산할 수 없었던 암울한 시기였다.

흔히 통기타와 생맥주로 대표된다던 70년대 대학생의 낭만이 경북대 의예과 동안에는 거의 연관되어 기억되지 못하는 아쉬움이 있고, 월남 패망, 유신과 삼선개헌, 긴급조치, 민청학련, 장발 단속 등과 같은 기억들이 먼저 떠오르는 것은 나만이 아닐 것이다. 대학생이 되고서도 대학생임을 상징하는 감꽃 무늬 마크가 새겨진 베레모와 교복을 입거나, 교련복 차림으로 등교하여야 했고, 그 차림 그대로 대구 중심가인 동성로 다방이나 막걸릿집을 배회하였었다.

입학식 후 체육관에서 있었던 전체 신입생을 대상으로 한 오리엔테이션에서 학교 전체의 역사, 건물 위치, 학사일정, 교가를 습득했으나, 의예과와 관련한 교수님 소개나 의예과 교육 및 학생 생활에 대한 학교의 안내는 없었던 것으로 기억한다. 학문의 전당인 대학에 들어온 예비 의료인에게 중요한 교육목표라고 할 수 있는 진리의 추구와 학문의 연마, 인간에 대한 존중과 사회 공헌을 강조하는 예과의 특유한 교육은 없었던 것 같다.

반면 의예과의 한 학년 선배나 의과대 선배들에게 살벌한 분위기에서 군대식 오리엔테이션을 수차례 받았다. 그 내용은 우리가 본과에 가서 후배들에게 똑같이 반복하던 "의술을 배우는 학생으로서 긍지를 가져라." "선배를 존경하여라." "의과대학 본과에 가면 놀지 못하니 실컷 놀아라."라는 것이었다.

그러고는 선배, 동기, 후배들과 어울려 지금은 없어진 염매시장 전집, 동성로 선술집, 성당동 곱창집, 시청 뒤편 복어집, 불로동 횟집에서 막걸리, 소주를 섞은 막걸리 대접들을 들이켜고 고래고래 소리를 지르거나 토하고, 그냥 육체에서 정신이 분리되어 마구 헤매던 기억이 남아있다. 그래도 학교와 사회는 의예과생들의 치기 어린 행동을 따뜻하게 감싸 주었다.

예과의 교양 필수과목이었던 국어, 외국어, 역사, 사회학, 철학, 인류학과 전공 필수과목으로 화학이나 물리, 수학, 생물학 과목을 문리대 자연계열 학생들과 같이 수강하였는데, 학교 수업에 관한 스트레스는 많지 않았다. 흥미로운 과목도 많았으나, 몇몇 과목은 교수님의 강의록이 수십 년간 바뀌지 않은 색 바랜 공책이었기에 선배들이 필기하였던 노트만 확보하면 출석하지 않아도 한 학기 강의 수강이 끝났다고 생각했다.

영어나 독일어 등 외국어 과목의 강의 내용도 난이도가 높지 않았기에, 수업을 등한시하던 친구들도 많았다. 착실하게 고시 공부하듯이 공부하던 친구들도 많았으나, 영어 수업 중 교수님의 독해 내용이 잘못되었다고 권위에 도전하였던 학생은 강의 도중 앞으로 불려 나가 수업시간이 끝날 때까지 건방지다고 뺨을 계속 맞은 경우도 있었다.

예과 시절에 받았던 강의 내용 중에서는, 느긋하면서도 열정적으로 강의를 하시던 나병욱 학장님, 박동수, 김한수, 심상철 교수님 등의 강의 모습이 특히 기억된다. 인문학을 강의하신 교수님들은 틈틈이 암울한 시대의 젊은이가 살아가야 할 길에 대한 말씀을 많이 하여 주셨다.

Reader's Digest 독해 강의를 하셨던 영문과 김성혁 교수님은 청빈하고 원칙적인 행동으로 많은 학생의 존경을 받았는데, 그 시절 박정희 대통령의 사범학교 동기이며 같은 전공의 총장님의 눈에 벗어나서 많은 어려움을 겪으셨고 결국 해직당하셨다. 김 교수님은 수업 중 가끔씩은 "총장은 나를 싫어하는가 봐요."라고 하셨고, 스페인 노래인 '서편의 달이 호숫가에 뜰 때면… 니타 화 니타' 같은 노래를 불러주시기도 했다.

독일어 김달호 교수님은 학생들을 손자 정도로 생각하셔서 할아버지처럼 지극한 목소리로 독일 문학작품이나 인생의 교훈이 될 만한 일화들을 들려주셨다. 독일어 강좌의 장 교수님은 당시 드물던 독일과 북구라파의 풍경을 찍은 슬라이드를 보여주시는 강의가 많았는데, 오래된 성당이나 평화로운 독일 농촌 풍경, 알프스 설산을 보고 학생들은 유럽을 동경하기도 하였다.

예과 과정에서는 체육과 교련이 필수였다. 특히 예과 1학년 때에 대학생 병영훈련 과정이 처음으로 만들어져서 여름 방학에는 지금의 군 입대병 수준으로 머리를 깎고, 성서의 군부대에 입소하였다. 특히 입소한 다음 날인 8월 18일에 발생한 판문점 도끼 피습사건으로 인하여 입소 기간 내내 전투 비상이 발령되어 뜨거운 태양 아래에서 혹독한 훈련을 받았다.

교련과목은 매주 4시간 수업의 필수과목이었다. 출석을 몇 번만 빠져도 학점을 취득할 수 없었으므로, 몇 명의 입학 동기들은 교련과목 학점을 취득하지 못하여 예과에서 낙제를 하였다. 한편으로는 4시간의 수업시간 중에 도망 나와 후문 당구장으로 향하던 친구들로 인하여, 당구장 큐대함에는 목총들이 일렬로 놓여있고 교련복을 입은 학생들은 전투태세로 당구에 몰입하기도 하였다.

2학년 후학기가 되면 예과 생활에도 찬바람이 조금씩 불기 시작하였는데, 다가올 미래에 대한 막연한 불안감과 공포의식도 생기고, 친구끼리 삼삼오오로 모여 의대 본과 과목인 골학, 조직학에 관한 예비 공부를 하였다.

의예과 시절을 생각하니, 다정했던 그 시절 친구들의 모습이 그대로 기억이 된다. 오늘의 중견 의료인이 된 우리들의 기반을 만들어 주신, 인자하셨던 그 시절의 교수님들에 대한 기억에서는 죄송하고 감사한 마음으로 가슴이 아련해진다.

다만 250명이 넘는 학생이 재학하였던 거대한 학과임에도 불구하고 제도적인 배려는 적었으며, 전임 교수는 한 분도 계시지 않았다. 다른 과 학생들도 의예과는 문리대 내에서도 잠시 머물다가 떠나갈 손님 정도로 인식하였고, 의예과 학생들도 문리과대학에 속해있었으나, 소속감이 결여되었던 것 같다.

그렇게 인생에서 가장 활동기에 있었던 대학 생활 첫 2년의 기억은 낭만적이었다. 그러나 개인적으로는 멘토가 될 교수님을 만나서 학문에 대한 태도를 배우거나, 개인적인 성장통을 고백하며 한 사람의 성인으로서 삶을 사숙할 기회는 많지 않았다는 점이 아쉬움으로 남는다.

미국 국립보건원NIH 연수기

　1991년 미국핵의학회 참가 중 만났던 백창흠 박사의 초청으로 미국국립보건원(NIH) 포가티연구원(Fogarty Fellowship)직을 받게 되어 미국 워싱턴 근교 베데스다에 있는 유서 깊은 NIH에 도착한 것은 1992년 11월 1일이었다. 10개월 전에 와 계시던 외과의 전 교수님과 메릴랜드대학에 교환 교수로 와있던 고등 동기인 컴퓨터공학과 류 교수의 도움으로 정착에는 큰 어려움이 없었다.

　기초의학 분야에 종사하시는 어느 선배님이 불과 10년 전만 하여도 NIH의 포가티연구원으로 연구에 몰두해 보는 게 일생의 꿈이었다는 말씀을 들었었는데, 갑자기 세계 최강의 자연과학 국가에서 연구 경력을 쌓는 기회를 얻었다. NIH에는 미국과 세계 각국에서 온 2000명 이상의 의사나 자연과학 전공 박사급 연구원들이 풍부한 연구비와 미국 정부의 행정 지원하에 가까운 미래에 현실로 다가오기 어렵겠다는 의심이 드는 기초과학 연구에서 유전자치료와 같은 시험적인 임상 연구까지 다양한 연구를 수행하고 있다.

　외국 연구원 지원사무실을 방문했을 때, 현재 103개 국적을 가진 사람들이 있고 한국인도 10여 명의 종신연구원을 포함하여 150명이 일하고 있다고 했다. NIH는 20개의 연구소로 구성되었고 우리가 자주 듣고 있는 국립암연구소(NCI), 심장폐혈관연구소(NHLBI), 정신병연구소(NIMH), 감염병과 알레르기연구소(NIAID), 소화기-당뇨병-신장연구소(NIDDK), 과학학술지 색인인 Medicus Index를 발행하는 국립의학도서관 등을 꼽을 수 있다.

93년부터 원장을 맡고 있는 Herold Vamus는 리트로바이러스 연구로 89년 노벨의학상을 받은 의사연구자로서, 반대머리의 길쭉한 키에 안전 헬멧을 쓰고 자전거를 타고 캠퍼스를 다니거나, 청바지를 입고 관심 있는 세미나에 청중으로 참여했다. 근엄한 기관장의 인상이 굳어진 나에게는 너무나도 충격적이었고, 그의 이런 모습을 보는 것만으로도 존경스러웠다.

나는 NIH의 병원인 Clinical center 핵의학과에서 방사성동위원소를 이용한 기초연구에 대부분의 시간을 보냈다. 이곳에는 동물용을 포함한 10여 대의 감마카메라와 4대의 PET을 갖추고 60여 명의 스탭이 NIH 각 연구소나 실험실에 필요한 서비스를 제공하고 새로운 방사화합물 개발과 응용 연구를 하고 있었다.

나의 연구과제는 종양에 결합하는 항체에 치료용 방사성핵종인 Y-90, Lu-177, I-131을 표지하여 암을 정복하는 치료기법을 개발하는 것과 PET용 방사성 F-18 표지한 알츠하이머병 진단 약제의 개발 과정 중 동물실험을 통한 검증 분야였다. 이러한 일들은 기초연구에 대한 별다른 지식이 없었던 나에게는 인내를 요구하는 것이 대부분이었고, 방사능 표지 항체의 체내 대사과정을 밝히는 연구는 약제를 투여한 동물을 시간별로 희생시키고, 주요 장기를 적출하여 시간별로 방사능의 분포와 대사산물의 형태를 분석하는 일이었기에 한 번 실험이 시작되면 3일 정도는 밤을 새워 실험해야 했다.

이런 실험을 시작하면 내가 왜 여기 와서 이런 고생을 해야 하는

가? 하는 근원적인 의구심이 끊임없이 올라왔다. 특히 화학 지식이 부족했으므로 실험을 진행하면서도 이 일이 나에게 필요한 일인지를 확신하지 못한 경우도 많았고, 한편으로는 한국에 돌아가서 이런 연구가 나의 생활에 도움이 될 것인가 하는 생각을 하면 많이 답답했다.

어렵게 얻은 실험 결과들이 너무 일관성이 없거나 응용 가능성이 적어 헛수고를 한 경우도 있었다. 실험 중 발견한 현상의 전후 관계를 더 규명하고 괜찮은 가설을 세워 논문으로 발표하고 나서는 언제 그랬던가 하며 다시 같은 일을 반복하는 게 여기에서의 생활이었고, 과학자의 일생이구나 하는 생각이 들었다.

물론 명성이란 것이 본인의 바람대로 되는 것은 아니나, 끊임없이 사고하고 실험하며 축적되고 그러면서 연구가 진전되면 어느새 유명해진다고 백 박사님이 자주 얘기하셨다. 학술모임에서 알아보는 사람이 조금씩 많아져서 내가 제법 유명해졌구나 하는 생각이 들면 은퇴가 머지않았음을 느낀다는 어느 과학자의 말도 같은 맥락이고, 또 더 잘하는 사람은 어느 날 새벽에 낯선 전화를 받고 놀라서 '그거 진짜지요? 고맙소. 참 좋은 소식이네요. 마누라에게 전해야겠네요' 하는 게 노벨상 수상이란다.

하여튼 나의 업무가 동물실험과 항체와 단백 화합물의 분포와 대사에 관한 기초실험이 많았기에 뭔가 마음이 허전하고 불편했다. 그래서 국립심혈관연구소 딜시지안 박사를 졸라 야간과 주말에는 만성 관동맥질환의 병태 생리 연구와 영상기법 개발 임상 연구에도 참여하였다.

미국 연수에 오기 전에는 나의 수준이 동료 연구자 중 어느 정도인가를 생각해 본 적이 없었고, 그저 '열심히 노력하다 보면 모든 게 어느 정도는 이루어지겠지?' 라는 단순한 생각이 지배했다. 유명 외국학술지에 게재된 몇몇 논문을 읽고 저 정도는 나도 마음만 먹으면 할 수 있겠다는 자만심도 있었다. 그러나 인터루킨-2 수용체로 유명한 Waldman, 다약제내성의 원리를 밝힌 Pastan 박사 그룹과의 공동 연구에 참여하면서 나의 경험과 사고가 얼마나 미숙하고 편협한 것인가를 깊이 자각했다.

각 분야에서 세계 정상급인 연구자들이 다양한 종류의 항체를 만들고 종양 내 결합과 침투를 용이하게 만들기 위해 각종 조작을 하여 최종적으로 방사능 물질로 표지하여 동물실험에서 그 결과를 살피는 과정은 세련되고 우아한 팀워크 그 자체였다. 이러한 연구를 할 수 있는 것은 역시 인적 경제적 국력의 차이이고, 그 차이는 하루아침에 만들어진 게 아니었다. 세계 최고의 연구소에 와서 비로소 우물 안 개구리인 나 자신을 발견했다.

NIH에 의뢰되어 실험적 치료를 받기 위해 오는 환자의 경우 여행경비를 전액 국가에서 지원받는데, 난치성 암에 대한 단일항체 치료의 경우 매일 5000불(600만 원)이 소요된다니, 과거에 비해 성장 속도는 느려졌으나 단연 세계 최강국의 위치를 지키는 미국의 이러한 힘이 매년 노벨상을 휩쓰는 원천이었다. 공동 연구의 과정 중 사소한 일 하나하나도 각 분야의 최고 전문가들이 모여 토의하여 결정하고, 실험 후에는 다시 모여 결과를 검토하고 그 결실을 저명한 잡지에 투고하는 일련의 과정들을 한 번도 보지 못했던 나에게는 벽으로 느껴지기도 했다. 우리가 우선해야 할 일이 무엇인지도 어렴풋이 잡혔다.

같이 일하던 헝가리 출신 친구가 자기들 속담에 '단추가 생기면 어디에서 코트를 구할 수 있을까 욕심을 낸다' 고 했다. 모든 일에 순서가 있는데, 어리석은 친구는 코트를 사기 위해 저축할 생각은 않고 적은 돈으로 우선 단추 몇 개를 사고 이제 코트만 구하면 멋진 신사·숙녀가 되어 거리를 활보할 것이라며 큰소리친다는 뜻이란다.

2년간의 NIH 생황은 많은 걸 깨워주었다. 하버드대학의 일본 수학자 교수 히로나가 헤이스케가 쓴 『학문의 즐거움』에서 인용한 학문에 대한 미국과 일본의 태도를 옮겨본다. 그가 미국 학생에게 '자네는 어떤 연구를 하고 있나?'라고 물으면 그들은 우선 자기가 세운 가설을 설명하고 연역학적 방법으로 해결할 계획을 이야기하나, 일본 학생은 '저는 대수-수학을 공부하고 있습니다'라 대답한다고 했다.

요컨대 미국 학생은 먼저 가설을 세워서 그것으로부터 여러 가지를 연역해 보고 안 되면 그 가설을 바꾸면 된다는 식이고 일본 학생은 무언가를 먼저 공부해 보고 그것을 바탕으로 논문을 좀 써야겠다고 생각한다. 그러다 그것이 시시해지면 방향을 바꾸어 지금까지의 방법을 개선하면 된다는 식의 연구 태도를 가지고 있다는 것이다. 이게 일본보다도 제법 부족한 우리와 미국과의 차이이기도 하다고 생각한다.

나는 방사화학 연구실에서 기초 화학 및 전임상 연구에 2년간 종사했다. 제법 많은 초록과 논문에 이름은 올렸지만 기초 과학 실험 과정에 대한 지식은 여전히 부족하다. 앞으로 어떻게 전문가들과 협업하고 공동연구를 수행해야 할지 고민을 하여야 한다.

새벽 6시 반 정도에 출근하여 커피를 같이 들며 하루를 시작하고, 점심시간 구분 없이 일한 뒤 일과 후에는 또 다른 각자의 세상을 살던 NIH의 스태프들. 강 건너 저편에 사는 이들의 모습을 경험하는 건 아름다운 일이었다. 그러나 지내면 지낼수록 이분들과 나의 삶과 생각의 차이에 의한 갈등과 열등감이 더 깊게 느껴져 미국 연수 생활이 아름다운 다뉴브강 변을 거니는 산책은 아니었다.

앞으로 선진국 연구소로 장기 연수를 가는 분들은 기본 연구 수기를 익히고 평소 자기가 가졌던 아이디어를 연구로 검증할 기회를 가지는 마음으로 미국 생활을 하면 행복할 수 있으리라 생각한다. 우리도 열심히 노력하여 무엇인가를 배우러 우리나라를 찾아오는 외국 연구자들의 행렬을 볼 수 있으리라 기대해 본다.

지난 2년간 홀로 모든 일을 감당해 주시고, 항상 마음으로 후원해 주시는 이규보 교수님께 감사를 드린다.

(1994. 12. '경북대병원보')

4부

소박하고 선량했던 그분들

목포 청년이 일생의 꿈을 펼친 대구의학전문학교

대구의학전문학교 개교

1902년 조직된 일본 의사들의 단체인 동인회同仁會는 일제의 조선 진출 시 의료 분야 도우미 역할을 했다. 일제의 동아시아 팽창 시 의료 선봉대로서 한반도, 대만, 만주에 진출한 동인회는 경부선 철도 부설 공사 노동자나 관련 일본인의 의료 지원을 위해 1907년 대구와 평양에 일본인 의사를 파견하여 동인의원을 창설했다. 서울대병원의 전신인 대한의원 설립에도 중요한 역할을 하였다.

이들의 사업 목표는 "병원을 개설하여 최신 의료를 제공하며 의학교를 설립하여 졸업생들을 일제의 영향력이 미치는 각지에 분포시키는 것"이었기에 의료 활동과 의학 보급을 통한 일본의 이익 실현에 앞장섰다. 을사늑약 후 조선을 실질적으로 지배한 일제는 1909년 전국 주요 도시에 자혜의원을 설치하기로 결정하였고, 1910년 2월 해산한 대구동인의원 시설과 장비를 9월 개원한 대구자혜의원으로 이관하였다. 대구자혜의원은 이후 경북대학교병원으로 이어진다.

근대 의료기관이 설립되기 시작했으나, 체계적인 조선인 의료 인력 양성은 하지 못했다. 1919년 3.1 운동 후 일제는 교육 중심의 문화통치를 표방했으나 의사 양성기관은 경성의학전문학교(관립 의전醫專)와 세

브란스연합의전(사립 의전) 두 곳만 있었기에 필요한 수의 의사는 배출할 수 없었다. 이에 조선총독부는 1922년 "현재 조선에는 의사의 결핍이 심하고 동시에 의료 기관이 극히 부족하여 이를 보충하기 위해 평양과 대구에 의학전문학교(의전)를 설립할 계획" 이라 발표하였다.

1923년 1월 평양자혜의원이 구내에 사립의학강습회를 설립하여 의사시험 준비생에게 수업을 하였고, 같은 해 5월 평안남도 도령道令으로 도가 지방비를 지원해 주는 2년 과정의 도립평양의학강습소로 승격되었다. 자혜의원 의관이 강사를 겸임하는 의사 양성 기관 설립에 관한 소식은 대구에도 전해졌고 대구자혜의원 의관이 의학강습소 설립을 경상북도 지사에게 청원했다.

이에 1923년 7월 23일 3년 강습기간의 대구자혜의원 부속 사립의학강습소 설립이 인가되었으니, 이것이 2023년 '개교 100년을 맞는 경북대학교의과대학' 의 전신 대구의전의 시작이었다. 7월 첫 입학생을 받은 대구의학강습소는 1924년 경상북도립 대구의학강습소로 승격되었다. 이후 1926년 4년 교육 과정으로 개편되며 1927년 제1회 졸업생 29명(한국인 22명, 일본인 7명)을 배출하였다. 그러나 4년 과정 개편 후 입학생은 3년이 지난 1930년에 2회 졸업생이 되었고, 1932년까지 70명이 졸업하였다.

의학강습소는 4년 과정이었으나 조선에 위치한 입지 관계로 졸업생에게 의사자격 시험을 치게 하였다. 당시 일본의 의대 졸업생은 졸업 후 바로 의사자격증을 주었기에, 이 문제 해결을 위해서는 의학강습소의 의전 승격이 필요했다. 이에 기존 의학강습소 규정은 폐하였고 1929년 경상북도는 새 도립 대구의학강습소령令을 발표하였다. 교수진은 대부분 일본인이었으나, 이때 임용된 박태환은 도립 대구의학강습소의 최초 임용 교수이자 한국인 교수였다.

1933년 총독부는 4년제 대구의전과 평양의전 설립을 인가하며 3월 개교하였고, 대구의전에 16명의 교수(교수 14명, 조교수 2명)가 발령되었다. 대구의학강습소 재학생 235명은 해당 학년에 편입되었고, 3월 25일 4학년 44명(일본인 32명, 한국인 12명)이 대구의학전문학교 제1회 졸업생이 되었다.

1, 2회 졸업생은 경성제대, 경성의전, 대구의전 등에서 3개월 보수교육 후 의사면허를 받았고, 3회 졸업생부터는 바로 일본 후생성 발급 의사면허를 받았다. 1944년(13회)까지의 전체 졸업생은 764명(49~69명/년)이고, 한국인 학생 수는 일본인의 반 이하였다. 식민지인 만주와 대만 출신도 있었다. 입시 경쟁률이 높아 1939년 70명 모집에 600명이 지원했고 해방 전 마지막 해인 1945년 입학생의 경쟁률은 20:1에 육박하였다.

각종 차별 조치로 인하여 한국인 학생들의 입학이 더욱 어려웠다. 조선 내 의료 수준 향상을 목적으로 한 의학교육기관 설치였음에도 대구의전 졸업생의 23%는 일본으로 취직했고, 일본인 졸업생 30% 이상은 일본으로 갔다. 한국인 졸업생의 36%는 경상도 지역 외로 취업하였다. 경북 내 취직한 졸업생은 전체 졸업생의 14% 정도에 불과했고 일부는 연구직, 군의관 입대를 택하였다.

1945년 8월 일제의 패망으로 대구의전의 일본인 교수와 학생들이 일거에 철수하게 되자 남은 한국인 교수들을 중심으로 새 진용을 구축하여야 했다. 1945년 10월 미군정청의 방침으로 대구의전은 정규 의과대학으로 승격되었고, 1947년 도립 대구의과대학이 되었다. 1949년에는 의예과가 설치되며 6년제 의과대학이 되었고 1951년 전국의 주요 거점에 국립대학교가 설립되며 국립 경북대학교 의과대학으로 편입되어 오늘에 이르렀다.

한국전쟁 시 육군본부로 징발된 경북의대 본관(1950년 8월)

식민지 목포 출신 황기석의 대구의전

황기석黃基錫(1924~1997)은 전라남도 목포에서 가난한 농부의 차남으로 태어났다. 한반도 남서부 끝 목포는 일제강점기에 호남평야의 풍부한 농산물을 일본으로 공출하는 항구로 개발되었기에 도심은 번성하고 항구는 흥청거렸으나 식민지 국민들의 삶은 궁핍하였다.

그는 1937년 목포북교보통학교를 졸업하고 목포상업전수학교에 입학하여 주산 및 경리 실무 업무를 교육받았다. 당시 상업학교는 어려운 가정형편으로 일반계 고등학교 진학이 어려웠던 공부 잘하는 한국 학생들이 취업 기술을 습득하던 곳이었다. 김대중 전 대통령이 그의 보통학교와 상업학교 3년 후배다.

어린 시절 그는 보통학교 등·하굣길 언덕에 위치한 성당에서 국민들을 구호하며, 교육시설을 개소하여 어린 학생들에게 용기를 심어주던 신부와 수녀들을 보았다. 선교사들의 희생에 감화를 받아 그도 어두운 길을 밝혀주는 하늘의 별빛 같은 사람이 될 수 있으면 좋겠다는 생각을 했다.

1940년 상업학교를 졸업한 그는 강원도 태백의 석탄 광산 경리로 취업한다. 직장에서 성실하여 상사의 신임을 얻고 봉급도 인상되었으나, 사고가 빈번하고 미래가 보이지 않는 탄광촌민들의 궁핍한 삶을 목격하며 그들에게 도움이 되지 못하는 자신이 안타까웠다.

공부를 더 하여 보다 의미 있는 일을 찾아야겠다는 열망을 느낀 그는 경리일을 병행하며 2년간 주경야독 끝에 1942년 그 어렵다는 총독부 시행 전문학교 입학 검정시험에 합격했다. 그는 의사가 되기로 결심하고 관립 경성의전, 대구의전, 평양의전 중 대구의전에 지원하여 합격하였다. 그해 75명을 선발했는데, 한반도와 일본 등지에서 941명 (12.5:1)이 지원할 정도로 경쟁률이 높았다.

1944년 대구의전 1학년에는 낙제생 포함 110여 명이 있었는데, 일본인이 70%, 한국인은 30% 정도였다. 전라도에서 온 대구의전 졸업생 일부는 1944년 개교한 광주의전(현 전남의대)의 창립 교수가 된 바 있다. 대구의전 정원은 70명이었으나 시기에 따라 차이가 있고 매년 일본인 입학생 수가 2/3를 상회했으니 이는 일본인 우대 정책이 있었음을 시사한다.

1930년대 이후 학생들의 부친 직업을 분류한 자료를 보면 일본인 아버지(96명)들의 가장 많은 직업은 관료인 관사(27.6%)였고 의사와 변호사(21.4%), 상업(13.3%), 농업(12.2%), 은행원 및 회사원(4.1%) 순이었다. 반면 한국인의 아버지(68명)의 직업은 농업(61.8%)이 월등하였고 관사(13.5%), 상업(12.1%) 의사와 변호사(8.8%) 순이었다. 식민지하 한국민 80%가 농업 종사자였으니, 학생들도 빈한한 농촌 집안 출신이 대부분이었다.

대구의전의 한국인 학생 수는 적었으나 선배들은 신입생들의 학교

생활 전반에 도움을 주었고 신원 보증에서부터 교과서 대여, 하숙집 주선까지 도왔다고 한다. 한국인과 일본인 학생 간에 경쟁도 있었고, 일본인 교수가 한국 학생들을 차별한다고 느낀 경우도 많았다.

한국 학생은 축구부를 하며 단결하였고 일본 학생들 대부분 야구부에 속했다. 대결 의식은 공부에서도 치열하여, 한국인 학생들 대부분은 성실하고 성적도 우수하였다. 어느 해 한국인 학생 한 명이 개교 이래 처음으로 낙제를 하자, 한국 학생들 모두가 나서서 그가 한국인의 수치라며 분개하여 학생의 자퇴를 종용한 일까지 있었다.

2학년이던 1945년 여름 일본 패망으로 일본인 교수와 학생은 모두 귀국하였고, 학년에는 한국인 학생 40여 명만 남았다. 그는 1948년 교명이 바뀐 대구의대를 졸업하여 의사면허를 받았으며 경북의대 16회 졸업생이다.

황기석의 학교 성적부를 보면, 일본 학생들과 경쟁적으로 공부하던 1944년 성적은 전체 118명 중 30등 정도로 상위권이었으나, 해방 후인 3, 4학년 성적은 전체 40여 명 중 하위권인 35등 정도였다.

일본인 교수들이 떠난 학교의 강의 공백이 커서 수업도 부실했지만, 극심한 좌우 갈등으로 학창 생활도 정상적이지 못하였다. 학생들 간의 테러도 난무하고, 대구의전이 불을 댕겼던 대구 10.1 폭동 등 좌우익 투쟁장이 된 해방 공간은 혼란스러워 공부에 집중하기도 어려웠다. 연고가 없는 대구에서 홀로 자취하며 학업에 열중하던 목포 청년은 생활고뿐만 아니라, 정신적으로도 상당히 힘든 시절이었다고

황기석 교수님

회고한다.

졸업 후 내과학교실의 조교로 의사생활을 시작한 그는 1950년 한 국전쟁 발발로 9월에 군의관으로 징집되어 야전사단 의무대에 배치 되어 전황에 따라 남북으로의 전진과 후퇴를 거듭하였다. 그러다 강 원도 전선의 이동외과 병원과 육군병원에서 전상자를 돌보던 시기에 만난 부산 출신 간호장교 하기순과 가정을 꾸몄다.

야전병원 군의관 시절 처음 본 미군 의무부대의 풍족한 진료설비 와 미군 군의관들의 해박한 의학 실력에 감동했던 그는 의학 공부를 더 많이 해야겠다는 결심을 하고 군 생활 중 틈틈이 공부하여 미국 유 학의 기회를 얻었다. 전쟁 직후인 1954년 소령으로 전역 후 홀로 미국 유학을 떠나 스프링필드병원에서 인턴을 수료하고 4년 간 뉴욕의 병 원에서 내과학 및 혈액학 수련을 받았다.

혈액학은 우리나라에서는 강의도 받지 못했던 낯선 분야였고, 그 가 경험한 혈액 환자는 기생충과 영양 결핍에 의한 철 결핍성 빈혈이 모두였다. 유전적 빈혈, 백혈병, 림프암 등 다양한 혈액 질환에 관한 수련뿐만 아니라 임상 수혈학과 혈액은행 운영에 관한 첨단 지식도 배웠다.

전쟁 후의 피폐한 나라에 가족을 두고 혼자 떠나야 했던 유학생활 이 편할 수는 없었으나, 밤낮없이 바삐 일하였고 고국에 대한 향수를 느낄 시간도 없었다. 1957년 샌프란시스코의 혈액학회에 처음 참석하 여, 눈앞에 펼쳐진 태평양의 푸른 바다를 보자 그 바다 건너의 가족이 떠올라 흘러내리는 눈물을 주체할 수 없더라고 회고했다.

1958년 귀국 후 경북의대와 병원 교수로 발령받은 황기석은 혈액 검사실과 혈액은행을 정비하고, 환자 진료를 시작하였다. 전국에서 엄청난 난치성 혈액 환자들이 진료실로 모여들었다. 미국 유학 전에는 우리나라에는 심각한 혈액 환자가 없다고 생각하였으나, 어디에 숨어있었다가 나타났나 싶을 정도로 많은 재생불량성 빈혈, 백혈병, 출혈 환자들이 찾아와서 깜짝 놀랐다고 한다. 그는 당시 첨단 학문으로 각광받던 핵의학에도 관심을 두었기에, 1963년 미국 UC 버클리대에서 연수한 후 임상 진료에 방사성 동위원소를 광범위하게 이용한 우리나라 핵의학의 선구자로 잘 알려져 있다.

황기석은 경북대학교병원장과 의과대학장을 역임하였고, 1989년 정년 퇴임한 후 새로 개교한 대구가톨릭의대의 석좌교수로 초빙되어 환자 진료와 전공의 교육에 전념하였다. 1997년 8월 은퇴를 앞두고 시행한 건강진단에서 진행된 암이 진단되었고, 1개월 후 작고하여 가톨릭 대구교구묘원에 안장되었다.

- 1924년 목포에서 태어나 태백 탄광의 경리로 일하던 식민지 청년 황기석은 끊임없이 노력하여 1944년 대구의전에 입학하였다. 군의관으로 한국전쟁에 참전하던 중에도 미래를 열기 위해 새로운 분야에 도전하였고, 우리나라 혈액학과 핵의학을 개척하고 평생을 의대 교수로 재직하며 후진 양성에 힘썼다. 그의 삶에는 100년을 맞은 경북의대와 우리나라 근대 의료사가 그대로 담겨있다.

언제나 따뜻하셨던 전 교수님

대학 시절 학생 활동을 도와주기 위해 운영한다지만, 사실 유신 정부가 학생들의 반정부 활동을 감시하기 위해 운영했던 전학全學 시간이 있었다. 지도 교수로 두어 분이 계셨는데 한 분은 정신과 교수님이었다. 학생들은 의무적으로 면담을 가야 했던 목요일 4교시에 방문하여 면담하고 우리의 이야기를 조심스럽게 말씀드렸다.

교수님은 '왜 그런 생각을 하느냐?' '언제 어떤 연유로 그런 마음을 먹었느냐?' '다르게 생각할 수는 없을까?' … 짧은 답변을 하면 연속해서 다른 질문으로 옮겨 우리의 생각을 추궁하셨기에 지엄하신 교수님과 의학과 1학년 학생의 이런 내용의 대화는 숨이 막힐 만큼 답답한 경우가 많았다.

학교 수업과 시험에 쪼달리던 시절이었는데, 지도 교수님과의 면담을 몇 주 반복한 후에는 위로나 기쁨보다는 꼭 환자나 죄인이 되어 취조당하는 분위기를 느꼈다. 우리 조 학생들은 이제 교수님 면담 시간엔 가지 말자고 담합하였고, 교수님도 우리를 찾지 않았기에 더 이상의 만남은 없었다.

본과 2학년 이후 새로운 전학조의 지도 교수로 만난 분이 외과의 전수한 교수님이셨다. 교수님은 당시 발령을 받은 지 얼마 되지 않은 주니어 교수셨는데, 우리를 마치 큰형님처럼 친근하게 대해 주셨고 모든 일에 아픔과 기쁨이 같이 있다며 낙망하지 말라고 재밌는 이야기도 많이 해주셨다.

지도 학생이었던 내가 전공의 수련과 군 복무를 마치고 모교 교수직에 발령을 받은 후 다시 뵙게 된 선생님은 여러 방면에서 나의 멘토가 되어주셨다. 선생님은 나의 13년 선배이신데 재직 중 병원장을 역임하셨고 퇴임과 동시에 대구 모 대학병원으로 초빙되시어 5년을 근무한 후 주위의 권유로 부산의 요양병원으로 옮기셨다.

선생님은 오랜 기간 동안 나를 따뜻하게 이끌어주신 인생 선배일 뿐만 아니라 인격적인 면에서 동료들의 존경을 받으신 외과의사이시다. 내가 1992년 미국 NIH에 장기연수를 갔을 때 선생님은 40 중반이 넘은 연세에 실험실 경험을 쌓겠다며 그곳에 와 계셨다. 이미 오래 전에 영국에서 임상 연수를 하셨음에도 또 다시 다른 세계를 탐구해 보겠다는 생각을 실천하기 위해 최고의 연구력을 갖춘 그곳에 지원한 것이다. 마침 그 기간에 미국 연수를 떠난 나는 선생님에게서 많은 도움을 받았다.

그러나 20년 이상 바쁘게 외과의사로 수술실과 병실에서 지내며 실험실 경험은 없었던 선생님은 스트레스를 많이 받으신 것 같았다. 연구실의 젊은 인도인 친구들이 실험 기법을 모른다고 핀잔을 주고, 가끔은 자기들 일에 방해가 된다며 대놓고 무시하였다. 그래도 꿋꿋하게 실험실 자리를 지키셨으나, 어느 가을날은 워낙 가슴이 답답하고 화도 나서 출근한다며 집을 나와서는 하루 종일 공원 벤치에 앉아 호수를 바라보며 마음을 삭인 후 해가 질 무렵이 되어서야 집으로 다시 돌아갔다고 하셨다. 그 와중에도 혼자 와있던 나를 챙겨주신다고 마음고생을 하셨음을 나는 잘 알고 있다.

내가 NIH에 간 지 얼마 지나지 않던 때에 의사는 골프도 칠 줄 알아야 한다고 골프 연습장을 안내해 주셨고, 그해 크리스마스 날은 나를 골프장에 데리고 가셨다. 이게 내 생애 처음으로 골프를 친 기억이다. 상당히 추웠던 성탄절의 미국 북동부 골프장에는 우리 외엔 아무도 없었고, 나는 공 대신 언 땅을 치며 엄청나게 많은 공을 잃어버렸다.

미국에서 돌아온 직후 선생님이 의학연구소장을 맡고 계셨기에 나는 간사로서 선생님께 일을 배우고 업무를 보좌했던 때도 있었다. 이후에도 선생님을 멘토로 생각하고 병원장을 거쳐 정년 퇴임 때까지 개인적으로 또 병원의 일로 여러 가지 힘들게 하였다. 중간에 빈 기간이 있긴 하나, 거의 30년을 의존하며 일방적으로 부탁만 드렸으나 선생님은 한 번도 어렵다고 거절하거나 힘든 내색을 않으셨다.

어느 해는 전 교수님의 동료 선배 교수께서 나에게 당신도 이젠 독립할 나이가 된 것 같은데, 전 교수님께 너무 의존하는 것 아니냐는 얘기를 하셔서 뜨끔했다. 모두 교수님의 관대함 때문에 가능했던 황송한 일이었다.

선생님이 부산의 요양병원으로 옮기신 후에는 한동안 뵙지 못했는데, 작년에 갑작스런 병환으로 우리 병원의 응급실로 와서 치료를 받으실 때 한 번 뵈었다. 심근경색으로 스텐트 시술을 받은 후였으나, 오히려 나의 건강은 괜찮으냐며 담담하게 말씀하셨기에 환자와 문병객의 입장이 뒤바뀐 느낌이 들었다.

초겨울 어느 날 오후에 기회가 되어 부산으로 선생님을 찾아뵈었다. 조그만 방에서 환자 의무기록 정리하느라 끙끙거리고 계셨다. 요양병원 옆 커피숍에서 커피를 마시고 오랜만에 선생님과 긴 시간을 보냈다. 이제 세월이 흘러 우리 병원 의사교수 500명 중 제대할 때까

전수한 교수님과, 2020년 겨울

지 남은 날 순서대로 줄 세우면 나도 앞쪽 열 손가락 내에 든다고 말씀드렸더니 슬그머니 미소를 띠셨다. 아이가 커서 어른이 되고 어른은 노인이 되니. 선생님은 내년엔 75세 이상인 초고령으로 구분된다며 지하철 노약자석에 앉았다가 봉변을 당하지 않기 위해 복장도 노약자의 그것에 맞게 입는다고 하셨다.

평생 감사한 마음을 간직하고 있는 나의 선생님을 모시고 사진 한 장 찍은 것도 없는지라 커피숍 종업원에게 부탁하여 사진 한 장을 남겼다. 이번 생애에서 선생님의 사랑에 조금이라도 보답하는 것은 더이상 불가능한 것 같고 그저 건강을 기원해 드렸다. 이제 몇 번이나더 찾아뵐 수 있을까 하는 마음이 드는 게 사실이다.

(2019. 11.)

아래는 1993년 NIH에서 먼저 귀국하셨던 전 교수님이 미국에 있던 나에게 주셨던 편지다.

이 선생!

오후에 방에 들어오니 반가운 편지가 기다리고 있었습니다. 지난 해 그곳에서의 생활이 떠올라 가슴이 뭉클해집니다. 이번 일요일과 식목일 이틀 간 집안일을 정리하느라 바빴는데 푹 쉬고 나니 이제 서야 정신이 좀 드는군요.

새봄을 맞아 벚꽃, 개나리, 목련이 활짝 피었는데, 나이가 드니 새봄을 맞는 느낌도 전과 다르게 새롭습니다. 그곳 워싱턴 시내 길과 메릴랜드 언덕에도 벚꽃이 한창이겠지요? 요즘은 밀린 수술을 하고 술도 한잔 하는 등 모든 게 다시 미국 가기 전 상태로 돌아온 것 같은데, 아직 마음이 잡히지 않고 허전한 것을 어쩔 수가 없네요. 지내던 실험실에서 내가 하던 실험의 보충 실험 결과가 잘 나온다고 연락해 주어서 다행이란 생각이 듭니다. 나도 이곳에서 어떤 형태이든 간에 실험실을 꾸며 보려 합니다. 여기 상황에서는 우리가 직접 나서지 않는다면, 아무 일도 이루어질 수 없다는 것을 잘 알고 있습니다.

병원 일로 또 다시 분주하게 지나다 보니 그곳에서의 생활도 잊어가고 있었는데 지나고 보니 내 인생에서 가장 뜻깊은 한 해였다고 자주 생각합니다. 신기했던 실험실 생활, 니드우드 호수 변을 따라 드라이브를 하거나 레드게이트 골프장에서의 운동, 메모리얼 파크웨이 길을 따라 공항과 워싱턴 시내로 가던 일 등등 모두가 그리워집니다. 이곳 한국에 와서 든 느낌은 공기가 너무 탁하다는 것이었습니다.

이 선생도 조용한 생활을 즐기면서 여러 종류의 책도 많이 읽으십시오. 매주 수요일 저녁의 한국인 과학자 모임에도 가서 많은 사람들을 사귀고 정보도 얻기 바랍니다. 또 지금 하는 일에 더하여,

돌아와서 해 볼 수 있는 우리 실정에 맞는 무엇도 꼭 찾아보기 바랍니다. 그곳에서 다양한 나라에서 온 동료들과 보스와 같이 지내다 생기는 일로 속상한 일도 많지요. 내 생각을 관철하기 위해 남을 설득한다는 건 정말 어려운 일입니다. 익숙하지 않은 일을 하면서 인간관계를 정돈하는 것은 보통 일이 아니지요.

그래도 이젠 그곳 생활에 많이 익숙해졌지요? 가족들도 잘 지내구요? 여긴 김영삼 대통령의 개혁으로 인해 사회가 많이 조용해진 것 같고, 학교와 병원도 발전기금 모으고 법인화 등의 일로 인해 분주해졌습니다. 병원 안내판 새로 만들고 주차장 유료화했고 병동 건물도 증축한다네요. 그러나 교수 증원은 없고 월급도 오르는 게 없어 직접 몸에 와닿는 변화는 아직 없습니다. 제2캠퍼스는 되는 것도 아니고 안 되는 것도 아니고, 어중간한 말만 오가는 상태인데 이러다가 용두사미 격으로 다시 원위치 하는 건 아닌지 걱정이 되는군요.

내 자신 가정을 소홀히 한 탓으로 요즘은 집일에 매우 충실하고 있습니다. 개인의 행복에서 가정보다 더 소중한 건 없다는 걸 자주 느끼고 있습니다. 지금부터라도 집사람과도 좀 더 가까워지고 아이들 교육에도 좀 더 마음을 쏟으려고 합니다. 이 선생도 꼭 명심하십시오.

이곳 학교나 교실 일에는 너무 마음 쓰지 마시고, 실험실 구성원에 대해서도 너무 괘념치 말기 바랍니다. 모든 일을 다 잘할 수는 없습니다. 자신에 좀 더 몰두해야 할 것 같아요. 영어도 열심히 하고 사람을 잘 사귀는 것만 해도 큰 수확일 것입니다.

그래도 지나고 나면 후회하는 일이 많습니다. 나도 이제 50을 앞두었으니 인생에 대해 조금은 알 것 같고, 무엇을 해야 할지 알 것 같습니다. 말보다 실천하는 사람이 되고자 노력하고 있습니다.

또 연락할게요. 즐겁게 지내기 바랍니다.

이규보 교수님과의 만남

　1989년 봄에 전임강사로 처음 발령을 받고 헤매던 시절에 이규보 교수님께서 지금은 계시지 않는 故 황기석 교수님의 정년퇴임 행사를 준비하시는 모습을 지켜보던 때가 어제 같다만, 어느덧 17년의 세월이 흘러 이제는 내가 은사이신 이규보 교수님의 정년 퇴임 축하 행사를 준비하게 되었다. 그때 단순한 셈법으로 황 교수님과 이 교수님이 17년의 연배차이가 있고, 나와 선생님과도 꼭 17년의 차이가 있구나라고 혼자 생각하였었는데, 이제 그 차이만큼의 시간이 흘러 내가 그해 봄날의 선생님 연배에 접어들었으니 세월의 유수 같음을 새삼 실감하지 않을 수 없다.

　그간 연구실 창가에 서서 매년 피고는 져간 봄꽃들의 상쾌함과 푸르른 여름 잎들의 건방짐, 싸늘한 겨울바람에 날리던 눈송이들의 윤회를 별다른 감정 없이 눈요기로만 생각하였다만, 구정 전날인 오늘 하루 동안 싸늘한 연구실에서 잎들이 다 떨어져 버리고 큰 나무덩치에 가느다란 줄기만 남겨졌으나 그 도도함과 아름다움이 오히려 멋있어 보이는 플라타너스 나무를 보고 한 시절에 마침표를 찍고 새로운 출발을 하시는 이 교수님을 떠올렸고 선생님의 가르치심과 함께, 지난 시절 선생님을 모시면서 함께한 기억을 한참 동안이나 생각하였다.

배움의 시절

내가 의과대학 학생 시절에 선생님께서는 혈액학 강의를 하시면서 "이건 무엇이지? 어떨까?" 등등의 질문 형식으로 운을 떼시고 이어서 바로 답을 말씀하시며 가르쳐주고 다음으로 넘어가는 형식으로 강의를 이끌어 가시던 모습이 기억난다. 죄송스럽지만, 그 시절 70년대 후반에는 TV 프로그램 중에는 두 명이 나와서 정해진 시간 동안 퀴즈를 내고 모르면 "통과!" 하며 넘어가서 최종 점수로 경쟁하는 퀴즈 프로그램이 유행했었는데, 선생님의 질문성 강의 중간에 친구들이 무조건 통과, 통과를 외치며 너그러우신 선생님을 놀리면서 우리들끼리 키득하던, 막막한 의과대학 수업시간의 재미있던 추억이 남아 있다.

그 시절 핵의학-혈액학 4학년 임상실습에는 작은 책상을 두고 선생님과 마주보면서 실시하던 매일매일의 구술시험이 정말 압권이었다. 너무 터무니없는 답변을 하여 선생님의 호통과 책상다리 사이로 들어오는 정강이 차기를 당한 학생들이 상당히 있었으나, 그 후 언짢아하거나 시험을 마다하는 친구들은 없었던 것처럼, 선생님과의 구술시험은 의사가 되려면 반드시 알아야 할 것에 대한 교육의 장이고 교양교육의 장이기도 했다. 우리 시절에는 이 시험을 치르지 않고 졸업한 학생은 아무도 없었는데, 우리 실습조는 실습 마지막 주인 11월 하순에 핵의학을 돌게 되어 있었고 모두 땡땡이치는 분위기 속에서 그냥 지나가 버려 나에게는 아쉬움으로 남아 있다.

내과에 입국하던 해 설날 근처에 내과 교수님 집으로 초청되어 술도 한잔하고 재밌는 이야기도 나누곤 했었는데, 나는 교수님과 선배, 동료들과 함께 범어동의 선생님 댁으로 가게 되었다. 의국에 입국하기 전이고 교수님 댁에 가는 날이어서 처음엔 긴장을 바짝 하였으나, 맛있는 해산물 요리를 게걸스럽게 먹고 좌중으로 도는 술잔을 몇 차례 마신 뒤로 어느 순간 이후에는 모든 기억이 없어졌다. 다음 날 알 아보니, 원래 술을 못하는 데다가 계속된 당직으로 피곤하였던 내가 인사불성이 되었고, 욕실과 화장실 바닥이 꽉 막히도록 구토를 하여 서 선생님과 사모님께서 그 추운 겨울에 언 수도꼭지를 녹여가며 오 물을 치운다고 고생하셨다는 얘기를 들었다.

전공의 시절, 경북대학교병원 내과는 전문 분과로 나누어지게 되 었다. 순환기-호흡기내과, 소화기내과가 가장 중심이 된 분과였지만, 혈액내과에서의 의국생활도 재미가 있었다. 치료기술이 발달하지 못 하여 많은 환자들이 죽어가는 것을 안타깝게 쳐다보고만 있었던 경우 가 많았으나, 한편으로는 기적적으로 회복되어 퇴원하던 환자들에 一 喜一悲 하였다. 돌보던 환자를 보내고 교수님들께서도 얼마나 가슴이 아프셨을까마는 선생님은 별다른 말씀은 하시 않으셨으나 늘 든든한 후원자로 자리하고 계셨다.

경북대학교병원에서 선생님을 모시고

혈액종양학을 전공하고자 내과 전공의를 선택하였으나, 어쩌다 보 니 핵의학교실에서 교직생활을 하게 되었다. 황 교수님이 퇴임하시는 시점이 마침 나의 사회 진출 시기와 비슷하여 선생님의 자리에 내가 들어오게 되었나 보았다. 너무나도 큰 황 선생님의 자리를 내가 채울 수는 없었지만, 우리나라의 의학과 과학이 비약적으로 발전한 시기라 이규보 교수님께서 이끌어 주신 지난 17년 동안 병원과 핵의학과도 최첨단 치료와 의과학 연구를 수행하는 과로 많은 발전을 했다.

내가 근무한 시기에도 한참 동안 선생님과 나 혼자만이 전공의 없 는 핵의학과 교수직에 있었으므로 어려운 일도 많았으나 선생님은 항 상 모든 어려움을 일시적이고 사소한 욕심으로 생기는 것이라 생각하

이규보 교수님(사진 우측 두 번째)

신 듯이 달관한 모습으로 여러 사람들을 이끌어 주셨다. 특히 오래된 관습의 틀에 숨어서 보신영달을 추구하다가 자기가 누려온 조그만 이익을 잃음에 분노하여 선생님을 괴롭히기 위하여 평생을 근무한 병원을 퇴임하는 순간까지 이유가 되지도 않은 사건으로 선생님을 고발하며 나간 직원도 있었으나 선생님께서는 끝까지 인내와 관용으로 보듬어 주셨다.

선생님이 이 학문을 시작하고 기초를 튼튼하게 하실 때의 어려움은 우리 세대와는 비교가 되지 않을 정도였다는 점을 이제야 깨닫고 있다. 처음 교직 생활을 시작하는 나에게 항상 올바른 길을 인도해 주셨고, 핵의학과 및 혈액종양 내과의 직원 모두에게 항상 관대히, 상대방을 이해하는 입장에서 말씀하시고 어려운 일을 풀어 가셨다. 때로 내가 큰 실수를 하거나, 현실을 답답하고 불만족스럽게 생각하여 조금은 못된 말씀을 드려도 선생님께서는 모든 걸 스스로 깨달을 수 있도록 너그러이 인내하시고 지켜봐 주셨다. 특히 선생님과 나 두 사람만이 교수로 있었던 핵의학과의 인적 사정상 여유가 전혀 없었으나, 2년이나 외국에 가서 공부할 수 있도록 베풀어 주신 선생님의 은혜는 잊을 수가 없을 것 같다.

선생님은 친절하며 따뜻하고, 또한 건강하고 부지런하신 분이셨다. 핵의학과나 혈액내과에는 항상 선생님의 외래 진료에만 오겠다는 환자들이 많아서 앞으로 걱정이 많다. 어떤 경우에도 약속이나 외래 진료 일정을 지키셨던 신실한 선생님의 모습을 기억하고 있다. 퇴임하던 해에는 간단한 수술을 받으신 후 어느 정도는 휴식을 하여야 함에도 불구하고 약속된 환자들에게 최선을 다하여야 한다고 하루 종일 진료를 하시고 그날 밤에 출혈하여 응급 수술을 받고, 또 2~3주 후 진료를 강행하시어 진료 다음 날 새벽에 수술을 받아야 했던 일이 있었다. 어쩌면 전장에서 진지를 사수하기 위하여 총대에 신체를 동여맨 것 같은 비장함이 있는 것은 아닌지 몹시 걱정스러웠다. 선생님만이 그렇게 하실 수 있다고 생각한다.

선생님을 모시고 외국의 핵의학회에 참석한 적이 있다. 이 나라를 방문하기 전에 책을 통한 사전 교육으로 물건을 살 때면 무조건 많이 깎으라고 배웠기에 단단히 결심을 하고 흥정을 했는데 선생님께서는 "웬만하면 그 정도에서 더 깎지 마라. 이 사람들 어려운 일 열심히 한 보람은 느껴야 한다."라고 하셔서 무안할 때도 있었다. 지금 생각을 하여도 재미있고 즐거운 추억을 선생님과 함께할 수 있었던 것이 나에게는 영광이었다.

1992년에 발리를 방문하였을 때는 호텔의 수영장에서 선생님과 사모님이 짝을 이룬 정연한 모습으로 수백 미터를 왕복 헤엄치시던 모습은 그날 밤에 밝게 빛났던 남태평양 하늘의 별빛과 함께 영원히 기억 된다.

이제 선생님이 정성으로 지도하신 제자들이 경향 각지에서 자기의 역할을 하리라 믿는다. 병원의 핵의학과에도 20여 명의 식구가 PET를 비롯한 최첨단 장비를 완비하고 양질의 의료 서비스를 환자들에게 제공하고자 열심히 근무하고 있다.

선생님, 사모님.
북경의 한국-중국 핵의학 모임에서 사모님이 부르셔서 참석자들의 열광적인 박수를 받았던 '사랑으로'의 내용처럼 두 분께서 다복하고 오랫동안 건강하시기를 기원하겠습니다.

(2006. 2.)

나는 암수술을 받고 11일 뒤 퇴원했고 이틀 뒤 출근했다. 어느 저녁 시간에 수술 부위 통증과 심한 요실금 등으로 불편한 가운데 진료를 마치고 연구실에서 기진맥진하고 있었다. 어두워지던 시간에 누군가가 방문을 두드렸고, 컴컴한 복도에는 모자를 푹 눌러쓴 어르신이 계셨다. 이 교수님이 수술 사실을 이제야 들었다며 두 손을 꼭 잡아주며 힘내라고 하신 후 '촌지寸志'라고 쓰여진 봉투를 황급히 주고 가셨다. 연로하신 스승님의 위문을 받는 제자의 마음은 글로 표현하기도 어렵다. 우리 선생님은 그런 분이시다.

열정적이셨던 어느 노선배

경북대병원 개원 100주년을 기념하는 의학박물관을 개설하는 실무책임자를 맡았다. 병원과 대학이 보관해 오던 유물과 오래된 사료들을 챙기고 미국 동창들이 보내 준 한 컨테이너 분량의 근대 의료용품들을 중심으로 박물관을 개관할 수 있었다. 그러나 제대로 된 박물관이라기엔 자료가 턱없이 부족했고 소장품의 분포도 한 시대에 치우친 감이 있어서 개관 후에도 동창회를 통하여 박물관에 자료를 기증해 달라는 홍보를 지속했다.

서울의 원로 선배 한 분이 자료를 기증하시겠다고 연락하였기에 어느 봄날 아침에 강남에 위치한 그분의 아파트를 찾았다. 이분은 1939년에서 1942년까지 경북의대 전신인 대구의학전문학교(대구의전)에서 수학하고 외과를 개원하였고, 의사회 활동과 대구 지역사회 봉사를 많이 하신 존경받는 어른이셨다. 은퇴 후 노부부가 자제들이 거주하던 서울로 이사하셨고, 당시 90대였으나 여전히 정정한 모습으로 우리를 맞으셨다.

그분의 자료는 일제강점기의 졸업장, 의사면허증 외에도 1939년 의전 1학년 때부터 강의 내용을 필기하고 정리한 공책이었다. 표지는 제책을 다시 했으나 내부는 깨끗하였고, 잉크 펜으로 정성스럽게 일

본인 교수들이 대부분이었던 의화학, 세균학, 소아과, 외과와 골절학, 그리고 내과학 강의 내용을 필기하고 사이사이 색연필로 그림도 그려 둔 것이었다.

필기 내용을 보면 영어가 많으나 독일어 단어들도 제법 많았다. 물론 한글은 찾아볼 수가 없다. 일제강점기 의학교육을 짐작할 수 있는 사료이고 일제강점기 의대생의 생활을 볼 수 있는 자료여서 우리 박물관에는 정말 소중한 자료였다. 선배님은 마지막 순간에 한 권은 마지막까지 본인이 지니시겠다고 하셨기에, 아쉽지만 내과학 공책을 다시 드렸다. 이 자료들은 경북대병원 의료박물관에 전시되어 있다.

선배님의 책상 위에 몇 권의 자료가 있었다. 우선 인상적인 것은 다양한 종류의 1930년대 일제강점기의 중(고)등학교용 생물, 화학, 물리 교과서였다. 이 교과서는 무엇이냐고 물었더니, 의사로서 평생 살며 열심히 진료는 했는데, 인체의 생화학적 대사나 질병 발생 시의 화학 반응과 기초 과정은 제대로 이해하고 있는 게 없어서 항상 마음이 무거웠단다. 거의 80세에 현직서 은퇴한 이후 마음에 남겨진 일들도 좀 해결하겠다고 결심하셨다.

우선 본인이 기초 의과학을 잘 모르는 원인이 "내가 학창 시절 공부를 하지 않아서인가? 아님 가르치던 일본 선생들의 강의나 교과서 내용이 부족한 건가?"가 가장 궁금했다. 그래서 일본으로 가서 홋카이도의 헌책방 골목까지 뒤져 1930년대 당시의 중등학교 검정 교과서를 모두 구하였다. 오랜만에 보지만, 모두 눈에 익은 일제시대 교과서였다고 하셨다. 그걸 구해와서 다 읽어보고 기독교 계통 명문 K학교에서 가르친 내용이 터무니없었고 실용적인 내용도 아니었음을 알았다. 결국 이건 학창 시절 본인의 학구열이 없어서 모르는 건 아니었구나 하고 안도감이 들었고 죄책감이 없어져서 마음이 한결 편안해지셨다고 했다.

책상에는 1960년대 유명했던 평양의과대학 김봉한 교수가 주장한 '봉한시스템'에 대한 학술 논문과 단행본이 여러 권 있었다. 봉한학설은 소위 한방에서 말하는 '경락經絡' '맥脈'과도 통하는 것으로, 침이나 뜸으로 병을 낫게 해주는 기반을 설명하는 학설로 이해하면 크게 틀리지 않는다. 우리 인체 전체를 통괄하는 혈관, 신경, 림프 시스템 이외에 또 다른 시스템이 있는데, 그게 오랫동안 우리가 알고 있는 기가 흐르는 맥관이고 김봉한 교수가 이를 토끼실험 등으로 생체에서 증명했다며 유명한 외국 의학잡지에 게재한 것이다. 그러나 생물체가 사망하면 봉한관이 사라지기에 부검으로는 검증이 불가능하다고 한 것 같다.

김봉한은 경성제대를 졸업하고 서울여자의대 교수로 재직 중 한국전쟁이 발발했을 때 월북하여 평양의대 생리학 교수가 되었다. 북한은 봉한학설 연구에 많은 돈을 지원했으나, 김봉한이 1965년 숙청된 후 이 학설에 대한 북한의 대대적 홍보도 자취를 감추었다. 이후 동양의학에 익숙한 일본인 교수들이 이에 관심을 보였기에 일본에서 도서 발간이 이어졌다. 심지어 21세기에도 서울대 물리학과 소 모 명예 교수가 이를 증명했다고 주장하여 언론의 조명을 받았으나 과학적으로 구명된 것도 아니고, 인과관계가 증명되지 못하여 아직도 인정받지 못하였다. 나도 학창 시절 생리학교실원을 하며 주임 교수님께 들어서 이 학설의 기본적인 내용은 알고 있었다.

선배님께 "봉한학설에 관한 책들이 많네요." 하고 관심을 보이자 선배님은 일본 책 몇 권과 몇 권의 노트에 정리한 봉한학설에 관한 내용을 들고 와서 강의를 시작했다. 워낙 대선배이셔서 여러 가지 내용을 묵묵히 듣고는 있었으나 한의학의 기氣 같은 관념적인 내용 강의가 길어지니 조금씩 불편해졌다. 이때 사모님이 끼어들었다. 영감님 또 시작한다며 "그만하소."를 반복하시더니 "나는 딸 집에 가니 이분들 그만 보내줘요!" 하면서 나가셨다.

이제 바로 옆에서 방해하던 연로하신 사모님까지 자리를 비우시니, 선배님의 강의 톤이 높아지고 더 열정적이 되었다. 그러는 사이 점심시간이 다가왔다. 선배님은 단지 내의 중국집에 식사를 시킬 테니 식사하며 조금 더 이야기하자고 하셨다.

나는 같이 간 동료와 눈을 맞추어, 대구의 병원에서 오후에 중요한 회의가 있다면서 급하게 인사를 드리고 자리를 떴다. 선배님은 그렇다면 할 수 없지 하면서도, 문 앞까지 나오셔서 많이 아쉬워하셨다. 서울역에서 간단한 점심식사 후, 대구를 내려오는 내내 거짓 핑계를 대어 자리를 피한 게 마음에 걸렸다. 우리 필요한 것만 챙기고 외롭게 지내시던 그분의 말벗이 되어주지 못했기 때문이다.

시간이 지난 후 선배님 자제분의 연락을 받았다. 모교와 박물관을 꼭 방문해 보고 싶고 대구에서 개원했던 병원 자리도 마지막으로 가보고 싶어 하신다고 했다. 선배님의 아드님은 정형외과, 따님은 안과 의사인데 두 자제분이 부친의 방문에 동행하였다. 막내 따님도 나의 대학 한 해 선배인데 졸업하고 미국서 소아과 수련 후 미군 군의관이 되어 서울 용산 121 미군병원에 와서 상당한 기간 근무한 바 있다.

1926년에 완공된 병원 본관 건물의 대부분은 병원 증개축 과정을 거치며 사라졌지만, 전면부 건물은 끝까지 살아남았기에 사적史蹟으로 지정되었다. 지금도 병원장실과 행정지원부, 그리고 박물관이 본관 건물에 위치하고 있다. 2층 박물관 전시실을 돌아보며 선배님도 감회에 젖어 그 시기의 졸업생 앨범들을 펼쳐 한참을 살펴보기도 했다. 일제강점기 시절에는 결핵과 피부병 환자들을 위한 광선치료실로 쓰였던 3층과 4층은 과거 진료실을 재현해 둔 공간이다. 이곳으로 올라가는 통로는 좁고 급경사의 삐걱거리는 나무계단이다. 보행이 편치 않은 90대의 선배님은 건장한 보안요원이 업어서 모셨다.

박물관을 돌아보신 선배님은 오랜만에 대구에서 평생 진료하던 병원, 그리고 모교 병원을 돌아볼 수 있었기에 기뻤지만, 망백의 연세이니 이게 마지막 이별여행인 것 같아 여러 가지 생각이 든다고 하셨다. 이번 방문에도 몇 점의 기증품을 가지고 오셨다.

1942년 대구의전 졸업장에는 선배님의 성함인 이종수李種秀 대신 창씨 개명한 東宗種秀동종종수가 쓰여 있다. 지금처럼 일부가 앞장서서 죽창가를 부르며 토착왜구라며 우리 국민 반대편을 성토하는 분위기에서 이들이 일제강점기에 창씨개명한 분들을 어떻게 평가할지는 눈에 선하다. 그러나 박물관의 자료들을 통하여 그 시대를 돌아보면 이게 얼마나 헛되고 자기 눈을 자기가 찌르는 짓인지 알 수 있다. 당시 우리 국민의 90% 정도가 창씨개명을 했다는 보도를 보았다. 1933년 대구의전 졸업생에게 조선총독 명의로 발행한 의사면허증에는 황해도 출신 송**라는 성함이 한자 그대로 되어있다.

일제는 대동아전쟁이 시작된 1930년대 후반 이후 내선일체를 주장

하며 국민들에게 창씨개명을 강제했다. 이후 해방까지는 세월이 갈수록 선량하고 평범한 국민들은 이를 거역하기 어려웠다고 생각한다. 물론 끝까지 저항하며 불이익을 감수한 분들도 계셨다. 그런 분들이 존경받고 칭송받는 것은 당연한 일이다. 그러나 나라가 지켜주지 못한 대다수의 평범한 국민들이 생존을 위해 강요받던 일까지 친일파, 왜구, 범죄자라며 비난할 수는 없는 일이다. 자료를 보면 1938년 전에 우리 이름으로 의사면허를 받았던 분들도 이후에는 창씨개명을 했다.

선배님의 자료 중에는 해방 후 조선 주둔 미 군정청이 발행한 의사면허증(1946년)도 있다. 거기에는 다시 회복한 한자 이름이 있고, 영어로는 S. C. Lee라 적혀 있다. 종수는 C. S. 아닌가? 이게 지배자에 따라 이리저리 배회하며 적응하여야 하는 우리의 참모습이었다.

선배님은 한 가지 부탁이 있다고 하셨다. 길 건너에 위치한 학교 옥상에 꼭 가보고 싶다는 것이다. 비슷한 시기에 지어진 의대 본관은 3층 건물이나 첨탑은 5층이어서 여기도 좁은 대리석 계단을 미로처럼 올라가야 한다. 다시 덩치 좋은 직원이 선배님을 업고 계단을 올랐고, 아무도 없는 넓은 옥상에 도착했다. 지금은 고층 건물과 공원이 둘러싼 시내 중심가이나, 1930년대 이곳은 외곽지였고 주변에는 논밭만 있었다. 선배님은 옥상의 이쪽저쪽 면을 오가며 바깥을 살피더니 "여기다."라고 나에게 힘주어 말하셨기에 무슨 말씀이냐고 물었다.

1938년 초겨울에 고등학교 졸업 동기생인 친구와 여기에 왔다고 했다. 대구의전에 같이 응시했는데, 발표가 나기 전까지 두 수험생은 마음을 다잡을 수 없을 만큼 불안했단다. 당시 국공립 의대는 경성제대, 경성의전, 평양의전, 대구의전밖에 없었기에 전국에서 지원하였고 만주에서 온 학생들도 있었다. 일본 학생 정원이 대부분이었고 한국 학생들 간의 경쟁률도 매우 높았다.

20세의 두 청년은 합격자 발표 전까지 자주 학교 근처서 어슬렁거렸는데, 어느 날 오후 건물에 들어와 보니 사람들이 아무도 없었고 계단을 따라가니 옥상이 나왔단다. 그땐 여기가 대구에서 가장 높은 건물이었기에 사방이 눈에 들어왔다.

서성거리던 친구가 그때 갑자기 "나는 반드시 합격할 거야!" 몇 번을 소리쳐 외쳤다. 그러더니 성기를 꺼내어 손으로 마스터베이션을 시작했다. 큰 소리로 "나는 반드시 여기에 들어올 거야!"를 외치며 옥상 위에 체액을 뿌렸다고 했다. 선배님은 이 장면을 불안하게 보기만 했고 상황 종료 후 혹시 누가 잡으러 올지도 모른다는 생각으로 부리나케 달아났다. 본인은 합격했으나, 그 친구는 낙방했다. 이후 일제 말기의 어려운 가정형편에서 의전 입학을 꿈꾸었으나 실패한 그 친구는 대동아전쟁 시기, 한국전쟁 등을 지나며 어디로 사라진 건지 그날 이후 더 만나보지 못했다. 아마 학병으로 갔거나 전쟁 중에 죽었을 거라 하셨다. 그 친구가 얼마나 부담이 컸으면 그랬겠냐는 뜻으로 추측할 뿐이었다.

무려 70년도 더 전에 있었던 그 장면은 평생 그 누구에게도 말하지 못한 기억이었다. 90이 넘은 나이에 모교에 오며 그 친구와의 자리에 마지막으로 꼭 한 번 다녀가고 싶으셨단다. 그 친구를 이후에 한 번도 보지 못한 게 마음에 걸린다고 했다. 친구에 대한 미안함과 그리움이 가득한 것 같았다.

끝까지 진지하셨던 이종수 선배님은 얼마 후 작고하셨다.

1950년대 초 대구의대 풍경

전화의 발달과 인터넷의 등장은 세계 어디서나 단시간에 소통이 가능하다는 장점은 있으나, 그윽한 문체의 편지나 다소 의례적인 것처럼 보이나 상대방에 대한 진심 어린 배려를 담는 소박한 문안 엽서를 사라지게 하였다. 과거 편지 봉투에 붙은 우표 한 장이라도 곱게 오려내어 보관하고, 새 우표가 발행될 때는 아침 일찍 우체국 앞에 줄을 서서 우표를 사던 그 시절 풍경은 요즈음 어린이들은 언제 그런 풍경이 있었는지도 알지 못할 세상이 되어가고 있다.

2009년 경북대학교 의과대학과 병원의 발자취를 모은 의료박물관을 개관하였으나, 우리가 무심하게 보낸 세월의 깊이만큼이나 우리의 흔적을 찾는 작업은 쉽지 않았다. 이후 수개월 동안 동창회나 병원보에서 박물관 개관 소식을 알게 된 몇몇 동창 선배분께서 소중하게 보관하고 있던 학창 시절의 흔적들을 보내주셔서, 연말에는 박물관 확장 공사를 마치고 이 귀중한 사료들을 전시하였다.

다음 해 2월 말에는 작고하신 1957년 졸업(25회) 유희웅 선배님의 가족께서 유 선배의 의과대학 시절에 필기한 강의 노트와 학생증, 기록 사진을 보내 주셨다. 유 선배의 본과 1학년 시절인 1954년 해부학교실의 김필수 교수님 강의를 받아쓰고, 색연필로 정성스럽게 그림을 다시 그려 넣은 해부학, 조직학 노트가 인상적이었다. 강의 내용도 알차거니와 붉고 푸른 색연필로 그림을 그리고 한 글자 한 글자를 정성스럽게 쓴 노트는 박물관 일을 준비하던 우리들에게 큰 감동을 주었다. 지금 학생들에게 그 정도의 노트 필기를 하라고 하면, 모두가 학교를 자퇴하지 않겠나?라는 우스갯소리를 할 정도로 꼼꼼하게 기록을 해두셨고, 유 선배 작고 후 20년 동안 가족분들이 정성스럽게 보관해 주셨다.

박물관 소장품을 확충하기 위하여 노력하던 중, 미국 샌디에이고 우표 판매상의 경매에서 구입한 두 장의 1950년 초반 한국 엽서에서 유 선배의 노트에 쓰인 김필수 교수님을 우연히 만나게 되었다. 하나는 김영환이라는 분이 대구를 다녀온 후 부산 집에 잘 도착하였으니, 걱정하지 말라는 내용이었고, 다른 하나는 대구의대 김필수 교수가 서울의대 해부학교실의 정일천 교수에게 보낸 감사의 인사말이 담긴 펜글씨로 달필의 엽서이다. 모두 해방조선기념이라는 국기를 든 모자

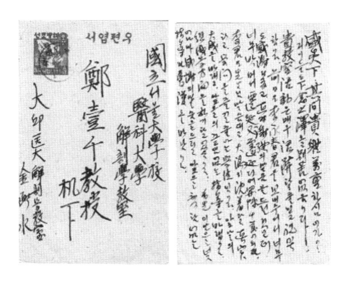

상이 그려진 우표에 부가 금액이 추가 인쇄된 엽서이다. 한 종류는 대구의대 김 교수가 보낸 것이고 다른 한 종류의 엽서는 김 교수가 받은 것인데, 어떤 연유로 미국의 우표상으로 흘러가서 한꺼번에 경매에 나타난 것인지 알 수 없으나 정말 신기하였다.

김필수 교수는 일본 구주제국대학을 졸업하고 대구 동산병원에도 근무하다가 해방 후 대구의대가 출범할 때 이동하여 해부학교실 교수로 몇 년간 재직한 분이다. 1990년대 후반에 발간된 경북대학교병원사 중 해부학교실 역사를 찾아보니 학교로 온 해는 명확하지 않으나, 1954년에 질병으로 작고하신 것으로 되어 있으니, 이들 엽서들은 작고하신 1954년 이전의 것으로 생각된다.

60년의 세월 동안 세계를 돌고 돌아 다시 발신자와 수신자로 김 교수가 근무하던 대구 경북대학교병원으로 돌아온 두 편지를 소개하며 특히 김필수 교수가 정일천 교수에게 보낸 엽서의 내용을 첨부하고자 한다. 내용은 대구의대 해부학교실에 근무하셨던 故 이영춘李永春 선생을 대구의대로 보내주셔서 감사하다는 내용인데, 1960년대 후반까지 경북의대 해부학교실의 주임 교수이셨던 이영춘 교수는 1970년경 충남대학교 의과대학이 창립될 때 대전으로 옮겨가셨다.

국립 서울대학교 의과대학 해부학교실
정일천(鄭壹千) 교수 궤하

이 더위(炎天)에 그간 모두 안녕하시나이까? 저희도 염려 덕택에 별고 없습니다.
귀 교실의 활동은 매우 활발(活潑)할 줄 믿고, 축하합니다. 前日 이영춘 군을 (본 대학으로) 보내주셔서 너무도 감사하옵고 직접 감사의 말씀을 드릴 것인저, 너무 바빠서 차일피일(此日彼日) 늦었기에 죄송합니다. 이 군은 선생님 말씀대로 대단히 침착(沈着)하고 진실(眞實)하고 학향(學向)을 즐길 줄 아는 학위(學位)입니다. 앞날의 대성(大成)을 바래고 앞으로도 (교수님의) 끝임 없는 지도를 바랍니다. (이 군은) 조직학 방면을 하기로 하였습니다.

위선 이만으로 늦은 감사의 말씀을 드리고, 앞으로 지도(指導)와 가호(加護)를 바랍니다.

대구의대 해부학교실

김필수(金弼水)

화교 출신 동기, 유 형劉兄

2022년 11월 19일 홀연히 떠난 의대 졸업 동기 유빈서 형을 추모한다. 이분은 나보다는 손위지만 70세를 막 지난 아직은 젊은 장년이어서 많이 안타깝다. 재한중국인 화교華僑이신데 어렵게 의대 시절을 보냈고 우여곡절 끝에 산부인과 전문의가 되어 정말 열심히 사신 형님과 같은 분이셨다.

내가 대학을 다니던 1970년대에는 외국인 특례 입학제도가 있어, 화교, 재일교포, 재미교포가 같이 의과대학을 다녔다. 재일교포가 가장 많았고, 화교도 가끔 있었다. 나와 입학 동기인 화교 친구는 결국 의대를 졸업하지 못했고, 제법 많았던 재일동포 동기도 같은 해에 졸업한 사람은 없다. 졸업 동기에는 무려 5명의 재일동포가 있었는데 최소 서너 해 이상 입학 선배였다. 한국말이 서툴렀던 화교인 유빈서 형도 여러 가지 이유로 의대를 참 오래 다녔다. 한 학년 정원 120명 중 본과 1학년 때 반 정도를 낙제시키던 학교였기 때문이다.

의과대학 졸업 40주년을 앞둔 2021년 연말, 형이 나에게 '남기고 싶은 나의 이야기'란 제목의 글을 보냈다. 한글로 글을 쓰는 게 아직도 익숙하지 않던 유 형이 제법 긴 글을 불쑥 보내면서 앞으로는 동기 여러분과의 만남에는 절대로 빠지지 않겠다고 하며 내년에 있을

40주년 재상봉 행사에서는 소주 한잔을 사겠다 약속도 했다. 나는 글을 받고도 형이 나이가 들어가며 이젠 생활에 여유가 생기니 다정다감한 성격으로 변화한 것 같아, 내심 흐뭇했었다. 내 주변의 친구 몇 명은 유 형이 자식들의 혼사에 와서 축의를 전하기에 기대하지 않았던지라 내심 놀랐다는 얘기를 했으나, 나는 깊이 생각해 보지는 않았다. 이제서야 그 이유를 짐작할 수 있을 것 같다.

그는 몇 년 전 난치 암을 진단받았고, 이제 그에게 허락된 세월이 얼마 남지 않았기 때문임을 알고 있었던 것 같다. 갑자기 유 형이 세상을 떠나고 나니, 메일을 보낸 이유도 모른 채 그냥 무심하게 그 글을 읽기만 했던 내 스스로가 참 원망스러워진다. 배타적인 1970~80년대 대한민국에서 이 모든 걸 인내하며 항상 최선을 다하여 살다 저 위로 떠나신 졸업 동기 유빈서 형의 영혼을 위하여 기도한다.

남기고 싶은 나의 이야기.

대구 화교고등학교를 졸업한 후 처음 경북의대의 낯선 교정에 들어섰을 때의 설렘은 이루 말할 수 없을 정도의 흥분과 긴장이었습니다.

그런데 과연 제가 잘할 수 있을까요?

현실은 쉽지 않았습니다. 아니나 다를까. 한국말이 서툰 저에게는 강의의 이해 그리고 필기부터가 너무나 큰 장애였습니다. 따라가기가 너무 어려웠어요. 화교학교 출신의 경북의대 선배나 동기가 없었기에 '야마(공부할 요약집과 전년도 시험문제 출제집)'란 것이 전수된다는 걸 몰랐고, 그렇지 않아도 부족한 제가 무얼 공부해야 할지 몰랐기에 성적은 바닥을 기었습니다. 동료들에게 수업시간에 필기하지 못한 부분의 강의 노트 빌리기가 정말 부지기수였습니다. 그렇게 해서 하나둘 주위 친구들과 정이 들었고 몇몇 동기들과는

故 유빈서(劉斌恕) 兄

농구도 하며 친분을 쌓았기에 학창시절 그들과 막걸리도 참 많이 마셨습니다. 어려운 본과 시험을 통과하지 못해 오랫동안 학교 다니며 고생도 많이 했으나 지금 생각하면 그때가 참 좋은 때였습니다.

의대 본과 생활에 조금씩 적응할 때쯤에는 어려운 집안 내 사정으로 휴학을 하여야 했고 그때마다 (화교인) 지인이 개업한 한의원에 취직하여 일을 도와주며 돈을 조금씩 모았습니다. 그래서 등록금이 생기면 다시 복학하고, 그렇게 해서 그 기나긴 경북의대 학창 생활을 마칠 수 있었습니다.(그때 학생 대표단이 누군지요? 대표인 P도 나 때문에 애 많이 먹었지요.)

졸업장을 받던 때 그 기분은 여러분에게 감히 말할 수 있습니다. 눈물을 참기 어려운 큰 기쁨이었습니다. 졸업과 동시에 평생 반려자를 만나 결혼하였으나, 의사 국가고시는 또 실패하여 한 번 더 재시험을 봐서 우여곡절 끝에 의사가 되었습니다. 이어 파티마병원에서 인턴과 산부인과 레지던트를 거쳤습니다. 전문의 시험을 준비할 때 산부인과 과장님이 하시는 말씀이 전문의 증서가 있고 없고는 네가 살아가며 받는 대우가 다르다며 꼭 시험에 붙으라고 당부 하셨습니다. 덕분에 시험에 통과하여 전문의를 땄습니다.

이젠 되었다며, 병원에 취업하려 했으나 대구에는 저를 받아주는 자리가 없어 경기도 성남시의 한 개인병원에 어렵게 취직하게 되었습니다. 그리고 몇 년 후 대구로 와서 산부인과로 자리 잡았고 다시 힘든 개원의 생활을 시작했습니다.

그때는 밤낮으로 무엇이 그렇게 바빴는지 휴가를 한 번도 제대로 갈 수 없었는데, 저의 40~50대의 생활은 제 삶에서 별로 기억하고 싶지 않은 부분입니다. 다행스럽게도 지금은 자식들이 자리를 잘 잡고 있어 마음이 많이 편안해졌습니다.

그러나 지금은 왜 그런 삶을 살아야 했는지? 다시 되돌릴 수 있다면 절대로 그렇게 살지 않으리!를 반복해서 생각하고 있습니다. 14년간 마누라와 주말에 만나는 부부 생활을 끝내고 지금은 근무하고 있는 병원에서 쉬는 날에는 가끔 산행도 하고 마누라와 여행도 하며 재밌게 살아가고 있습니다. 이제 앞으로도 여유롭게 열심히 살아갈 겁니다.

우선 이렇게 두서없이 적어 보내나 저의 삶을 이해해 주실 수 있으실지요?

동기들에게 하고픈 말도 있어요. 4학년 때의 졸업여행과 2007년 졸업 25주년 홈커밍 행사에 참석지 못해서 아쉽고, 지나고 나니 많이 후회가 됩니다. 내년 40주년 행사를 한다면 꼭 참석하겠습니다.

밤이 깊었습니다.

이 교수, 수고하세요.

2021년 11월 유빈서

(이때 빈서 형은 망막에서 발생한 악성흑색종이 전신에 전이되어 힘든 투병 중이었습니다. 이 글을 보낸 다음 해 가을에 저세상으로 떠났습니다.)

디지털 친구 롭 로이Rob Roy

펜팔이 유행한 적이 있다. 잡지에 편지를 주고받는 친구가 되고자하는 사람이 이름을 올리면 그것을 읽은 사람이 편지를 보내며 펜팔 친구가 된다. 정성스레 편지를 쓰고, 또 마음을 졸이며 답장을 기다리는 청춘들의 아름다운 시간이었다. 이젠 우편의 역할이 퇴화하고 모든 분야에서 디지털화가 되었고, 전자우편이나 SNS로 쉽게 안부를 묻는다. 빠르고 편하게 소통하고 교류하나, 편지로 마음 깊은 친구를 사귀는 건 더 어려워졌다.

"어리석은 사람은 인연을 만나도 몰라보고, 보통 사람은 인연인 줄 알면서도 놓치고, 현명한 사람은 옷깃만 스쳐도 인연을 살려낸다."(신희상) 내가 현명하다고 생각해 본 적은 없으나 종鐘을 수집하며 많은 외국 친구들을 사귀었고, 그들로부터 인류의 삶과 역사, 종교, 문화, 예술 분야에서 많이 배웠다.

내가 수집하는 동안 진하게 친구가 된 사람이 있다. 비록 디지털 세상이지만 이메일 글 속에 따뜻한 피가 흐르는 친구도 있는데, 지난 20년 이상 나의 종 선생님이자 서양 문화에 대한 멘토가 되어준 캐나다의 롭 로이Rob Roy가 그런 사람이다. 처음 그와의 인연이 시작된 건 미국 경매에서 그가 올린 다양한 종류의 탁상종을 몇 점 구입하면서부터였다. 직접 만난 적은 한 번도 없다. 그는 나이가 들며 부부가 수집한 종 중에서 일부를 이베이eBey에 올려 판매했는데 매번 그가 정성스럽게 포장해서 보낸 소포를 받을 때는, 오랜 친구가 보내준 향기 나는 선물이 도착한 느낌이다.

그는 서양의 역사와 문학, 그리고 그들의 삶에 관한 나의 질문이 반복되어도 언제나 성심성의껏 답해준 진정한 스승이었다. 롭은 다방면에 해박했고, 80대의 나이에도 열심히 공부하고 다른 사람에게 가르쳐주는 것을 즐기는 천생 선생님 타입이다.

어느 날 스코틀랜드의 영웅 '롭 로이'라는 청동 인물 종을 구했는데, 이분과 당신 이름과 같은데 혹시 직접 조상은 아니냐고 물었다. 그는 프랑스 혈통이어서 스코틀랜드의 그와는 무관하다고 했다. 캐나다 중에서 프랑스어 사용권인 퀘벡에 살다가 오래전 영어권인 토론토로 이사 왔고, 프랑스식 이름 '로베르 롸'였으나 영어권에 맞추어 이름도 '로버트(롭) 로이'로 바꾸었다고 했다.

롭은 젊어서 캐나다 해군에 입대했다. 군 복무 기간 중 가장 기억에 남는 일은 인도 벵골만에서의 NATO 합동 훈련을 위해 3.5개월 동안 극동으로 출동한 것이었다고 했다. 군사 훈련을 마치고는 크루즈 여행을 하여 홍콩에는 왔으나 한국에는 가보지 못했다고 한다. 군 복무하는 도중에도 번외의 시간에는 대학에 등록하여 생물학과 화학을 전공하였고, 제대 후 대학원에서 분자생물학으로 석사를 취득하였다. 그는 이후 고등학교 화학교사로 살다가 은퇴했다.

롭은 군 복무 중 해군병원의 간호사였던 샐리를 만나 1967년 결혼했는데, 이들 부부의 종 수집 경력은 60년에 달한다. 부인이 19세기 영국의 결혼식에서 신혼 선물로 주던 웨딩 벨을 수집한 것이 시작이었고, 이들이 결혼한 후에는 두 사람이 함께 취미생활에 몰두한 것이다. 부부는 캐나다의 종 수집가 모임을 조직하고 특히 50년 동안이나 모임의 뉴스레터를 만드는 봉사활동을 했다. 부인은 도자기와 유리종, 남편은 희귀한 종과 기계식 종 분야의 전문가가 되었다. 그들은 수집품이 1천 개를 넘지 않게 조절하며 가끔은 판매를 했기에 그들의 수집품 일부는 한국의 나에게도 올 수 있었다.

그들 부부의 최애장품 종을 물었더니, 19세기 독일 마이센 제작의 채색 도자기 인물 종 사진을 보내왔다. 부채와 거울을 들고 자태를 뽐내는 5인의 여성 종은 1832년 독일 관영도자기회사 KPM 표시가 된 명품이다.

우리는 소소한 일상도 교환한다. 롭은 2020년 봄의 대구의 코로나 19 발생을 가장 먼저 걱정해 주었고, 캐나다 사람인 브라이언 오셔 코치가 지도한 김연아의 올림픽 우승을 자기 일처럼 기뻐해 주었었다. 일생을 과학 교사로 살아온 사람답게 황우석 연구 부정 사건이 터졌을 때 당신 나라 사람들은 어떻게 생각하는가, 하는 질문도 했기에 참 곤혹스러운 순간으로 기억한다.

겨울밤에는 전직 과학 교사답게 망원경으로 월식을 보는 방법을 설명해 주었는데, 이젠 80세가 넘는 나이가 되니 잠을 설치며 밤하늘을 살피는 게 힘들다는 인간적인 한계에 도래함을 토로하기도 했다. 캐나다의 1월 밤은 쉽게 영하 20도가 넘어가니, 쉽지 않은 일일 것이다. 또 이른 아침에는 집 앞의 눈 쌓인 도로를 치워야 하는데, 옅은 눈이 쌓인 날엔 제설차로 눈을 쓸어 뿌리면 날려지는 가느다란 눈가루로 인하여 자기는 커다란 눈사람이 된다며 즐거워하기도 했다.

그러나 점차 시간이 지나며 병원을 오가는 소식을 자주 전하였다. 가끔은 하지 동맥이 막혀 입원 후 혈관 개통 시술을 받아야 한다는 그의 소식에 나의 의학적 소견을 적어 보내기도 하나, 캐나다 의료체계에 대해 잘 알지도 못하지만, 지리적인 관계로 별 도움을 주지 못해 안타까울 따름이다.

그는 거의 60년간 종을 수집하며 인생이 풍부해졌고, 전 세계의 선하고 다양한 친구들을 만날 수 있어서 행복했다고 했다. 나도 그렇다. 오랫동안 이들 부부의 친구여서 행복했고, 그들의 넉넉한 마음씨가 담긴 종소리를 음미하며 즐거워했었다. 비록 목소리를 직접 들은 적은 없으나 지난 20년 이상 그와 나는 메일과 우편으로 교류해 왔는데, 그가 친한 친구 중에 한국의 나도 포함되어 있다고 말해주니 감사할 따름이다.

(2020. 2.)

롭 로이와 샐리 로이 부부

우리 세대의 만남

1981년 의대 졸업반 때 학생 부대표를 했다. 당시 서울의대와 학생 간 교류를 했는데, 매년 5월 서울대 4학년 학생들이 제주도 졸업여행 다녀오는 길에 대구의 경북의대 캠퍼스를 방문했다. 서로를 소개하며 교류하였고 맥주 한잔하며 친구가 되었다.

겨울에는 우리가 미국 외국인의사자격시험(ECFMG)을 친 후 다음 날 연건동 서울의대를 방문하여 같이 회식하고 장기자랑 경연대회도 하였다. 당시 우리 대학의 한 해 선배는 최고 음치가 대표 가수로 나가서 청중들이 배꼽을 잡게 하였기에 모두 우스워 눈물을 흘린 적도 있었다. 나는 그 시절 처음 만났던 서울의대 졸업생 친구 한 명과는 40년 이상이 지난 지금도 친하게 만나고 있다.

이 친구는 시골에서 태어나 대구에서 살아온 내가 보기엔 정말 순수하고 어리숙해 보이기까지 한 본토박이 서울내기였다. 그는 평생 서울서만 살았기에 졸업 후 경북 산골짜기에 공중보건의사로 근무하고 싶다고 했다. 그의 바람대로 경북 영양군 석보면 보건지소의 공중보건의사로 배치되었는데 태백산맥 자락의 경북 영양, 그중 석보면은 가장 골짜기 시골이다. 자기가 서울 살 때 영양고추란 말은 많이 들었는데, 그게 영양가 많은 고추라 생각해 고추에 영양이 풍부하다는 게 무슨 의미인지 궁금하였단다. 영양고추의 영양英陽이 경북의 군 이름에서 유래한 것은 거기서 근무하며 처음 알게 되었다고 했다.

나는 졸업하던 해 병원에 인턴으로 근무하며 결핵 병동에서 중노동에 시달린 지 2개월이 지나 갑자기 기침과 열이 나서 X-선상 결핵이 의심된다는 진단을 받았다. 병가를 얻어 집에서 치료하고 한 달이 지났을 때 오지였던 영양 석보면에 근무하던 이 친구를 찾아가서 1주를 지냈다.

왜 거길 찾아갔는지는 모르겠다. 어디라도 떠나고 싶었으나 동기들은 인턴으로 바쁘거나 또는 군에 가 있어서 떠나가 볼 수 있는 곳으로 이 친구가 먼저 떠올랐다. 마음이 그리로 향했다. 석보면의 공중보건의사 관사인 작은 방에 한 주 동안 둘이 지내며 더욱 친해졌다. 그러곤 돌아오는 길에는 청송감호소에서 군의관 복무 중인 친구를 찾아가서 처음 생긴 감호소의 조금 음침한 분위기도 맛보았다. 모두 40년 전의 일이다.

이 친구는 착하고 성실하고 매우 학구적이다. 모두 농땡이 치기 바쁜 공중보건의사 시절 영양군 초등학교를 모두 방문하여 무려 3000명의 머릿니와 몸 이의 빈도를 조사하여 대한기생충학잡지에 단독논문을 두

한림의대 허선 교수와, 2022년

편이나 제출했다. 의대 졸업 후 바로 공중보건의가 된 사람이 이런 경우는 전무후무한 기록일 것이다.

친구는 의무복무를 마친 후 서울대병원에서 인턴 수련 후 기초의학인 기생충학을 전공하였고 춘천 한림의대 기생충학 교수로 옮겨 이제 정년을 앞두고 있다. 똑똑하고 부지런하며, 또한 꼼꼼한 성격대로 평생을 살아 전공 분야뿐만 아니라 의학전문지 편집과 의학 논문의 정보화에 관한 우리나라 최고의 권위자가 되었다.

그동안 가끔 만났었는데, 코로나19로 한참을 못 봤다. 친구가 얼굴을 보고 싶다며 대구로 내려왔다. 아니 대구 오페라하우스에서 있는 오페라 〈세비야의 이발사〉 공연 티켓을 예약하여 나를 초청했다. 덕분에 오페라하우스에서 금난새 선생의 해설로 〈로시니〉 하이라이트 공연을 즐겁게 감상했다.

친구 허선 교수는 1985년 초 나의 결혼 선물로 나무를 깎은 하회양반탈을 주었다. 나는 허 교수의 얼굴을 닮은 이 탈을 잘 간직하고 있다. 그동안 삶의 방식이 변화했으니 생면부지 서울과 대구의 의대생이 학교를 매개로 이렇게 만나 평생을 오가는 즐겁고 낭만적인 만남을 유지하는 건 어려울 것 같다.

가정의 달에 가족 내의 따뜻한 사연이 많겠으나, 나이 든 친구들의 오래된 만남도 있다. 그러고 보니 그동안 좋은 친구들로부터 일방적으로 도움만 받았으니, 그 빚이 무겁다.

(2022. 5.)

외우畏友 범희승 교수와 함께한 세월

전남의대 핵의학교실 범희승 교수가 정년 퇴임했다. 친구가 첫 라운드의 삶을 잘 마무리하고 박수를 받으며 다음 스테이지로 진입하는 여정에 흐뭇한 마음으로 축하 행렬에 동참한다.

오랫동안 함께하던 범 교수와의 세월을 회고하는 나의 감정은 뭉클하다. 이른 아침에 출근하여 연구실에서 진하게 내린 커피 한 잔을 들고 그와 함께해서 행복했던 날들을 뒤돌아보니, 갑자기 압축된 영화 한 편이 내 눈앞에 파노라마처럼 펼쳐졌다. 대부분은 병원과 학회에서의 소소한 일상일 것이라 짐작하겠지만, 거기에는 그보다 더 진한 추억들이 가득했다.

드론을 띄워 촬영한 영상에서는 페루 마추픽추 가는 안데스의 좁은 산길을 같이 땀 흘리며 오르던 풍경이 있었고, 접사렌즈 근접 촬영 영상은 헝가리 부다페스트의 오래된 지하 동굴식당의 삐걱거리는 나무 의자에 앉은 장면도 보여준다. 맥주잔을 앞에 두고 우리들의 꿈을 이야기하고 서로에게 미숙한 부분들을 충고하면서 겸연쩍어하던 모습이다. 인생이 화창한 봄날처럼 아름답다며 서로 뻐기다가도, 갑자기 몰려오는 여름 먹구름처럼 도저히 피할 수 없는 현실은 받아들여야 한다며 마음을 달래던 순간들이 흑백 영화 속에서 불쑥불쑥 등장

한 것이다. 슬며시 웃다가도 또 어떤 장면에서는 친구에게 조금 더 잘해주고, 더 정감 있게 대해 주지 못했음에 미안함을 느꼈다. 영화 관람 후의 솔직한 느낌은 지난 30여 년간 범 교수가 학문적 동반자이자 동시에 내 삶에 나침반 역할을 한 넉넉한 인도자이고 후원자였음을 확인한 것이다. 범 교수에게 감사할 일이 많았다.

범 교수는 내가 소속된 대부분의 모임에서 항상 같이 자리했었고 어려운 일로 서로 첨예하게 대립할 때는 먼저 나서서 막힌 물꼬를 터주던 진취적 리더였다. 언제부터는 어떤 모임에서 그가 보이지 않으면 내 마음이 왠지 좌불안석이 되기까지 했으니 내가 그동안 그의 열혈 팔로어였구나 하는 생각이 들 정도였다. 지난 시절 함께하며 그에게 많이 감화된 건지 이제는 신앙적인 동반자도 되었다. 어느 날 무심코 하늘로 향한 문을 두드렸더니, 거기에도 그가 먼저 와서 나의 진입을 환영해 주었다. 그를 알게 된 지는 햇수로 거의 40년이다. 각각 대구와 광주의 국립대학교병원의 같은 연차 내과 전공의였을 때 우리는 처음 만났다. 두 도시의 직선거리는 200km에 불과하나, 88 올림픽 도로가 건설되기 전이어서 기차로 대전역에서 내린 후 서대전역에서 호남선으로 갈아타고 광주와 대구를 오갔다.

당시엔 정기적인 전국 국립대병원 전공의 모임도 있었는데, 주로 학회와 동반된 연수교육 후에 같이 모였다. 두어 차례는 전문의 고시의 슬라이드 시험에 대비하여 국립대병원 수석 전공의들이 나서서 각 병원이 경험한 증례와 관련된 내용을 정리하여 서로에게 소개하는 프로그램이 있었다. 전국에서 온 여러 강사 중에서도 전남대병원 선생의 명쾌한 발표는 참석자들을 매료시켰다. 빈틈없는 까도남(까다로운 도시 남자)의 인상도 나쁘지 않았지만 수려한 본토 발음의 영어를 구사했기 때문이었다.

우리 세대 모두는 오랫동안 영어를 배웠으나 문어체에 사투리를 첨가한 콩글리쉬 발음을 구사하였는데, 그의 발음은 일반적인 우리 세대의 그것과는 본질적인 차이가 있었다. 마치 AFKN 미군 방송에서나 듣던 유창한 영어를 구사했는데, 이는 영문과 교수인 아버님의 엘리트 교육 덕분이었다고 들었다. 물론 본인의 외향적인 성격과 적극적인 노력도 중요했겠으나, 중·고 시절부터 보이스카우트 활동을 하며 미국·일본·호주 등에서 국제 캠프에 참가하여 세계의 청소년들과 교류하며 익힌 실전 영어는 격이 달랐다.

범 교수는 자애로운 부모님 슬하에서 어릴 때부터 전인 교육을 충실하게 받았기에 인문학적 소양이 풍부할 뿐만 아니라 멋지게 바이올린을 연주하고 매끄러운 골프 스윙을 보여주는 등 모든 면에서 팔방미인이었다. 그래서 나는 그가 어려서부터 모든 걸 체계적으로 관리받아 온 강남 스타일 엄친아가 틀림없다고 오해하기도 했다. 그러나 빈민가의 청소년들에게 무료로 오케스트라 교육을 해서 감동적인 '엘 시스테마' 연주단을 만들었던 베네수엘라 지휘자 구스타보 두다멜을 존경하며 그의 삶을 따라 하고 싶다며 열심히 노력하여 전남대 오케스트라를 지휘하는 모습을 보니 그냥 지극히 따뜻한 한 사람의 멋진 교양인임을 알았다.

그냥 감히 따라 하기도 쉽지 않은 우리 세대들에게는 선망의 대상이었다. 다방면에서 출중한 능력과 함께 몸에 밴 국제적인 감각은 후일 범 교수가 아시아핵의학회의 대표가 되어 세계 인구의 반 이상을 차지하는 아시아의 핵의학 진흥에 앞장서고, 우리 핵의학계가 국제적인 리더십을 얻는 데 큰 역할을 했다.

나는 군 복무 기간 마지막 2년을 의무요원 교육기관인 군의학교에서 복무했다. 범 교수는 전임의 과정과 박사를 취득한 후 군의학교에 들어왔다. 그는 여기서도 중대장으로서 군의관 후보생들을 이끌었기에, 교관인 나는 수업에서 학생대표인 그의 거수경례를 받았다. 내가 박사 후 입대한 범 교수의 최종학력인 군의학교 선생이었던 건 부정할 수 없는 유쾌한 사실이어서, 우리끼리 만날 때 한 번씩은 사제 관계로 그를 대하기도 했다.

내가 경북의대 핵의학과에 발령받고 2년이 지난 뒤 그도 제대 후 전남의대 핵의학과에 자리를 잡았다. 사실 내과 전공의 시절 범 교수는 소화기내과, 나는 종양내과를 공부하고 싶어 했으나 운명의 여신이 우리 두 사람을 계속 같이 만나며 성장하라며 한 방향으로 모아주었다. 그 지시대로 우리는 이후 30년을 광주와 대구 두 대칭되는 도시에서 유사한 점이 많은 일을 하며 배우고 서로 위로하며, 또 때로는 경쟁하며 지냈다. 그사이에 이렇게 세월이 갔고 우리의 청춘도 함께 사라져갔다.

범 교수는 모교에 발령받은 후 병원 핵의학실을 핵의학과로 승격시키고 대학에 핵의학교실을 설치하는 등 제도 정비에 힘쓰고, 진료와 연구 설비를 빠르게 갖추어 갔다. 초임 시절부터 미리 준비된 교수임을 증명하듯 핵의학회에 우수한 논문들을 발표했고, 순환기학회에

심장핵의학 논문들을 소개하였다. 어느 해에는 의국원이 불과 몇 명에 불과한 전남대병원이 대한핵의학회 학술대회에 제출된 논문 수의 반 이상을 발표하여 모두를 놀라게 한 적도 있다. 임상진료의 성장도 두드러졌을 뿐만 아니라, 핵의학 관련 산업계와의 협력에도 노력하여 생명공학과 핵의학의 융합과 산업화에도 눈길이 가게 했다.

가장 특별한 기억은 1990년대 초 범 교수와 내가 비수도권 지역에서의 핵의학 진흥을 도모하고 핵의학 종사자들의 교류의 장을 마련하자는 데 의견을 모은 것이다. 우선 자주 만나 교류하는 학술 모임의 횟수를 늘이고, 동시에 병원에서 항상 작은 과여서 활기가 부족한 핵의학 종사자들의 사기진작을 위한 재밌고 보람된 프로그램을 운영하자며 의기투합했다. 영호남의 원로 선배 교수님을 모셨고 소장파 교수들이 호응해 주었다.

이때 발족한 영호남 핵의학 모임은 특별한 상황이 없으면 지난 30년 동안 한 번도 빠지지 않았고, 매년 봄과 가을 두 차례 영남과 호남을 오가는 인상적인 학술 모임으로 자리 잡았다. 전공 분야 공부도 소홀하지 않았을 뿐더러, 회원들과 함께 호남의 광주, 전주, 목포, 익산, 영암, 순천, 내장산, 백양사와 영남의 부산, 대구, 경주, 안동, 청송, 울릉도에 이르기까지 아름다운 우리 강산을 제대로 음미할 수 있었다는 뿌듯함도 간직하고 있다. 규제는 많으나 병원에서 적은 인원으로 근무하는 관계로 종사자 스스로는 해결하기 어려웠던 일들도 이 모임을 통해 지혜를 모으고 상호 도움을 줄 수 있었기에 자긍심 제고와 핵의학 저변 확대에도 많은 도움이 되었다고 확신한다. 범 교수는 여기에 호남과 수도권 서부를 포함하는 한서핵의학회도 이끌었으니 그의 열정은 감히 족탈불급이다.

우리는 영호남핵의학회원들을 중심으로 교과서 『핵의학개론』, 『핵의학-분자영상의학』을 차례로 발간하여 핵의학 교육에도 힘을 쏟았다. 이즈음 핵의학 전문의제도가 시작되며 젊은 의사들의 지원이 많아지고 PET 검사 및 방사성핵종 치료술도 확대되어 핵의학의 인기가 고조되었다. 핵의학회가 타 학회에 비해 규모는 작지만 강한 학회, 최고로 높은 국제적 위상을 차지하는 학회로 인정을 받게 된 건 자연스런 일이었다. 범 교수와 함께 여기에 일조했다고 생각하니 스스로 행복해진다. 정신없이 바빴으나 넘치는 에너지로 피곤함을 몰랐던 그때가 새삼 그리워진다.

나는 오랜 기간 범 교수와 함께하였기에 그가 보여준 합리적인 리더십과 열정을 잘 기억하고 있다. 나는 어떤 일을 마주하면 면밀하게 분석하여 사전에 대책을 마련하기보다는 다소 비관적이고 감성적인 생각을 하면서도 일단 부딪치는 경우가 많았다. 그러나 범 교수는 주어진 모든 일을 일단은 긍정적으로 받아들인 후 다양한 대책을 고민하여 이에 따른 결과를 예측한 후 시작하는 것 같았다. 실수를 줄이고 만약 실패하는 경우에도 다시 회복할 수 있는 나름의 예비능력을 충분하게 확보해 둔 상황에서 차분하게 실전에 임하였다. 그 과정도 중요하게 생각하고, 결과도 추후 언제라도 다시 참조할 수 있게 잘 보전하였다. 우리는 모두 최근에야 돈보다 더 비싼 게 데이터라 인식하고 구글사의 '의견은 접어두고 데이터로 말하라'는 사훈을 칭송하고 있다. 그러나 의료정보에 일가견이 있는 범 교수는 오래 전부터 이 점을 자각하고 있었던 것 같다. 새로 개원한 전남대화순병원의 설립과 성공적인 정착에도 병원장으로서 그의 전략적 현명함이 큰 도움이 되었다고 믿는다.

범 교수의 적극성과 넘쳐나는 에너지는 특출했다. 그는 학회 회장과 주요 위원으로 활동했을 뿐만 아니라, 선배 교수님들이 시작한 아시아 핵의학의 업그레이드와 핵의학의 국제화에 큰 공헌을 했다. 우리 세대가 학회에서 활발하게 활동하던 시절에도 기간별로 선출된 학회 회장과 해당 전공분야의 기라성 같은 교수들이 있었으나, 외국 인사들은 한국의 대표는 항상 범 교수라고 오해한 경우도 있었다. 워낙 국제협력에 적극적이었으니 외국 인사들이 그를 종신 한국 대표로 인식한 것도 이해가 된다. 리더십이 강한 사람은 무슨 특출한 능력을 가지고 태어난 것 같지만, 나는 범 교수 덕분에 그러한 이들이 매일을 성실하게 살며 미래를 조금 더 치열하게 고민하는 평범한 사람임을 알게 되었다.

범 교수와 함께 해외 학회에도 많이 참석했었다. 미국과 유럽 핵의학회에서도 논문 발표를 했지만, 1990년대 중반 창립된 국제심장영상학회에 우리나라를 대표하여 여러 번 참가하였다. 좋은 논문 발표와 국제학회 참석은 교수 생활의 꽃이다. 세계 학문 트렌드를 창출해 가는 미국학회가 최신 트렌드를 배우고 전문가들과 교류하여 미래를 개척하는 데 도움이 되었다면, 파리, 로마, 피렌체, 비엔나, 아테네, 리스본, 프라하, 헬싱키, 스톡홀름, 더블린 칠레의 산티아고 등에서 개최된 국제 학회들은 학술 교류뿐만 아니라, 개최 도시나 주변 국가들을 돌아보며 인류 문명의 위대한 유산과 역사의 현장을 배우고 익힐 수 있어 세상을 보는 눈과 문화적 소양을 넓히는 데 큰 도움이 되었다.

내가 본격적인 직장 생활을 시작하던 때부터 최근까지도 우리나라 정치인들의 덕택으로 모두들 대구와 광주 사이는 물리적 거리 이상의 심리적 거리가 있다고 했다. 그러나 나는 범 교수와 동료들의 따뜻한 배려 덕분에 한반도 남쪽을 동서로 갈라놓았던 괴물과도 같은 '심정적 거리두기'를 별로 의식해 본 적이 없다.

몇 년 전 몇몇 친구들과 의기투합하여 범 교수의 광주일고와 내가 졸업한 경북고의 동년배들을 묶어 '달빛통신'이라는 소통의 장을 개설했다. 우리가 앞장서서 영호남의 마음의 거리를 좁혀보자는 의도였다. 나의 동기 몇몇 친구들도 그랬으니, 아마도 일부 광주의 친구들도 서로 그쪽은 쳐다볼 필요도 없다며 만남을 반대하였을 것이다. 그러나 꾸준하게 만나고 또 소통하며 친구가 되어갔고, 우리가 별로 중요하지 않은 것에 과도하게 몰입하며 서로 너무 다르다고 오해를 했었구나 하는 반성도 했다. 나는 어느 해는 대구의 동료 교수와 광주를 다녀오는 길에 망월동 민주묘역을 찾아서 참담한 마음을 추스른 적도 있었다. 이 모든 것은 범 교수와의 오래된 우정이 아니었으면 생각조차도 해보지 못할 일들이었다. 다시 한번 감사를 드린다.

범 교수라고 완벽한 사람은 아닐 것이다. 능력이 부족한 분야도 있을 것이고 과도한 일 욕심으로 질시를 받기도 했을 것이다. 그러나 내가 경험한 범 교수의 심성은 악의 없는 부지런함과 온유함이었다. 그는 잠시의 자투리 시간이라도 허투루 보내지 않고, 그때 적당한 무언가를 찾아서 즉시 실행하는 사람이었다. 참 부지런했다. 일을 추진해가는 과정에서도 결코 과한 적이 없었고 비록 의견이 일치하지 않더라도 상대방을 존중하고 그들의 의견을 배려하는 온유함과 겸손함이 있었기에 결국은 그를 신뢰하고 따르는 사람이 많아졌다.

언젠가 세상이 부러워하는 어느 분이 학교 폭력으로 아들을 잃은 후 변화한 삶을 기록한 『아버지의 이름으로』라는 자전적 책을 읽었다. 20년 이상을 선한 세상을 만들기 위해 치열하게 노력을 한 분이었다. 그런데 앞으로의 꿈은 무엇이냐는 질문에 이분이 "이제는 지구가 거꾸로 돌고 물이 역류를 하더라도 시시비비를 외면하고 싶다. 내가 굳이 나서지 않더라도 불의나 부정은 하나님의 섭리가 조용히 해결해줄 것이라고 믿는다."는 뜻밖의 답을 했다. 장자莊子에 등장하는 '성인

불유聖人不由 이조지어천而照之於天 역인시야亦因是也'란 글귀다. 미몽 속에 사는 나의 편협함을 깨우쳐 주는 글이었는데 조용히 생각해 보니 범 교수는 젊어서부터 그렇게 살아온 것 같다. 작은 인연이라도 소중히 하고, 어려운 일은 마다하지 않으면서도 세상을 다스리는 섭리를 믿는 따뜻한 사람이라는 생각이 문득 들었다.

2013년 범 교수가 수필집 『다른 생각 같은 길』에 쓴 「미리 쓰는 추도사」라는 글을 다시 소환한다. 그는 지금 죽는다고 가정한다면 장례식에서 아내가 자기를 이렇게 추모해 주면 좋겠다고 소박한 바람을 적었다. 여기에 이 글을 옮기는 이유는 그가 지금까지 이 내용처럼 그렇게 살아왔고, 먼 장래에는 많은 사람들의 환송을 받으며 이런 모습으로 떠나갈 것이라는 확신이 들기 때문이다. 아마도 그 시기는 2057년이 제법 지난 어느 봄날일 것이다.

"이제 자연으로 돌아가는 내 남편 범희승은 자상하고 성실한 사람이었습니다. 그는 아침마다 제게 커피를 끓여주었고 주말마다 자식들에게 편지를 썼으며, 늘 부모님과 제자들뿐만 아니라 주변의 많은 사람들을 챙겼습니다. 그가 맡았던 여러 직책에서 일관되게 유지하였던 생각은 우리나라가 세계적인 리더십을 발휘하기를 바라는 것이었는데 그 자신도 세계와 소통하는 것을 즐겼습니다. 저는 그가 아시아 핵의학을 이끌고 유럽을 넘어서는 한국 핵의학의 비전을 실천하기 위해 불철주야 노력하면서 그 일을 정말로 즐거하는 것을 곁에서 보아왔습니다. 그는 유쾌한 사람이었습니다. 지금도 웃는 모습이 눈에 선합니다. 어느 장소에서나 유쾌하게 웃을 줄 알았습니다. 어느 장소에서도 그가 있으면 분위기가 화기애애하게 변했습니다. 저는 그가 이 죽음조차도 유쾌하게 받아들였으리라 믿습니다……"

(2022. 11.)

세상을 향해 울리는 소리

범희승(전남의대 핵의학교실)

이재태 교수와 나는 아무래도 전생에 뭔가 질긴 인연에 연결되었음에 틀림없다고 믿고 있다. 이 교수와의 인연을 이야기할 때 내가 꼭 하는 이야기가 있다. 대구에서 골프를 치던 이야기이다. 아주 잘 맞은 티샷이었다. 볼이 오른쪽 벙커를 향해 날아가더니 약간 왼쪽으로 감겨 들어와 페어웨이에 안착했다. 거의 230미터를 날아간 것 같다. 홀까지 남은 거리는 내리막 86미터. 샌드웨지를 선택하였다. 클럽 날이 볼 밑을 파고드는 느낌이 감미롭게 손바닥에 전달되었다. 그린에 떨어져 두 번 튀던 볼이 그대로 홀 안쪽으로 사라지는 것이 보였다. 동반자들이 탄식했다. 나는 바로 이 교수에게 전화를 했다. "나 이글했다!" "어디야?" "파미힐스 CC 남코스 1번 홀." "내가 지난달에 이글을 했던 홀이 바로 거기야!" 나는 친구끼리 같은 홀에서 이글을 기록했다는 이야기를 별로 듣지 못했는데, 아무튼 이 교수와 나는 같은 홀에서 이 희귀한 기록을 반복한 사이다.

우리의 인연에 대해서는 꽤 많은 이야기가 있다. 같은 해(1982년) 그는 경북의대를, 나는 전남의대를 졸업하고 함께 내과를 전공하였다. 내과 전문의 시험을 준비하면서 경북대, 부산대, 전남대병원 전공의가 함께 모여 공부하는 자리에서 나는 그를 처음 만났다. 의과대학 학생회 활동도 했던 그는 아는 사람도 많았고, 아는 것도 많아 어느 자리에서나 화제의 중심에 서 있었다. 내과 전문의 자격증을 획득한 후 그는 바로 군에 입대하였는데, 나는 전공을 핵의학으로 바꿔 박사 학위를 마치고 2년 후에 입대하였다. 군의학교에서 나는 우리 반의 중대장 후보생이었고, 매일 아침저녁으로 내가 구령하여 경례를 하는 지도 교수 장교는 이재태 대위였다.

나보다 2년 먼저 군을 제대하고 경북대병원으로 복귀한 그가 전공을 바꿔 핵의학을 공부하게 되었고, 미국 NIH로 장기연수를 떠났다. 그로부터 2년 후 나도 군을 제대하고 전남대병원에 복귀하였는데, 내게도 미국 NIH에서 몇 주일간 공부할 기회가 왔고, 그곳에서 다시 그를 만났다. 그가 연수를 마치고 귀국한 후, 나는 애틀랜타의 에모리 대학으로 1년간 장기연수를 떠났다. 궁금한 게 많았던 나는 며칠 간격으로 그에게 메일을 보냈고, 그때마다 그는 친절하게 답장을 해주었다. 내가 귀국하자마자 그는 영호남핵의학집담회를 만들자고 제안하였고, 대구 팔공산에서 첫 번째 집담회를 개최하였다. 나는 그 자리에서 평생 가장 심하게 취했고, 다음 날 고속버스를 타고 광주로 돌아오는 내내 비닐봉지에 어제 먹은 음식을 모두 반납해야 했다.

한국이건, 미국이건, 유럽이건, 일본이건 핵의학 학술대회가 열리는 날은 우리가 만나는 날이었다. 서로 논문을 제출하고 발표를 했지만 학술상은 늘 그의 차지였다. 그가 미국핵의학회와 세계심장핵의학회에서 상을 받을 때 시기심이 발동되지 않은 것은 늘 내가 그에게서 배우고 있었기 때문이었다. 내 차례는 다음에 올 것으로 기대하고 있었다. 우리가 함께 한 일은 그 후에 더 많았다. 대한핵의학회장은 내가 먼저 하였고, 대한갑상선학회장은 그가 먼저 하였지만 결국 우리는 함께 했다. 한국원자력의학원 이사도 그가 먼저 하였고 나는 뒤를 따랐다. 우리는 회갑을 지낸 후에 함께 가톨릭 신앙을 받아들였고, 우리의 배우자들은 경북의대와 전남의대 부학장을 앞서거니 뒤서거니 역임하였다.

『다른 생각 같은 길』이라는 에세이집을 함께 출판한 후에 그는 많은 책을 써냈지만 나는 따라 하지 못하였다. 경북대병원을 방문할 때마다 그가 모은 종을 흥미롭게 바라보았는데, 나도 뭔가 모을 생각은 하지 못했고, 종이 예쁘다고는 생각했지만 각각의 종이 사연을 가지고 있다는 것까지 생각하지는 못하였다. 그가 펴낸 책『세상을 향한 종소리』를 읽으며 비로소 그가 세상을 얼마나 깊은 시선으로 바라보고 있는지를 깨닫게 됐다. 그가 페이스북에 남기는 많은 글에서도 세상을 향해 울리는 그의 종소리를 들을 수 있다. 그 종소리를 들으며 나는 내 영혼이 함께 울리는 것을 느낀다.

이 교수는 아닌 게 아니라고 말할 수 있는 사람이다. 그가 문재인 정부를 향해 원자력발전 포기 정책이 잘못된 것이라고 꾸준히 말했던 것이나, 윤석열 정부의 첫 보건복지부장관 지명자인 정호영 전 경북대병원장의 아빠 찬스 의혹에 대해 야당에서 공격하자 잘못된 것이 없다고 앞장서서 옹호하는 것을 보면서 과연 이 교수답고 생각했다. 나는 그의 생각에 백 퍼센트 공감하지만, 아닌 게 아니라고 대들지 못하고 기죽어 지내는 경우가 대부분이었다.

그는 자신을 다음과 같이 표현한다. "나이 들며 완고함이 늘었다는 생각이 들지만, 아닌 건 아니라고 좀 꾸준히 대드는 못된 심성이 있다. 빌빌하지만 겨울에도 잘 죽지 않는 한국 잡초라고 군의관 동료인 너구리 형이 매번 놀렸었다. 많은 사람들이 그냥 넘겨도 되는 일에 갑자기 튀어나오지 말고 묵음으로 지내야 손해를 덜 보는 경우가 있는데 그게 내 마음대로 되지 않는 경우도 제법 있다. 나이 든 성인의 입장에서 보면 이건 딱 '오지랖 넓다'라고 봐야겠다. 사소한 것이고, 포기해도 되는 것이지만 사항에 따라서는 끝을 봐야 속이 풀린다."

정년 퇴임을 앞두고 그가 넋두리처럼 써놓은 글에서 그가 생각하는 차원이 얼마나 높은지 알 수 있었는데, 그는 자신을 부처님과 비교한다. "카필라 왕국의 태자 고다마 싯다르타는 4개의 성문 앞에서 생로병사를 목격하고는 고통받는 인간의 모습에서 느낀 바 있어, 부인이 있고 바로 직전에 아들이 태어났음에도 29세에 출가하였다. 6년간의 고행과 명상 끝에 세상의 모든 것을 초월한 성자가 되었다. 비슷한 나이에 생로병사의 현장에 투입되었고 긴 기간 동안 삶과 죽음을 보고 느낀 바는 싯다르타 못지않게 많았겠으나, 인생의 진리를 관통하는 깨달음의 경지는 근처에도 가지 못하였다. 스스로 참진리를 위해 일터를 벗어나겠다는 생각은 심각하게 해본 적 전혀 없었고, 이제 계약기간 만기 도래에 의한 퇴직이 8개월 남았다." 나는 퇴직하면서 40여 년의 직장생활이 그저 꿈같은 세월이었다고 생각했을 뿐 내가 평생 환자의 고통을 함께 나누지 못한 점에 대해 한숨짓는 차원의 생각을 해보지 못했다.

과연 이재태는 세상의 아픔을 그냥 넘어가지 못하는 사람이다. 그는 코로나19 팬데믹 상황에서 대구시민의 건강회복을 위해 대구생활치료센터장으로 자원봉사하였다. 생활치료센터에서 퇴원한 환자에게 그가 보낸 문자 메시지는 다음과 같았다. "치료기간 동안 의료진도 최선을 다하려고 노력했으나 처음이라 부족한 면이 많았습니다. 퇴원 후에도 더욱 건강하시고, 모두 힘을 합하여 코로나19를 빨리 퇴치합시다." 환자에 대한 진심 어린 애정이 없이 그냥 나올 수 없는 말이었다고 나는 느꼈다. 코로나와 싸우는 과정에 겪은 경험을 모아 그가 편집하여 출판한 책 『그곳에 희망을 심었네』는 일본어로도 번역될 만큼 관심을 받았다. 그 책을 읽으며 나는 다시 사회에 대한 그의 사랑이 한없이 깊다는 것을 실감하였다.

지난 2022년 전남대 핵의학 60주년 기념행사에 참석하러 광주에 오면서 남긴 글에서 그의 따뜻한 인품이 느껴진다. "오랜만에 호기를 좀 부렸다. 이른 아침 시간에 고급 고속버스 한 대를 전세 내었다. 경험이 많은 노老기사분 부르고 깨끗한 신형버스 한 대 세 시간 빌리는 전체 요금으로 3만 원을 주었는데, 기사분 얼굴이 영 밝지 못하다. 그렇다고 돈을 더 지불할 형편도 아니고. 내 잘못 없이 쫄리며 눈치 보이는 경우도 가지가지네. 그래도 오늘은 친구 만나러 즐거운 광주행."

그를 찾아온 제자를 만나며 남긴 글에서도 그가 얼마나 따뜻한 사람인지 알 수 있다. "이번 달을 마지막으로 새 직장을 찾아가는 제자 김 군과 점심식사를 하고 들어오다가 본관 앞에서 사진을 남겼다. 교수가 되지 못하고 산업체로 이직하여 아쉬움이 조금 있겠으나, 새롭게 뜨는 분야이고 적성도 맞으니 잘해서 모든 면에서 더 만족스런 삶을 살 수 있을 거라 확신한다. 아직 젊으니, 정갈하게 살다 보면 또 어떤 좋은 일이 생길지도 모르지 않나? '여러분은 직장을 사랑할지는 모르나, 직장은 여러분을 사랑하지 않습니다. 여러분의 능력을 사는 것이고, 그 대가를 쳐주는 것입니다. 각자는 자신의 일을 하고 그 성취도에 따라 대우를 받는 것이니, 자신이 받는 대우가 만족스럽지 않다고 해도 너무 섭섭하게 생각하지 마십시오. 그저 자신의 일을 생각하고 일단 주어진 삶에서 가장 만족감이 클 것을 찾아보고, 그 과정에서 자신을 단련하기 바랍니다. 그렇지 않으면 나는 이 직장을 내 몸과 마음을 다 바쳐 사랑했는데 이 직장은 나를 이렇게밖에 대접하지 않는다는 회한에 사로잡혀 힘들어집니다' 언젠가 들었던 제대로 된 미국 직장 상사가 신입 직원에게 해주는 충고를 보탠다. 우리 세대의 능력은 초월하는 현명한 친구이긴 하나, 한마디 보탤 수 있다면 이를 전한다."

그가 연구실 밖에서 들려오는 노랫소리를 들으며 써놓은 짧은 글을 읽으면서는 내 마음까지 그냥 따뜻해지고 만다. "연구실 창밖의 주차장 외진 구석에서 노래하는 소리가 계속 들린다. 궁금해서 내려다보니 세 분의 중년 여성이 찬송가를 부르고 있다. 한참 동안 머무르더니 이동하는 게 아마 바로 옆 장례식장에 연도하러 온 분들이 사전 조율하는 것 같다. 평화롭고 진지하게 사는 우리 이웃들의 모습을 바라보는 넉넉한 금요일 오전."

이 교수의 마음이 얼마나 따뜻한지 또 한 편 일기 같은 글을 소환한다. "아파트 근처 빵집에서 오전에 바게트 샌드위치를 사면 모닝 커피를 같이 준다. 오늘은 낮에 운동할 때 점심으로 먹을 바게트 샌드위치 3개를 샀더니 따뜻한 아메리카노 3개를 주었다. 아침 식사 시에 커피는 충분히 마셨고, 자원 재분배 차원에서 출입문 경비실을 찾았고, 또 눈에 보이는 청소하는 분 등 선착순 3명에게 나누어 주었다. 커피에 맞추어 빵도 조금 더 사야 했다. 젊은 경비원 친구부터, 내 또래 두 분이 반가워하는 모습을 보니 내가 더 감사하다."

그는 이런 사람이다. 그가 평생 모은 종을 전시하던 진천종박물관과 경북대학교 박물관에 다녀온 적이 있다. 그는 종 수집가로 잘 알려져 있어 언론에도 여러 번 소개되었고 강연 초청도 자주 받는다고 한다. 각각의 종에 얽힌 이야기를 들려주는 그의 목소리에는 세상에 대한 그의 사랑이 듬뿍 담겨 있다. 전시를 마치면서 그가 남긴 글에서 그의 인품이 진하게 느껴져서 소환해 본다. "전시장으로 종을 보낼 때는 집안에 쌓였던 먼지들을 같이 보냈으나, 집으로 돌아올 때는 종소리에 여러분들이 보내주신 사랑을 같이 담아옵니다. 이번에 받은 사랑을 잊지 않겠습니다. 다시 한번 감사드립니다."

세상 이야기는 그에게 들어가 공명을 일으키고 다시 종소리가 되어 세상으로 나온다. 나는 평생 그를 보며 지냈지만 그의 종소리를 닮지 못했다. 키케로는 '우정이란 뛰어난 사람들에게만 가능하며, 하늘과 인간 세계의 모든 것에 대한, 호의와 애정을 바탕으로 한 견해의 일치'라고 하였다. 우정은 인간의 본성에서 비롯되는 것으로, 사랑하는 감정을 담아 마음을 기울임으로써 태어난다고 보았다. 뛰어나지 못한 내가 조금이나마 이 교수와 우정을 쌓을 수 있었던 것은 오로지 그의 따뜻한 마음씨와 깊은 인품에 기인한 사랑 때문이었다. 우주를 품고 사람을 보며 종소리 울려 전하고 싶은 이 교수의 깊은 사랑이 세상을 향해, 그리고 우리 마음에 길게 울리기를 바란다.

5부

망원경으로 바라본 세상

카푸치노와 톤슈라

갑작스럽게 눈이나 가랑비가 내리는 날에는 달콤한 카푸치노 한 잔을 들고 그윽하게 창밖을 내다보는 즐거움이 있다. 길거리의 사람들은 모두 종종걸음으로 길을 재촉하나, 불편해하지는 않는 것 같다.

카푸치노cappuccino는 에스프레소에 약간의 뜨거운 우유를 넣고 그 위에 부드러운 스팀 우유 거품을 올린 우유 커피다. 우유가 들어간 다른 커피인 카페라테와 카푸치노의 가장 큰 차이는 우유 거품과 첨가한 따뜻한 우유의 비율이다. 거품이 적거나 없는 것이 카페라테이고 스팀 밀크가 적고 거품이 많은 게 카푸치노다. 개인의 취향에 따라 약간의 계피 가루와 초코 가루를 뿌려 마신다. 카푸치노 한 모금을 마신 후 입술에 묻은 흰 우유 거품의 단맛을 천천히 음미하는 것도 즐거운 일이다. 열이 잘 보존되는 흰 자기瓷器 잔에 제공되는 카푸치노는 우유량이 적어 커피 맛이 조금 더 진하고 잔이 더 가볍다.

카푸치노는 비엔나를 수도로 한 합스부르크 왕가의 커피 방식이었기에 오스트리아의 커피문화로 알려졌고, 2차 대전 후 에스프레소 머신이 개발되어 전 세계로 확산되었다. 그러나 카푸치노의 기원은 오스트리아가 아니고 이탈리아다.

카푸치노라는 명칭은 가톨릭 남자 수도회인 카푸친cappuccin 작은형제회 수사들의 복장에서 유래되었다고 한다. 주변만 커피색이고 가운데는 흰색인 모양이 카푸친 수도회 수사들의 머리 모양에서 유래되었다. 갈색 옷을 입고 가운데 머리를 동그랗게 삭발한 중세 가톨릭 수사修士의 모습을 위에서 보면 카푸치노 커피와 비슷하다는 것이다.

수사들은 탁발 수도회의 특성상 주변머리만 남겨 두고 가운데를 동그랗게 깎아 밀어버린 톤슈라tonsura, tonsure라는 헤어스타일을 지켰다. 톤슈라 헤어스타일은 11세기의 교황 그레고리오 7세가 성직자들이 세속과 거리를 두고 봉사하는 마음으로 살아가라면서 머리를 깎은 사도 바울의 모습과 가장자리 부분을 깎지 말라는 성경 말씀을 합쳐 만들어낸 헤어스타일이라고 한다. 초기 기독교 사도들의 모습이 이와 같았다고 생각되기 때문이다. 다른 이론은 이런 머리 모양은 고대 노예들의 헤어스타일이었는데 '신의 종(Servant of God)'이라 믿었던 수사들이 스스로 고대 노예(종, 從)의 모습을 자처했다고도 한다. 중세 수사들은 톤슈라 두발을 유지하지 않으면 수도원에서 제재를 받았다.

수사들은 청빈의 상징인 모자가 달린 원피스 모양의 수도복을 입었는데, 진한 갈색의 커피 위에 우유 거품을 얹은 모습이 수사들이 머리를 감추기 위해 쓴 모자와 닮았다며 카푸치노라 불렀다고도 한다. 실제로 카푸친회 수도자들은 이런 커피를 즐겨 마셨다고 한다.

현재 로마 교황의 명칭은 가난하고 청빈한 삶을 살았던 프란치스코 부제의 이름을 딴 것인데, 유명한 이탈리아 아시시의 프란치스코 성인은 지금도 존재하는 세 곳의 수도회를 만들었다. '꼰벤뚜알 프란치스코회'와 '작은형제회', 그리고 '카푸친 작은형제회'가 그것이다. 프란치스코 성인은 겸손함의 표시로 '작은형제회'라고 명명했고, '꼰벤뚜알convent'은 수사들이 은둔 수도를 하던 전통 수도원을 말한다. 수도회 수사들은 모두 고깔 모양의 후드가 달린 수도복을 입었는

프란치스코 성인과 가톨릭 수사의 톤슈라 헤어스타일

데, 검정색은 '꼰벤뚜알 작은형제회', 고동색은 '작은형제회'와 '카푸친 프란치스코회'의 복장이다.

카푸친 작은형제회는 수염을 길렀고 통옷과 분리되지 않는 후드의 고깔이 다른 두 수도회보다 더 크다. 이탈리아 말로 후드를 의미하는 '카푸치오cappucio'가 더 두드러져서 카푸친 수도회라고 하였다는데, 이탈리어 말 '카푸치노cappuccino'는 '작은 카푸치오'라는 뜻이 된다. 은둔 생활하는 작은형제라고 칭하는 카푸친 작은형제회 수사들은 근본적으로 더 청빈하고 은둔적인 생활을 지향한다. 로마의 해골사원은 카푸친 작은형제회 수사들의 유골로 만들어진 성소이다. 삶의 유한함과 덧없음을 되새겨 죽음 앞에 겸손해지고 형제애와 함께 삶을 오로지 주 하느님께 바치려는 다짐을 위해 해골사원을 만들었다고 한다. 카푸친 수도회는 이탈리아에서 시작되었으나 프랑스와 우리나라를 비롯한 많은 나라에 수도원을 두고 있다.

몇 년 전 프랑스에서 수도원의 수사가 1700년대 제작하였다는 나무로 만든 채색 종을 구했다. 수염을 기르고 고동색 후드가 붙은 복장

카푸친 수사 채색 나무 종,
1700년대 수도원 예술품

과 톤슈라 헤어스타일에 성경을 들고 기도를 드리는 카푸친 수사의
모습이다. 머리 부분은 몸과 분리되어 있어 머리와 손을 앞뒤로 밀면
안쪽에 달린 추가 몸체를 치며 소리를 내는 구조이다. 전통 가톨릭 수
도원에서 수도승들이 만든 예술품을 '꼰벤뚜알 예술품'이라 한다. 꼰
벤뚜알 예술품은 화려하지는 않으나, 보고 있으면 경건함이 배어든
단순한 아름다움을 느낄 수 있어 마음이 숙연해진다.

　카푸치노 한 잔을 들며 이 나무 종을 만든 수도승의 마음을 상상해
본다.

찰스 디킨스는 누구를 사랑할까?

- 미코바 씨와 감프 부인

넉넉하게 보이는 중년의 남녀는 영국 여만Yeoman 은 회사에서 제작한 도자기 인물 손잡이가 달린 큰 은도금 금속 종이다. 여만 회사는 1897년에 설립되어 1930년 11월에 더글러스 펠Douglas Pell 회사로 통합되며 사라졌으니, 이 두 공예품의 남녀는 나이가 100세는 넘었겠다. 넉넉한 표정을 한 중년 남녀 중, 남성은 찰스 디킨스의 소설 『데이비드 코퍼필드David Copperfield』에 등장하는 미코바Wilkins Micawber 씨, 여성도 그의 소설 『마틴 처즐위트Martin Chuzzlewit』에 등장하는 간호부 사라 감프Mrs. Sairey Gamp 부인이다. 이 두 사람은 영국인이 사랑하는 캐릭터로서 이들의 도자기 인형도 쉽게 만날 수 있다.

찰스 디킨스(1812~1870)는 빅토리아 여왕 시대의 평범한 서민들 삶을 그린 소설들을 남긴, 영국인들이 사랑하는 작가 중 한 명이다. 그는 아버지의 파산으로 인해 12세 때부터 돈을 벌기 위해 열악한 환경의 구두약 공장에서 일하며 과도한 노동에 시달렸던 경험을 바탕으로 도시민의 빈곤한 삶 속 아픔과 좌절감을 표현했다. 그의 자전적 소설인 『데이비드 코퍼필드』와 『위대한 유산』은 그 시대의 사회상을 비판했고, 『올리버 트위스트』, 『크리스마스 캐럴』, 『두 도시 이야기』도 사랑

윌킨스 미코바. 여만 회사의 은 도자기 종과 19세기 『데이비드 코퍼필드』의 삽화

을 받는다.

58세에 사망하며 런던의 웨스트민스터 사원에 안장되었는데, 그는 "세상 사람들은 나보다 더 노력했으나 나의 반도 성공하지 못했다. 나는 세속적인 것에 운이 있었다."라며 겸손한 모습을 보였다. 묘비에는 "그는 가난하고 고통받고 박해받는 자들의 동정자였으며 그의 죽음으로 세상은 영국의 가장 훌륭한 작가 중 하나를 잃었다."고 쓰였다.

『데이비드 코퍼필드』의 주인공인 유복자 데이비드는 어머니가 재혼하였고 계부繼父 머드스톤과 계부 누나의 학대를 받다가 집에서 쫓겨나 기숙학교로 보내진다. 그러나 어머니가 출산 도중 갑자기 죽는 바람에 학교를 중퇴하고 10세부터 계부의 가게에서 점원으로 일한다. 그러다 장래를 위하여 도버에 사는 큰고모에게 도움을 청하기 위해 도망간다. 각종 어려움, 위험, 굶주림 속에서도 큰고모를 만나게 되고, 그녀의 도움으로 캔터베리의 학교에 들어간다. 법률사무소를 운영하는 위크필드의 집에서 기숙하며 그의 딸 아그네스와 친해진다.

학교 졸업 후에는 고모의 뜻에 따라 위크필트 사무실의 견습생이
되었고, 그곳에서 사악한 사환 히프도 만난다. 그러던 중 고모가 파산
하는 당황스러운 상황을 맞는다. 이후 경력을 쌓으려 찾아간 스펜서
법률사무소에서 그의 딸 도라를 만나 사랑하고, 우여곡절 끝에 도라
와 결혼하여 소설가로서 잠시 행복하게 산다. 그러나 아내의 죽음, 친
구의 죽음 등의 이어진 불행으로 유럽으로 떠났고 3년이 지난 뒤 영
국으로 돌아온다. 그리고 그동안 자신을 항상 아껴주고 도와주던 아
그네스의 사랑을 알게 되어 그녀와 결혼하여 안정을 찾고, 이후 작가
로서 명예와 부와 행복을 쌓아간다는 것이 줄거리다. 소설에 등장하
는 다양한 캐릭터의 인물들은 모두 디킨스가 살아가며 만난 사람들의
모습인 '자전적인 소설'이다.

소설에는 데이비드가 성장하는 데 큰 영향을 끼친 인물이 여럿 등
장한다. 그중 심성은 착하나 왠지 얼빠진 낙천가로 빚을 얻어 살림을

사라 감프. 은 도자기 종과 그녀를 묘사한 19세기 카툰

꾸려가다가 결국은 돈을 갚지 못해 데이비드를 제외한 전 가족을 채무자 감옥에 넣었던, 아버지의 분신과 같은 인물이 윌킨스 미코바다. 미코바는 데이비드의 양부 머드스톤의 와인병 가게 직원이었으나 회계를 잘못 처리하여 쫓겨난다. 그는 후일 감옥에 들어가면서 데이비드에게 "부디 행복하고 성공하길 빈다. 나의 처지를 거울 삼고 오늘 할 일을 내일로 미루지 마라. 세월이 흐른 뒤 나의 이 초라한 운명이 너에게 좋은 교훈이 되었다면 내가 이 세상에 태어난 게 헛되지 않았다고 생각한다. 내가 너의 앞날에 도움이 되었다면 정말 기쁘겠다."라 한다. 영어권에서는 공상적인 낙천주의자의 대표로 미코바가 자주 소환된다. 그의 "연 소득이 20파운드인데 지출이 19.975파운드면 행복하고 연 지출이 20.025 파운드면 그 결과는 비참하지."란 긍정적이고 낙관적인 말은 경제 위기 때마다 인용된다.

디킨스의 다른 소설 『마틴 처즐위트』에 등장하는 감프 부인은 방탕하고 대부분의 일상에서 술에 취해 엉성하며 황당한 모습을 보이는 근대 이전의 간호부다. 그녀의 모습은 나이팅게일의 간호 개혁 이전인 초기 빅토리아 시대 영국의 훈련되지 않고 무능하기까지 한 전형적인 간호부의 행태를 비난할 때 자주 인용이 되는데, 디킨스는 친구가 소개한 실제 간호부를 묘사했다고 한다.

그녀는 풍성한 몸매에 항상 우산을 들고 다니며 특별하게 과시한 인물로 많이 부족하지만 최선을 다해 열심히 사는 인간적인 모습을 보여준다. 처즐위트가에 얽힌 삶을 그린 이 소설은 크게 사랑받지는 못했으나 처음 연재되던 때 감프의 삽화 캐리커처는 대중에게 인기가 많았다. 무대서 초연될 때는 코미디언이기도 한 배우가 그녀를 재밌게 표현했다고 한다.

목발을 든 아들과 밥 크래칫, 스크루지와 크래칫. 19세기 『크리스마스 캐럴』 삽화

디킨스가 즐겨 묘사한 미코바, 감프 부인과 같은 캐릭터로는 스크루지가 주인공인 소설 『크리스마스 캐럴』에 등장하는 '밥 크래칫' 도 있다. 그는 유능하지도 않고 지각도 일삼아 스크루지가 자주 꾸중을 하던 사무실 직원이다. 크리스마스 전날 밤, 현재의 자기 모습을 보여주는 유령이 스크루지를 데리고 간 곳은 밥 크래칫의 가정이었다. 가난하지만 서로를 아끼며 위로하고 행복하게 사는 아름다운 가족이었다. 심한 장애가 있는 아들 팀을 돌보는 이들의 모습에서 스크루지는 깊은 연민의 정을 느낀다. 그리고 미래의 유령이 죽은 후 자신을 멸시하는 사람들의 모습을 보여주자 스크루지는 자신의 일생을 참회하며 남은 인생은 선행을 베풀기로 결심한다.

그는 아직 기회가 있음에 감사하며 크리스마스 날이 밝자 연락을 끊고 지내던 죽은 여동생의 아들이 연 파티에 큰 칠면조를 배달시키고 심부름한 아이에게 푸짐한 용돈을 준다. 자선기관에다 돈을 기부하고 출근길에는 아이처럼 마차의 뒤를 잡고 미끄럼을 타다가 엉덩방 아를 찧는다. 거리에서 캐럴을 부르는 사람들에게 목소리를 보탠다. 아침에 지각한 직원 크래칫에게는 큰 소리를 꾸중을 한다. "난 이런 자네를 그냥 둘 수는 없네. 자네의 급료를 인상하겠네."

생각해 보면 위의 세 사람은 하나같이 사회 부적응자처럼 보이고, 어딘지 조금씩 모자라는 듯하다. 그러나 생활이 넉넉하진 않으나 서로를 아끼고 보듬으며 열심히 살아가는 따뜻하고 평범한 그 시대 영국인의 모습이다. 그러니 영국인들이 진정으로 사랑하는 인물은 디킨스의 소설에서 스포트라이트를 받는 주인공보다도 이런 인물일 것이다. 평범한 영국인들은 미코바 씨, 감프 부인, 그리고 크래칫을 이렇게 도자기 인형으로 만들거나 종으로 만들어 옆에 지녔다. 다소 비쌀 수도 있는 은 종에서 흘러나오는 그들의 목소리를 가까이 듣고자 기꺼이 지갑을 열었다.

1935년 5월 22일생 미국인 로버트

1935년 5월 22일은 그해의 21번째 수요일. 구글링으로 검색해 본 1935년 5월 22일 자 〈New York Times〉에는 '1932년 괴뢰정부 만주국을 건국한 일본이 중국 북부 국경을 강하게 압박하고 있고, 중국 내부에는 경찰 공권력이 잘 작동되지 않는다', '메이플라워를 타고 미국으로 온 초기 이민자의 후손들이 연락되어 처음으로 다시 모였다', '스위스는 앞으로 외국 침략을 않겠다고 공표' 등의 기사가 실려 있다. 이런 기사들보다 3일 지난 5월 25일에 있었던 '야구 메이저리그의 베이브 루스가 역사에 남는 714호 홈런을 쳤다'는 뉴스가 미국인의 관심을 더 끌었을 것이다.

1935년은 일제식민지가 된 뒤 사반세기 되던 해이고 애수에 찬 이난영의 〈목포의 눈물〉이 발표된 해다. 이해에 태어난 사람은 2022년엔 87세인데 엘비스 프레슬리, 줄리 앤드루스, 프랑수아즈 사강, 우디 알렌과 과학자 이휘소, 디자이너 앙드레 김, 배우 이대엽, 정치인 이회창 등이 있다. 이미 고인이 된 분이 많고 생존한 분 중 아직까지 사회 활동을 활발하게 하는 분은 거의 없다.

갑자기 1935년 5월 22일을 소환하는 특별한 이유가 있다. 이날 태어난 미국인 '로버트'에 대하여 이야기해 보려 한다. 이날 태어난 이름이 '로버트, Robert'란 사람을 검색해 보니, 나도 알 수 있을 정도로 특출한 분은 검색되지 않았다. 1935년 태어난 미국인 남성들의 이름(first name)을 빈도순으로 나열하면 로버트가 5만 6519명으로 1위다. 다음은 제임스(5만 4998명), 존(4만 7493명), 윌리엄(4만 197명), 리처드, 찰스, 도널드의 순이다. 그러므로 1935년 5월 22일생 로버트란 남성의 수는 확률적으로 150명(5만 6500명/365일) 정도가 되니 몇 명 정도의 인사는 검색될 것으로 생각했으나 이번 구글 검색에서는 5월 22일 태어난 로버트로서 사회적 흔적을 남긴 분은 찾을 수 없었다.

검색 조건에 딱 맞는 한 사람의 미국인을 찾기는 했으나 애석하게도 미국 동부에서 살다가 2021년에 이미 사망한 로버트 홀Robert Hall이란 분이었고, 어느 장례식장 웹사이트에 올라온 장례식 안내 글에서 그를 볼 수 있었다. 이분은 1953년 살던 동네의 고등학교를 졸업하고, 군 복무를 마친 후 트럭 운수회사의 터미널 담당 매니저로 평생 일하였다. 은퇴 후 지역 교회에 열심이셨고 몇 개의 봉사활동 클럽에 참석하던 마음씨 넉넉하고 평범한 미국인이었다. 은퇴 후 낚시, 독서, 비글 개와 함께 산책하는 것을 좋아했고, 부고장은 그가 가족 중 손녀를 특별히 사랑했고 손자와는 좋아하는 것이 비슷해서 감정적으로 매우 일치했다는 인간적인 면모를 소개했다. 지역 신문에 장례식 안내나, 부고를 게재하는 미국인의 장례 방식으로 보아, 앞으로 이후 같은 날에 태어난 또 다른 로버트의 부고 기사가 있을지도 모르겠다.

'1935년 5월 22일생 로버트'가 새겨진, 은으로 만든 유아용 딸랑이 치발기(齒發器, baby rattle)에 대한 이야기를 하고자 한다. 1800년대 중반부터 한동안 서양(특히 미국)에서는 아기가 태어나면 친인척이나 지인들이 아이의 이름이 새겨진 치발기를 선물하는 풍습이 유행했다.

가족과 친지들은 순은(純銀, sterling silver라 함) 방울이나 딸랑이에 아기의 출생일과 이름을 새겼고, 둥근 고리에는 전복껍질(mother of pearl)을 가공하여 방울이나 종을 달았다. 아이의 출생 기록 물품(birth record)이라고도 부른다.

20세기 들어 플라스틱 기술이 발전하며 매끈하고 단단한 플라스틱으로 둥근 링을 만들기도 했으나, 전복 껍질 가공품과 같은 천연 재료로 만든 것이 많다. 주인공인 아기는 딸랑 소리를 내며 이것을 흔드나, 아기들이 손에 쥔 것들 대부분은 결국 입으로 들어간다. 생후 6개월 정도에 치아가 나기 시작할 때 잇몸이 근질근질하여 아기는 이것을 열심히 깨물거나 빨고 다닌다. 그러니 입으로 빨아도 무해한 전복 껍질이 가장 좋은 재료인 것이다.

유아용 치발기 종과 방울(Baby Teething Ring Rattles)은 1859년 뉴욕에서 시작한 은제품 생활용품 공방인 웹스터와 형제(Webster&Bros) 회사에서 만들어 판매했고, 1970년대 초까지도 인기리에 판매되었다. 웹스터

은제품 회사는 1900년대 초 뉴욕, 시카고, 샌프란시스코에 분점을 여는 등 큰 성공을 거두었고 1928년 인터내셔널 실버 회사에 병합되었으나 1981년 오니다Oneida 은 회사로 통합되어 사라질 때까지 웹스터-윌콕스Webster-Wilcox 이름으로 각종 은제 생활용품을 만들어 미국과 세계인들의 사랑을 받았다.

1935년 5월 22일생 로버트는 비교적 유복한 집안에서 태어난 것 같다. 출생 직후, 그에게는 92.5% 순은제 웹스터 치발기가 3개나 주어졌고 이것들은 한동안 로버트의 손과 입 속을 오가며 주어진 역할을 다했을 것이다. 아이가 성장한 후 이게 어떻게 보관됐는지는 알 수 없으나, 87년 이상이 지나 이 치발기들이 한 묶음으로 경매대에 등장하였다. 아마도 2021년 10월에 사망한 로버트 홀 씨의 유품이 이리저리 흩어져서 금년에 이걸 가진 사람이 팔겠다며 나섰을 것이다.

영국과 프랑스도 1800년대 중반까지 영아 사망률이 20%를 상회했고 일본은 25%에 달했다고 한다. 우리나라는 이런 기록들이 없으나 거의 20세기 중반까지도 영아 사망률이 매우 높았다. 홍역이나 천연두를 극복하고 출생 후 1년 정도는 생존해야 호적에 이름을 올릴 수 있었던 경우가 많다. 그래서 1950년대 출생한 내 또래들은 주민등록증 출생일이 실제 생일과 일치하지 않는 친구들이 많다. 근세 이전에는 아이가 마마 귀신의 눈에 띄지 않게 이름도 많이 겸손하게 불러서 개똥이, 돌쇠 등등으로 불렀고, 그의 출생 흔적은 성인이 되어서야 호적이나 호패에 남겨질 수 있었다. 그나마 일부 계층에서만 가능했으니, 한반도에 살았던 사람들 다수는 척박한 땅에서 힘들게 살다가 무명으로 사라졌다.

디지털 세상이 되며 엄청난 정보가 떠돈다. 이젠 평생 내공을 쌓았다는 찬사를 받을 정도의 노력과 공부를 하지 않았더라도 약간의 영어 실력과 성의만 있으면 관심 분야에 깊게 파고 들어갈 수 있다. 곳곳을 파고들면 다양한 분야에서 예상치 못한 사연을 만나게 되고, 전혀 상상치도 못하던 인류의 삶을 알게 된다. 1935년 5월 22일 미국 동부서 태어나, 2021년 펜실바니아주립대 병원에서 사망한 극히 평범한 사람의 흔적과 사연을 치발기 딸랑이를 통하여 2022년 9월 대한민국 대구광역시 어느 아파트에서 보게 될 줄이야. 앞으로는 또 어떤 세상이 펼쳐질지 궁금해진다.

트리에의 칼 마르크스

2018년 10월 독일에서의 학회 후, 귀국 비행기는 저녁에 출발이었다. 귀한 시간인 만큼 낮 시간을 어떻게 보낼까? 고민하던 중, 동료 교수에게서 독일 친구와 다녀왔던 트리에Trier에 관하여 들었다. '포타 니그라Porta Nigra'라는 로마시대 유적이 있는 독일에서 처음 형성된 도시이고, 칼 마르크스의 탄생지라 하였다.

처음 들어보는 곳이지만, 칼 마르크스의 탄생지라는 점에 관심이 갔다. 차량을 렌트한 후배 교수들에게 이 흥미로운 도시에 가자고 부추겼다. 트리에는 독일의 동남부, 룩셈부르크에 인접하고, 오랫동안 교역의 중심이 된 종교 도시이기도 하다. 일찍부터 가톨릭 대주교좌가 위치했으며 중세에는 마녀사냥 재판이 창궐한 도시로도 알려져 있다. 지리적인 관계로 전쟁의 피해도 많이 겪은 곳이고, 1794년 프랑스 혁명 이후 나폴레옹 시대에는 프랑스의 영토였다가 1815년 프러시아 영토가 되었다.

뒤셀도르프에서 이른 아침에 출발하여 차량으로 남쪽으로 두 시간 반을 운전하여 고색창연한 도시에 도착하였다. 포타 니그라는 '검은 문'이란 뜻으로 로마시대인 서기 170년경에 이 도시(성城)로 들어가는 4대문 중, 북쪽의 회색사암으로 만든 돌문이다. 오랜 세월이 지나며 건물과 다른 문들은 사라졌고, 풍화작용으로 검은색으로 변한 이 문만 남아 중세 이후 '포타 니그라'라 불렸다고 한다.

11세기 여기 흔적에 살았던 그리스 수도승 시메온을 기리는 성당이 인접하여 건립되었고 이후 우여곡절을 거치며 오늘까지 살아남아 1986년 유네스코 문화유적이 되었다. 웅장한 성모성당과 수많은 관광객들이 길거리 음식점에 나와 앉아 포도주와 에스프레소를 즐기는 여유롭고 고즈넉한 풍경이 인상적이었다.

누구는 우리 나이 세대를 윗세대의 피땀으로 이룬 산업화의 혜택을 입어 처음으로 가난에서 벗어난 세대라고 하고, 지금 우리 정치를 이끌고 있는 1980년대 학번 후배들은 나라와 국민 걱정을 안 해본 이 기적인 세대라고 하였다.

76학번 우리 또래는 긴급조치시대에 대학 생활을 하였고, 대부분은 제대로 된 데모는 한 번도 못 해보고 세상에 진출하였다. 특히 본 대학 캠퍼스와 떨어진 의대를 다녔던 나는 1970년대 후반 박정희 대통령의 암살에 이어 전두환이 등장하던 격동기에도 엄청난 학습량과 낙제의 위협 속에 생존 경쟁을 하느라 정치에는 관심을 두지 못하였다. 당연히 학창시절 치열하게 학생운동을 한 친한 친구조차도 거의 없다.

병원 수련을 마치고 강원도 전방 사단의 군의관으로 근무하던 1987년, 서울의 대학생들이 전방 부대 입소 훈련을 위해 들어왔다. 이들은 숙소인 텐트에서 자기가 원하는 친구들과 같이 지낼 수 있게 해달라며 부대에 들어오자마자 스크럼을 짜고 시위를 시작하였다. 사단장을 비롯한 지휘관들도 어쩔 줄 몰라 하는 것 같았고, 전차중대의 탱크들을 배치하여 이들이 나가지 못하도록 둘러쌌던 게 유일한 대책이었다. 어차피 부대 밖으로 진출한다고 해도 캄캄한 산과 비포장도로 밖에 없는 곳이었다. 지휘관들은 학생들을 이기지 못하고 그들의 요구를 들어주었다.

나는 병영 집체 훈련을 처음 받은 학번인데, 1976년 8월 18일에 향토사단 신병교육대에 입소하였다. 그날 밤 터진 판문점 미루나무 제거와 관계된 북한군의 도끼 피습(8.18) 사건으로 그날 밤부터 퇴소 시까지 비상이 발령되었다. 제일 더운 여름 낮에 끊임없는 훈련과 밤에도 반복되는 기합으로 10일간 모두 악이 받쳤던 기억이 있는지라 과히 이들의 전방 사단 군부대 내의 데모는 문화적 쇼크였다.

'젊어서 마르크시즘(좌파)에 빠져보지 않으면 바보요, 늙어서도 마르크시즘(좌파) 신봉자라면 바보'라는 말이 유행하였다. 젊어서 좌파적 생각, 마르크시즘을 제대로 알지도 못하고 떠들어 본 적도 없으니 젊어서 민주화 운동에 투신하고 자본주의 모순을 타파하기 위한 민주 민중 운동에 탐닉한 1980년대 학번들에게는 뭔가 모자라고 부족한 형이었을 게다. 사실 1970년대 학번들은 직장생활하며 마르크스, 사회주의란 말만 나오면 위축되었던 게 사실이 아닌가 생각한다.

그래서인지 트리에를 꼭 가보고 싶었고, 칼 마르크스(1818~1883)를 보고 싶었다. 그는 19세기 이후 태어난 철학자 중 인류에게 가장 널리 회자되었고, 세상에 지대한 영향을 미친 철학자라는 글을 본 적이 있다. "유물론과 노동가치설, 계급투쟁과 프롤레타리아 혁명. 자본론, 종교는 아편이다." 그의 삶과 사상을 단편적으로 읽어 보았으나, 그의 발전과 전개과정을 깊게 이해하지는 못한다. 여전히 많은 것들은 수사로만 나의 머리 안에 남아있다.

개신교로 개종한 유대인 변호사 아버지에게서 태어난 그는 1835년 본 대학에 입학하여 떠날 때까지 포타 니그라 바로 앞에서 자랐다. 이

후 쾰른, 베를린, 파리, 브뤼셀을 떠돌았고, 런던에서 엄청난 장서를 보유한 대영도서관을 드나들며 생각을 다듬었고 평생의 동지인 엥겔스를 만나 공산주의 사상의 기본을 완성하고 노동자의 세상을 꿈꾸었다. 그러나 학창 시절 나에게는 그의 철학을 공부할 기회는 주어지지 않았고, 일상에서도 가끔씩 곁눈으로 힐끔힐끔 쳐다보기만 했었다.

2018년은 칼 마르크스의 출생 200주년이 되는 해였다. 포타 니그라에 붙은 시립박물관에는 5월부터 10월 말까지 칼 마르크스 특별전이 열리고 있었다. 출생에서부터 사망에 이르기까지 그의 일생을 따라 시대별로 정리한 그 시대 시민들의 삶을 표현한 그림과 유물과 함께 마르크스와 가족의 초상화, 사진, 마르크스의 집필 원본 등이 상세한 설명과 함께 전시되고 있었다. 어린이들을 포함한 많은 관람객이 열심히 그의 흔적을 살피고 있었다.

나오는 곳에 위치한 비디오에서는 마르크스에게서 큰 영감을 받은 유명 인사들의 사진이 주르륵 비쳐지고 있었다. 레닌, 모택동, 스탈린, 카스트로, 등소평, 김일성, 카다피, 사담 후세인, 베네수엘라의 차베스 등등에 피카소, 조안 바에즈 같은 예술가들까지…. 사람들은 마르크스의 삶을 보여주는 이 전시회를 나오며 무슨 생각을 할까? 나는 길지 않은 세월이 지나면, 마르크스의 사상으로 세상을 바꾼 우리나라 정치인의 얼굴도 이 비디오에 소개될 것 같다는 생각을 하였다.

박물관 바깥 길에는 탄생 200주년 생일인 금년 5월 5일, 시진핑 주석이 중국에서 주조하여 선물하였다는 높이 5.5m의 청동 동상이 서 있다. 동상 설치 시 트리에 시민들은 공산주의, 사회주의를 창시하여 오랫동안 소련에 의한 독일 분단을 야기한 빛바랜 이데올로기의 주인공을 중국이 큰 동상으로 만들어 설치하는 데 반대하기도 했으나, 트

리에 시장은 도시가 나은 걸출한 철학자 마르크스를 받아들였다. 그 상황은 독인보다는 우리나라 신문이 더 많이 보도하였다고 한다.

인구 10만의 트리에시에는 매년 15만 이상의 중국인들이 방문한다. 중국 당국에서 유럽 관광 일정에 트리에를 방문하는 일정을 넣어야만 당국의 허가가 난다는 소문도 있다. 그러나 중국인 관광 철이 아닌지 머무는 동안 길거리에서 중국인 행렬은 볼 수 없었고, 대부분은 나이 든 독일인이었다. 과거 동독에서 살던 노년층이 그 시절을 그리워하며 이곳을 방문하는 게 아닌가 하고 생각해 본다.

칼 마르크스의 생가를 방문하고 그의 동상 앞에서 사진을 찍었으나 큰 감동은 없었다.

26년 만에 만난 헝가리 유대인 티보 박사

그를 처음 만난 것은 1993년 봄으로 기억한다. 잔디가 파릇파릇해지고 세상에 봄 아지랑이가 피어나던 봄이었으나, 나의 마음은 아직도 엄동설한이었다. 전임상사 발령 받고 3.5년이 지나서, 장기 외국 연수를 떠났다. 우리나라 연구자들이 그렇게 열망하던 미국 국립보건원(NIH)의 포가티 연구원 자리를 제안받았고, 실험에 대한 기본 지식이나 경험도 없이 그렇게 덜렁 전 세계 최고의 의과학 연구기관인 NIH로 떠났었다. 방사화학연구실이었는데 방사능 표지 항체를 이용한 암의 진단과 치료, 뇌의 신경 수용체를 표적으로 하는 방사능 추적자를 개발하는 임무를 수행하던 곳이었다. 나의 임무는 주로 화학자와 약사들이 방사성 물질을 표지해 준 화합물을 세포나 생체에서 검증을 하는 것이었다.

환자 진료만 하던 임상의로 살다가 마주친 최첨단 연구팀에서 내가 독자적으로 할 수 있는 일이 많지는 않았고 할 수 있는 능력도 없었다. 나의 정체성에 대한 생각으로 늘 불만과 고민이 많았다. 한편으로는 NIH로부터 적지 않은 봉급을 받았음에도 일하러 온 것보다는 한국에 돌아가서 학교와 교실의 발전에 도움이 될 공부를 하러 선진국에 왔다고 공공연하게 발언했으니, 나를 초청해 주신 백 박사님은

티보 바칵스(Tibor Bakacs) 박사와 함께

어처구니없는 나의 모습을 가소로워하셨을 게 분명하다.

당시 틈틈이 타 연구팀과의 공동과제를 수행하는 경우가 있었다. 그 봄에 처음 참여한 연구는 NIH 산하의 국립암연구원(NCI)이 개발한 항체나 단백질 펩타이드 등을 방사능 표지하여 실험동물에서의 체내 분포를 살피고 종양을 이식한 면역결핍 생쥐에서의 치료 효과를 밝히는 일이었다. NCI의 실험면역연구실에서 개발한 이중특이항체를 검증하고 효능을 최대화시키는 연구를 수행하게 되었다.

25년 이상이 지난 지금도 그 개념에 감탄하게 되는 2단계 암 표적 치료법의 개발이었다. 항체의 두 팔 중 한쪽 팔은 암 조직에 결합하고, 다른 한쪽은 림프구와 같은 면역세포와 결합하게 함으로써 림프구에 의한 암의 면역치료를 가능케 하는 이중항체를 개발하였다. 마침내 유방암을 생쥐 폐에 이식하고 항체 치료를 하여 치료가 가능한지를 밝히는 체외동물실험을 맡았다.

이 실험에서 NCI 실험면역연구실의 중견 과학자가 나의 파트너로 배정되었다. 티보 바카스Tibor Bakacs. 그는 헝가리 국립암연구소에 근무 중인 의사과학자로서 당시 미국 NCI에 연구차 머물고 있었다. 의과대학을 졸업하고 기초의학 연구에 매진하여 면역학 박사를 취득한 이후, 노벨상의 산실 스웨덴 카롤린스카 연구소, 영국 케임브리지대학 등에서 연구 활동을 한 바 있는 경험 많은 의과학자였다.

동물 실험은 손이 상당히 많이 간다. 동물에 약물을 주입하고 시간별로 마취하여 영상을 얻고, 또 시간별로 동물을 희생하여 장기 내 약물의 분포를 측정하고 결국은 암의 크기가 얼마나 줄었는가를 평가해야 하니 밤을 새워 생쥐 실험을 수행해야 하는 경우도 많았다. 하여튼 그해 더운 여름부터 늦가을까지 오랜 기간 실험을 반복하고 결과를 분석하였고, 꽤 괜찮은 과학 잡지에 그 결과를 논문으로 발표를 할 수 있었다. 티보가 1저자였고 나는 2저자가 되었다.

공동 연구 중 그와 많은 대화를 나누었다. 그는 나보다 10년 이상 연상이었으나 공손하였고, 어려움이 닥쳐도 언제나 차분하게 일을 풀어나가는 멋진 사람이었다. 또한 동방의 한국이라는 나라에 대한 호기심과 존경심을 보여주었다. 당시 대우를 비롯한 많은 기업이 헝가리를 비롯한 동유럽에 진출하였기에 이 나라 국민들은 우리나라를 경이롭게 보고 있었던 것 같다. 두 나라에 대한 이야기도 많이 했다.

특히 그의 아버지는 헝가리의 군의관이었는데, 1951년부터 1953년까지 북한을 지원하는 헝가리 군의관이었고 마지막에는 헝가리 지원단의 단장이었다고 했다. 그의 아버지는 생전에 한국 이야기를 자주 했는데, 아마 묘향산 근처 산악지대에 부대가 자리했던 것 같았다. 아름다운 한반도의 가을 단풍과 맑은 물, 눈 덮인 북한 산악의 아름다움을 평생 잊을 수 없다고 했다며 전해주었다. 언젠가는 한국에 여행 가라고 했단다. 그리고 폐허가 된 북한의 도시에 대한 이야기도 많이 들었는데, 이제는 완전히 선진국 대열에 접어드는 한국을 TV에서 보니 우리 국민이 존경스럽다고 하였다. 그의 아들은 헝가리에서 고교 수구(water polo) 선수였기에 이 특기를 바탕으로 미국에 남겨 더 공부시키고 싶다고 하였다.

실험의 마지막 즈음에 그와 얘기를 하다가 실수를 했던 기억이 있다. 미국의 좋은 대학이나 주요 연구소에는 유대인들이 많고, 변호사, 주요 기업들의 CEO도 유대인 수가 압도적이어서 노벨상도 유대인이 독식하는 경향이 있다. 이들의 정치적인 파워도 막강하여 미국을 좌지우지하며 이스라엘을 도와 불쌍한 팔레스타인 사람들을 공격한다고 말했다. 유대인들이 나쁘다고도 했다.

티보는 가만히 듣고만 있었다. 그러다가 자기도 헝가리 유대인이라고 말했다. 순간 당황스러웠고 미안했다. 6개월 이상을 같이 일하면서도 그가 유대인인지를 몰랐었기 때문이다. 아차… 장면을 회피하기 위해, 미국에 이민 온 민족들 중 숫자 1에서 10까지만 셀 수 있으면 시장에 장사하러 나가는 강인한 두 민족이 있는데, 그게 유대인과 한국 민족이라는 이야기가 있다며 말도 안 되는 얘기로 얼버무렸다. 당시 다른 과제로 같이 일하던 이스라엘에서 온 유대인 친구도 있었으나, 당연히 그가 유대인임을 알고 있었기에 그에게는 그런 공격적인 말을 한 적이 없다.

그해 가을에 과제가 끝난 후, 나는 나대로 바빴고, 그는 얼마 후 헝가리로 귀국했다. 지난 26년 동안 그와는 몇 년에 한 번 정도 이메일로 안부를 주고받는 정도로 지난 것 같다. 사실 나는 20년 전 하루 동안 헝가리를 방문할 기회가 있었으나 일정이 너무 빠듯하여 그와 만날 생각은 엄두도 내지 못했고 연락도 하지 않았다.

2019년 9월 8일 저녁 유럽갑상선학회 참여차 헝가리 부다페스트를 방문하였고, 이메일로 연락하여 26년 만에 그를 다시 만났다. 숙소 로비에서 그와 만나서 서로 포옹을 했는데, 나는 방향을 잡지 못해 그의 머리에 박치기할 뻔했다. 그도 이젠 73세 할배가 되었으나, 여전히 연구를 하고 있었다. B형 간염이나 중독한 바이러스에 감염된 세포에 약한 바이러스를 감염시켜 면역 작용을 유발하고 이로써 중독한 바이러스 질환은 치료를 할 수 있는 기술을 개발했다며, 이 기술의 산업화를 위한 바이오벤처 회사를 운영하고 있다고 했다.

그날 저녁 그와 그의 부인, 아들 토마스와 같이 맛있는 헝가리 음식을 즐겼고, 한국에서 가져간 선물을 주었다. 그리고는 다음을 기약하고 헤어졌다. 그러나 마음속에 남아있던 그때 그 이야기의 앙금들은 꺼내지도 못했다. 그 명제는 아직도 너무나도 무겁기 때문이었다.

나치 독일의 악랄한 아우슈비츠 수용소에서 독가스에 의해 가장 많이 희생된 민족이 헝가리에서 이송된 유대인이었다. 이번에 폴란드 아우슈비츠 절멸수용소 박물관에 게시된 자료를 보니 공식적인 독일 자료에는 1942년에서 1944년까지 130만 명의 유대인이 유럽 전역에서 이 죽음의 수용소로 보내졌고, 110만 명이 가스실 처형과 중노동에 의한 영양실조와 질병으로 죽었다고 했다. 130만 명 중 헝가리 42만 6천여 명, 폴란드 30만 명, 프랑스 6만 9천 명, 네덜란드 6만 명 순서였다. 실제로는 600만 명의 유대인이 나치 치하에 유럽 각지에서 죽었다고 전해진다.

헝가리 다뉴브 강가에는 2차 대전 당시 나치에 의해 강가에 일렬로 선 유대인들이 처형된 후, 시신들이 강가로 던져지며 남긴 신발들이 금속조형물로 남아있다. 관광객들은 어린이의 신발에 눈물을 흘린다. 티보네 가족들은 여기서도 살아남았고 아우슈비츠행 기차도 용케 피

다뉴브 강가, 2차 세계대전 당시 유대인 처형장에 남겨진 신발을 조형화한
금속신발. 누군가가 어린이의 구두에는 캔디를 채워두었다.

하였기에 오늘날 나를 만나게 되었을 것이다.

　26년 전 연구 당시, 나는 유대인에 대해 잘 알지도 못하면서, 티보에게 괜스레 유대인이 싫다고 떠벌렸다. 모든 분야에서 잘나가던 미국 내 유대인에 대한 막연한 질투심이 크게 작동했다. 기독교 일부 인사들이 말한 '예수를 팔았던 유대인', 어릴 때 읽었던 '피도 눈물도 없는 베니스의 상인의 고리대금업자 샤일록'의 이미지가 나의 정신 세계를 그렇게 만든 건지도 모르겠다. 최근 몇 년간 책으로, 성경으로, 그리고 각종 자료를 통해 유대인들을 조금씩 이해하고 있다. 수천 년 동안 처절하게 살아오며 오늘을 이룬 그들이었기에, 그들이 가진 '지금'을 깊이 간직하고 그들에 대한 간섭과 침범에는 필사적이며 과도하게 반응하고 있는 것 같다. 세상에 종교조차도 자신을 구원해 줄 수 없다는 극단이 있음을 받아들였던 그들이었기 때문일 것이다. 나는 60년 이상을 살고서야 조금씩 철이 들어감을 느낀다.

아우슈비츠와 프리모 레비

연초에 예기치 않은 수술을 겪은지라 오랜 망설임 끝에 헝가리에서의 유럽 갑상선학회를 다녀왔다. 폴란드 항공은 바르샤바를 경유하는 항로여서 돌아오는 길에 중간에 위치한 비극의 현장 아우슈비츠를 들러보고 싶었다. 누구는 그 징글징글한 비극의 현장을 왜 찾아가느냐고 했다. 나이가 들며 타인의 고통에 조금 눈이 더 가기도 했으나, 사실은 거의 30년 전 미국 워싱턴의 홀로코스트박물관에서 받은 강렬하고 묵직했던 인상으로 언젠가는 이곳을 가보아야겠다는 결심을 했었다. 또 살며 알게 된 한 거룩한 사람의 흔적을 살펴보고픈 마음도 있었다.

2019년 9월 11일 학회 후 귀국길, 폴란드 크라쿠프 인근(폴란드 지명은 오시비엥침)의 아우슈비츠Auschwitz 1 수용소와 바로 인접한 비르케나우의 2, 3 수용소를 들러보았다. 2차 대전 개전 후 폴란드를 점령한 나치 독일이 1940년 6월 이곳의 폴란드군 막사를 수용소화하여 유대인, 폴란드 정치범, 슬라브인, 소련군 포로, 집시를 가두고 전대미문의 폭력을 저질렀던 역사의 현장이다. 1945년 1월 소련군의 진주로 해방된 후 보존된 이 지역은 1997년 '아우슈비츠 강제노동 및 집중학살수용소'란 유네스코 세계 유적으로 일괄 지정되었다.

아우슈비츠 수용소 입구에 현수된 Arbeit Macht Frei.
노동이 그대를 자유롭게 하리라.

아우슈비츠 입구에서 만나는 "노동이 그대를 자유케 하리라(Arbeit Macht Frei)" 구호는 처음부터 마음을 짓누른다. 독일 지식인들이 가장 좋아했던, 노동의 참가치를 존중하자는 문구였다. 여기에서는 과도한 노동으로 수용자의 삶을 빼앗아 가면서 이들의 의식을 마취시키는 선동으로 쓰였다. 그나마 가스실행을 피했던 수용자들이 강제노동을 위해 매일 아침 이 글자가 현수된 출입문을 통과하며 죄수 악대가 연주하는 행진곡에 맞추어 무거운 발걸음을 옮겼다.

나중에는 그나마 구별조차도 어려워졌으나 나치 독일의 수용소는 강제 노동 수용소와 오로지 몰살을 위한 절멸 수용소로 구분된다. 수용된 인원 대부분이 처형되었던 소비보르, 베우제츠, 트레블링카, 헤움노 등 절멸 수용소의 사망률은 99.9% 이상이었다. 패망 직전의 독일이 절멸 수용소들의 자료를 폐기하고 건물을 폭파했으므로 흔적은 거의 남아있지 않다.

강제 노동 수용소는 '노동을 통한 절멸'을 시행하기 위해 유대인

아우슈비츠 입구의 그림. 생존한 수용자가 당시를 기억하여 그렸다. 매일 아침 수용자들은 노동을 위해 죄수 악단이 연주하는 행진곡을 들으며 힘든 노동의 현장으로 향하였다.

과 함께 정치범 등 바람직하지 못한 자, 피지배 지역의 엘리트, 전쟁 포로 등을 주로 수감했다. 강제 노동 수용소의 수용인 사망률은 15~59%였다. 아우슈비츠에서 노동 가능 인원으로 분류되는 인원은 10~20%이고 수용자의 최종 사망률이 85%에 이르렀기에 절멸 수용소에 가깝다. 그러나 처음부터 죽음의 수용소로 세워진 곳은 아니었다. 전쟁이 진행되며 나치의 유대인 문제의 최종 해결책이 수용 격리에서 절멸로 결정되면서 아우슈비츠-비르케나우도 절멸 수용소로 개조되어 1942년 초부터 그 기능을 본격적으로 수행하였다.

2차 대전 때 나치가 만든 광풍으로 전체 유럽 유대인의 80%에 해당하는 600만 명이 희생되었고, 공식 자료상 아우슈비츠에 이송된 150만 명 중 가스실과 중노동, 영양실조로 사망한 유대인도 130만 명에 이른다. 처음에는 총살을 하였으나 1941년 9월 소련군 포로와 폴란드인 수백 명을 가스 독살에 성공한 이후 1945년 1월 소련군에 점령당할 때까지 엄청난 인원을 독가스로 학살하였다.

가스실로 보내진 희생자들은 대부분 노동력이 없는 노인과 여성, 어린이들이었고, 수용소 도착 즉시 선별되어 학살되었다. 살해 대상과 노동 대상을 분류하는 작업은 나치 SS군의관들의 주도하에 이루어졌으니, 실질적으로는 존더코만도(Sonderkommando, 특수직무반)라 불리는 차출된 남성 유대인 수감자들이 담당했다. 희생자들은 이들을 보고 같은 유대인들이 우리를 죽이겠냐며 안심했다고 한다.

가스실에는 한 번에 2천 명까지 들어가서 데게슈가 만든 치클린B 가스로 학살당했는데 나중에는 싸고 구하기 쉬운 일산화탄소도 이용되었다. 1944년 8월 어느 날은 2만 4천 개의 시신이 처리되었다는 증언이 있다. 피해자들에게는 샤워를 한다며 신발과 옷을 벗게 한 뒤 샤워실로 위장된 가스실로 들여보냈다. 굴뚝으로 들어온 가스에 의한 독살이 완성되는 데는 3~30분이면 충분했다.

가스실에서 처형된 희생자들은 바로 옆에 붙은 이 같은 소각로에서 소각되었다. 잿가루는 흙에 뿌려졌고, 비료로도 사용되었다. 소각로에서 회수한 뼛가루를 담아둔 슬픈 기념품도 남아있다.

수용소 소장이었던 나치 SS경찰 루돌프 회스는 전후 아우슈비츠 전범 재판소에서 사형을 언도받고 그의 사무실이 마주한 곳에 마련된 이 교수대에서 사형이 집행되었다. 그는 가스실에서 처형되지는 않았다.

시신은 처음에는 매장했으나 이후 엄청난 학살이 감행되자 소각로에서 불태워졌다. 금니를 비롯한 귀금속은 수거되었다. 그들이 처형 전에 정리해 둔 신발과 옷은 수용소 내에서 재활용되었고 잘려진 머리카락은 카펫과 가발로 만들어졌다.

수용소장 회스 중령은 유대인인 존더코만도를 시켜 대량 독가스 처형을 한 후의 소감을 남겼다. "나는 총살에 관여할 때 군중이나 여자들과 아이들을 생각하면 언제나 참혹함과 혐오감에 사로잡혔다. 이제는 피비린내 나는 광경을 보지 않아도 되고, 한편으로는 희생자들도 최후의 순간까지 친절하게 돌보아줄 수도 있겠고 해서 나로서는 마음이 편했다."고…….

노동에 동원된 유대인들도 추위, 배고픔, 과도한 노동과 질병의 고통 속에 죽어 나갔다. 이들도 유럽 각지에서 유대인들이 수송되기 시작하자 노동력이 떨어지는 순으로 처형되며 새로운 공간을 제공하여

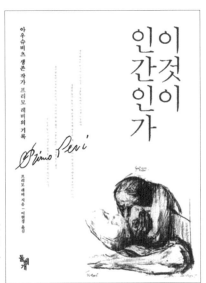

이태리 유대인 프리모 레비가 기록한 증언록. 이것이 인간인가? 기억하기 위해 살아남고자 했고, 그것을 증언하였다.

야 했다. 존더코만도들도 순환되어 순차적으로 가스실로 보내졌다.

1945년 1월 소련군이 아우슈비츠 바로 인근으로 진군하자 나치는 6만여 명의 수용자들을 깨워 한밤중에 얇은 옷차림으로 서쪽(독일 방향)으로 향하게 하는 '죽음의 행진'을 시작했다. 처음에는 낙오자들이 사살되기도 했으나, 수용소 생활로 쇠약해진 그들은 눈 오는 추위 속의 행진에서 스스로 죽어 나갔다.

70km의 행진에서 살아남았던 인원은 다시 가축용 열차에 옮겨졌는데, 한 량에 100명이 들어갔던 열차가 멈췄을 때 음식과 물도 공급되지 않았던 그 열차에서 내릴 수 있었던 인원은 한 량당 십여 명에 불과했다. 결국 아우슈비츠 수용소에서는 6,000여 명만이 최종적으로 소련군에 의해 해방되었다. 수용소 소장 루돌프 회스는 전범 재판에서 사형이 확정되어 가스실 대신 교수형으로 최후를 맞이했다.

헝가리 유대인인 나의 친구 티보 바카스 박사는 아우슈비츠 이야기를 하지 못했다. 관심 있으면 프리모 레비Primo Levi(1919~1987)의 『이것이 인간인가(If This is a Man)』를 읽어보라고 권했다. 토리노대학 화학과를 최우등으로 졸업하고도 취업을 못 하던 한 이태리 유대인인 레비는 반파시스트 지하운동을 하다가, 1944년 독일의 지배를 받던 이태리 경찰에 체포되어 아우슈비츠로 보내졌다. 1945년 1월 죽음의 수용소에서 해방될 때까지 자기가 경험한 일상을 절제된 글로 담담하게 기술하였다.

나치 독일이 주도한 '인간을 동물로 만들려는 작업'에서 죽지 않고 살아남은 그가 남기고자 한 사연들은 가슴 깊은 심연에서 솟아오르는 본연의 슬픔이었다. 매일 수용소 시신 소각로 굴뚝에 올라오는 불빛을 보고 그들은 말했다. "저 불빛과 연기가 우리야." 그런 지옥에서 살아 돌아온 자들은 두 부류로 구분된다. 잊어버리고 싶지만 결코 잊지 못하는 사람과 잊지 않고 꼭 기억하고자 하는 사람으로. 레비는 기억하고자 악착같이 살아남았고, 살아남았기에 기억하였다.

거기에는 악마도 있고, 선행하는 천사도 있었다. 그러나 범죄자도 정신병자도 없었다. 지켜야 할 도덕률이 없으니 범죄자도 없으며 우리의 행동이 우리가 상상할 수 있는 모든 것일 뿐, 자유 의지란 존재하지 않으므로 정신병자가 없는 것이라고 하였다.

레비는 평범한 독일인의 책임에 대하여 이야기하였다. 대부분의 독일인은 이를 들어왔으나 자세히 알고 싶어 하지 않았다. 불문율로 아는 사람은 말하지 않고, 모르는 사람은 질문하지 않으며, 질문한 사람에게는 대답하지 않았다. 스스로들 무지를 획득하고 그것으로 스스로를 방어하였다. 그러므로 그들의 책임은 막중하다고 했다. 그의 아픔은 언제까지였을까? '심판자'가 아니라 시대의 '증언자'로서 우리를 일깨워주던 레비는 70세가 되기도 전에 자살로써 생애를 마감하였다.

영화 〈쉰들러 리스트〉의 배경이 된 2수용소의 황량한 터에서 '이 것이 인간인가'를 반추했던 레비를 생각하고 전체주의 아래서 발휘 된 집단화한 인간의 초야만성을 떠올려 본다. 70년 이상의 세월이 흘 렀고, 세상은 다시 그 어디론가 흘러가고 있다. 그의 외할아버지와 외 할머니가 나치 독일에 의해 아우슈비츠 가스실에서 생을 마쳐야 했던 헝가리 유대인 친구 티보는 나에게는 자기 가족의 비극을 말하지 못 했다. 사실 관중들에게 말해서 무슨 치유가 되겠는가? 이미 그는 그 세월을 극복하고 있는 것 같았다.

헝가리 의과대학을 졸업한 그의 딸은 독일 슈투트가르트의 병원에 서 의사로 근무하고 있고, 그의 사위는 독일인 의사라고 했다. 그는 외조부모를 살해한 원수 같은 독일 민족을 마음으로 받아들였다.

암혹가의 두 사람
- 요세프 멩겔레와 막스밀리안 콜베

대학 시절 프랑스 영화 〈암혹가의 두 사람〉을 감명 깊게 보았다. 출소 후 악의 구렁텅이에서 벗어나기 위해 엄청난 노력을 하던 알랭 들롱은 그를 조여 오는 조직의 유혹을 어렵게 이어나갔다. 그러나 결국은 전과자가 다시 악의 늪에 빠지기만을 집요하게 유도하고 다시 잡아넣기를 기다리던 악한 경관을 살해하고야 말았다. 묵묵히 암혹가를 찾아다니며 그를 뒤덮은 음침함에서 풀려나오기를 바라던 은퇴 형사 장 가방은 교수대로 향하는 그의 모습을 뒤로하고 쓸쓸한 발걸음을 돌린다. 어두침침한 골목길에 스며든 두 사람의 우정이 관객을 뭉클하게 한다.

나는 아우슈비츠를 방문하면서 또 다른 '암혹가의 두 사람'의 흔적을 살피고 싶었다. 자신의 그릇된 신념을 증명하는 데 수많은 인명을 도구로 사용했던 의사 한 사람과 단 한 사람의 생명을 구하기 위해 자신을 기꺼이 던졌던 어느 성직자. 아우슈비츠 수용소 28동 건물 중 인접한 수용 건물 10사舍와 11사가 이들 두 사람의 혼이 깃든 곳이기 때문이다.

'노르웨이 오슬로에서 그리스 아테네까지' 아우슈비츠로 향한 수

송 열차의 출발지였다. 수용소가 위치한 폴란드와 인접 헝가리뿐만 아니라, 서쪽 끝 파리부터 유럽 대륙의 남북 전역에서 나치 경찰에 체포된 유대인들이 아우슈비츠로 이송되었다. 그들을 실은 화물 열차는 먼 길을 지나 영화 〈쉰들러 리스트〉의 촬영지로도 알려진 아우슈비츠 제2 수용소인 비르케나우에 도착했다. 이 유대인들은 이전까지 수용소나 감옥에서 볼 수 있던 전쟁포로, 반체제 정치인, 또는 범죄자들이 아니었다. 나치는 이들이 독일이 순수한 게르만 국가가 되는 데 방해가 되는 게르만 민족의 기생충과 세균 같은 민족이라며 수용소에 수용하고 영원히 박멸시키고자 했다.

1943년 봄부터는 SS(친위대) 장교복 차림의 젊은 군의관이 이들 유대인들을 맞이했다. 열차에서 내린 초췌한 유대인 가족들이 대열을 정리하면 독일 군인들이 이들의 선별작업을 실시하였다. 유대인 수용자 중 선발된 존더코만도(특수직무대)들이 이들의 지시에 따라 작업을 도왔다. 싸늘한 벌판에 서서 떨고 있던 그들의 생사는 독일 군인의 손가락 방향으로 생사가 갈라졌다. 비교적 건강하고 노동력을 제공할 수 있는 사람은 수용소 쪽으로, 15세 이하 어린이와 50세 이상, 환자, 노동력이 없는 사람은 바로 가스실로 보내졌다. 인간을 존중하지 않고 무도하게 학살했고, 어린이들을 포함한 일부는 잔인한 생체실험의 대상이 되었다.

젊은 장교는 '죽음의 천사'로 알려진 아우슈비츠의 내과 의사인 수석의무관 요세프 멩겔레Josef Karl Mengele(1911~1979)였다. 멩겔레는 이들의 생사를 결정하던 책임자였고 또한 인간을 상대로 생체실험을 주도한 사람이었다. 그는 독일 뮌헨 대학에서 약학과 의학을 공부했다. 학업 성적도 우수했고 학창 시절 체조선수로도 활약한 바 있는 잘생긴 엘리트 의사였는데, 1920년대부터 나치 활동을 했다.

그는 유전학과 우생학에 관심이 있어, 프랑크푸르트대학에서 뒷날 카이저빌헬름 우생학연구소 소장이 된 페르슈어의 조교가 되었고, 1938년 「갈라진 입술과 구개에 관한 가족사 연구」 논문으로 박사 학위를 받았다. 페르슈어는 인종청소 과학자였다. 나치가 우생학을 게르만족의 우월성을 주장하기 위해 이용하자 멩겔레도 거기에 호응했다.

생사가 교차하는 전쟁의 와중에서 외떨어진 야만의 현장 아우슈비츠에 근무하게 된 멩겔레는 자신의 우생학적 신념을 인간을 대상으로 한 생체실험을 통해 증명할 수 있는 기회를 얻었다. 그가 수용소에서 근무한 21개월 동안 그는 '죽음의 천사'가 되었다. 자신의 실험뿐만 아니라, 뮌헨대학과 여러 연구소의 요청에 따라서 주로 유대인을 대상으로 인체실험을 실시하였다. 연구 결과와 표본은 전쟁 후 막스플랑크 연구소가 된 카이저빌헬름 연구소로 보냈다. 전쟁 말기가 되자 페르슈어는 모든 자료를 소각했기에 그는 전후에도 아무런 처벌을 받

인체실험이 행해진 아우슈비츠 수용소 10사

젊은 날 아우슈비츠의 멩겔레와 1977년 브라질의 멩겔레

지 않았다.

멩겔레의 우성학과 인종학 연구에는 거침이 없었다. 아이들 눈에 염색물질을 주사해 눈 색깔을 바꾸는 실험, 마취 없이 늑골을 적출하는 등 잔인한 외과 실험을 행했다. 여자 수용자들의 자궁을 도려내거나 약품을 사용한 불임수술을 실시했다. 사람이 수압과 추위에 견디는 능력을 알기 위해 수용자를 직접 물속에 넣거나 저온에 노출시켜 실험을 거행했다.

특히 유전학에 관심을 두고 수용소의 쌍둥이, 장애인들을 따로 수용하며 각종 실험을 했다. 쌍둥이 생식기를 서로 교체하는 수술을 하고, 두 사람을 꿰매서 하나로 만드는 접합수술도 시행했다. 존 코넬 교수는 『히틀러의 과학자들』에서 독일 의사들이 1천 명에 가까운 쌍둥이를 실험용으로 사용했다고 증언한다.

멩겔레는 10명 중 7명이 난장이었던 루마니아 서커스단 가족을 아끼는 척하며, 이들에게 온갖 인체실험을 자행했다. 멩겔레의 실험 대상이 된 수용자들에게는 잠시 더 좋은 주거 환경과 음식이 제공되었으나 이들은 실험 재료용 소모성 인간일 뿐이었다. 뮌헨 대학과 프랑크푸르트 대학은 결국 1964년 그의 학위를 취소하였다.

2차 대전 후 독일 뉘른베르크의 나치 전범 재판에서 의사 20명과 의료행정가 3명이 반인륜적인 살인, 고문, 잔학행위로 기소됐다. 이들의 전공은 외과, 피부과, 세균학, 내과, 방사선과, 일반의, 유전학, 연구원 등으로 다양했다. 7명은 교수형, 나머지는 모두 장기징역형에 처해졌다. 멩겔레는 처형대상 1호였으나, 그 자리에 없었다. 세계 최고의 정보기관 이스라엘 모사드가 그에게 240만 달러의 현상금을 걸었으나 그의 흔적조차 찾을 수 없었다.

패전 직전 수용소를 탈출해 독일로 숨어들었던 멩겔레는 남미로 도주했다. 아르헨티나를 거쳐 1959년 브라질로 이주하였다. 그곳에서 재혼하여 살다가 1979년 상파울루에서 바다 수영 중 심장마비로 사망하였다. 1985년 브라질의 볼프강 게르하르트라는 무덤의 주인공이 멩겔레라는 소문이 났고, 1993년 치아 DNA 검사로 그의 시신으로 확인되었다.

나치 전범들이 남미로 탈출한 데에는 교황청의 도움이 컸다는 최근의 연구가 있다. 존 콘웰의 『히틀러의 교황』에는 로마 교황청이 히틀러에게 동조하여 유대인 학살을 방관했고, 전후 가톨릭 국가 아르헨티나는 거금을 받는 조건으로 나치 전범들의 망명처가 되었다는 증언이 실려 있다.

멩겔레를 비롯한 나치 악마 의사들의 행태는 인류을 바탕으로 한 의학 연구 윤리강령을 낳았다. 뉘른베르크 재판 후 제정된 뉘른베르크 강령이다. 여기에는 인간을 대상으로 하는 연구와 실험에서 윤리 및 법적 개념을 충족시키기 위해 지켜야 할 10가지 기본 원리가 담겨 있다. 인간을 대상으로 하는 실험에서 대상자의 자발적 동의는 절대

적이며, 사회의 선을 위해 풍성한 결실을 산출할 수 있는 것, 학문적으로 자격을 갖춘 이들에 의해서만 수행하여야 한다는 내용 등이 포함된 사상 최초의 의학실험 연구윤리 강령이다. 멩겔레를 비롯한 나치 죽음의 의사들이 인류에게 조금이라도 도움이 된 유일한 공헌일지도 모르겠다.

인간 심성의 막장을 보여준 수용소 10사에 인접한 11사로 들어섰다. 옅은 백열등으로 어두컴컴한 지하 작은 방은 막시밀리아노 마리아 콜베(1894~1941) 신부가 다른 10명의 수용자들과 함께 최후를 맞은 곳이다. 어디선가 읽었던 콜베 신부를 가톨릭 교리반에서 다시 만났었는데, 그의 흔적을 살필 수 있는 기회가 왔다.

1941년 7월 한 수용자가 탈출했다. 탈옥자가 발생하면 같은 막사의 수용자 중 10명을 무작위로 뽑아 아사餓死형에 처하는 것이 수용소의 법칙이었다. 강력한 탈옥 예방 효과를 지닌 법이었다. 나치군에 지목된 가즈브니체크라는 폴란드인이 "나는 아내와 자식들이 있다. 반드시 살아야 한다." 며 애원했다.

그때 옆에 있던 한 사람이 "나는 아내도 자식도 없는 신부이다. 저 사람 대신 내가 죽겠다." 며 앞으로 나섰다. 나치 중위는 허용을 했고, 콜베 신부는 감옥 안에서 기도하며 갇힌 사람들을 보살폈다. 그러나 3주가 지났으나 콜베와 세 명은 여전히 살아있었다. 나치는 지하 감옥을 비우기를 원했고, 이들에게 소독약으로 쓰이는 페놀을 주사하였다. 1941년 8월 14일 그들은 모두 사망하였고, 시신은 다음 날 수용소 내에서 소각되었다.

콜베의 아버지는 독일계 폴란드 게르만, 어머니는 폴란드 슬라브인이었다. 그는 형과 함께 꼰벤뚜알 프란치스코회에 입회하였다. 막

1930년대의 콜베 신부, 콜베 신부와 10명의 동료들이 수감되었던 11사의 지하 감방

시밀리아노는 그의 수도명이다. 콜베는 로마 대학에 유학하여 물리학과 신학 박사학위를 받았다. 로마에서 유학생으로 지내는 동안 콜베는 프리메이슨에 반대하며 교황을 수호하는 활동을 하고 성모 기사회를 결성했다. 1918년 콜베는 사제 서품을 받고, 이듬해 폴란드로 돌아온 뒤 원죄 없이 잉태된 동정 마리아에 대한 신심을 촉진하는 활동을 벌였다. 1930년부터 6년간 일본 나가사키에서 활동을 한 경력도 있다.

제2차 대전이 발발하자 콜베는 나치의 박해로부터 유대인과 폴란드인들을 보호해 주다가 1939년 9월부터 3개월간 체포되었다. 체포당시 그는 부계 독일인임을 증언하면 독일 시민의 혜택을 받을 수 있었으나 끝까지 사인하지 않았다고 한다. 이후에도 유대인 2천 명을 포함한 폴란드 난민들에게 은신처를 제공해 주다가 1941년 2월 게슈타포에게 체포되어 투옥된다. 5월에 아우슈비츠 수용소로 이송되었고, 죄수번호는 16670번이었다.

　가즈브니체크는 아우슈비츠에서 살아남아 폴란드의 고향으로 돌아갔다. 그의 부인이 살아있었으나 두 아들은 전쟁 중에 사망한 뒤였다. 53년간 더 살았고, 1995년 93세로 사망하였다. 그는 매년 8월 14일 아우슈비츠 수용소를 방문하였고, "아우슈비츠에서 다른 수용자를 위해 대신 죽겠다고 나선 분은 콜베 신부가 처음이자 마지막이었다."며 생명의 은인을 알렸다. 1971년 교황 바오로 6세는 콜베 신부를 복자로 시복하였고, 1982년 폴란드 출신 교황 요한 바오로 2세는 그를 성 순교자로 기록하고 성인 시성식을 거행하였다. 그는 영국 런던의 웨스트민스트사원에 20세기 순교자 10인 중 1인으로 조각되었다.

　시성諡聖이 이루어진 후 그의 과거 반유대 행적에 대한 작은 비평도 나왔다. 홀로코스트 학자들은 메이슨과 유대주의가 세상을 지배할 것이므로 가톨릭이 교황을 수호하고 봉기해야 한다던 1920~30년대에 그가 발표한 글들이 반유대주의의 증거라고 하였다. 이스라엘은 지금도 그를 홀로코스트에서 옳은 일을 한 성인으로는 인정하지 않고 있다고 한다.

　20세기에서 가장 어두웠던 암흑가 아우슈비츠의 인접한 건물에 위치했던 두 사람의 간격은 아득하기만 하다. 2년 간격으로 그 암흑가로 내려졌던 두 사람. 각 선 정복 차림의 멩겔레 대위의 미소에는 엄청난 수의 고귀한 생명들의 비명이 들어있었고, 16670번 죄수복을 입은 거룩한 모습의 콜베 신부 조각상에는 참배의 발길이 끊이지 않는다. 인생의 마지막 순간에서 그들은 각각 무슨 생각을 하였을까?

　교리반에서 세례명을 결정하라고 하여 나는 20세기에 사랑을 몸으로 실천한 성 막스밀리아노 콜베를 선택하겠다고 했다. 집사람은 그건 지금 생명을 던져 천국으로 가는 모습이어서 안 된다고 하기에 생각을 접었다. 암수술을 받은 직후였는데, 예수님의 12제자 중 복음을 전파하면서도 유일하게 순교하지 않은 사도 요한이 나의 세례명이다.

국립대 총장의 존재감

우리는 서글프게도 지금 이러한 나라에 살고 있다.

의사는 올바른 건강을 파괴하고,(Doctors destroy health)

변호사는 정의를 파괴하고,(Lawyers destroy justice)

대학은 지식을 파괴하고,(Universities destroy knowledge)

정부는 자유를 속박하고,(Governments destroy freedom)

언론은 정확한 정보를 파괴하고,(The press destroys information)

종교는 우리들의 도덕을 파괴하고(Religion destroys morals)

그리고 은행들이 경제를 파괴하는 나라에서.(and our banks destroy the economy)

미국의 작가이자 언론인인 크리스토퍼 헤지Christopher Hedge가 전쟁을 일으키는 나라, 탐욕에 의하여 세계 경제 위기를 자초한 금융기관들의 행태를 보고 쓴 글이다. 감히 그의 글에 '과학이라는 이름은 진리를 파괴한다.(Science destroys the truth)'라고 첨가해 본다. 대학도 여기에서 자유로울 수 없고, 사회가 요구하는 것과는 반대로 오히려 세상을 혼탁하게 하기도 한다. 대학도 세상의 변화에 따라 변화하고 있으나 그 변화가 항상 옳은 방향으로만 향하는 것은 아니다.

중세 이탈리아 볼로냐와 프랑스 파리에서 시작된 대학의 근본 정신은 진리 탐구와 자유로운 학문 연구에 있으며, 이러한 대학의 창학 정신은 많은 사상가와 교육자들의 노력을 통해 오늘날까지 발전되어 왔다. 원래 '대학(university)'의 뜻은 단순히 집단이나 조합을 의미하는 것이나 학문 연구를 위한 교수와 학생의 자율적인 단일공동체를 의미하는 개념으로 발전하게 되었으며, 국가나 도시는 교수와 학생의 학문 공동체로서의 대학을 지원하였기에 오늘날의 대학이 이루어진 것이다.

국민의 세금으로 운영경비가 상당 부분 지원되는 국립 K 대학교는 일제강점기에 설립된 의학전문학교, 사범학교, 농림학교가 1946년 통합되어 출발되었고, 우리나라 근대화에 기여한 우수한 인재를 배출하고 학문의 발전에 기여해 왔다. 그러나 역사의 흐름에 따라 수도권으로 집중되는 분위기와 유사하게, 학교의 위상이 많이 추락하였다. 세상이 다 그러하니, 우리도 어쩔 수 없었다고 변명하기도 하나, 구성원뿐만 아니라 동네 주민들도 아쉬워하고 있고 동창들과 지역민들은 학교 구성원에게 책임을 묻기도 한다.

국립대학교의 총장은 어떤 모습이어야 할까? 어떤 과정으로 선임되는 게 이상적인가?

오랫동안 이 지역의 유일한 국립대학교였던 K 대학교 총장은 1970년대까지는 의전상 도지사, 대구시장의 지위를 넘는 최고의 장관급 대우를 받았을 뿐만 아니라, 지역의 정신적, 교육적 지도자로 존경받았다. 총장의 차량은 경상북도 관용차 1번 번호를 받았고, 총장의 대학 입학식과 졸업식 치사는 지역 신문과 방송에 게재되어 도민들에게 배포되었다.

세상이 바뀌고 사람들의 생각도 발전하니 대학 총장에 대한 인식도 많이 변화되었다. 대통령이 임명하던 국립대학교 총장은 1980년대 후반 민주화의 영향으로 교수들의 직접 선거로 선출되는 제도가 된 지 사반세기가 지났다. 그간 직선제로 뽑힌 총장은 중임된 한 분을 포함하여 5명이었다.

첫 직선 총장은 당시 대통령의 가족이라는 프리미엄으로 압도적인 표 차이로 당선되었다. 대학 구성원 모두는 그 끗발 좋은 분 뽑아두면 요즘 얘기하는 '예산 폭탄'을 맞거나, 학교 발전의 획기적인 계기가 될 것이라 생각했다. 그러나 임기 4년이 지나자 내부 구성원 모두는 그 무형의 끗발이 우리의 현안을 해결할 수 있는 문제가 절대 아니었다는 교훈을 얻었다. 그 총장님은 오히려 학교 자산을 정부에 반납한 분으로 기억하는 사람들도 많다.

그래서 그다음부터는 우리 교수들과 공감하고 현실의 아픔과 어려움을 이해하는 분이 학교 책임자로 좋겠다고 생각하여, 민주화교수협의회 리더분을 선출하였고 이분은 8년간 총장으로 재임하였다. 교수협의회 회장을 역임한 소탈한 분이어서 처음에는 인기도 많았는데 재선 후에는 다음을 기약하지 않아도 되니 달라졌다는 이야기가 있었다. 국립대 총장임에도 불구하고 그 당시 대선후보로 나섰던 모 국회의원의 후원회장을 맡았고, 정년 즈음에는 민주당 국회의원으로 발탁되셨다. 교육 전문가임에도 상임위는 국방위원으로 활동하였다. 대학에 계실 때는 에너지가 넘치는 분이었으나, 전 국민 자전거 타기 캠페인으로 언론에 몇 번 언급된 것말고는 '연세 든 비례대표 의원' 정도의 이미지만 남기셨다.

직선제 시행 후 10년이 지나가니, 머리 좋고 시간 많은 교수들에게 그간의 학습효과는 빨랐다. 최근에 총장에 당선된 분들은 대부분 열심히 교수 연구실 찾아다니면서 인사하고, 분위기 맞게 같이 한잔 마시고, 관혼상제를 빠지지 않고 챙겼던 것에 힘입은 분이 총장에 당선되었다고 믿는 사람이 많다. 2014년 8월 임기가 끝나는 현 총장은 직선제하의 다섯 번째 총장이다. 대학교 총장 선거 운동의 차원을 바꾸어 교수들을 형님-동생 관계로 만들고, 점 조직 선거운동, 관혼상제 챙기기에 피크를 이룬 가운데 당선되었다. 저돌적이고 뚝심이 있으신 분이고, 5~6년 동안 총장 당선을 위하여 모든 노력을 다한 부지런하고 열정적인 분이기에 학교의 부흥에 이바지할 리더십이 기대되었다.

그러나 취임 후 가장 먼저 공을 들인 것 중 하나는 신공항 건설 추진사업의 지역 대표자 역할이었다. 시도민 궐기대회, 유치 서명운동, 길거리 행진 등에 시민 대표자로 앞장섰다. 그리고 몇 대의 탑차를 가득 채울 만큼 많았던 서명용지를 정부에 전달하고 청와대를 방문하는 사진에 등장하였다. 지역 교육계의 정신적 우두머리가 나서주니 정치권은 좋아했을지 모르겠으나, 학교의 의식 있는 분들은 지역 아카데미즘의 수장인 총장이 머리띠 둘러매고 거기에 앞장 서는 모습에 학교의 장래를 걱정하기 시작했다. 서울대 총장이 서울 지역 사업에 앞장서서 데모하는 모습을 본 적이 있던가? 대부분은 한 번 움직였을 때, 이승만 정권이 무너졌던 4.26 교수들의 길거리 행진을 상상하고 있는지도 모르겠다.

총장 직선제, 대학 법인화 등 안건의 처리에도 그의 임기 기간 동안 학교가 조용할 날이 없었고, 결국 마지막에는 총장 불신임 투표까지 진행되는 우여곡절 끝에 기형적인 총장 선임 제도를 확정하였다.

총장의 출신 대학인 의대에서도 그에 대한 기대를 많이 하였으나, 돌이켜 보면 임기 동안 총장은 골치 아픈 일을 많이 생산한 것 같다. 학교에 전념해 주기를 바라는 대학 교수들의 의사에 반하여 총장 취임 후에는 병원에서 진료를 계속하겠다고 공표했다. 총장으로 취임하면 공식적으로는 병원에서 면직 처리 되는데, 병원 해당과 교수들의 반대에도 불구하고 진료수당을 받으며 진료를 계속하였다.

임기 첫해 의과대학 내에서 가장 시끄러웠던 일은 무난하게 진행되어 왔던 병원 기금 교수가 교육부 소속의 겸직 교수로 이동 발령 받는 일이었다. 거의 10년 가까이 근무하여 부교수 직급이던 기금 교수들을 대학의 전임강사로 강등 발령하겠다고 한 것이다. 사실 기금 교수는 정부가 주는 교육공무원인 겸직 교수의 티오TO는 늘어나지 않는데, 병원은 커지고 새로 건립되니 병원 기금을 출연하여 발령 낸 임상부서의 교수로서, 하는 일에서 겸직 교수와 아무런 차이가 없다.

겸직 교수의 결원이 생기는 경우 기금 교수가 동일 직급의 겸직 교수로 수평이동되어 왔다. 그러나 총장은 대학 발전을 위해서는 기금 교수에서 겸직 교수로 신분이 바뀌는 경우, 본 대학에 발령받는 신입 교수이니, 무조건 직급을 낮게 시작하고 진급 기준을 까다롭게 하여야 학교가 발전한다는 명분을 내세웠다. 그러나 학교에 잡음을 내고, 열심히 일하고 연구하던 대상자였던 중견 교수들의 마음에 큰 상처를 준 것말고는 아무 성과 없이, 결국 1년 늦게 모든 대상자를 원래대로 발령하였다. 그 외에도 많은 일이 있었다.

이번 총장의 임기 중 총장 직선제가 폐지되었고 단과대학 학장의 직선도 폐기되어 총장이 학장을 임명한다. 그러나 총장은 대학의 자율성을 존중해 교수협의회의 의사나 학장 추천 자문위원회의 의견을 존중해 주는 것이 순리였다. 그러나 임기를 한 달 남겨두고 있어서, 그와 같이 일하지도 않을 여러 단과대학장을 본인 마음대로 임명하였다. 교수회의 의견이 본인 의사와 일치하면 그대로 인정하고, 다르면 그냥 무시하였다. 의과대학은 의학전문대학원에서 의예과로 다시 돌아가는 전환기이기에 교과과정 개편, 입학제도의 확립 등 수많은 현안이 있고, 오랫동안 학사 일에 전념하며 자신을 희생해 온 교육 전문가들이 있다. 이번 의대학장 선임에서는 오랫동안 학교 일을 해 왔고, 신망이 비교적 두터운 A 교수와 총장이 암묵적으로 지원하는 B 교수가 지원하였다 교수협의회에서도 교수들의 의견 조사로 두 사람을 평가하여 A 교수 90점 이상, B 교수는 60점대의 점수를 주었다.

총장은 본인에게 충성을 바친 B 교수를 학장으로 밀기 위하여 교수협의회의 의사를 물리쳤고 자신이 신망하는 사람을 중심으로 다시 자문회의를 구성하여 이들에게서 어용적인 의견이 나오기를 기대하였다. 그러나 자문회의도 다시 A 교수가 학교의 현안과 미래를 위해 적절한 인물이라 결정하였다. 총장은 며칠을 미루고 있다가, 대학 본부 보직 교수들의 반대에도 불구하고 임기 시작 3일 전에 전격적으로 B 교수를 학장으로 임명하였다. 다수의 의대 교수들과 동창회원의 반대가 있었으나 임기가 한 달도 남지 않은 총장은 그건 자기의 고유권한이란다.

대의 정치에서 당선자는 국민들에게서 위임받은 권한을 행사하여야 한다. 그러나 대학의 총장은 당선된 후에는 마치 황제가 된 것처럼 생각하고 행동한다. 그러니 구성원의 의사와 다르고 모두가 반대하는 행위를 하고도, 거기에 대하여 누구라도 옳은 의견을 개진하면 그건 자기의 권한에 대한 중대한 도전이라는 말을 쉽게 하는 것이니 한심한 상황이다. 내가 만나본 대부분의 교수들은 임기 4년 중 한 달을 남겨두고, 오래 전 선거 운동 때 세력화한 교수에게 마지막 보은 인사를 했다고 믿고 있었다.

미디어 곳곳에 군사 정권하에서도 대학의 존재 가치를 천명하며 학생을 보호하기 위해 총장직을 버린 고려대 김준엽 총장의 사연이 넘쳐나고 있다. 마음이 더 무거워지는 것은 우리 대학 총장은 임기를 마치기 직전에 전임 대통령에게 명예박사를 수여하려 했다는 사실이다. 본인에게 임명장을 준 분에게 명예박사를 주어 폼을 잡으려 하였으나 여론의 집중 포화를 받고 중지하였다는 게 중론이었다. 총장은 임기 중 대학의 석좌교수 임명이나 명예박사 제도도 상당 부분을 정치적으로 운영하였기에 학교 발전보다는 퇴임 후의 정치적 포부가 담긴 포석이 아닌가 의심되기도 하였다.

이미 한 번 투표를 시행하였던 대학 총장 선임 투표에서, 하자가 있어 재투표를 시행한다. 그러나 그 과정에서 이해 당사자 간에 의견 조정이 쉽지 않다. 이미 한 번의 격전을 치렀던 후보자들이 이번에도 스스로가 최고 적임자라고 생각하며, 선거에서 역전승하여 왕관을 받는 꿈을 불태우고 있다. 문제는 지금과 같은 상황에서는 평균에서 한참 벗어난 이상한 사람이 또 이상한 제도로 인해 총장으로 선출되어도, 그를 제어할 별다른 방법이 없다는 것이다. 책임 소재가 명확한 재단이 있는 사립대학은 추구하는 이상에서 벗어나면 회복할 방법이 확실할 것이나, 국민 세금이 지원되는 국립대학은 운영과 비전에서 아노미 상태에 빠져도 속수무책이다. 교수, 교직원, 학생들은 선거 전에 누가 어떤 사람인지를 잘 알 수는 없으니, 당선되는 분이 학구적이고 합리적이며, 진취적인 좋은 심성을 가진 분이기만을 기대하여야 하는 현 제도는 그야말로 로또복권을 구입한 후 운수대통하기를 기도하는 것 외의 묘책은 없다. 교수 인기투표와도 같은 지금의 국립대 총장 선임제는 바뀌어야 한다. 학령 인구는 감소하고 세상은 급변하고 있으며 대학의 역할도 달라지고 있는 이 중요한 시점에 국립대학교가 아직도 너무나도 비싼 학습비만 지출하고 있을 수는 없지 않은가?

(2014. 8.)

좋은 불평등과 대학 등록금

　우리의 경제적 상황과 사회적 갈등을 쉬운 문장으로 그러나 광범위한 자료를 바탕으로 차분하게 설명한 책『좋은 불평등』을 읽었다. 나는 미시적인 눈으로 또 계급 투쟁적으로 사회의 불평등을 바라보는 관점에 대해 동의하지 못하는 부분이 많았으나, 전공분야가 아니어서 이의 문제점을 찾지 못하였고 합리적으로 반박할 실력도 갖추지 못하였다. 민주연구소 연구위원 최병천이 쓴 이 책은 나의 눈을 뜨게 해주었다. 다양한 면에서 접근한 통계치를 그림으로 친절하게 설명해 주어 기억에 더 선명하게 남는다.

　한반도 바깥은 쳐다보지 못하는 우물 안 제로섬 선악 구도, 가진 자의 욕심에 의한 불평등의 심화라는 인식, 대기업 중심의 노동조합이 선도하는 노사투쟁 등에 대해 전혀 다른 관점을 제시하고 있다. 수출에 집중하며 세계 10위권 선진국으로 성장한 우리 경제가 중국 등의 정세와 경제 상황에 따라 어떻게 부침해 왔나를 명확하게 설명해 준다.

　우리나라에서 수입 수준은 중산층 이상에 속하는 대기업 위주의 민주/한국노총에 동조한 과도한 최저임금 인상 주장으로 국민들의 인식에서 사라진 존재인 노년 빈곤층을 중심으로 한, 진짜 저소득층들의 삶이 어떻게 망하며 불평등이 악화되는지를 설명하였다. 결국은 국내의 계급투쟁적 관점에서 벗어나서, 기업을 키우고 가구 내 취업자 수를 증가시켜 경제 활성화에 기여하여야 한다. 가진 자에게서 빼앗아 나누어 주는 것보다는 우리의 경쟁력을 지켜 꾸준히 다수의 수입을 늘이고, 어려운 사람에게 사회보장을 강화하는 정책을 강화하여야 한다는 요지였다.

내용 중 대학大學에 관한 내용이 있어, 비록 의대에서만 생활해 왔지만, 비교적 긴 짬밥을 바탕으로 약간의 풍월을 읊어본다. 대학의 본질이 자유와 학문이라는 현학적·철학적 이야기는 아니고, 대학교의 존립과 관련되는 등록금 정책에 관한 생각이다.

얼마 전 대학 방송국 기자인 3학년 여학생들과 대화할 기회가 있었다. 4학년을 앞둔 학생들이라 졸업과 취업에 대한 계획을 물어보았다. 3명 모두 내년에 휴학을 하겠다고 했다. 학적을 유지하며 취업 준비를 하거나, 코로나19로 여유롭게 보내지 못한 대학생활을 좀 더 즐겁게 보내겠다는 속내를 내어놓았다. 과거(불과 20~30년 전)보다 사회진출이 늦어 이젠 나이 30은 되어서야 세상에 진출한다는데, 여러 이유로 대학에 적을 더 걸어두겠다는 것이다. 취업난 속에서 힘들어하는 세대의 고민이 진하게 묻어나는 풍경이 안타깝고 사회 역량이 이렇게 소비되는 건 아쉽다.

이 상황이 사립대학도 비슷한지는 모르겠으나, 국립대학의 싼 등록금도 일조한다. 뉴스에 지역대표 국립대학에 학적을 두고 재수하여 수도권 대학으로 진학 준비하는 신입생이 10%에 달한단다. 그럭저럭 괜찮은 학교 브랜드에 저렴한 국립대 등록금이 결합한 결과이다.

대학 등록금은 2011년부터 10년간 완전 동결되었고 국립대학은 입학금도 폐지되었으니 실제적으로 그동안 대학 4년 전체 등록금 총액은 감소했다. 2011년 당시 이명박 정부는 진보세력의 압박을 수용하여 2022년까지 동결시키는 소위 '반값 등록금 정책'을 시작하였다.

경북대 3학년 학생 3명에게 2022년도 등록금을 물었더니, 인문사회계열은 한 학기에 180만 원(1년에 360만 원), 예술계는 200만 원(1년에 400만 원)이었다. 웬만한 학생은 전체 금액의 반 정도는 장학금으로 받을 수 있다.

의대, 이공대를 포함한 2021년 전국 대학의 1년 등록금은 서울대 601만 원, 경북대는 450만 원 수준이고, 사립은 연세대 915만 원을 필두로 서울은 800만 원 이상이고 지역의 영남대가 740만 원, 계명대가 720만 원 수준이다. 학비가 가장 비싸다는 의대는 최고 고려의대 1240만 원을 시작으로 사립의대 평균이 1037만 원, 국립의대는 제주대 763만 원을 필두로 평균 597만 원이어서 6년 재학 전체 금액은 사립 6222만 원, 국립 3583만 원이 된다. 국립대 인문사회계는 월 30만 원 정도, 의대는 월 50만 원이고 서울권 사립대는 평균 70만 원, 의대는 90만 원 정도다.

대학을 의무교육이고 혜택이라고 생각하는 분들은 여전히 비싸다고 할지 모르겠으니 조금 더 부연 설명을 하자. 2021년 국정감사보고서에 나온 학비는 민사고 2657만 원, 하나고 1040만 원이고, 자사고의 평균 학비는 731만 원이다. 외고도 용인외대부고는 1300만 원 등 월 100만 원 넘는 곳이 많다. 사립대학교 등록금보다 비싸고 국립대 등록금의 3배나 되니, 평등교육을 주창하는 교육감들이 자사고 특목고 없애자는 주장을 하게 된다. 유력 교육감을 비롯한 정치하는 사람들은 안타까운 척하나 많은 경우 이 학교에 자녀들을 보냈고, 이어 외국에 유학을 보냈다. 그러면서 국내 대학교의 등록금은 이렇게 묶어 두었다.

대부분 등록금으로 대학을 유지시키고 발전시키니 그 대학 운영/교육이 옳게 될 수가 없다. 그저 정부에서 뿌려주는 지원금에 목을 매고 있다. 삼성전자나 웬만한 IT기업의 신입을 포함한 직원 연봉이 1억 4천만 원인데, 국립대 교수 봉급은 정년에 근접하여 가장 많아 봐야 1억이 약간 넘는 정도이고, 학생을 뽑지 못하는 군소 사립대 교수는 그야말로 비참할 정도의 봉급을 받고 고등학교에 학생을 보내달라며 구걸하러 다닌다. 고등학교에 '대학 교수와 잡상인 출입금지' 라는 안내판이 붙어 있는 게 현실이다.

요즘 대학 등록금 없어 대학 교육을 못 받는 사람이 얼마나 될지는 모르겠다. 어려운 계층의 학생들을 찾아 선별적으로 지원하여 이들이 한 단계 나아갈 수 있는 사다리를 설치해 주면 됨에도, 자사고나 외고 등록금의 반도 되지 않는 우리나라 최고 대학 등록금을 '교육 평등'이고 '반값 등록금' 이라며 포퓰리즘 심술을 부려둔 것이다.

고교 졸업생 수는 2014년 67만 3079명, 대학 입학 정원 54만 9701명, 희망자 56만 9845명, 2023년 졸업생 46만 6807명, 입학 정원 51만 2026명, 희망자 39만 8157명 정도라 한다. 2018년 졸업생 61만 1709명, 입학 정원 51만 2036명, 희망자 51만 9857명으로 이후 입학 희망자와 대학 정원이 역전되었다.

만 18세 학령인구는 2020년 51만 명에서 2024년 43만 명, 2040년엔 현재의 절반인 28만 명으로 줄어들 전망이다. 지난해 대학 입학 정원을 그대로 유지하면 미충원 규모는 2021년 4만 명에서 2024년 8만 명으로 2배에 가까운 정원 미달 사태가 예상되는 상황이다. 신입생 수가 줄면 대학의 가장 큰 수입인 등록금 수입도 감소한다. 여기에 더하여 대학 졸업장 가져봐야 별 볼 일 없다는 생각이 확산되며 대학 진학률도 73% 정도로 떨어졌다.

교육부, 정부의 대학 교육 정책이 최선의 방법을 찾아 훌륭한 학생을 만들어 세상에 도움이 되는 유능한 인재를 배출하는 것이 아닌 것이다. 복지부나 행정자치부가 정할 내용이 아닌가 한다. 일정 금액으로 정해주고 싸게 좋은 제품을 만들라니, 학교는 학교대로 교수는 교수대로 역동적인 변화가 생길 수 없는 구조를 정치권이 만들었다. 표만 보고 자기들 당선이 급선무이지 국가 발전이나 사회 진화에는 별 관심이 없다. 세계적 경쟁력을 지닌 대학을 만들거나, 세상 흐름을 이끄는 교육을 하는 대학의 임무에는 관심이 부족하다

미국의 등록금은 어떨까?

아이비리그를 포함한 동부 유명 대학의 등록금 평균은 프린스턴 5만 4000불+기숙사비 1만 7820불(약 7만 2000불), 하버드 5만 4000+1만 8400불(약 7만 2000불), 컬럼비아 6만 4380불+1만 4970불(약 7만 9000불), MIT 5만 3818불+1만 2000불(약 6만 5800불), 예일 5만 7700+1만 7200불(약 7만 5000불), 서부의 스탠포드는 5만 6169불+1만 7004불(약 7만 2500불), 중부 시카고는 5만 9298불+1만 7004불(약 7만 6300불)로 발표되고 있다. 등록금은 환율 1400원을 적용하면 7500만 원에서 8300만 원이고 필수인 기숙사비를 포함하면 1년에 9200만 원에서 1억 1천만 원이다. 주립대학은 훨씬 싸서 학부의 등록금만 보면 대학이 위치한 주의 주민은 앨라배마주립대 1만 1068불, 플로리다 잭슨빌주립대 1만 1120불로 한화 1540만 원이고 타 주 진학생은 1만 9396불과 2만 0200불로 2배(한화 2800만 원)에 가깝다.

기숙사비를 제외하고 한국과 미국을 비교해 보자. 명문 사립대는 우리나라 최고 수준인 연세대의 8~9배이다. 미국의 거점 주립대학 중에서 학비가 가장 싼 대학의 대학이 위치한 주내 거주자 등록금이 연

세대보다 약간 더 높고, 서울대와 주요 국립대 등록금보다 2~3배 더 많다. 타 주 거주자나 외국인들의 등록금은 우리나라 최고인 연대의 2.3배이고, 서울대, 지방 국립대 평균의 각각 4.5배, 6.5배 정도이다.

대학의 수입은 등록금과 국고보조비, 연구비, 기부금, 재단 수입이다. 우리나라의 사립대학은 교수들 대우와 학생 실습비 등 모두가 등록금에 의존하고 있으며, 국립이라고 국가에서 풍족하게 제공하지는 않는다. 교수 봉급은 여기서 이야기하지 않겠다. 철 밥통이라 비난하며 너무 많다는 사람들도 벌 떼같이 덤벼들 테니.

일부 중등학교 교육비보다 더 많지도 않고 미국의 community 대학 수준보다 나을 것도 없는 우리나라 대부분의 대학 등록금. 이것에 의존할 수밖에 없는 대학들에서 등록금이 이 수준이니, 재수, 반수하기 좋은 국립대학으로 브랜드가 알려지고…. 지난 10년간 막아둔 반액 등록금 정책으로 학생 교육뿐만 아니라 교수 처우도 좌우된다. 그러니 국내외 대학서 업적을 내고 유능하다며 평가받는 잘나가는 연구자나 이공계 교수들이 우리나라에 돌아올 마음이 생기겠는가?

이젠 고등학교 졸업생 전체 수가 대학 입학 정원도 못 채우는 만큼 생존력 없는 대학은 합리적으로 정리하고 교육 허풍을 줄이자. 대학 등록금 정책도 우물 안 개구리에서 벗어나서 '좋은 불평등'을 만들어서라도 미래를 바라보며 자랑스러운 소수도 키우자.

(2022. 11.)

싸가지 없는 정치

1

강준만 교수의 저서 『싸가지 없는 정치』를 읽었다. 문재인 정부 출범 후 몇 년간 우리의 위정자들이 이끌고 있는 '정의를 위한 투쟁' 행군을 강 교수는 어떻게 분석하고 있는지 궁금했고, 미래로 나아가기 위한 학자적 대안을 알고 싶었기 때문이다.

그의 글을 언론을 통해 접하고 대단한 통찰력이라 생각한 적은 있었으나, 저서를 직접 읽어본 것은 처음이었다. 사실 몇 년 전만 하더라도(조금 더 젊었을 때는) 바쁜 일상과 매진해야 하는 의무에 충실하느라 이런 화제에는 집중할 여유가 없었기도 하다. 우리가 대면하는 현실에 관심이 없는 것은 아니었으나 나에게 직접 영향을 미친 것도 아니고, 물론 잘 알지도 못하니 이를 심도 깊게 고민해 본 적도 없었다는 이야기이다. 때에 따라 아는 대로 생각이 가는 대로 믿고 살아왔으니, 그리 현명하지도 못하고 그렇다고 정치적이지도 않았다.

최근 몇 년간 원전 폐쇄나 '문케어'로 불리는 의료 체계의 개편, 공공의료 등의 정부 정책에 대하여 완벽하지는 않으나, 나의 의견을 SNS에 긁적거렸다. 공감을 받거나 말거나 이 분야는 나의 삶에서 어느 정도 경험한 영역이어서 나름 정리된 생각을 가지고 있기 때문이었다.

공감을 받기도 했으나, 진보 경향의 인사들에게서 예상치 못한 인신공격을 받기도 했다. 내용을 하나하나 반박하고 의견을 교환하며 서로 보충하려 노력했으나, 대부분은 실패했다. 오히려 잘못된 가치관을 쫓거나, 홀로 똑똑한 척하는 멍청이거나, 주변의 꼴통들 이야기를 듣고 그들에게 넘어간 게 틀림없는 우리 주위에서 흔히 볼 수 있는 소위 교육받은 부화뇌동형 인간이라고 조리돌림을 당한 경우도 있었다. 그렇다고 그게 싫었다는 건 아니다.

2

나는 정책 시행 의도가 좋다고 반드시 좋은 결과가 나오는 것은 아니라는 지적에 동감한다. 물론 이번 정부의 모든 정책이 그러하다는 뜻은 아니나 원자력 정책이나 의료 정책에서 몇 가지는 설익고 조급한 과유불급이란 생각을 한다. 거시적으로 고민하고 아파해야 하나, 화장실 물에 배설하듯이 보내버린 아까운 것처럼 느껴진 것도 있다.

물론 내가 해결책을 제시할 능력은 없으나, 최근의 부동산 정책들은 입안하고 추진한 자들이 그저 무능하다는 생각까지 든다. 그러나 당사자는 크게 반성하거나 다른 길을 생각해 보지는 않고 그냥 'Keep going'만 하는 것 같아 미래 세대가 입을 피해를 생각하면 많이 안쓰럽다. 오만은 나르시시스트의 불완전함이 들통나지 않도록 막아주는 보호막이라 했던가?

강준만은 탐관오리는 자신의 결점을 알기에 내놓고 나쁜 짓을 하지는 못하나, 스스로를 도덕적이라 생각하는 소위 청렴한 관리는 자신이 깨끗한 만큼 무슨 짓이든 못 할 게 없다고 여긴다고 했다.(도덕적 면허효과moral licensing effect) 그것 때문인가?

3

촛불정부라는 이 정권이 들어오고 세상의 진행이 많이 달라져 보였다. 특히 적폐청산이란 이름으로 진행되던 일련의 인적청산 과정을 보며 마음속으로 박수를 친 경우도 있으나, 가까이에서 대하던 사람들이 나락으로 떨어지는 것을 보며 안타까워했다. 공공기관 채용비리에 관하여 직접 당사자로서 경찰 조사도 받아보니, 우리가 관습이라고 너무나 편하게 생각했던 일을 반성해 보기도 했다. 한편으로는 살면서 있을 수 있는 가벼운 호의나 상황에 맞추어 진행되었던 일이 공정의 관점이나 다양하게 해석할 수 있는 법적인 판단 기준으로 엄벌로 단죄되거나 스스로 목숨을 끊게 만든 것에는 마음이 편치 않았다.

특히 정치적 가치와 무관한 업무를 수행하는 곳까지도 인적쇄신이라는 이름으로 이루어지는 정치적 행위는 축적의 힘이 필요한 우리나라와 우리 사회를 위하여 개선되어야 한다. 거의 40년을 재임하고 있는 미국 NIH의 의과학자 프란시스 콜린스 박사를 보라. 전두환 시절에 임명되어 이제 조 바이든 시대로 넘어간다. 물론 잘못하거나 능력이 떨어지면 교체가 되어야 하나, 오랜 기간 동안 담금질을 당하며 스스로 노력하여 전문가나 대가가 키워질 수 없는 우리 사회 풍조를 만든 책임에서 자유로울 정권은 없다.

4

철학자 니체는 개인이 제정신이 아닌 경우는 드문 일이지만, 집단은 제정신이 아닌 게 정상이라고 했다. 사실 시간이 지나보면 그렇게 차이가 있는 것도 아니고, 정치적 견해 차이만 아니면 평범한 이웃이고 동료로서 잘 지낼 수 있는 사람들인데도 집단에만 소속되면 죽기를 각오하고 '우리 편 이겨라!'에 몰두하게 된다. 영원한 적도 영원한 친구도 없고, 다만 영원한 이익만이 있을 뿐이라고 조롱받는 정치라지만, 정치가 반드시 해주어야 할 역할인, 국민 전체를 살피고 상대방과 협치를 하며 사람과 시대와의 소통을 위해 치열하게 노력하는 모습은 갈수록 보기 어려워지는 듯하다. 오로지 스스로를 도덕적인 존재라고 자신하고는 감정에 호소하며 '뭉클, 울컥'이라는 용어로 범벅을 하여 추종자들을 이끌어가는 형국이 지난 1~2년이 아니었나 반성해 보아야 한다. 각 진영의 추종자들도 내가 따르는 리더를 이해하기 때문에 따른다는 것보다는 무조건 믿기 때문에 모든 걸 이해한다는 정치관을 가지게 되었다. 종교적 광신도가 되어 신념을 추종하는 모습으로 갔던 게 갈라지고 분할된 우리의 현실이 아니었던가?

자신들의 생각에 동의하지 않는 사람들이 있다고, 우리가 적들에게 포위되었다며 공포감을 조성하여 맹목적, 호전적인 태도를 자극하였다. 그러니 옳고 그름을 떠나, 우리끼리는 죽자 살자 단합하고 활동력도 엄청난 소위 '빠'들이 생겨난 것이다. 사실 이런 태도는 권력에 저항하는 시민들의 태도였으나, 이젠 권력을 가진 쪽에서 "우리는 청와대뿐이고 주위에는 모두 오랑캐들이다."라는 기조를 유지하고 있으니 세상이 무섭기까지 하다는 것이다. 강준만은 '대단한 권력을 잡고 있음에도 스스로를 피해자 서사로 쓰고 비주류로 머무는 것을 반복하는 것은 한국 진보의 권력창출 메커니즘이었는데, 정권을 잡은 지금도 그 책략은 변함이 없다'고 진단하였다.

이는 우리나라에 국한된 내용은 아니다. 부분의 미국 좌파들은 빈곤층의 삶을 개선할 수 있는 거시적인 사회정책을 고민하는 것을 중지했다. 불평등을 실질적으로 완화할 수 있는 고비용 계획들을 구상하기보다는 존중과 존엄성을 외치는 일이 더 쉬웠기 때문이라고 한다. (프란시스 후쿠야마)

5

촛불에 의한 탄핵 후 출범한 국회, 정부에는 막무가내식 정치가도 많았다. '아는 게 없으면서도 모든 걸 다 안다고 생각하는 사람이 정치가의 자질'이라고 한 버나드 쇼의 말대로 그런 사람들도 국회에 엄청 많은 것 같다. 정치가가 스스로 마련한 도덕적 시스템으로 천하를 나의 생각 아래에 통일하겠다는 아집을 보였다. 이들이 득세하니 평소 신사라고 불리던 사람들도 '빠'들에게 겁을 먹고 과거 언제 그랬느냐는 듯이 완전 탈바꿈을 하는 경우도 많다.

조금이라도 생각이 어긋나면 수구꼴통, 적폐세력, 토착왜구라고 몰아가는데 이를 이겨낼 정치인도 없을 듯하다.(정치평론가 박상훈) 척결과 청산이 정치, 통치의 목적이 되면 증오와 적대를 자극하고 협력도, 가능한 조정도, 미래지향적 공존도 어렵다. 결국은 적폐청산에 나서는 사람의 심성만 사납게 되고 세상을 변화시킬 수 있는 오랜 준비와 노력의 과정은 경시된다.

국가 지도자로서 가장 중요한 순간에 반드시 의견을 내야 할 분은 고구마처럼 침묵하고, 침묵하는 게 좋을 때는 굳이 나서서 하지 않는 게 나은 말을 하거나, 어떤 말을 꺼내놓고는 그 말의 후속을 기다리는 사람에게 아무런 설명도 없거나 그런 말은 한 적이 없다는 것처럼 해버리니….

정치평론가 박성민은 "세상 사람들이 모두 다 아는 척하지만 사실 너무 모르는 것이 있는 게 고전古典이다. 반대로 세상에는 모든 사람이 다 모르는 척하지만 사실은 거의 다 알고 있는 것이 포르노"라고 했다. 우리의 정치, 정치가는 우리에겐 고전이기도 하지만 한편으로는 포르노다.

위의 내용 대부분은 책에서 읽은 강준만의 생각이고 대부분 동의해서 일부에 나의 생각을 첨삭했다. 윤태호의 만화 『미생未生』에 이런 말이 나온다. "남 탓할 만해서 남 탓하나요. 그렇게라도 해야 자기가 편해지기 때문이지요." 이건 음모론에 몰입하여 극우적 주장을 반복하는 우파 꼴통도 같은 상황이다.

최근 몇 년간 의도치 않게 격론의 장에 참여하며 마음이 불편할 때가 있었다. 이 독후감도 결국은 내가 편해지기 위해 쓴, 나를 위한 위안이라는 생각이 든다. 모두 상상은 자유이고, 자기 스스로가 편해야 세상도 편해지기 때문이다. 책을 읽으면서 많이 배웠다.

(2021. 2.)

의료보험 보장성 확대 정책의 한계

문 정부는 현재 의료보험이 적용되지 않는 항목들을 축소시켜 임기 내에 전면 급여화하는 '문케어' 정책을 추진하고 있다. 환자 부담 금액을 줄여 의료보험의 보장성을 강화하는 것이다. 여기에는 30조 원의 재원이 더 필요하다고 한다. 의사들은 문케어의 급격한 시행에 반발하고 있다. 새롭게 선출된 젊은 의협회장은 이를 막겠다는 공약으로 당선되었다. 추가적인 예산 대책 없이 정책이 시행되면 보험 재정이 곧 고갈되니, 재정 상황을 정확히 추계하고 점진적으로 급여화하자고 한다. 의료기관은 수가가 원가의 70%인 현 상황에서 적자를 상충시켜 주던 항목이 급여화되면 견딜 수 없다고 한다. 시민단체들은 의사들의 자기 밥그릇 챙기기식 반발이라 지적한다. 정부는 진료만으로 병원 경영이 될 수 있도록 제도개선을 해준다는데, 의사들이 왜 반발하는 것일까?

다른 이유가 있다. 진료 수가 책정된다고 하여도, 더 큰 장벽이 남아있다. 정부의 급여 정책 시행 과정에서 정책의 변화에 따라 특정 의료가 급격하게 위축되어 급기야는 고사 단계로 갈 수 있다는 것을 경험했기 때문이다.

의료보험심사평가원(심평원)은 최근 5년간 CT, MRI 사용이 매년 7%

이상 가파르게 증가하였다는 자료를 발표했다. 이러한 발표 후에는 해당 진료비 증가를 억제하기 위한 특단의 조치가 따르는 경우가 많다. 한편 같이 발표된 자료에는 암 진료에 중요한 양전자방출단층촬영(PET)검사는 급여기준의 변경과 검사 적응증 축소로 사용량이 급격히 감소했다고 하였다.

2014년 말 이 조치를 발표한 후, 다음 해의 검사 수는 전해에 비해 56% 감소했다. 의사의 처방을 제한하고, 시행한 검사에 대하여는 심평원이 다시 전수 심사를 하였다. 현미경적 심사를 하여 또 다시 전체 검사의 약 10% 정도를 삭감하였다. 시행된 검사가 삭감되면 환자가 지불한 금액은 반환하고, 보험공단 부담금은 받지 못한다. 진료에 사용한 고가의 재료비는 고스란히 적자로 남고, 병원은 이를 처방 의사의 봉급에 반영한다. 검사비를 의사 개인이 가져가는 것도 아님에도, 심평원의 삭감액은 바로 본인의 불이익으로 연결된다. 소명도 해보나 번복되는 경우는 드물고, 의사들은 무력할 뿐이다.

진료 의사의 공포감은 엄청났다. 5년간 CT, MRI 영상검사가 25~30% 증가하였으나, 정부가 간섭한 PET 영상검사는 1년 만에 반토막이 났다. 그 결과 많은 병원의 핵의학과가 문을 닫았고, 핵의학을 수련하는 전공의 수가 급감하였다. 전국의 국립대병원 등 큰 병원에도 최근 3년간 신입 전공의 지원이 없다. 신규 전문의를 취득한 의사들도 다른 일자리를 찾아 떠났다. 세계 4위의 수준을 자랑하던 첨단 의학과가 존폐의 위기에 처했다. 사정이 이러하니 의사들은 분노하고, 우리나라 의학 발전과 진료권 유지에 눈을 부릅뜨게 된다.

급여를 받는 진료 행위와 수가 결정, 또 시행한 행위의 심사권과 의료기관에 대한 징벌권은 정부 및 보험공단과 심평원이 가지고 있다. 건강보험제도에 대한 입법, 행정, 사법권은 사실상 정부에서 일방적이고 독점적이다. 이제 모든 비보험 항목을 급여화한다고 한다. 이런 상황이니 추가적인 예산 대책 없는 이 정책의 실현은 의사들에게 또 하나의 칼날이 될 것이라는 두려움을 느낀다. 문케어의 성공을 위해서는 전문가들의 숙의를 거친 적정 수가 및 청구 체계 확립 등 제도적 개선이 필요하다. 의사들의 느끼는 공포감이 단지 기우杞憂이길 바랄 뿐이다.

(2018. 9. 매일신문 투고)

무등산과 팔공산

우리 근대 정치에서 영호남의 대표 도시는 광주와 대구다. 영남권에서는 우리나라 최대 항만도시 부산의 인구가 대구보다 더 많고 호남은 전라감영이 위치했던 전주가 광주보다 더 전통이 깊은 도시지만, 영호남 구도에서는 광주와 대구를 대신할 수는 없을 것 같다. 시험 세대에게는 고등학교 중 두 도시의 명문인 광주제일고교와 경북고교도 비슷하게 인식되고 있다. 광주와 대구의 상징인 무등산과 팔공산이 각 학교 교가에 있다.

내가 고등학생일 때 경북고는 야구 명문이었다. 임신근, 남우식, 이선희, 황규봉 선배들이 활약하던 해는 고교야구대회 전관왕을 차지했었고, 감독 서영무 선생님도 전국적 스타였다. 그 시절, 대구에서 전국대회 예선전을 하면 경북고는 지역의 맹주 대구상고에 질 때가 많았으나, 이상하게도 서울로 올라가면 장효조, 김한근, 김시진, 이만수 선수 등이 활약하던 동네 강자 대구상고를 격파하고 우승컵을 가지고 내려왔다.

그런데 고등학교 3학년 때 제대로 된 임자를 만났다. 그해 봄 대통령배 야구대회 결승전에서 광주일고를 만나 2학년 투수가 한 선수에게 3연타석 홈런을 맞으며 처절하게 패배했기에 학교에는 야단이 났었다. 광주일고의 강속구 투수 강만식, 3연타석 홈런의 김윤환, 비호 같았던 수비수 차영화 등등 동년배 선수 이름은 아직도 잊지 않고 있다. 이게 나에게 각인된 광주일고에 대한 첫 기억이다.

대구에서 살아온 나는 경북고 57회 졸업생인데 동년배인 광주일고 51회 친구들을 여러 자리에서 만날 수 있었다. 성인이 되어서도 광주일고 친구들을 우리와 치열하게 다툴 경쟁 상대라고 생각해 보지는 않았다. 그러나 1980년대 이후 우리나라 정치 상황 탓에 광주와 대구 두 도시는 어떤 순간에는 서로를 악마화한 바 있었고, 두 고등학교 졸업생들이 각 진영의 대리자가 된 불행한 순간도 있었다.

그 정치적인 우여곡절을 말하고 싶지는 않고, 이제는 광주의 아픔에 동감하고 한편으로는 대구는 가해자라는 불편한 인식에서도 벗어나고 싶다. 수도권 외엔 모두가 시골이 되어가는 현 상황에서는 두 도시가 동행하며 미래를 향한 행진을 하는 게 필요하다고 믿는다.

2016년 친구의 SNS에서 우연히 동년배 광주일고 친구들의 고교졸업 40주년을 기념하는 부여 여행 사진들을 보았다. 비슷한 시대를 살아온 또래에서 흔히 보는 모습이었고, 모두 우리 나이 60줄에 접어들었음에도 장난기 넘치는 정겨운 모습이 보기 좋았다. 순간 이 친구들과 세상의 흐름을 바꾸는 모임을 하면 어떨까? 하는 생각이 들었다.

아쉽게도 지금은 세상을 떠난 광주일고 동기회장 故 고영범, 전남대 범 교수, 김상순 친구들의 호응으로 서로가 연결되며 '달빛통신'이라는 카카오통신 대화방이 개설되었다. 달구벌 대구의 '달'과 빛고을 광주의 '빛'을 붙인 이름의 단톡방에는 50명에 가까운 친구들이 모였다. 물론 참여를 꺼리는 친구들도 있었을 것이나, 서로에 대한 호기심과 관심은 있었던 것 같다.

첫 모임은 일본 도카이대 이준호 교수 한국방문 환영을 겸하여 서울에서 만났고, 이후 순천, 원주, 대구에서 합동 모임을 지속하였다. 양측 동기생의 반 이상은 수도권에 거주하고 있는 만큼 서울에서의 만남은 코로나 상황을 극복하며 지속하고 있다. 생면부지의 얼굴들이지만 만나 서로 얼굴을 맞대며 얘기해 보면서 오해도 풀리고 작은 것에 과잉 반응하던 스스로에 대하여 반성도 하게 되었다.

달빛 통신 모임을 통하여 멋진 친구를 한 명 만났다. 전남대 정치외교학과 윤성석 교수다. 그의 부친이 전남의대의 해부학 교수셨기에 의대 교수들의 입장도 잘 이해해 주었다. 윤 교수는 광주일고 3학년 봄에 학생 대표였는데 개교기념 운동 대회 도중 학생들이 유신반대 구호를 외치며 교문 밖으로 뛰쳐나가는 바람에 주동자로 몰려 고 3 학생임에도 제적되었다고 했다.

그는 그해 가을 대학입학 자격 검정고시 시험에 합격한 후 전남대학에 진학했다. 당시 예비고사를 치기 전 가장 가까운 시기의 검정고시는 대구에서 있었기에 먼 대구까지 왔었고, 다행히 동기들과 같은 학년으로 대학생이 되었다. 온실 속의 농작물처럼 키워진 나로서는 고등학생들이 반유신 항거를 한 일로 집단 제적을 당했다는 사실이 놀라웠고, 그런 깨어있는 학생들의 활동은 한 번도 들어보지도 못한 대구 사내인 나 스스로가 부끄러워졌다.

차분하고 사려 깊지만, 생각은 진취적인 윤 교수는 경북대학교에 교환 교수를 신청하여 대구에서 반년을 지냈는데, 덕분에 몇 차례 만나며 친하게 되었다. 정치학자인 윤 교수는 나의 고등 동기들에게 우리나라 정치가 나아갈 길과 영호남 화합에 관한 강의를 해주고, 포항에 사는 친구를 불러 식사까지 사주는 통 큰 친구다. 그가 전남대로 돌아간 후 나는 광주를 방문하는 길이면 미리 연락하여 맛있는 남도음식도 대접받고 우의를 나누고 있다.

2020년 초 대구의 코로나 팬데믹 상황에서 나는 코로나19 생활치료센터에 지원하여 눈코 뜰 새 없이 바쁜 일정을 보내고 있었다. 정부와 전 국민이 성원을 해 주었지만, 당시 대구의 아픔에 가장 손을 먼저 내민 것은 광주 시민과 광주시의사회였고 나에게는 달빛통신 친구들의 응원이 가장 힘이 되었다.

광주일고 친구들이 제법 많은 돈을 모금하여 나에게 보내주었고, 모임의 멤버인 캐나다 밴쿠버의 정기봉 친구는 교민 평통위원들의 모금액을 보내주었다. 팬데믹 상황에서 기부 행사를 할 형편은 아니었기에 광주일고 선배인 이낙연 전 총리가 생활치료센터에 왔을 때 후배들의 기부 증서를 전해주는 형식으로 대신하였다.

당시 개인 단위의 기부는 모두 지정단체나 사랑의 열매로 보내야 했는데 나의 계좌로 보내온 후원금은 다시 돌려주고 기부자가 사회단체나 법인재단에 직접 기부하는 것이 최선의 방법이었다. 그러기엔 너무 불편한 상황이었고 코로나19 생활치료센터에 나와있던 나의 상황과도 맞지 않았기에 내부가 정리된 이후, 광주일고 친구들의 후원과 내 가족과 친구들이 보낸 전액 2200만 원을 코로나19로 고통을 받는 경북대학교 내외국인 학생들의 생활지원금으로 기부했다. 나는 친구들에 대한 감사의 표시로 전남대학교 발전재단에 학생 생활비 지원을 위해 적은 금액을 기부했다.

나에게는 잊을 수 없는 뭉클한 기억이다.

지역갈등 해소인가 인간적인 끌림인가?

- 윤성석(전남대학교 정치외교학과 명예교수)

> 영남과 호남, 광주와 대구, 경북고와 광주일고. 무엇인지 서로를 갈라놓고 있는 지역이자 역사이다. 그러나 지역과 역사의 경계를 가로질러 경북고 출신 의대 교수인 이재태와 어느덧 관포지교 인간관계를 유지하고 있다. 내가 왜 그를 좋아하기 시작하였는지를 먼저 밝히고 싶다.

종 매니아 이재태 교수와의 첫 만남

"2차 세계대전이 막바지로 치닫고 있을 무렵인 1945년… 연합국의 지도자들인 미국의 대통령 루스벨트, 소련의 당 서기장 스탈린, 영국의 총리 처칠이 나치 독일을 패배시키고, 그 후를 의논하기 위하여 크림 반도의 얄타에 모였다〔얄타회담(Yalta Conference)〕. 이 회담에서 패전 후 소련·미국·프랑스·영국 4국이 나치 독일을 분할 점령한다는 원칙을 세웠으며, 연합국은 독일인에 대하여 최저 생계를 마련해 주는 것 이외에는 일체의 의무를 지지 않는다고 합의하였다." 이 문장은 이 교수가 2016년에 지은 『종소리, 세상을 바꾸다』 1장에 나온 글이다. 아무리 보아도 국제관계 전문가가 쓴 글로 보이는데, 곧이어 종 수집가인 저자의 의중이 뒤따른다.

"연합국에 전황이 유리하게 전개되어 가던 1944년 이후, 영국은 자국의 영토에서 격추된 수많은 독일 전투기들의 잔해를 수거한 후, 용해시켜 2차 세계대전의 승리를 축하하는 '승리의 종Victory Bell'을 만들었다. 높이 22cm인 이 종은 비행기 몸체의 성분인 가벼운 알루미늄(두랄루민)으로 만들어졌다. 종의 손잡이에는 승리를 뜻하는 V(victory)와, 몸체에는 얄타회담에 참석한 3개 연합국의 지도자였던 처칠, 루스벨트, 스탈린의 얼굴이 양각으로 조각되어 있다. … 특히 종의 몸체는 영국 땅에서 격추된 독일 비행기 잔해로 만들었으며, 영국 공군과 공군 가족을 후원하는 기금(Royal Air Force Benevolent Fund)을 위하여 제조되었다는 명문이 새겨져 있다."

이재태 교수는 매우 특별한 사람이다. 전공인 핵의학 분야에서도 혁혁한 업적을 쌓았으며 학문적 공적으로 여러 차례 상을 받았다. 그런데 그를 여러 사람들에게 각인시킨 행위는 보통 사람이면 생각조차 어려운 기이한 취미에서 비롯되었다. 바로 세계 여러 곳에 산적해 있던 종(Bell)을 모으기 시작한 것이다.

그런데 이 교수의 예외성은 단지 수집에서 그치는 것이 아니라 "왜 이러한 종이 만들어졌을까?" 하는 의문을 갖고 의학 밖의 다른 학문 영역을 공부하기 시작했다는 점에서 발견된다. 특별한 종을 제작한 국가나 도시의 당대 역사, 문학, 사회사상 및 국제관계를 소개하면서 그 특별한 종의 제작기법이나 용도 등에 관한 모든 비밀을 독자에게 알려주고 있다.

이 교수는 의학자라기보다는 세계 문화와 문명에 관한 '문화전문가'라고 불려야 더 적합하지 않았을까? 세월이 무상한지라 이 교수가 곧 평생을 봉직한 경북대를 퇴직한다는 소식을 들었다. 퇴임 후에는 당연히 종과 관련된 일을 맡아야 할 터인데! 은근히 걱정이 된다.

전남대학교에 근무하는 내가 처음 그를 만난 곳은 강남 팔레스 호텔 중식당 西宮으로, 2016년 9월 2일 금요일 점심시간이었다. 이 모임은 영호남 대결 구도에서 쌍벽을 이루던 광주일고와 경북고의 73년 압학생들이 합심하여 만든 단톡방 '달빛통신' 의 개시와 더불어 성사되었다. 대구=달, 광주=빛의 특성을 살린 이 모임은 부여 부근에서 광주일고 졸업 40주년 행사를 치르다가 우연히 이 사연을 마주한 이 교수가 연락하고, 양교의 대학 기준 76학번 일부가 주동하여 그날 최초로 번개 모임을 가동한 것이다.

'달빛통신' 은 이후 카톡 방으로 진화하여 지금까지 소통과 교류가 전개되고 있으니, 나도 이 역사의 현장에 참여하고 있다. 경북고에서는 김원태, 마인섭, 이재태, 성기중, 서규화, 이준호 등등이 열심히 참여하였으며, 마인섭 교수는 정치학자로도 잘 알고 있었다. 그런데 나는 약간 장난기가 생겨 육사 출신 서규화 친구에게 "경북고 출신은 대부분 별을 다는데 왜 대령에서 멈추었나요?"라고 물었는데, 오히려 '진급을 도모하던 때가 김대중 정권 시절이라 별을 못 달았다' 라는 대답을 듣고, 순전히 호남 방식으로만 생각하던 습관을 자책했던 기억이 난다.

그런데 그 모임의 스타는 정작 『종소리, 세상을 바꾸다』라는 책을 참석자들에게 선물한 이 교수였다. '종에 얽힌 세계의 역사' 라는 부제가 달린 이 책을 의대 교수가 지었다고? 전남의대 교수이셨던 부친과 인상이 사뭇 비슷하여 호감이 더 생겼다. 선량한 얼굴을 타고난 이재태 교수는 개인적인 영달을 따르기보다는 자신이 속한 조직과 집단의 발전에 더욱 적합한 정체성의 소유자이다. 세속을 초극한 이미지가 외모와 언어 그리고 행위에 배어있다. 그에 대해 더욱 깊게 이해할 기회가 생겼다. 내가 직접 대구로 갔다.

경북대 파견 교수로 이재태를 만나다

2019년에 전남대와 경북대는 최초로 국립대 간 상호 파견교수제를 시행하였다. 내가 이 제도에 흥미를 갖게 된 것은 한국의 망국병인 '영호남 지역갈등' 해소를 위한 정치학을 경북대 학생들에게 강의하고 싶었기 때문이다. 민주화 시대가 되기 전 즉 권위주의 시절부터 전남대와 경북대 정치외교학과는 영호남 지역갈등 해소를 위한 학술적 교류를 간헐적으로 실시하고 있었다.

오히려 민주화가 되고 나서 이 모임이 중단된 점이 이상하지 않은가? 나도 조교수 시절 전남대 교수님들을 모시고 대구의 세미나에 참석했던 기억이 생생했기에 파견교수제에 응모한 것이다. 또한 경북대 정외과 교수 중에서 내 연배가 최고참이 되니 '내가 간다는데 받아주겠지' 하는 기대감으로 서류를 내었는데, 결과적으로 내가 유일한 경북대 파견 교수가 되었다.(실은 내가 유일한 응모자라 함. 반대로 경북대에서는 세 분이 오셨음). 광주와 대구 간 국립대 파견교수제에서 더 소극적인 곳이 전남대라는 사실에 나도 놀랐다.

누구나 인생에서 자신의 선택에 관해 후회하게 마련이다. 내가 크게 후회하는 일의 하나는 경북대 파견 기간을 한 학기만 신청한 것이다. 왜 내가 1년의 기간을 신청할 수 있었음에도 반년만 신청했는지? 막상 같은 해 1학기를 마치고 광주로 돌아올 때는 후회막급이었다. 반년 동안의 대구 생활이 그만큼 상상 이상으로 재미있었기 때문이다. 그 즐거움은 3가지 측면에서 설명할 수 있다.

(1) 새로운 문화

경북대 캠퍼스 내의 교수 아파트에서 근처 마트와 각종 식당과 상점을 순회하는 재미도 쏠쏠했지만, 가장 즐거웠던 기억은 경북과 충북의 경계를 이루는 백두대간을 등정한 기쁨이었다. 처음에 김천 쾌방령 산장에 자리를 잡고 황장산과 직지사 그리고 다음 날에는 추풍령까지 등정하였다. 그리고 왼편으로 눈에 익은 무주 스키장과 덕유산까지 산맥이 어떻게 이어졌는가에 흥미를 느껴 주말마다 백두대간을 타게 되었다. 나중에는 북으로 눈을 돌려 강원도까지 진출하여 지리산보다 멋진 산이 우리나라에 이렇게 많은 줄을 처음 알게 되었다. 대야산, 회양산, 조령산의 풍광은 가히 압도적이다.

내가 이 나이가 되도록 경북이 지닌 지리적 풍광을 모르고 있었다는 것은, 그만큼 영남을 겉으로만 이해하였지 그 속을 들여다볼 용기가 부족하였다는 점을 의미한다. 학술논문으로 영호남 지역갈등을 말하기 전에 영남지역의 지리적 특성에 대해 무엇을 얼마나 알고 있었던가? 백두대간 등정을 위해 여러 도로를 달리면서 사람과 자연 그리고 음식을 알게 되어, 새로운 문화 체험이 매우 즐거웠다. 유학이나 여행으로 해외에서 느끼는 감흥과는 차원이 달랐다.

(2) 영호남 지역갈등 해소

경북대 학생들에게 2과목을 강의하였는데 한 과목이 '영호남 지역갈등 해소를 위한 정치학의 이해' 이다. 그리고 이용섭 광주시장을 경북대에 초청하여 경북대 본관에서 강연회를 개최하였다. 그러나 가장 기억에 남는 일은 6월 25일에 이 교수가 다리를 놓아 경북고 57회 동기 모임에서 '영호남 지역갈등 해소' 에 관한 강연을 한 것이다.

영호남 지역갈등에 관해서 크게 두 가지 학설이 대두되고 있다. 첫째는 사회심리학적 설명으로서 영남과 호남 각 고장에서 오랜 세월 동안 구축된 뿌리 깊은 지역감정과 정서로 인해, 지역갈등이 대물림되고 있다는 조망이다. 두 번째는 정치인들의 권력욕으로 형성된 지

역할거체제로 인해 대부분의 선거에서 극명한 투표성향이 반복되고
있다는 시각이다.

사회심리학적 설명의 문제점은 과연 우리들이 어린 시절부터 상대
방 지역 사람들을 적대하라고 부모들로부터 교육을 받고 살았느냐는
점이다. 나는 부친으로부터 그런 말을 들어본 적이 없다. 참석한 경북
고 친구들에게 '어린 시절에 호남 사람들 적대하라고 부모님들께서
말씀하신 적이 있었는지'를 되물어 보았는데, 대부분이 고개를 저었
다. 그렇다! 경북고와 광주일고, 광주와 대구는 정치인들이 구축한 지
역할거체제로 인해 선거철만 되면 극명하게 반복되고 있는 지역갈등
의 희생자인 것이다. 이날 포철 연구소장으로 재직 중인 동창생 유성
이도 참석하여 저녁 대접을 해주었다.

(3) 그가 수집한 종을 직접 보다

경북대 파견 교수에 응모한 또 하나의 이유는 종 연구자 이 교수에
대한 호기심 때문이리라. 동창인 전남의대 범 교수를 통해 이 교수에
관한 호기심을 상당 부분 해소하고 있었다. 특히 이 교수의 지식과 글
솜씨에 탄복하고 그가 특출난 저작가라는 점을 인정하고 있었기에,
그렇다면 그가 수집한 종을 보고 싶었다. 2019년 파견 교수로 대구에
도착하고 곧장 경북대병원을 방문하여 그가 수집한 종을 구경할 기회
가 생겼다. 이 교수는 그가 수집한 종의 일부를 그가 재직하고 있는 핵
의학과 사무실 벽 주변에 진열장을 설치하여 전시하고 있었는데, 그
수가 어마어마했다. 그런데 여기 말고 다른 곳에 더 많은 종을 비치하
고 있다고 하니 가히 그 수집량이 얼마인지 감히 상상만 할 뿐이다.

이걸 모으기 위해 이 교수가 쏟은 열성을 짐작이나 할 수 있을까?
향후에 반드시 어떤 공적 단체가 주도하여 그가 수집한 막대한 양의

종을 전시해야 함을 주창했던 기억이 난다. 이 교수는 나의 반년 동안의 대구 생활에 수차례 불러 대구 맛집에 데려다주고 친구들도 소개해 주었다. 이후 가족이 대구에 여행 왔을 때 그가 소개해 준 식당에 갔었다.

매력에 끌려 그를 계속 만나다

만남은 이후에도 지속하고 있다. 그는 학회나 세미나 때문에 광주에 자주 온다. 나는 소식을 듣고 이 교수와 약속을 하여 터미널에서 픽업하여 점심도 먹고 인생사를 논하는 친구가 되었다. 그가 상대방을 배려하는 성품을 타고난 것은 아마 가정교육을 잘 받았지 않나 생각했는데, 내 예측이 맞은 것 같다. 그의 부친은 매우 훌륭하신 교육자로서 아들에게 겸양과 절제의 중요성을 잘 가르치셨을 것이다. 또한 이 교수는 솔직한 성품을 지녔으며, 타인과의 대화에서 상대방의 애로와 어려움에 귀를 열어주는 사람이다.

그런데 세상사는 오히려 이런 착한 사람들이 생고생하는 경우가 허다하다. 사랑하는 그가 말년에 무슨 연구과제 책임자를 맡은 일 때문에 감사를 받고 검찰 고발과 징계를 받아 고생했다는 소식을 들었을 때 '참 세상이 요상타'라는 생각이 들었다. 하필이면 호남이 절대적으로 지지했던 정권 시절에 일어난 일이다.

이 교수와는 정치적으로 동질적인 이념과 의식을 공유하고 있다고 말하기는 어렵다. 그러나 '만일 내가 광주일고가 아니라 경북고에 다녔다면 그때부터 이재태와 평생의 친구가 되었을 것이다'라는 점을 확신한다. 이 교수는 정년 이후에도 공익적인 일을 하기 바란다. 그의 성품과 의사로서의 실력, 그리고 국제적 마인드는 지속적으로 활용되어야 한다고 믿는다.

감사의 말씀

베이비부머 세대인 나는 어릴 때 가난과 힘든 현실에서 탈출하기 위해 극한의 노력을 하던 사람도 봤고, 사회에서 큰 성공을 했거나 엄청난 부자가 된 사람도 만났다. 이 두 사람은 전혀 다른 개체가 아니라 운명과 세월의 흐름에 의해 다른 모습으로 나타나는 한 사람임을 알았다. 아직도 생활이 어려울 때는 사람들이 생존을 위해 무슨 일이라도 할 수 있겠다고 생각하나, 삶이 안정되면 모두는 부지런하고 선량하다고 믿는다.

그러나 가끔은 나이가 들어서도 짐승의 본능에서 그다지 진화하지 못한 사람도 있었다. 공공기관 근무 시절에 만난 또래 한 사람은 평소 굽신굽신하다가 상대가 만만하게 보이면 자기 목적을 달성하기 위해 엄청난 사기를 치기에 놀란 적도 있다. 살아가며 이런 부류와 마주치면 맞서 싸우기보다는 피하여야 한다는 걸 늦게서야 깨달았다. 그 노력과 시간이 아깝기 때문이다.

인생 첫 라운드를 돌아보니 참으로 긴 시간이었고 우여곡절도 많았다. 그러나 자애로운 부모님의 헌신과 사랑으로 감싸준 가족들, 그리고 부족함을 인내하며 격려해 준 친구와 동료, 이웃들 덕분에 큰 어려움을 겪지 않았고, 운수도 좋아 크게 좌절한 적도 없었다.

10년 전 의대 건물 모퉁이에서 마주친 설 교수님이 '그동안 나에게 특별히 따뜻하게 대해주어 고마웠다' 라고 말씀하셨다. 기초의학 스승님의 갑작스러운 말씀에 어떻게 답해야 할지 몰라 당황스러웠다. 뵐 때마다 인사를 빠뜨리지는 않았으나 진심으로 예를 다한 기억은 별로 없었기 때문이다.

　　요즈음에야 당시 퇴임 직전이던 교수님의 그 마음을 이해하게 된다. 내 마음이 딱 그렇다. 사회생활을 처음 시작할 때는 꿈도 많았으나 결국은 그릇 크기대로 쓰이다가 용두사미로 되어버려서 많은 분에게 실망을 안겨드렸다. 나에게는 행복한 시간이었지만, 나로 인하여 상처를 입었을 분들에게 용서를 빈다.

　　오늘 나를 깨우쳐 주셨던 두 선배 교수님을 기억해 본다.

　　젊은 시절 나는 똑똑한데 주변 여건이 부족하여 내가 빨리 유명해지지 못한다는 오만함도 있었던 것 같다. 소위 헛똑똑이였다. 부교수 시절 어느 날, 영상의학과 강 교수님과 대화 중 병원 당국자들이 간섭만 하고 교수들을 잘 도와주지 않아 병원의 발전이 늦다고 하소연했다. 교수님은 정색하며 '자네가 그 병원의 책임 있는 당국자인데, 누구를 원망하느냐?' 고 일침을 놓으셨다. 교수님의 그 한마디는 나의 삶의 방식을 바꾸었다고 고백한다. 제대로 죽비를 들어주셨다. 이후 어떤 경우에도 나의 위치를 우선 생각했고 답이 없는 문제 제기보다는 현실적이며 문제를 해결하는 쪽으로 노력하게 되었다.

　　비뇨기과 장 교수님은 퇴임 후 10년 정도 지나 전이된 신장암으로 작고하셨는데, 어느 날 내가 근무하는 곳에 영상검사를 위해 오셨다. 멀리 교수님의 휠체어가 보였는데, 마땅히 오랜만에 뵙는 대선배 교수님을 찾아가 인사를 드려야 했으나 절망적인 상황에 처한 스승님께 어떤 위로를 드려야 할지 몰라 그러지 못했다. 영상촬영이 끝난 뒤 교수님은 직원을 통해 나를 찾으셨다. "내가 세상을 떠나기 전에 마지막으로 이 교수 얼굴은 보고 가야지…."라 하셨다. 큰 망치에 머리를 맞은 기분이었다. 눈물이 핑 돌 정도로 많이 반성했다. 후배와 나보다 취약한 이웃에게 어떻게 대해야 하는가를 보여주셨다.

'명예는 상관에게, 공은 후배에게, 책임은 나에게!'
언젠가 본 육군참모총장과 국회의원을 역임한 분의 인생 가치관이다. 군인이 아닌 나도 흉내 내어 보려 했으나 제대로 된 것 같지는 않아 부끄럽다. 어떤 연기를 펼치든 항상 따뜻하게 손뼉을 쳐주는 정든 관객들이 있던 무대에서 내려가며 감사의 인사를 드린다.
과도한 칭찬으로 나를 혼란스럽게 한 광주의 범, 윤 두 친구 교수의 후의도 고맙다.

칼국수 아줌마의 수육 한 접시

초판발행 ㅣ 2023년 6월 15일
2쇄 발행 ㅣ 2023년 6월 26일

지은이 ㅣ 이재태
펴낸이 ㅣ 신중현
펴낸곳 ㅣ 도서출판 학이사

출판등록 : 제25100-2005-28호
주소 : 대구광역시 달서구 문화회관11안길 22-1(장동)
전화 : (053) 554~3431,3432
팩스 : (053) 554~3433
홈페이지 : http://www.학이사.kr
전자우편 : hes3431@naver.com

ISBN _ 979-11-5854-425-6 03810